月下蝶影 YUEXIA DIEYING 著

匀挹飞升 2

江苏凤凰文艺出版社
JIANGSU PHOENIX LITERATURE AND ART PUBLISHING

图书在版编目（CIP）数据

勿扰飞升.2 / 月下蝶影著. —— 南京：江苏凤凰文艺出版社，2024.6
ISBN 978-7-5594-8239-6

Ⅰ.①勿… Ⅱ.①月… Ⅲ.①长篇小说 - 中国 - 当代 Ⅳ.① I247.5

中国国家版本馆CIP数据核字(2024)第008385号

勿扰飞升.2

月下蝶影 著

责任编辑	周颖若
特约编辑	稀饭团子
封面设计	酢 暖 蘑 菇
出版发行	江苏凤凰文艺出版社
	南京市中央路165号，邮编：210009
网　址	http://www.jswenyi.com
印　刷	嘉业印刷（天津）有限公司
开　本	700mm×980mm　1/16
印　张	19.5
字　数	318千字
版　次	2024年6月第1版
印　次	2024年6月第1次印刷
书　号	ISBN 978-7-5594-8239-6
定　价	49.80元

江苏凤凰文艺版图书凡印刷、装订错误，可向出版社调换，联系电话 025-83280257

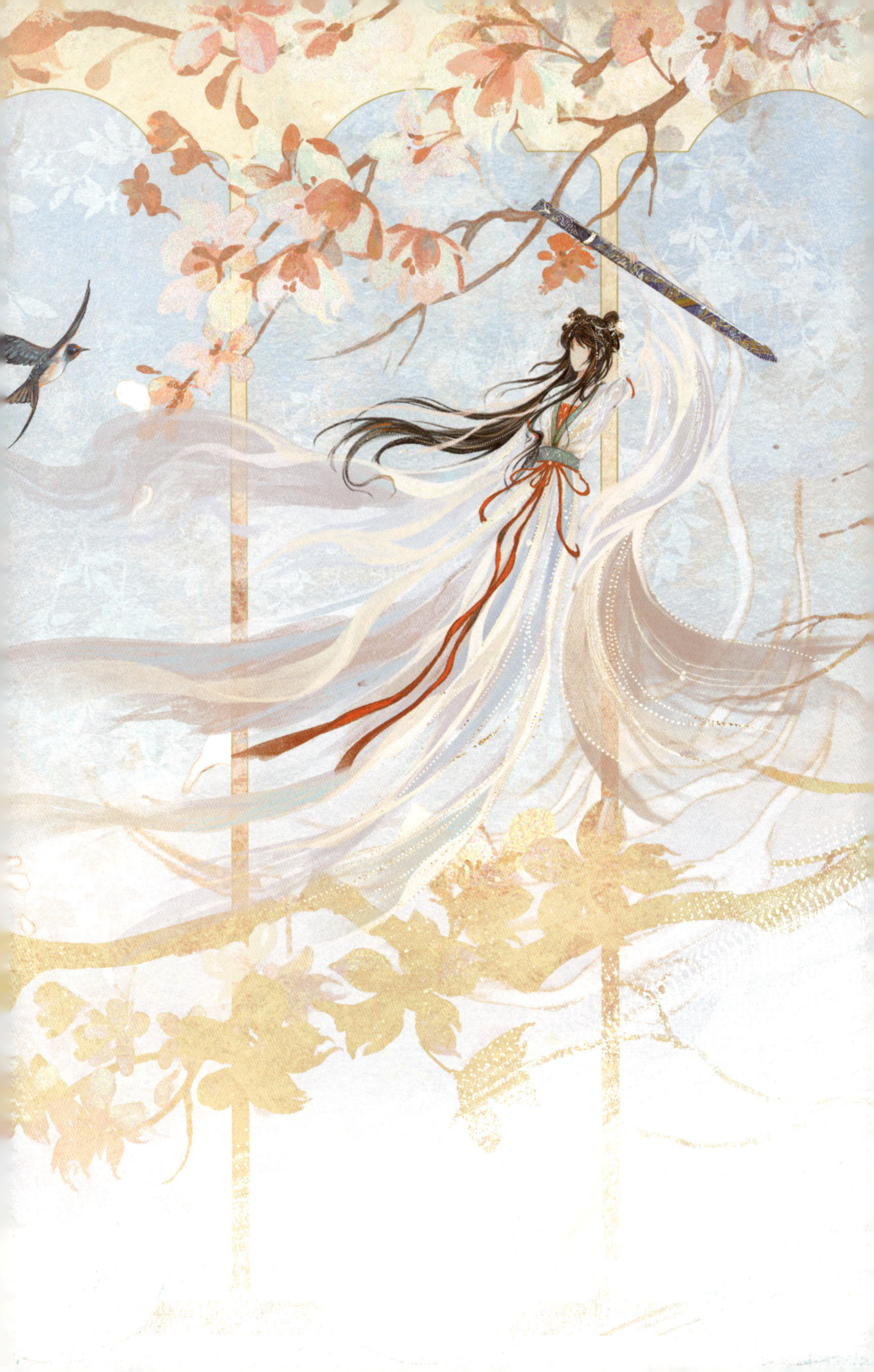

第九章　与佛无缘　247

第十章　合葬　265

目录

第一章 百花舞会 001

第二章 结界 045

第三章 双清真人 093

第四章 秘境 119

第五章 修炼秘籍 141

第六章 剑伤 163

第七章 闭关 183

第八章 仙人 213

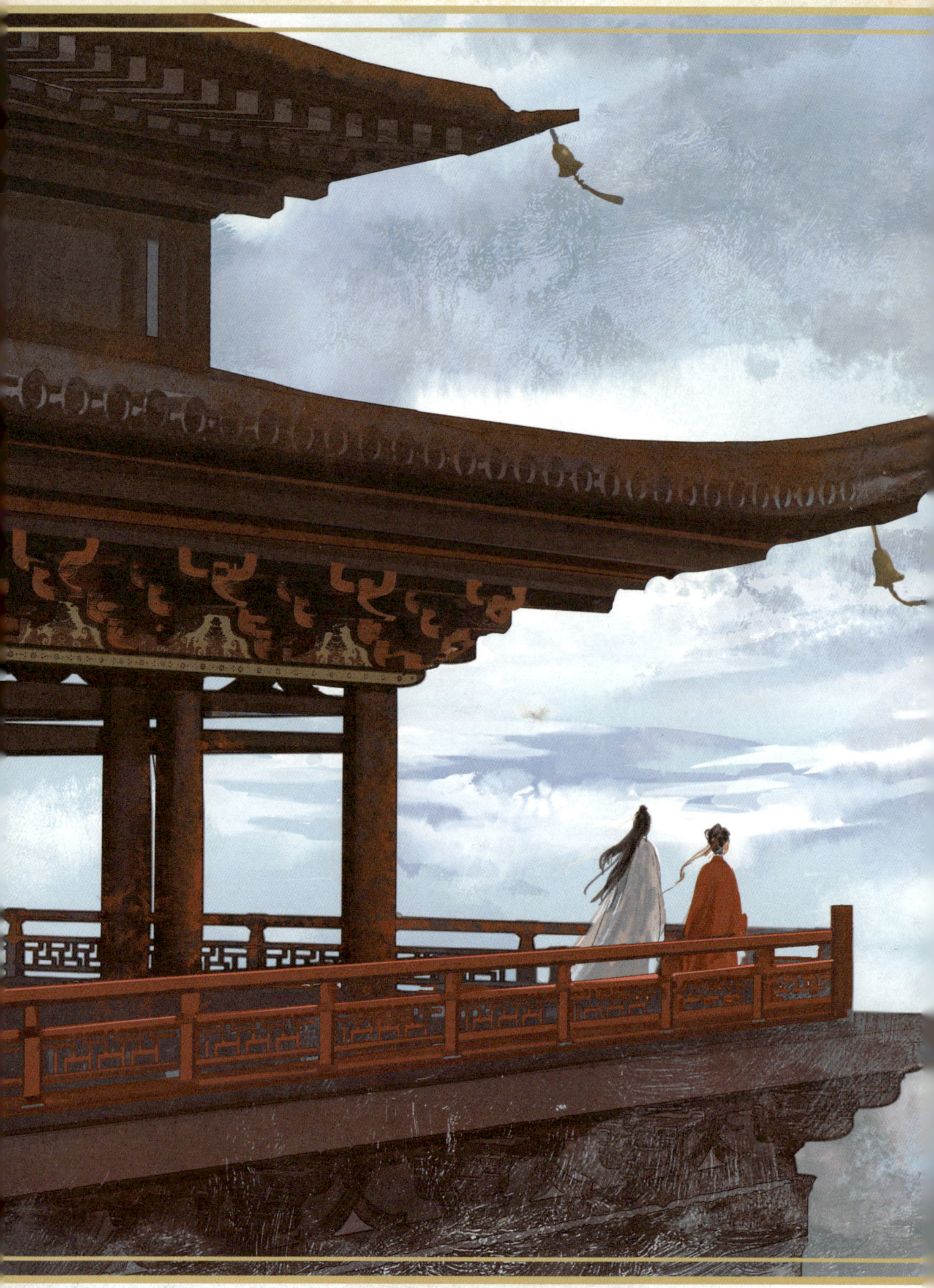

人生在世,唯有美食、华服还有自家美人不可辜负。

天地之道,在于什么?
人心之道,又重在何处?

第一章

百花舞会

"请入座。"看着桓宗那张没有表情的脸，安和决定放弃继续追问，转头对在座的峰主掌门等人道，"诸位道友，这位公子便是家师生前的救命恩人。"

"道友好。"不论认识不认识，在座修士对桓宗等三人都很友好客气。一是他们要给安和颜面，二是桓宗来头不简单。

桓宗面无表情的脸在他们看来那是神秘莫测，他的沉默在他们看来那是有高人之姿。总的说来，那就是神秘非常，得罪不起。

安和给桓宗一一介绍着在座诸位宾客的身份。

"这位是五味庄的庄主，白案真人。"

"您便是厨艺精湛，以厨艺入道的白案真人？"箜篌听到"五味庄"三个字，眼神瞬间变得亮如星辰。她听宗门里膳食堂的师姐说过，五味庄虽小，但里面的修士都很擅长厨艺，尤其是五味庄庄主白案真人，做出的美食有时能够让修士顿悟修为上涨，能让女修容颜变得更美。近百年来，宗主曾多次试图与白案真人交好，可惜白案真人好像并没有与掌门交好的意思，还曾嫌他们云华门做的菜只有味道却没有灵魂，掌门只能失望而归，让五味庄依附的念头也不好说出口了。

宗门上下的弟子对此结果很失望，但是内心对拉拢五味庄这件事还抱着微弱的希望。甚至每个出门历练的弟子，都会被师兄师姐们叮嘱，若是遇到五味庄的弟子被其他人欺负，有实力帮忙的时候就要勇敢出手，万一他们心生感激之情后，就愿意依附到他们云华门名下了呢？

"久仰真人大名，今日得见真人，当真是仙风道骨，名不虚传。"箜篌起身朝白案真人行了一个晚辈礼。很多人对厨师有个固有印象，那就是胖或是油腻。然而这位白案真人却不同，他身材偏瘦，身上穿着淡蓝法袍，发须银白，浑身都透着一股仙气儿。

面对箜篌如此热情的态度，白案真人心中很是不解，修真界的修士，大多以炼器、炼丹、驭兽、绘符、法气内修、武器外修等主流入道，像他这种以厨入道的修士，修为不高，用处不大，在修真界的地位十分低微，他已经很久没有遇到这么真情实意仰慕他的后辈了，而且是个相貌讨喜的小姑娘。

难不成是小姑娘家里长辈给她讲了什么乱七八糟的谣言，让她信以为真，所以对他产生了美好的误会？

"仙子言重了。"白案真人虽猜不出箜篌的身份，但对她十分客气。他看到小姑娘身上的钗环等物皆是法器或是神器，身上的法袍不知加持了多少层符纹，想来是哪个大宗门里有身份的弟子。他虽是个庄主，但五味庄小门小派，还当真得罪不起这些人物。

"是真人过谦了。"因还有其他人在场，这也不是闲聊的场合，箜篌不好意思跟白案真人讲太久，只能在坐下后对白案真人灿烂一笑。

这个笑实在太乖巧讨喜，让白案真人忍不住回了个笑脸给她。

坐在主座的安和心情很复杂，这位小美人对着白案这种老头子都能如此热情，为何偏偏对他态度平淡。虽然内心很纠结，但他还要坚持给桓宗介绍完在座其他人。

这些宗门都与和风斋有交情，有比较出名的宗派，也有箜篌从未听说过的，不过大家互相礼貌客气一番，倒也没让气氛变得尴尬。

"这位是琉光宗的亲传弟子，孝栋道友。"和风斋是琉光宗的附属宗门，他们举办百年纪念百花舞会，琉光宗肯定会派人前来。这也是今天有这么多宗派掌门在场的原因，万一琉光宗看上他们了呢。

随即大家就看到，这位到场后从头到尾没怎么说话的琉光宗弟子站起身来，走到神秘道友面前，向他行晚辈礼："弟子孝栋见过师叔。"

师、师叔？

众人愣住，难怪这位神秘的道友神情冷淡，话还少，原来竟是琉光宗的剑修！这就一点都不奇怪了。孝栋道友对他如此礼遇，可见神秘道友在琉光宗地位不低。

得知桓宗身份，众人纷纷回忆自己刚才的表现——有没有表现得很完美。

"公子，这是忘剑峰的弟子。"林斛猜测桓宗可能根本记不清宗门众多后辈的脸跟名字，用传音术跟他道，"他是宗门里近三十年里新收的弟子，天资出众，已经是心动期修为。"

桓宗挑眉，天分极高？

他侧身看箜篌，对林斛这种说法有些不赞同。箜篌年仅二八，便已是心动期修为，孝栋的修行速度，又怎能算出众。

林斛："……"

每当这个时候，他都觉得跟公子交流困难。像这种不知世事的剑修，对资质这种东西，恐怕有很大的误解。

孝栋有些激动，这位师叔他只见过一面，还是十年前他被收为忘剑峰亲传弟子举行拜师大典时。因为这位师叔容貌实在太过出众，仅见过这么一次，他便记住了。

从那以后他再也没有见过这位师叔。听说师叔是近几百年来，整个修真界最有天分的修士，道心坚定，修炼刻苦，是宗内弟子学习的榜样，没想到今日竟在这里见到了他老人家。

面对桓宗俊美的脸，孝栋觉得"老人家"这三个字有些不合适，但是他形容词实在匮乏，一时半会儿激动得根本想不出更好的词。

修行尚浅的他，还不能很好地控制情绪，脸上的激动之情几乎难以掩饰。但是想到宗门的教导，他还是尽力把上扬的嘴角压了下来。

"不错。"看在林斛说天资出众的分上，桓宗对这后辈还是微微点头夸了一句，虽然这句话只有两个字，但足以让小弟子心花怒放，手脚都不知往哪儿放了。

"这是云华门忘通峰主的高徒箜篌仙子，你唤她师叔便可。"桓宗示意弟子给箜篌见礼，晚辈见到长辈，该有的规矩半点都不能马虎。

"晚辈孝栋，见过箜篌师叔。"孝栋偷偷看箜篌，这位漂亮师叔……看起来好像比他小？

"不必多礼。"箜篌伸手虚抬，把一个锦囊放到他手里，"好好修炼，不要懈怠。"

"是，晚辈谨遵师叔教诲。"孝栋恭恭敬敬行了一个礼，又朝桓宗拱手行礼，才回到自己位置上。

"原来二位竟是琉光宗桓宗仙长与云华门箜篌仙子，失敬失敬。"诸位掌门峰主再度起身行礼,听说前些日子清风门弟子遇到邪修追杀,正是桓宗道长与箜篌仙子救下的,有关两人的义举,早已传遍整个修真界,现在见到本人,都忍不住夸赞起来。

五味庄的庄主白案真人心情有些复杂,没想到这个小姑娘竟是云华门的弟子。他对云华门的观感不好用一句话来形容。云华门弟子救过好几次他庄内的弟子,而且个个热情坦诚,十分讨喜。但是他们的宗主有些奇怪,总在他面前提云华门的膳食堂,提完以后就问他五味庄擅长哪些厨道。

他知道大宗门卧虎藏龙,天资出众的弟子不少,但是连厨道都要拿来跟他们这种小门派比一比,也太过好胜了些。前几年在对方又以论道为名,来炫耀自家厨道之时,他终于忍无可忍,直接说云华门膳食堂做的东西没有灵魂,算不上厨道。自此,这位庄主终于消停了。

原本他还担心此举会引来云华门的报复,还特意让弟子小心云华门的人,哪知道等了好几年云华门都没什么动静,外出历练的弟子遇到云华门弟子,也没受到对方任何刁难,反而在遇险时又被他们救了。

想来是云华门庄主虽然爱显摆了些,但心胸还算宽广,并没有报复他这种小门小派的打算。

白案真人心情复杂,安和的心情也好不到哪儿去。难怪师父当年获救后不久,他们和风斋便成功依附到琉光宗门下,恐怕还有这位桓宗真人的功劳。俗话说,背靠大树好乘凉,和风斋依附到琉光宗以后,不用再整日担心其他门派的算计,大力发展旅游业,现在整个修真界,谁还不知道他们和风斋。

他们和风斋欠桓宗真人的,又何止救命之恩。

还有这位箜篌仙子,当日在城门口见到她,他只以为这位姑娘年纪小,仗着胆子大,才跑出来拆穿邪修的计谋。没想到人家是大宗门弟子,身边还有高手同行,并不是胆大包天。

出门在外,有突发事件发生又无修士坐镇的时候,十大宗门弟子若有能力对敌,便理应出手相助。这是十大宗门内部心照不宣且不成文的规矩,也正是因为此,修真界的风气才好了很多。

箜篌仙子年岁尚小,便已有如此觉悟,不愧是大宗门教出来的亲传弟子。只是看男人的眼光忒差,他哪一点比不上白案真人那个老头子。

"斋主,花仙子们准备好了,舞会可要现在开始?"师弟在他耳边轻声问。

大师兄老盯着人家箜篌仙子做甚，没见桓宗真人的脸色越来越难看？

"可。"安和点头，端起桌上的茶，向宾客们敬茶。

师弟扭头偷偷打量桓宗缓和下来的脸色，舒出一口气，扬手示意花会开始。

风起，从天上飘下大朵大朵的鲜花，彩衣仙子们手持花束从天而降。牡丹在舞台上盛放，仙子们足尖轻轻踩在花瓣上，随风而舞，美得让人忘记此处是人间，而不是天宫。

美，美不可言。

箜篌看得目不转睛，当花仙们化作飞天仙女踏花离开时，她还回不过神来。

"即使说她们真的是从天宫而来的仙女，我也会相信。"箜篌良久才回过神来，转头看桓宗，他仍是那不喜不怒的模样。

"桓宗，"箜篌小声道，"你不喜欢这个表演？"

桓宗给箜篌倒了一杯热茶，摇头："喜欢，挺不错。"

嘴上说着喜欢，脸上的表情却很诚实，箜篌端起茶喝了口，没有桓宗亲手泡的茶好喝。

"牡丹仙子雍容华贵，桃花仙子艳丽无比，莲花仙子出尘高洁……"放下茶杯，箜篌感慨，"世间竟有如此美丽的姑娘。"

桓宗："……"

在他看来，好看的男人与女人都一样，并没有太大的差别，所以一时半会儿，箜篌的话他不知道该怎么接。

表演还在继续，箜篌小声跟桓宗说着话，注意力却落在表演台上。看到漂亮的女子她会惊艳，看到稀罕的鲜花她会赞叹，仿佛在她眼里无一不美，无一不好。在她的感染下，桓宗盯着一盆暗绿的鲜花，努力寻找着它的美。可惜他在这方面没有多少天分，最后只能一无所获。

"桓宗真人，"安和端起茶杯，朝桓宗遥遥敬道，"多谢真人。"

"斋主客气。"桓宗端起茶杯抿了一口。

见他喝下茶，安和才转向箜篌："之前不知姑娘竟是云华门的箜篌仙子，若有招待不周之处，还请仙子多多见谅。"

"斋主太客气了，贵地景好人好鱼美味，实在让人流连忘返。"箜篌端起茶杯回敬,"多谢斋主今日盛情招待。"

"仙子能来,鄙派已是蓬荜生辉。"安和喝下茶,心中暗暗感慨,还是可爱的小姑娘比较讨喜。

其他修士见安和开了这个头,也都纷纷敬茶,虽然桓宗真人只是沾唇便止,但是他们也很满足。回去以后,他们也能向其他修士吹嘘,他们跟琉光宗、云华门亲传弟子一起喝过茶、赏过景呢。

好在不管内心如何激动,这些坐在贵宾席位上的修士表现得都很含蓄,而围在四周看热闹的其他百姓就不会因为身份顾忌这么多,他们不仅看台上的表演,还会看贵宾席上的嘉宾。

"那位就是五味庄的庄主?听说他做的饭极好吃,我还以为是个圆头圆脸的大胖子,没想到如此仙风道骨。"

"还是我们的安和公子最好看,气质最优雅。"

"姑娘你是认真的?"外地来的女修士对这个说法非常不赞同,指着贵宾席上的桓宗,"明明是那个男人更好看。"

"你胡说,安和公子是最好看的。"

"白衣公子才是俊美无双。"

"你敢侮辱安和公子?"女子开始挽袖子。

"还讲不讲道理了,我哪个字在侮辱他?"外来女修士见这名女子竟然想跟自己动手,也挽起了袖子,审美这种事是不能轻易屈服的。

"师姐,算了算了。"跟她同行的师兄妹们拉住她,"这是雁城地界,我们跟她闹起来会吃亏的。"

"有眼睛的人都看得出是那个白衣公子好看哦!"女修气急之下,把自己老家口音都带了出来,"你们说她是不是脑子有问题?"

"师姐,你明知道她脑子有问题,还跟她争什么?"两个师妹拽住她胳膊,"你换个座位看。难道你忘了今日出门前占的卦?卦象上说你今日不宜与人产生口角。"

听到这话,女修顿时偃旗息鼓,悻悻地瞪了本地女子一眼,被师妹拖到右边,与一位同门师弟换了个位置。

"红菱,出门在外为一点小事吵嚷像什么样子!"女修的师姐低声呵斥了她一句,顾忌这里人多嘴杂,也没多说她。

"对不起，葛巾师姐，是我错了。"名为红菱的女修低下头，讷讷道，"下次我不会这么冲动了。"

"知道错就好。"葛巾师姐点了点头，俯身在她耳边小声道，"不过你说得没错，那个白衣公子更好看一些。"

"我就知道师姐的眼光跟我一样好。"红菱顿时高兴起来。

"她是雁城人，偏爱自家斋主是人之常情。"葛巾抬了抬下巴，纤细的手指摸到腰间的占卜骨上。这些日子她总是惶惶不安，又占不出什么有用的东西，卦象上只隐隐约约显示，若遇贵人便能逢凶化吉。

可是贵人在哪儿，是男是女，是老是少，通通都算不出来。

等百花舞会结束，观看区的游客纷纷起身离开，唯有他们几人稳坐如山。守在不远处维护秩序的和风斋弟子警惕地望着他们，这些人坐着不动，是想干什么？

就在他准备上前询问时，其中一名紫衣女修从腰间取出几枚如羊脂白玉的卜骨。和风斋弟子停下了脚步，占卜的修士都有自己的习惯，很忌讳占卜的时候被打断，虽然不知道这些人是哪个门派的修士，但他还是不要上前打扰为妙。

不懂占卜术的他，看着紫衣女修把卜骨摇来摇去，停下以后严肃道："东边。"

什么东边？难道东边有他们想要找的人？

只见这几位修士齐齐站起身，径直往东边走去，连头都不回。和风斋弟子这才反应过来，原来紫衣女修所说的东边，是往东边走的意思。

卜师连走路都要来一卦吗？

有这种怪癖的门派他听说过一个，好像是叫……吉祥阁？

"停下。"葛巾看到前方道路被围墙堵住，拿出卜骨又占了一次，"北。"

"师姐，这样真的能避开大凶吗？"红菱跟在葛巾身后往北方走，"要不我们向和风斋求助吧？"

"求助的理由呢？难道说，我们卜出未来有可能遇到什么危险，所以请贵斋派高手送我们回去。"葛巾反问，"你若是安斋主，你会信吗？"

红菱悻悻摇头。

"如果实在没有办法……"葛巾收起卜骨，"我们带些值钱东西上和风斋拜访，就说是庆祝百花舞会圆满开幕。和风斋肯定会客套一下，比如请我们小住之类。这样我们就能在和风斋暂住几日,让阁主向主宗求助,等主宗的人送我们回去。"

"这样……会不会有点丢脸?"一位师弟小声问。

"你我一行只有五人,你们觉得命重要,还是脸重要?"葛巾在收纳袋里翻了翻,翻出几盒药材,用锦盒装了,"走,去和风斋。"

红菱捂着脸跟上,脸面皆可贵,性命价更高,反正五个人呢,又不是独独她丢脸。

百花舞会一结束,安和就邀请贵宾们到和风斋用晚宴,桓宗本想推辞,但当他听到安和说,晚宴请了雁城最有名的大厨,对方最擅长做鱼时,余光落到箜篌身上,微微点头答应下来。

见桓宗答应了他的邀请,安和连忙安排人下去准备,让弟子牵来早就准备好的马车,带着众人回和风斋。

到了和风斋,箜篌一进大门,就被里面的景致吸引住了,真是无处不精致,无处不讲究,每一步都是景色。

见箜篌对里面的景致感兴趣,桓宗有意慢下脚步,陪着她一起看。走在前面的孝栋见师叔走得慢,连忙反身走到桓宗后面。有心赏景,却不好意思让其他人发现的修士暗自松口气,纷纷慢下了脚步。

这样就不会显得他们没见过世面,而是大家走得太慢,所以他们只能赏景。

走在前面的安和心中有些疑惑,难道他们雁城的鱼肉已经毫无影响力了?这次设宴的鱼,全都来自斋内灵气池中,身上富含着浓郁的灵气,吃了后对修士灵台极有好处。平时他自己都舍不得吃,这次因为有恩公在,才让人捞了几条出来。

他正急着让恩公看他报恩的决心呢,为何这些人走得如此慢?

箜篌回首间看到安和略有些焦急的神情,小声对桓宗道:"桓宗,安斋主是不是肚子饿了,看起来有些着急,要不我们走快一点?"

"元婴期修士,早已达到辟谷之境,就算一年不吃饭,也能靠着天地间灵气的温养,让身体内腹如常,并不会产生饥饿感。"桓宗道,"也许他天生就是这种表情,你不必在意。"现在的修真界虽然已经不像千年前那般混乱,但归根结底还是讲究强者为尊,太过在意别人的想法与看法,并不利于心境。

"真的？"箜篌对桓宗这种解释半信半疑，脚下的步伐加快了些。

设宴用的木桌，是雕刻着祥云花卉的矮桌，每张桌子旁边放了两个坐垫。整个大殿上聚灵阵启动，踏入殿门后众人心旷神怡。

"诸位贵客请坐。"安和招呼着众人坐下，很快便有彩衣女婢端着玉盘上桌，玉盘上盖着封锁灵气的玉罩。女婢走得小心翼翼，这份慎重的态度让众宾客忍不住坐直了身体，好奇玉盘里装着什么稀罕东西。

"鄙派家底甚薄，也没什么好东西招待大家，这道菜是鄙派灵液池中打捞出来的鱼，生长得极为缓慢，刺多肉少，还请贵客们不要嫌弃。"安和示意婢女们把玉盘上的玉罩打开。

玉罩打开的瞬间，沁人心脾的灵气四散开来，众修士惊道："这竟是如意云纹鱼？"这种鱼有固气凝神的奇效，普通人吃了延年益寿，修士吃了灵台稳固，修为增加，实在是难得的好东西。

没想到安斋主如此大方，竟拿如此珍贵的鱼出来待客。

盘中的鱼虽只有两三指大小，但它浑身是宝，就连身上的鳞片与骨刺都是珍贵的药引。

玉盘中有条已经去了骨与头的鱼，还有两小碗鱼汤，若不是在场众人的修养极好，恐怕会忍不住当即端起碗仰头把鱼汤喝下。

能踏上修炼大道的，又有几人当真不在乎寿元与修为。

"诸位请慢用。"把众人的震惊与喜悦看在眼里，安和终于满足了，"若有招待不周之处，还请诸位多多见谅。"

把如意云纹鱼都拿出来招待他们了，若还说什么招待不周，那他们也太不要脸了。小口小口喝着鱼汤，众修士慢慢转换鱼汤带进身体里的灵气，不由得感慨，安斋主真是太热情好客了。

安和转头去看坐在一起的桓宗与箜篌，与其他修士相比，桓宗真人的反应十分平淡，他用筷子轻轻夹起鱼背上一小块肉，放到嘴里尝了尝，用另外一双未曾用过的筷子夹起鱼腹肉，放到了箜篌仙子碗里。

箜篌仙子夹起鱼腹肉放进口中，两人对视了一眼，桓宗真人脸上露出了罕见的微笑。安和端起桌上的鱼汤抿了一口，暗自想：难道两人在用传音术交谈？

正在他疑惑间，桓宗真人忽然抬起头，与他的视线对上，那凉飕飕冷冰冰的视线，让他从头凉到脚底。连忙收回自己好奇的视线，安和心中惊疑更甚，桓宗真人与箜篌姑娘是何关系。

这些年来，他从未听过哪个琉光宗亲传弟子与云华门弟子结为道侣，倒不是身份不相配，而是在修真界所有人眼中，这两个门派的弟子，实在太不搭界了。

提到琉光宗，大家首先想到的就是白衣胜雪，冷如山巅积雪，人比剑冷，修为高深又刻苦，生活极其自律。而只要说到云华宗，大家最先想到的永远都是懒洋洋的生活状态，护短的个性，还有针插不进的团结。

想要加入宗门的弟子，首先需要通过的就是问仙路，每个宗派问仙路阵法设置的重心不同，有看重天资的，也有看重道心的，甚至有看重审美的，而云华门看重的却是人心。

不是道心而是人心，唯有符合云华门品性特点的弟子，才能通过云华门的那条问仙路。或许正因为此，云华门成不了修真界第一大门派，但是由于他们的团结，整个修真界都不敢小觑他们，包括琉光宗在内。

不敢小觑是一回事，但两宗门弟子的性格完全是南辕北辙，唯一的共同点大概是某些时候性别相同，现在这两位连性别都是反的，究竟是什么神秘的力量，让他们关系如此亲密？

不仅安和很震惊，跟林斛坐在一起的孝栋内心也很不平静，冷若天边皎月的师叔，原来私下里竟会给友人夹菜倒茶，更可怕的是，他看到师叔笑了，笑了！

孝栋扭头看林斛，师叔私下里与林前辈在一起的时候，待他也是如此？

"别看我。"林斛用传音术对他道，"我只是一个什么都不知道的仆从。"

孝栋："……"

其、其实林前辈好像也不是那么正常。

鱼汤入腹，化为滋养灵台的灵液，箜篌喝了一口便舍不得再喝，扭头对桓宗道："这个鱼汤能够温养灵台。"她把碗往桓宗面前推了推，"我这碗也给你。"

看着小姑娘把女子拳头大小的碗推到自己面前，桓宗有些恍惚。

这是他人生中的第一次体验，这种发现是好东西便从牙缝里省下来留给他的感觉，让他有些不知所措，可是心软成了一团。

她还这么小，十六七岁的年纪，没有走遍修真界，甚至不知道修真界有多少好东西，有多少神奇的秘境，却把这碗她认为是好东西的鱼汤留给了他。

桓宗想起很久很久以前，母亲临终前对他说的话：

"桓宗，你不要相信外面那些流言，你不是呆子，更不是傻子，你只是不懂得感情而已。你记着，若有人对你好到想把最好的东西努力省下来留给你，那他就是真心喜欢你。"

"什么是最好的？"他不明白，看着凤榻上神情憔悴、瘦得只余骨架的母亲，却不知道难过的表情是什么样子。

"世间有很多美好的东西，桓宗，你只要明白，爱吃的人为你放弃美食，爱钱的人为你放弃钱财，好美色的人为你放弃天下美色，好权力的人为你放弃野心，那么这些就是他们最好的东西。

"桓宗，我的孩子。为母希望你有很多很多的人爱你，你也能学会爱人。"

母亲病逝，他跟着师父到了琉光宗，很多人敬畏他、宠爱他、羡慕他甚至嫉妒他，却没有母亲口中那个愿意为他省下吃食的人。

他仍旧没有学会如何去爱人，他想象着天真少年与普通人相处时应该是何种模样，甚至把想象中的东西写下来，可是并没有人喜欢他写的那些故事。

妙笔易生花，话本窥真情，学不会爱人的他，也写不好一篇故事。

得知有人喜欢他写的故事时，他是欢喜的。那一日在雍城书斋外，他听到小姑娘与书斋老板的对话后，生平第一次撒了谎。

他并不是去书斋买书，而是想看清买书的人长什么模样。

原来是个鼻子嘴巴小小的、眼睛大大的小姑娘，眼睛眨啊眨地看着他，让他想起幼时独自坐在宫殿里看到的星星。那么璀璨，那么美丽。

"桓宗，你怎么了？"箜篌见桓宗盯着她推过去的鱼汤愣神，有些不好意思，"我刚才只喝了一点，等下你喝的时候，不要碰到这里就好。"她指了指刚才沾了自己唇角的地方。

刚才她只想到这个鱼汤对桓宗好，却忘了鱼汤已经被她喝过一口，让桓宗误会她是想把自己喝剩下的东西给他，可就不美了。

"箜篌。"桓宗转头看着箜篌，眼瞳黑得见不到底。

这双眼睛里的感情太复杂，箜篌看不明白，也不知道该怎么看明白。她拉了拉他藏在桌下的袖子："不喜欢这个鱼？"

"谢谢你。"桓宗端起箜篌推给他的鱼汤，一饮而尽。

"不客气。"箜篌摇头，笑弯了眉眼。

偷偷注意着两人的师侄孝栋倒吸一口凉气，师叔……师叔怎么能这样？如意云纹鱼的确是好东西，但他们琉光宗私下里也用灵液池养了几十尾，以后又不是吃不到了，他怎么能把人家小姑娘的汤也给喝了。

荃篌师叔才多大？不过是十六七岁的单纯小姑娘，师叔、师叔怎么忍心？

孝栋内心的信仰摇摇欲坠，他怎么也不能接受，高洁如雪的师叔，竟是在小姑娘身边骗吃骗喝的厚颜老男人。

看着孝栋一脸无法接受的模样，林斛暗暗摇头，还是太年轻，性格不够沉稳。他若是知道，自家师叔不仅喝小姑娘鱼汤，还在小姑娘面前撒谎说会烤肉，拿人家小姑娘价值连城的朱红草，靠着小姑娘才在无名真人那里得到横公鱼，岂不是要道心不复？

平时十分正经的人，不要脸起来，都很难让人发现他不要脸。

有了如意云纹鱼，后面上的菜对于众多修士而言，就缺了几分惊艳。嘴里吃着这些菜，脑子里还想着云纹鱼的美好滋味，让后面的菜好多只动了两筷子便又撤了下去。

荃篌倒是吃得很开心，她不仅自己吃得欢畅，还偷偷告诉桓宗，不同做法的鱼，哪些部位更好吃。或许整个宴客厅里，只有他们这一小桌吃得最认真。

宴席结束，安和邀请宾客在斋内住下，大多宾客婉言拒绝。安和也不强留，把他们亲自送到门口以后，见桓宗、孝栋等四人也要走，挽留得倒是比之前真诚了几分。

"多谢斋主盛情，只是我们在内城里已有住处，又怎好继续叨扰？"林斛拒绝了安和的挽留，跟上桓宗离去的步伐。

"告辞。"荃篌朝安和拱了拱手。

"欢迎仙子下次再来光临鄙处。"

"荃篌，"桓宗停下脚步，转身看正笑望着安和的荃篌，"走了。"

"来啦。"荃篌拎起裙摆，一路小跑追到了桓宗身边，对他笑了笑。

桓宗回了她一个不太明显的微笑，转头面无表情地朝安和点了点头，带着荃篌大步离开。

安和觉得，恩公桓宗真人似乎不太喜欢他，难道这是……美男子之间的竞争意识？当他在意恩公过于俊美的外貌时，恩公其实也在介意他？

同性相斥这种情况，在恩公身上也适用？

"斋主，吉祥阁弟子携礼上门拜访，庆贺今次百花舞会开幕圆满成功。"

"吉祥阁？"安和微微皱眉，和风斋与吉祥阁之间好像没什么交情。

"请他们进来。"不管吉祥阁是何用意，不过来者是客，他还是要亲自接待他们的。

在和风斋亲传弟子引路下，箜篌与桓宗走出了和风斋大门。

"恭送仙长、仙子。"和风斋弟子对四人长揖到底，十分恭敬。箜篌正欲还礼，发现大门口站着四女一男，站在最前面的是位紫衣女修，相貌十分美艳。

五人也看到了她，箜篌朝他们笑着点了点头。

五人拱手施了一礼，显然把身段摆得比他们更低。猜测这几人可能在台下看到他们坐在贵宾席上，所以才对他们如此客气。箜篌不再多想，扭头对桓宗道："桓宗，我们明日赶去吉祥阁可来得及？"

"我的收纳戒里，有座速度极快的飞宫，乘坐飞宫到吉祥阁，最多只需要三个时辰。现在并没有新的消息传出来，或许是邪修意识到他们已经打草惊蛇，所以暂时不敢有什么新的动作。"桓宗笑，"自来了雁城后，你一直在入定打坐，都没有好好逛过这里。下午我们一起在雁城赏一赏花，再买些东西寄回去。明日一早便出发，可好？"

"这样……也好。"箜篌点头，来了有名的雁城，却没有给师门买什么东西回去，箜篌总觉得这样就像是亏了一大笔钱。

"几位道友，请恕在下打扰。方才听这位仙子说，诸位准备去吉祥阁？"能被安和奉为上宾的修士，身份肯定不简单，他们竟然要去吉祥阁，这实在是太巧了。

"并非有意偷听二位说话，只是在下乃吉祥阁弟子，听到这三个字，反应就会格外灵敏，所以请仙子与仙长见谅。"葛巾深吸一口气，鼓足勇气道，"不知仙长与仙子是何宗何派，去鄙派所为何事？"

也不知道这几人是卦象中显示的大凶，还是贵人呢？

桓宗看了眼这四女一男，在他们身上并没有发现邪修的踪迹，便不再多言。吉祥阁乃云华门附属门派，这些人身份很安全。

"诸位道友好，我是云华门弟子箜篌……"

"您就是箜篌仙子？！"

对方的反应太过强烈，箜篌看着紫衣女修炽热的双眼，还有她身后的四位修士仿佛找到人生曙光的喜悦的表情，微微往后退了一步。桓宗往前跨步，把箜篌拦在身后："诸位有何事？"

"箜篌仙子，我们五人是吉祥阁弟子，今日能见到仙子，喜极忘形，请仙子见谅。"狂喜过后，葛巾意识到自己刚才的反应太激烈，忙开口解释道，"因弟子们近来遇到一件难事，求助无门……"

"师姐的意思是，遇到仙子实在是太开心了。"红菱跑到葛巾身边，拉了拉她的袖子，朝箜篌行礼道，"见过仙长与仙子。"师姐这性子太实诚了，就算她真的是因为找到帮手而高兴，也不该直白说出来，万一箜篌仙子听到这话转身就走，他们几人的性命就保不住了。

箜篌看着穿红衣的女修赔笑解释，想要假装自己没看出他们的意图很难，干脆开口道："你们遇到什么麻烦事了？"

"没有没有。"红菱摆手道，"就是见到仙子太开心。"

"既然如此，那我就放心了。"箜篌笑眯眯道，"告辞。"她拉了拉挡在她前面的桓宗，"桓宗，我们走。"

眼看箜篌真的打算走，红菱急了："请仙子恕罪，我方才说错了，其实我们真的有一件小事想要麻烦您。"

"小事？"

"嗯……一件不大不小的事。"红菱的声音细若蚊蝇。

"很急吗？"箜篌看了看外面的天色。

"不急吧。"红菱想了想，事情什么时候发生，会怎么发生，他们都没算出来，实在很难说得清急还是不急。

"若是不急，就请诸位暂时到小院歇息，等我晚上回来再与你细谈。"箜篌转身对桓宗道，"桓宗，我们先送他们去小院，再去逛街？"

桓宗点头。

"不用了。"林斛道，"箜篌姑娘，我正好有事要回去，可以顺路与他们一起走。晚上也不用太早回来，听说晚上会有很漂亮的灯会，公子与姑娘可以赏一赏灯。"

说完，也不等箜篌拒绝，林斛转身对吉祥阁弟子道："诸位道友随我来。"

葛巾藏在袖子里的手摸了摸卜骨，对林斛点头道："有劳道友。"这位修士五官坚毅，额宽目明，看得出身负正义。最重要的是，他气势不凡，修为高深，跟他在一起，会更加安全。

见吉祥阁的弟子跟林斛回了小院，箜篌才放下心对桓宗道："我们走吧。"

大街上人来人往，男女老少摩肩接踵，普通人与修士穿梭其间，路边有很多卖小吃的摊点，都围着不少食客。闻着从四处飘来的油香味，箜篌对桓宗道："桓宗，剑修与我们法内修的道，有何不同？"

"大道三千，各行其道，也各有不同。但不论是什么道，都离不了天地温养。"喧闹的街道，对于桓宗而言，却是安静的，他听到的看到的，都只有身边这位小姑娘一人，"道由心生，顺心而为。你年岁尚小，听多了别人的道，对你并不好。这不是一日而成，别人说的也不一定适合你。"

自从进入心动期后，箜篌心中对天地大道有一种隐隐的感悟，但是这种感悟实在太过模糊，她甚至弄不清这究竟是自己想多了，还是修为提升，让心境产生了变化。

天地之道，在于什么？

人心之道，又重在何处？

她投入师门修行，拥有了勇气、仁爱，但仅仅明白这些，就能成功踏上飞升大道吗？

一股淡淡的臭味传入鼻间，箜篌也没兴趣论道了，扭头在四周找了找，味道是街角一家卖咸鱼干的店铺传出来的。与卖小吃的摊点相比，这家咸鱼铺称得上是门可罗雀，就连路过的人，都会捂着鼻子快步离开。

面对路人们嫌弃的表情，店铺老板却十分淡然，看路人的眼神仿佛在说，你们都是无知的凡人。

不知道是不是老板神秘淡然的表情太有吸引力，从来没有吃过咸鱼的箜篌突然生出几分好奇心，对桓宗道："桓宗，你在这里等我，我去咸鱼铺看看。"

老板正准备找本书来打发时间，转头见一个华服小姑娘站在他店门口，一双眼睛亮晶晶的。他放下手里的书，迎视着对方，这是迷路了，还是钱袋儿丢了？

"店家，你这里卖的都是咸鱼？"箜篌看着左边墙上挂着一条比人还要大的鱼干，心想这么大的鱼，要多久才能吃完。

"你要买？"老板见小姑娘白白净净，穿得也讲究，不去买花买漂亮裙子，往他这个咸鱼铺里凑什么热闹。

"对。"箜篌点头,"我准备给朋友寄一些回去,你有推荐的吗?"

老板也不多问,从挂架上取下几条不同的鱼摆在货台上:"这些鱼味道比较温和,适合你们这些外地人口味。"

咸鱼都晒得跟树皮一样硬,箜篌也看不出这些鱼除了大小以外,还有什么不同:"那给我准备一百条。"买的鱼少了,膳食堂的师姐做出来,都不够宗门上下的人吃。

一百条?这小姑娘是准备买回去赚差价?

老板从货柜里掏出个布袋:"鱼每条一块半灵石,一次性收纳袋五十灵石,一共二百灵石。"

"老板,能便宜点吗?"箜篌摸了摸收纳戒,开始数灵石。

"小本生意,不讲价。"老板看了她一眼,从货柜里取出一条蓝色的咸鱼,"你买得多,我可以送你一条海鱼。这鱼不是雁城本土鱼,是我早些年在海上抓回来的。"

"那就多谢老板了。"箜篌付了灵石,转身看站在远处的桓宗,想了想,"再给我二百条,分开装。"琉光宗的人要多一点,对鱼的需求量肯定也会大一些。

装了二百条咸鱼,老板又卖出个一次性收纳袋。这次不用箜篌开口,他起身在货架上取出一个木盒,从里面取出一条浑身金色,只有半掌宽的鱼干扔到桌上:"赠品。"

买一百条送大鱼,买二百条送小鱼,老板好像不太会算账啊。

箜篌没有多说,拎起收纳袋小步朝桓宗跑去:"桓宗,我们去寄东西。"

看着她手里的收纳袋,桓宗欲言又止,还是答应下来。到了驿站,他发现箜篌只给云华门寄了一个收纳袋:"这一袋不寄回去?"

"这袋是我帮你买的。"箜篌把收纳袋递给驿站人员,"你们宗门的人比较多,所以我多买了一点。"

桓宗:"……"

"谢谢。"

"不用客气,又不贵。"

咸鱼铺里,老板坐在躺椅上,懒洋洋地翻着手中话本,仿佛外面的一切喧闹都与他无关。

"母亲,你不是想买咸鱼吗?这里刚好有家……"

"嘿！"妇人打断儿子的话，"这家老板心黑手狠，一条咸鱼竟然要卖一块灵石，放眼整个雁城，谁会买这么贵的东西，又不是脑子有问题。"

"哼。"老板翻了一页书，翻了个白眼。

"你看看整条街，哪家没有客人，就他这里一个人都没有。"妇人道，"我看他家迟早关门。"

老板合上书，起身走到门口道："多谢大妈提醒，我现在就关门。"说完当着妇人与她儿子的面，重重关上了门。

妇人与她儿子没有想到，他们说话声音这么小，对方也能听见。心里有些尴尬，所以就算对方当着他们的面关门，他们也不好意思说什么。

"真是邪了门，他怎么听见的？"妇人有些讪讪，拉着儿子快步离开。

夜色慢慢降临，雁城的街道上挂满了漂亮的灯笼，很多女子与恋人并肩走在一起，手中的灯笼映红了他们的脸。

"箜篌。"桓宗叫住箜篌，从收纳戒里取出一盏手提琉璃灯，用手指在琉璃灯上轻轻一点，琉璃灯便散发出莹莹明光，漂亮极了。

"给你。"桓宗把提灯手柄塞到箜篌手中，别人有的东西，这个小姑娘也要有，还要比别人的好。

"好漂亮。"摸着琉璃灯上挂着的玉珠垂流苏，箜篌惊喜道，"这是什么灯？"

"一盏普通的琉璃灯。"桓宗笑，夜风吹动他的袍角，明明是冷淡疏离的人，此刻看起来却无比温柔。

琉璃灯为他们照亮了脚下的路，也引起无数路人的注目。因为琉璃灯太漂亮了，提灯的小姑娘太美，陪在她身边的华服公子，更是俊俏得让人以为那是从天而降的谪仙。

他们走在一起，很难让人忽略他们的存在。

"我给你表演一个小术法。"收到这么漂亮的灯，箜篌很高兴，空着的手掐了一个指诀，再次松开手时，如光似火的蝴蝶从她掌心飞出，亮闪闪的蝴蝶围着桓宗飞舞了一圈，最后化作点点荧光消失。

桓宗看着最后一点荧光消失，听到风吹进了他的心里。

呼，呼。

每一下都那么清晰，那么用力。

"好看吧？"见桓宗还愣愣地看着昏暗的半空，箜篌笑着挥袖，无数蝴蝶飞了出来。

蝴蝶身上的光照亮了她的脸，也照亮了桓宗的眼。

观景楼上，安和静静站在最高处，看着夜色中提着琉璃灯的少女，还有那漫天飞舞的蝴蝶。这是一种很简单的幻化术法，只要有足够的修为，都能做出来。

拿这种简单的幻化之术，变蝴蝶给一个修为深不可测的剑修看，这与刚学会走路的孩子对大人说，看他跑得多快有什么差别。

不过，这些蝴蝶很美……

小院中，葛巾、红菱等人无心入睡，他们坐在院子里的八仙石桌旁，喝着早已没有多少茶味的茶，心里七上八下。

林斛端来托盘给他们换了一壶茶："诸位道友先去歇息，明日早上我们陪同诸位一起去吉祥阁，有什么事大家可以路上说。"

"前辈。"葛巾起身朝林斛拱手道，"夜长梦多，我们还是等箜篌仙子回来把事情说清楚。"

"公子与箜篌姑娘恐怕还有一会儿才会回来……"

"一炷香之内，箜篌仙子就会回来了。"小师弟收起他扔到桌上的玉龟壳，起身道，"请前辈原谅晚辈们的失礼，我们想去门口迎接箜篌仙子。"

林斛："……"

"诸位请随意。"林斛也认识一些擅长掐算卜卦的修士，比如说十大宗门中的月星门。他们在掐算一道上，道行远远高于其他修士。但就算是月星门，也不会有事没事就拿东西出来卜卦。

卜师虽不善比斗，但十分受修士尊重，几乎没有多少人敢轻易得罪他们。据说走卜卦一道的修士，有感悟天地之能，所以他们也被大家视为天地大道的口与耳。

大家还要靠着天地大道修炼成仙，谁能逆大道而行？

像吉祥阁弟子这种，有事没事先算一卦的修士，实乃是卜师中的奇葩。他们这样做，也不怕天地大道嫌他们什么事都要烦他，让他们卦象不准？

林斛跟着吉祥阁弟子走到大门口，就看到白衣胜雪的公子与箜篌出现在小巷尽头，箜篌姑娘手里提着能够驱煞抑邪的神器青明灯，随意的姿态就像是提着一盏普通照明灯。

"你们怎么都站在门口？"箜篌看到他们，加快脚步来到吉祥阁弟子面前。

"仙子，我们还有事想告诉仙子。"葛巾朝箜篌行礼道，"与我们的卦象有关。"

"那我进去谈。"箜篌转头对桓宗道，"桓宗，我先跟他们进去。"她提高手里的灯，"谢谢你送我的灯，我会好好收藏的。"

清冷的门口，桓宗与林斛相对而立。

林斛叹息："公子……"

桓宗琉璃般的眼睛望向他："嗯？"

林斛最近究竟怎么了？

"箜篌仙子，实不相瞒，我们这次是遇上麻烦了。"葛巾跟师弟师妹们商量了很久，还是决定实话实说。若是其他人，他们还能说几分留几分，但箜篌不同，她是云华门亲传弟子，若是被她发现他们在有意隐瞒，会影响整个云华门对吉祥阁的看法。

当年吉祥阁人丁凋零，外面都说他们已经被天地大道舍弃，算不出东西来。没有人找他们算卦，就连门下一些有天分的弟子，也加入了其他宗门，最穷的时候，他们甚至连修缮宗门的钱都凑不齐。

就在上代阁主以为吉祥阁要亡在他手里时，云华门的珩彦宗主却来问他们，愿不愿意依附到云华门下。对于走投无路的吉祥阁而言，这简直就是天降馅饼，连做梦都不敢想的事。

那天夜里，上代阁主他老人家沐浴焚香，在历代宗主的命牌前，给吉祥阁卜了一卦。

大吉。

依附到云华门后，吉祥阁得到了云华门资助的灵石、法器以及各种修炼资料。对于修士而言，最贵重的不是灵石与法器，而是修炼资料。

修炼初期，整个修真界修士学的东西都差不多，但是越往上走，宗门的资助就越重要。就连散修都有一个散修盟互通有无，更别提宗门对弟子的助力。

也正是因为如此，很多宗门都想依附到十大宗门之下，但十大宗门也不是什么附属门派都行，他们的标准各异，实在难有统一的答案。吉祥阁加入云华门多年，云华门从不插手他们的内务，反而在有重大事件发生的时候，助力几分。

现在吉祥阁弟子修炼用的秘籍与云华门弟子一样，还能以成本价在主宗买到很多修士捧着灵石都求不来的法器符箓。他们在私底下常常自嘲，一定是历代阁主在天之灵给珩彦门主下了咒，才让他如此想不开把吉祥阁收为附属门派。

听葛巾讲完算卦的经过，箜篌道："卦象是针对你们，还是整个吉祥阁？"

"应该是针对我们。"葛巾见箜篌没有怀疑她的话，反而关心起吉祥阁的安危，又是感动又是愧疚。他们一行人踏入修行已经近百年，竟还要一个年仅十六岁的小姑娘出手相助，这些年真是白修炼了。

"近来邪修动作频频，你们小心行事也是应该的。"箜篌见他们神情慌张，"明日你们和我一起走，我修为虽是不济，但幸而有林前辈与好友桓宗相陪，也是你我的幸事。"

"与林前辈一起的孝栋道友，好像是琉光宗的弟子？"葛巾道，"我听他称桓宗公子为师叔，难道桓宗公子是……"

"你猜得没错。"箜篌点头道，"桓宗也是琉光宗亲传弟子，不过他不会回宗门，而是与我一起游历。"

琉光宗的亲传弟子……

葛巾心中大定，对回到吉祥阁这段路程的安危再也不担心了。难怪前些日子会传出箜篌仙子与桓宗公子如何勇斗邪修，救出无数正派宗门弟子的故事，原来是两人在一起游历，见到不平事就出手了。

都说琉光宗的剑修大多冷心冷情，唯一坚持的道只有剑。没想到箜篌姑娘竟然能与剑修关系这么好，还能让他陪着去赏灯赏花，可见其本身是个多令人喜欢的小姑娘。

第二日一早，桓宗打开房门，看到孝栋站在他门外。

"师叔，弟子今日要回宗门，请师叔多多保重身体。"忘剑峰的峰主是松河，孝栋的师父是松河亲传弟子之一。出门之前，师父就跟自己说过，若是在雁城遇到师叔，一定要看看他身体怎么样了。

在师父口中，师叔的身体好像出了问题，而且状况非常不好。可是从昨天到今天，不管他怎么看，师叔的身体都不是太糟糕，虽然面色苍白了一点，但还没有糟糕到师父所担心的地步。

"你的师父是苍山还是苍海？"桓宗记得松河师叔只收了这两个徒弟。

"师叔，家师是苍海。"孝栋内心有些低落，师叔果然不知道他是谁，而且对他一点印象都没有。

"回去告诉你师父，不要胡思乱想。"在桓宗看来，苍山与苍海这两位师兄哪儿都好，就是想得比较多，这一点随了松河师叔。

孝栋："……"

这话他不敢传。

林斛出门见孝栋可怜巴巴地站在公子门口，出言为他解围："孝栋，你先回去，你师叔这里还有我看着。"

"有劳林前辈了。"孝栋朝林斛作揖叩谢，跟桓宗道别以后，踩着飞剑离开。

吉祥阁弟子起得很早，或者说这一晚上，他们根本没怎么睡。听到外面有响动，就赶紧起床了。

"你们这么早就起了？"练完一套剑法，林斛见吉祥阁的弟子都已经起床，收起剑，"原本打算请诸位用过早饭再走，但是公子知道大家急于回去，就准备好了吃食放在了飞宫里。等箜篌姑娘起来，我们便可以走了。"

"有劳桓宗仙长与前辈了。"葛巾听到桓宗公子竟然用飞宫送他们回宗门，有些不好意思，这太耗费灵石了。催动飞宫，需要很多灵石里的灵气，所以大多修士出门，都用自己的飞行法器，虽然不如飞宫舒适，至少省钱。

"道友们不必介意，我们原本就打算去贵地，与你们也只是恰好同路。"

世上哪有那么多恰好，不过是对方愿意帮忙罢了。葛巾心里有数，但是面对林斛那张表情淡然的脸，却没有再多说什么，太过客气就会显得矫情，凡事有个度反而更好。

"你们怎么都起这么早？"箜篌从房间里一出来，看到吉祥阁的弟子与林斛都在，忍不住抬头望了一眼天，这天才刚亮。猜到吉祥阁弟子内心可能有些焦急，她往四周找了找。

"公子也已经起了。"林斛猜到箜篌在找桓宗，指了指内院的门，"在外面。"

内院外面有一汪小池，里面种了罕见的七色莲，不过现在并不是七色莲盛开的季节，水面上只能看到荷叶露出的小角。桓宗从冥想中回过神，睁开眼扭头看去，箜篌从内门里朝他这边走来。

"桓宗，"见他已经看到了自己，箜篌停下脚步朝桓宗招手，"我们准备走啦。"

"好。"桓宗站起身，朝她身边走去。

这边箜篌已经找到了桓宗，内院里的几个吉祥阁弟子，却以回屋子收拾的理由，关上门开始占卜。

"今日回宗门，吉还是凶？"葛巾问用灵犀角算卦的红菱。

红菱神情有些慌张："师姐，我、我算不出来。"

旁边的师弟见状，拿出自己的玉龟甲开始算，可是玉龟甲就像是失去了灵性，什么都看不出来。

"你也算不出来？"葛巾的脸色变得难看起来，这个师弟是他们几个师姐弟中最有天分的一个，入门虽晚，但是对大道的感知能力是最强的。现在连他都算不出来，说明此行变故重重，以他们现在的能力，根本无法算出轨迹。

"师姐，我们该怎么办？"红菱急道，"走还是不走？"

葛巾还没说话，门外就响起敲门声，箜篌仙子在外面说话："诸位道友，可收拾好了？我们要准备出发了。"

"走。"葛巾道，"跟着箜篌仙子是吉凶不定，可若是不跟着他们，我们就是大凶，两害取其轻，走。"更何况还有两位剑修同行，厉害的剑修连越阶杀人都不在话下，她还担心什么。

见他们出来，桓宗把袖中的飞宫往空中一抛，一座气势磅礴的宫殿便出现在屋顶上空。吉祥阁弟子仰头看着这座精致漂亮的飞宫，原来剑修不仅修为高强，而且特别有钱。

"箜篌，来。"桓宗在空中虚点，一座通往飞宫的拱桥浮现，在空中散发着金银两色光芒。

小姑娘喜欢这些亮闪闪的东西，他就多给她看一些。

"好漂亮的桥。"箜篌飞身踩到桥上往下望，风吹起她的头发，她笑起来，比东边天际刚升起的太阳还要灿烂。

桓宗想，这么可爱的小姑娘，任谁也想对她好一点，再好一点。

他走到箜篌身旁，对箜篌道："昨晚你用的那个术法，我回到房间以后，把它学会了。"

"变蝴蝶那个？"箜篌扭头看，"桓宗，你好厉害，这么快就学会了？"

"要看吗？"桓宗问。

"要！"

桓宗掐了一个指诀，箜篌身后忽然多了一对金色的蝴蝶翅膀，翅膀带着箜篌飞到飞宫的观景台上，化作无数蝴蝶消失在天地之间。

站在院子里的吉祥阁弟子们傻傻地看着这一幕，半晌后红菱才结结巴巴道："他们大宗门亲传弟子，平时都喜欢这么做游戏吗？"

"不要乱说话。"葛巾看了眼旁边沉默的林斛，对师弟师妹们道，"都随我上去。"

不对，今天卦象说她宜迈左脚，可是她踏上桥的时候，好像迈的右脚？

到了飞宫上，林斛把一袋灵石倒进飞宫正殿中的祭炉，往里面打入一道神识，飞宫朝雁城外极速飞去。

"大师兄，桓宗真人乘坐飞宫离开了。"师弟推门进屋，声音有些焦急。

"他本就不会在雁城久留。"安和抬手，"由他去吧。从今往后，送往琅光宗的岁礼加重两成。"

不知道是不是他的错觉，他为何觉得……大师兄对桓宗真人的离开，不仅不惋惜，好像还有几分欢送的意味在里面？

飞宫离开雁城范围，高飞入云层，山川河流与层层白云尽在飞宫之下。箜篌站在扶栏边，隔着结界看着脚下的白云，还有在白云遮挡下，若隐若现的高山与河流。

当人站在高处的时候，大山江河渺小至极，这很容易让人产生一种已经征服了大地的错觉。可是山还是那片山，河还是那条河，没有人可以征服它们，它们生于天地，最后也只会消失在天地之间。

箜篌抬头看着幽蓝的天空，那里如此广阔，不知这片蓝色后面藏着什么？是修士们梦寐以求的仙界，还是另一个不曾接触过的世界？

有人说，修行就是逆天改命，与天地相争。箜篌的观念却与他们完全相反，他们的修行不是与天地相争，而是顺应天地大道，让身心与天地合一，最终得到天地承认，羽化而登仙。他们引入体内的灵气来自天地的馈赠，他们制作法器的资料，也取自大地。他们所依仗的一切，都是天地赋予的，逆天改命又从何谈起？

桓宗走到她身边，身上带着浅淡又好闻的药香。箜篌侧首看了他一眼："怎么没在屋子里休息？"

"我在窗边看你在这里站了很久。"桓宗低头看着飞宫下的白云，"是在担心吉祥阁？"

筌篌摇头，指了指头顶上方的蓝天："我在看天。"

桓宗抬头看向天空，他的眼瞳中，倒映出一片澄澈的蓝，蓝得毫无杂质。

"刚才我突然有了一个奇怪的念头，我们修士总是习惯了飞翔与站在高处，仿佛一切都在我们掌控之中……"筌篌手扶在冰凉的玉栏杆上，"可我们也只是芸芸众生中的一员而已。"

桓宗惊讶地看着筌篌，他没有想到她小小年纪，就已经有了悟道的念头。悟道，重在一个悟字，这个无人能教，也教不了，因为道在本心，除了自己，谁也不能轻易左右别人心中的道。

有些修士，直至陨落也悟不出自己的道，所以才常有人发出"朝闻道，夕可死矣"的感慨，筌篌在修行方面的天资与心性，实在让人又喜又担心。

"筌篌，我是一名剑修。对我而言，最重要的就是剑，有了剑便可斩尽一切邪魔，傲立于天下。"桓宗把手背在身后，神情平静地看着身下的大地，"我就是剑，剑就是我，我心所想，剑即所向，这就是我的剑道。"

筌篌脑子里似乎有灵感闪现，但是这种感觉转瞬即逝，她似悟似疑地看着桓宗，总觉得她面前好像有一扇门，但是她还没有那把打开门的钥匙。

"有些事不用急，当机缘来临时，所有问题都能迎刃而解。"桓宗掏出一枚漂亮的收纳戒，"有件东西一直没有给你。"

"收纳戒？"筌篌接过戒指，这是枚没有神识的无主收纳戒，她疑惑地看着桓宗，"给我这个做甚？"

"前些日子家师听说你与我同行，便为你准备了一份礼物。里面都是女孩子常用的一些东西，你看看可有喜欢的？"桓宗一直想找机会把御霄门掌柜给他的这些东西转交给筌篌，但是一直没找到借口。现在见筌篌因未悟出道而不高兴，也不想送东西的理由，想拿出这些女孩子可能会喜欢的东西让她高兴。

筌篌用神识在收纳戒里扫了一遍，里面钗环、裙衫、绣鞋、灵石皆有，甚至还有时下流行的披帛、手帕、法杖、飞剑等物，她看了看桓宗，又看了看收纳戒。传闻中实力高强、冷面寡言的剑修，竟然这么细心？

真是……海水不可斗量，剑修不可貌相。

见筌篌不说话，桓宗以为她不喜欢这些东西："若是不喜欢，到了吉祥阁我再重新给你买。"

"很漂亮，我很喜欢。"箜篌摇头，把戒指放回桓宗手里，"里面的灵石太多了，师伯的好意我心领了，但这收纳戒我不能收，太贵重了，受之有愧。"

"师父很少给女孩子送东西，你若是不收，他只会以为你不喜欢这些东西。"桓宗把收纳戒再次塞给箜篌，"更何况你也给他们准备了礼物，何谈受之有愧？"

她也送了礼物，什么时候？箜篌低头看着掌心里被桓宗强行塞回来的收纳戒，满头雾水，难道是指那三片鲛人鳞？可那是师门送的，跟她能有多大关系？

"宗主，飞剑使者来了。"

"又来了？"有过几次收礼的经验，这一次听到弟子说飞剑使者来了，金岳竟觉得心如止水，看来人的适应能力当真很强，"有请。"

飞剑使者很忙，就算签收收纳袋的当事人是修真界第一大宗宗主，他也没有时间多说几句话。等金岳在确认收货的玉简上打进一道神识，飞剑使者便匆匆飞走。

时间就是金钱，他们飞剑使者的口号就是快速、安全、诚信，顾客的时间就是生命。

"宗主，师侄又寄东西回来了？"松河峰主走进大门，看到金岳手里的收纳袋，严肃的脸上竟有了几分笑意，"这次竟然用一次性收纳袋装着，看来里面的东西很新奇。"

至少比前几次用大布袋装着，等飞剑使者从收纳戒拿出来就散落一地看起来讲究。

金岳抬头看松河，松河走到蒲团上盘腿坐下，等着金岳把收纳袋打开，一点准备离开的意思都没有。见他不愿意走，金岳也不撵他，打开收纳袋往外一倒，小山似的咸鱼干瞬间堆了一地。

被咸鱼臭味袭击的松河："……"

师侄虽然不爱说话，但好歹也算得上是个讲究人，怎么往师门寄一堆臭咸鱼回来。当着金岳的面，他此刻走不是，掩鼻也不是，只好偷偷运用灵力，把嗅觉封印住了。

装作没有看到他的小手段，金岳拿起一条咸鱼，仔仔细细看了好几遍："这是双翼鱼制成的鱼干。"

"双翼鱼？"松河惊讶地捡起一条鱼看了好几遍，"这种鱼鲜做才能保持最好的状态，谁会如此暴殄天物，竟把它做成了鱼干？！"双翼鱼既能在水中游，又能在天上飞，食用后有避毒炼体之效，一条能卖近千灵石的高价。抓到这种鱼的人，不是欢天喜地地煮了吃，就是好生养着跟他人换个高价。他活了近千年，还是第一次看到用双翼鱼做成的咸鱼干。

心情……十分复杂。

这一堆咸鱼干，至少有二百条，师侄上哪儿找到的这种好东西？

"这是什么？"松河在鱼干堆里看到一片金光，顾不上这些咸鱼臭不可闻，扒开咸鱼堆把金色的东西翻找出来。这是一条小鱼干，身上金灿灿的，仿是黄金制成的一般，尽管鱼身上的甲片已经遗失了大半，但是浑身的金色光芒依旧十分刺眼。

"这是……"金岳站起身，从松河手里拿过鱼，"龙鱼？"

龙门有三道，当鱼跳过三道龙门后，就会由鱼化龙。但若是越过一道龙门，就算不能化身成龙，身上也会沾上龙气，成为半龙半鱼的龙鱼，这种鱼身上带着龙息，虽比不上龙珍贵，但也十分难得。因为大多没有越过龙门的鱼，都已经被劫雷劈死，能活下来还被人捉住的龙鱼，更是少见得可怜。

"宗主……龙鱼价值一条灵脉，师侄对你可真是太孝顺了。"松河想起自己的那两个徒弟，在他身边跟了五六百年，怎么就没有师侄懂事。

"小孩子家家不懂事，仗着身上有些钱财，看到稀罕玩意儿就喜欢乱买。"金岳把龙鱼用盒子装起来，"这个我给他留着。这些双翼鱼分发到各个峰，也算是他的一片心意。"

"宗主，那个龙鱼……"

"龙鱼太小不够分。"金岳把盒子扔进收纳戒里，板着脸道，"这些咸鱼老堆在这里也不是一回事，你去叫弟子来，早些把东西分了。"

松河："……"

瞧那抠门劲儿，活像谁没徒弟似的，他不仅有，还有两个呢！

桓宗并不知道筌篌帮他寄回去的那堆咸鱼干，价格十分昂贵。他陪筌篌坐在飞宫的扶栏边，看着云卷云舒，风起云散。

坐在飞宫房间里的吉祥阁弟子偷偷看着两人，只觉得男的飘逸出尘，女的美貌鲜活，明明性格毫无相似之处，坐在一起时，却意外地合适。

"师姐，我们马上就要进入丰州地界，看来这次的大凶之卦破解了。"红菱朝外面望了望，眼见着飞宫就要进入丰州地界，她心中大安。

只要飞过这片密林，就属于丰州管辖，就算真有邪修作乱，也要顾忌三分。

"早跟你说过，在事情没有成为定局之前，不要轻易开口。"葛巾还想训导红菱几句，看到外面的桓宗真人忽然站起了身，不知道为何，她心里有种不好的预感。

"桓宗，"箜篌见桓宗脸色忽然沉了下来，拔下发间的水霜剑握在手中，"是不是有什么人靠近了？"

"有如此警戒之心，看来我徒儿死在你们手里并不冤枉。"一个苍老的声音从云层中传来，却不见人影。

"无须装神弄鬼，现身吧。"桓宗手中银光一闪，龙吟声响，本命剑已到了手中，他看了眼身后的箜篌，并没有撤去飞宫的结界。

"年轻人有能力是好事，但语气太狂妄会显得不太尊老。"一个身着白衣、鹤发童颜、飘飘欲仙的老人出现。若不是他出言挑衅，箜篌只会以为他是哪个宗门里修为高深的长老。

"剑修，"老人盘腿坐在一只暗紫色的葫芦上，抖了抖手中的烟枪，"前些日子我的徒儿到两位别院中做客，竟是一去不回，老朽我忧徒心切，还望二位道友给我一个交代。"

这个老人是邪修？！

箜篌想起刚到雁城时，准备暗算她的那个邪修。那个邪修已是元婴期修为，他师父的修为，又该是何等高深？！

"令徒擅闯私宅，意图伤人性命，自然已经伏诛。"桓宗冷声道，"我眼中容不得沙子，你还是速速离去为妙。"

"好生狂妄的语气！"老邪修冷哼，"杀人偿命，今日我便以你们的人头，血祭我的徒儿。"

老邪修不再收敛身上的气息，巨大的灵压震得飞宫外的结界差点破碎分裂，但也只是差点。

箜篌看着晃动不已的结界，担忧道："桓宗，这是谁？"

"如果我没猜错，他是黑白二邪尊之一，无苦老人。"桓宗看着对方出尘的模样，"此人心狠手辣，嗜血如命，已是分神期修为。"

"分神期修为？！"箜篌以为自己耳朵出了问题，她师父是出窍期修为，已经是修真界中的高手，没想到这个邪修的修为竟比她师父还要高一个等级。她想了想，把水霜剑插回发髻。

"箜篌姑娘，你这是做甚？"提着剑赶到他们身边的林斛见到箜篌这个怪异举动，疑惑不解。

"师父师兄这些年养我不容易。"箜篌从收纳戒中取出一枚飞讯符，"临死之前，我怎么也要留几句话给他们。"

看着小姑娘面色煞白，拿飞讯符的手都在微微发抖，林斛没有告诉她，就算她有心传飞讯符出去，以白邪尊的修为，多的是手段拦下这道飞讯符。不过他活了这么多年，还是第一次遇到打不过准备留遗书的弟子。

分神期的修为有多可怕，箜篌从未直面感受过。当她看到无苦老人仅仅一个挥袖，就让飞宫在风中飘荡，天地变色时，她终于明白自己有多渺小，为何修士会称元婴期修为以上的修士为老祖。

早知道今日会命丧于此，她应该买齐妙笔客写的所有书，然后找到他，告诉他，他写的话本很好看，千万不要放弃。最近她都没能买到他的新作，也不知道是他已经放弃不写，还是有其他的事情耽搁了。

她不该带这么多东西出门，现在她死了，身上带的东西肯定全部便宜了那个邪修。越想越气，箜篌气红了眼。

"不要害怕。"桓宗见箜篌手捏飞讯符蹲在地上，眼眶红红的，分外可怜。他弯下腰，注视着她的双眼，伸出手轻轻拍了一下她的头顶："有我在，不会让你出事的。"

"桓宗，"箜篌抓住他的袖子，"你不要去冒险，你的伤还没好。"

"没事。"桓宗对她笑了，笑得很温柔。箜篌怔怔地看着他，说不出话，手紧紧地拽着他的袖子不放。

"你还没看过我用剑，今天可不要错过。"桓宗转头看着外面用法器攻击飞宫结界的无苦，飞身跳出结界，一身白衣飘飘欲仙。

"桓宗。"

"公子！"林斛知道自己不是无苦的对手，转身看了眼箜篌以及吉祥阁众弟子，对他们道："诸位留在飞宫中不要出来，我去助公子一臂之力。"

箜篌看着林斛追随桓宗而去，收起手中的飞讯符，取下发间的凤首钗，发钗入手幻化为缩小版的凤首箜篌，凤首发出一声尖锐的凤鸣。

"竟然是凤首法器，老夫今日运道不错，竟然遇到了名门正派的天之骄子。"无苦听到凤鸣声，看着结界后的箜篌，怪笑一声，"你们伤我弟子性命，我取你们正派优秀弟子首级抵命，这生意也不算亏本。"话音一落，他手中的法宝光芒大作，整个空间仿佛都扭曲了，结界在此刻崩塌，巨大的狂风扫荡着飞宫，吉祥阁弟子尖叫一声，差点被扫到飞宫外。

"嗡！

箜篌拨动凤首上的弦，巨大的声波把这股风挡了回去，她立在栏杆上，发髻散开，乌黑的头发在风中飞舞，眼睛却格外明亮。

"有点出息。"无苦冷哼，手上的攻势不停，一招血山火海像夹带着无数灵魂的哀号而来，整个天地都陷入黑红两色之中。分神期大能的攻势，又岂是一个心动期修士能够抵挡的，若不是有凤首护身，箜篌几乎要被这股气流压得站不稳脚跟。

无苦杀意正浓，对箜篌没有丝毫留手，然而他却无法靠近箜篌，因为一个人拦在了他的面前。

"好一个英雄救美，今日我便先杀了……"

桓宗懒得听他的豪言壮语，龙吟剑出鞘，便是毁天灭地之势。

"你！"无苦匆匆躲开，却仍旧被剑气所伤，玉冠被凛冽的剑气破成两半，银色长发四散开来，那浑身的仙风道骨瞬间没了大半。

桓宗并没有留给他反应时间，龙吟剑破空而去，直取无苦的气海。无苦不敢再抱着之前漫不经心的态度，抛出本命法宝拦住飞剑，匆匆避过一击。他看向桓宗的眼神又惊又疑，此人骨龄不过三百余岁，为何有如此高深的修为？

自古正邪不两立，正派弟子天分如此出众，哪还有他们邪修立脚之处？不行，万不能让正派有如此弟子，今日必须把他斩杀于此处！

无苦心中下了狠意，也不再想戏耍这些后辈，拿出了自己真实本领。他取出一件浑身冒着黑气的法器，用灵气催动，抛至空中。这件法器叫牵心醉，名字取得很美，却是引发心魔的利器，是他耗费了近三千邪修的丹元特意炼制而出，用来对付正派大能的。

没想到这个秘密武器还没有用到正派大能身上，第一个品尝它威力的，竟是一个年轻剑修。

牵心醉一到空中，就变成一把巨大的伞，伞中的邪气与煞气几乎要凝结为实体，张牙舞爪地想要把所有生灵都吞噬进伞骨中。

"公子！"林斛心中暗暗着急，公子本来就心境出了问题，若被这把怪异的伞摄走神魄，岂不是雪上加霜？不敢让邪修看到公子的弱点，他双手结印，巨大的金光从他身上散开，耀眼而又刺目。

"妖气。"无苦冷笑，"妖族遗血竟留在人类身边做仆从，五千年前的妖族何其风光，如今的日子竟如此落魄，倒不如跟着我们邪修，至少不用仰人鼻息。"

这个修士身上的妖气呈金光之色，祖上应该是十分强大的妖族，只是不知道已经遗传了多少代，这股妖气淡得让人辨认不清。

看出林斛试图用自身的灵气驱散煞气，无苦大笑道："若是你祖上，或许能破了牵心醉。如今你想靠着那点微弱的血脉继承，来破解这个由三千邪修炼制而成的神器，简直就是做梦。"

林斛不理会他，看着在黑雾中的公子，身上的灵气催动得更快。

"既然你如此执迷不悟，我只能先送你上路。早些下去，你还能在黄泉路上，迎接你的主人。"无苦五指张开，空气里的水珠全部凝结成冰，冰化作一头尖齿怪兽，张嘴向林斛咬去，意图把他吞吃入腹。

乐声响起，硬生生拦住怪兽张开的大嘴。声音无形无影，无数灵气钻入怪兽冰骨中，水霜剑凌空飞来，把怪兽巨大的头颅斩成了两段。

"箜篌姑娘！"林斛看着云层中抱着凤首喘气的箜篌，没想到刚才吓得连飞讯符都拿不稳的小姑娘，竟然在此刻站了出来。

箜篌浑身上下贴满了各种符箓，腰间发间也都挂着护身法宝，整个人就像是急于炫耀的土财主，把自己所有好东西都摆在了外面。然而此时此刻无人笑她。

"我没事。"箜篌拨弦的手在微微颤抖，拦下分神期大能一击，已经耗费了她身上大半灵力。但是在如此危急关头，她不能露了怯。输阵不输人，名门正派弟子的脸面还是要的。

她担心地看了眼被黑气与煞气笼罩的桓宗，伸手接住飞回来的水霜剑，微抬下巴用剑尖指着无苦："为老不尊，以老欺小，不要脸。"

"伶牙俐齿的臭丫头，难道没人告诉你，我们做邪修的从不要脸？"无苦抬头，一头巨大的怪兽再度在空中凝结而成，"嘴硬的小孩子不讨长辈喜欢。"

箜篌不敢跟对方硬抗，从身上扯下一件法宝就扔了出去。法宝与怪兽相撞，法宝应声而裂，怪兽也被炸成了粉末。这个时候她也顾不上法宝有多值钱，有多贵重。

时间就是金钱，能拖一刻算一刻。

林斛也没料到箜篌竟然拿高级法宝炸着玩，难怪云华门敢让才筑基的弟子出门，这么多法器足够她扔下几样就跑了。

此刻如果她不管公子还有吉祥阁的那些弟子，便有机会逃命。

被一个心动期的黄毛丫头接连两次挡下了攻势，无苦有些不悦了，他不管桓宗与林斛，直接飞身凌空一掌。

箜篌挨这一掌挨得结结实实，连声音都来不及发出，就直直跌落云头。

"箜篌仙子。"飞宫上的红菱与葛巾见状，跳出围栏往下飞去，想要寻找生死不明的箜篌。然而巨大的分神期威压压得她们体内灵气乱窜，若不是师弟师妹们手疾眼快用法器把她们拖回飞宫，她们恐怕会当场晕死过去。

"师姐，你们没事吧？"

"我没事。"葛巾摇摇头，看着厚厚云层下方，眉头紧紧皱在一起。她也是心动期修为，在这个邪修的威压下，连灵气都无法自如地运转，箜篌仙子中了那一掌，岂有命在？她抬头看着空中那把巨大可怖的伞，能救箜篌仙子的人，或许只有他了。

只是这把伞许久没有动静，难道……

葛巾心中闪过很多灰暗的念头，连忙稳住心神，这把伞不对劲。她并不是万事都朝最糟糕的方向想的人，对于他们卜师而言，就算是最坏的死局也有一线生机，生来悲观的修士，并不适合做卜师。

但是在刚才看着伞的时候，她脑子里全是各种血肉模糊的场面，根本无法正常地思考。

她仅仅是看了一眼，便感受到如此威力，被笼罩在伞中的桓宗真人，心神又会受到何等的冲击？

就在此时，浮在空中的巨伞忽然剧烈抖动，发出万千哭号声。这个场面让葛巾心中一寒，她想到了无间地狱，那里有无数恶鬼拉着过往的路人，想让他们一起陷入沉沦。

"不要听！"葛巾捂住耳朵，对神情恍惚的师弟师妹们道，"全都封印听感。"

听不到哭号声后，果然好受了很多，葛巾忧心更重，怪伞出现这种变化，难道是桓宗真人已经……

就在这个时候,一头金龙从浓浓黑雾中飞出,张开大嘴,发出的龙吟声震得天地都跟着动摇。葛巾不自觉放下捂着耳朵的双手,怔怔地看着空中的金龙虚影,直到它把怪伞缠绕起来,让恶鬼哭号声变小,葛巾才猛地回过神来。

这是桓宗真人?!

浓雾渐消,手持利剑的白衣男人踩着虚空一步一步慢慢走出,眼神冷得仿佛山巅终年不化的积雪。他转身看着那把巨大的黑伞,扬手挥剑,伴着龙吟,黑伞被劈成了两段。

"公子……"林斛面色非常难看。

白衣男人神情冷漠地看了他一眼,袍角在空中飞舞,他冷冷地看着无苦老人,唇角微动:"找死。"

"你竟然能从里面出来?这不可能!"无苦看着被毁去的牵心醉,心中又恨又恼,他最恨这些高高在上的剑修。生来拥有出众的资质,整日一副正义的模样,令人作呕。

桓宗飞身一剑,他没有花哨的剑招,但是这一招格外好看。他像是从天外而来的仙人,即将惩罚犯了罪的恶人。

轰。

无苦的法宝与剑撞在一起,巨大的气流四散开来,林斛急急回避到飞宫之上,在吉祥阁弟子面前立了一个结界。

两人看似势均力敌,只有无苦心中惊骇不已,他看着本命法宝上细小的裂纹,心疼得仿佛裂开的是他。拼尽全力击退桓宗这一击,无苦不想再战,抛下一件法器炸开,就想逃走。

然而剑修以速度为长,他刚掠出不远,桓宗便闪身拦在了他的面前。明明是同一个人,但是无苦觉得,这个牵心醉里出来的剑修,与方才判若两人。

剑尖刺进他的手臂,血花在无苦白色衣袍上绽放。无苦顾不上伤口,用没受伤的手,勉强挡住对方下一击。

他用牵心醉放出了一个恶鬼,更可怕的是,这个恶鬼要对付的不是名门正派,而是他们邪修。

"想逃?"桓宗丢开剑,一掌拍在无苦胸口上,龙吟剑在空中飞了一圈,再度落进他手中,他凌空一剑,剑穿透无苦的腹部。

"你、你……"无苦低头看着插入腹部的剑,脸上露出了惧色。

这究竟是谁?

"一百年前,有个叫无喜的邪修,也死在这把剑下。"桓宗从无苦腹部抽出龙吟剑,血顺着剑刃一滴一滴垂落,"那个时候你们似乎自称为三色邪尊?"

"你是仲、仲……"无苦捂着血流不止的腹部,眼珠瞪得巨大。

怎么会是他?!怎么可能是他?!

若知道杀了他徒弟的是此人,就算被整个邪修界的人耻笑,他也绝对不会单枪匹马跑来送死。无苦后悔不已,究竟是哪个王八蛋跟他说,杀了他徒弟的只是两个名门正派年轻弟子?

他这哪里是报仇,是来送死!

看着面无表情的桓宗,无苦内心充满了绝望,今日他便要命丧于此。而且就算死了,还要被整个邪修界的王八蛋嘲笑他是邪修界五百年来最愚蠢的邪尊之一。

若是能够活着回去,他一定要好好培养收集情报的弟子,告诉他们一定不要轻易招惹剑修,他一定不会再为了面子,跑来逞凶耍威风。

一定……

看着桓宗再度举起的龙吟剑,无苦抬头望天,等待死亡的来临。

桓宗在准备杀了无苦的那一刻,往远处的飞宫上看了一眼,但是没有看到他想要找的人。

他对那个小姑娘说,不要怕,不会让她出事。现在他做到了,她去了哪儿?

"她呢?"桓宗一双没有感情的眼睛盯着无苦,无苦觉得自己像是被一条冷冰冰的蛇盯住了。

就是因为那个黄毛丫头,若不是那个黄毛丫头,他也不会把这个煞神当成普通的剑修看待。整个邪修界谁不知道,在邪修界有止小儿夜啼功效的煞神,向来是独来独往,砍了他们的人就走,身边何时有过女人?

经验主义害死人,就算是除了长得像人,行事却毫无活气的煞神,在喜欢的女人面前,也和狗没什么区别。还有究竟是哪个王八蛋说煞神长得丑陋不堪,双目大如铜铃的?

这一定是名门正派的阴谋!

名门正派,没一个好东西!

"说。"见无苦不说话，桓宗又在他身上捅了一剑，利落的姿势像是在戳一块猪肉。无苦哪敢说那个小姑娘可能被他一掌拍死了。这话他若敢说出去，这个煞神就能在眨眼的时间内，在他身上戳出几十个血洞。

虽然已经死到临头，但他还是有求生欲的。

"我、我没有注意，或许是方才我们打斗的时候，黄毛……"无苦咬了咬舌尖，改口道，"那位漂亮姑娘或许是太害怕，便找地方藏起来了。"

"他在撒谎！"抖着肩膀的葛巾踩着飞行法器冲过来，害怕得声音都在发颤，"筌篌仙子被他一掌拍下云端，已是生死不知！"

吾命休矣！

无苦往后一躲，企图避开桓宗即将到来的一剑，然而他眼前一道白光闪过，煞神已经消失。无苦当下不再犹豫，跳上飞行法器就逃，连被毁去的牵心醉都没有多看一眼。

桓宗踩着剑在密林上方四处寻找着，吉祥阁弟子以及林斛也都跟着飞了下来，但是他们修为比不上桓宗，被他抛下远远一大截。

密林树多，想要找到一个已经失去意识的小姑娘谈何容易？

桓宗想要一剑劈开所有树木，又怕误伤到筌篌，只能不断在密林中飞翔穿梭，甚至抛出了许多搜寻法宝。

山涧水潭处，桓宗看到了昏迷不醒的少女。她长长的秀发漂在水中，像是密密麻麻的水藻，空中、树林间似乎还缭绕着没有完全散开的血腥味。

"筌篌！"看到潭水中的少女，桓宗想也不想便飞到水面，拦腰把她从水中抱出。

少女浑身冰凉，冷得像是一块冰，桓宗揽着她的手控制不住地发抖，面色惨白地吐出几口血。他擦去嘴角的血迹，抖着手指搭上了她的脉门。

"桓宗……"从空中落到水潭的冲击力太大，筌篌掉进水潭后就晕了过去，迷迷糊糊间觉得有团很温暖的东西靠近自己，她睁开眼看到面白如纸的桓宗抱着自己，向来梳得整整齐齐的头发，也散落了几缕在鬓边，不过……这样无损桓宗的美貌，反而让他看起来更加美了。

看到筌篌睁开眼，桓宗这才发现自己的心脏从刚才开始，就一直紧紧揪着，直到现在才慢慢舒展开："你怎么样了？"声音嘶哑颤抖，十分难听。

"我没事。"筌篌从桓宗怀里坐起身，扒拉下来身上十几道废掉的符箓，"这么多符箓，全废了。"

匆匆赶过来的林斛与吉祥阁弟子看到箜篌脚边满地的符纸："……"

"你们都没事，太好了！"箜篌看到他们完好无缺站在自己面前，大大松了口气，"桓宗，你打赢那个邪修了吗？"

"邪不胜正。"桓宗从收纳戒里取出一件披风，披在箜篌身上，"你虽没有大碍，不过内息还有些不稳，先在此处休息几个时辰，待内息平稳以后再继续赶路。"

他抛出金宫，金宫落地化作华丽的宫殿，挥袖打开金宫大门，桓宗低头给箜篌系披风带子："去里面洗漱，换身衣服。"

箜篌看着桓宗白得几乎透明的脸："桓宗，你的灵台可还好？"

"无碍。"桓宗想伸手摸一摸少女白嫩的脸蛋，但只是动了动指尖。他觉得此举有些怪异，就算他再喜欢这个小姑娘，甚至恨不得她是自己的徒弟，可也不该有这种不庄重的念头。

掏出手帕擦去她发梢的水珠，桓宗用术法烘干箜篌身上的衣服："我们先进去。"

"那个邪修已经伏诛了？"箜篌走在前面，没有回头看桓宗的表情，"话本里老有主人公放走坏人，让坏人惹出更大的祸事来的情节，这不是自找麻烦吗？"

林斛扭头瞥桓宗，桓宗面无表情道："你说得对。"

这下连吉祥阁的弟子都扭头看桓宗了。

"我就知道桓宗你不会做这种事。"箜篌使用灵力过度，精神还未恢复。她走进上次住过的院子里，对众人道："我先去打一会儿坐。"

"好好休息。"桓宗道，"把我上次送给你的香熏球放在旁边，可助你早些恢复。"

"嗯。"箜篌点头，走了几步回头见桓宗还站在院子门口看她，她朝对方露出一个大大的笑脸。

桓宗看着少女脸上灿烂的笑，弯起了嘴角："快去睡。"

"哦。"箜篌跑到桓宗面前，把一瓶青元师叔亲手炼制的丹药塞进桓宗手里，才心情甚好地跑进房间。关上门以后，她心里隐隐有些遗憾，桓宗连这么强大的邪修都能斩杀，他的剑法一定很厉害，只可惜她方才竟没有机会好好欣赏。

桓宗看着手中的药瓶，把里面的丹药倒出两粒。丹药上的丹纹清晰，呈祥云形状,这是极品回元丹,整个修真界能够炼出这种丹药的不足十人,云华门的青元峰主就是其中之一。

把回元丹放进口中,桓宗再次召出龙吟剑。

"公子,"林斛看到桓宗再次拿剑,"你拿剑做什么?"

"杀人。"桓宗回了简短的两个字,便化作一道流光,消失在金宫中。林斛追了两步,便放弃阻拦公子的打算。他转头看向五个吉祥阁弟子,神情平稳道:"我们家公子性格一直很好,只是略忌讳别人说他的私事。"

"晚辈等绝不会把方才发生的事说出去半个字。"年轻的小师弟忙道,"请前辈放心。"

葛巾捂住师弟的嘴,赔笑道:"方才发生过什么事吗?晚辈们修为低微,什么都没看见。"

林斛没有与他们争辩,微微点头:"你们随我来,我带你们去休息的地方。"

看过方才桓宗真人与无苦老人的一战,吉祥阁弟子对桓宗真人的修为有了一个更清楚的认知。那么厉害的无苦老人,在桓宗真人的剑下竟是毫无还手之力,每一剑都是山倾海覆之势,连天地都为之颤抖。

在真正的高人面前,乖乖地保持沉默才是聪明的做法,更何况高人只是撒了一个无关痛痒的小谎。有缺点的高人,才更有人情味,他们理解,真的能够理解。

反正……不能理解他们也不敢说出来。

无苦老人伤势严重,却不敢回到邪修界,更不敢出现在修士多的地方,他一路掩饰身份往西疾行,准备找个偏远小村庄躲一躲。

天色将黑,一路上并没有碰到任何修士,无苦老人松了口气,他这条命应该保住了。往嘴里塞了几粒丹药,无苦老人准备从云头落下,到山下的村庄找个理由借住,忽然身后传来一声龙吟。

他面色大变,连忙召出本命法宝握在手中,转身看向身后,果然是桓宗追了过来。他面色铁青,几个时辰前这个煞神不是已经无心理会他了吗,为何又追了上来?

这种有了希望又变得绝望的感觉,让无苦几乎维持不住心境。

"真没想到,我竟有荣幸被你追杀。"无苦祭出一面招魂幡,发狠道,"我修为虽不及你,但既然你不给我活路,我便与你鱼死网破。"

桓宗不理会他,举剑便刺,不过二十余招,无苦便被打得节节败退,身上的血窟窿又多了几个,手里的招魂幡也被削去了一半。

"啊!"堂堂邪修界的邪尊,无苦已经很久没有被人这样欺辱,他自知已经没有活路,抛出手中的本命法器,拦住桓宗致命一击,抬掌往自己灵台处狠狠一拍,逼出了体内的元婴。

他就算死,也不会轻易放过这个煞神。

见无苦准备元婴自爆,桓宗动作快得像是一道闪电,在无苦还没来得及捏碎自己元婴时,他的剑已经削断了无苦的手臂,反手一剑又毁了无苦的灵台。

低头捡起无苦瑟瑟发抖的元婴,桓宗用一道神识插入元婴体内,元婴瞬间灰飞烟灭,倒在地上的无苦发出哀号声,身上的皮肤开始变得越来越衰老,皱纹爬满了他的脸颊,头发也大把大把脱落下来。

"咯咯……"无苦浑浊的双眼盯着桓宗,似乎在问他为什么。

"我不喜欢对人撒谎,尤其是对晚辈。"桓宗一剑刺透无苦的喉咙,看着他的尸首化为枯骨,面无表情道,"对晚辈说过的话,就要做到。"

引出一道精火,毁去无苦遗留下的收纳戒、收纳袋等物,桓宗转身便走。

不一会儿,地上的枯骨灰化成尘,夜风起,尘灰在山林间化为了乌有。

桓宗走出这片密林,扶着树干猛咳,抬头看着天际的弯月,他掏出一枚无名老人配制的丹药咽下,跳上飞剑赶回金宫。

"公子,"林斛站在金宫门口,看到桓宗回来,目光在他苍白的脸上扫过,"你今日不该去。"

"我是一个剑修。"桓宗踏上台阶,走进金宫大门,没有回头,"一个不能用剑的剑修,与死何异?"

"公子今日如此,是放不下剑,还是放不下箜篌姑娘?"林斛反问,"公子心中真的明白?"

桓宗转头看林斛,他的眼神里没有任何感情。

在他的眼神下,林斛额头冒出细汗。

桓宗收回视线,垂下眼睑道:"若不是箜篌已拜入云华门,我会收她为我的入室大弟子。"这一生中,他只遇到这么一个处处都合他心意的年轻人,就算她已是云华门弟子,他也舍不得她委屈。

只要想到那双明亮的眼睛有可能露出失望或是难过的情绪,他就忍不住想满足她所有愿望。只可惜……只可惜……此生不能收她为徒,不然他会让她成为整个修真界年轻一辈中地位最高的弟子。

林斛看着公子认真的表情,眉梢微微一动:"公子,无苦可已伏诛?"

"今日我与他对战之时,他已伏诛。"桓宗转身道,"从此以后,邪修界再无此人。"

林斛:"……"

撒谎的最高境界,大概就是让其他人怀疑是自己记错了。

与漂亮小姑娘相处以后,公子终究还是变成了一个谎话连篇的男人。

第二天早上,箜篌从软垫上起来,昨晚她明明在打坐,也不知道什么时候就睡着了。睡了一晚上,体内的经脉早已恢复如常,只是灵力使用过度的恶果还没有完全消解,现在的她全身上下,除了头发与指甲不疼,其他地方就没一块是舒服的。

懒洋洋地趴回软垫上,箜篌挥手把床上的被子取过来盖在自己身上,恨不能让自己变成一颗球,这样就可以团成一团不用动弹。

门外有很轻的脚步声响起,有人在她门外站了一下,又转身离开。

箜篌勉强睁开眼,朝门外道:"是桓宗吗?"

已经往回走的桓宗听到箜篌的声音,停下脚步:"你醒了?"

房门打开,披散着头发,身上裹着宽大外袍的少女站在门边:"现在要去吉祥阁了吗?"

桓宗看着箜篌露在外面的脖颈与若隐若现的锁骨,听到院子外传来的脚步声,大步上前把她拉进屋里,关上了门。

走到院门口的红菱:"……"

刚才蹿进箜篌仙子房间里的男人,是……桓宗真人?

"桓宗,"箜篌看着桓宗走进她的屋子关上门,以为他是有什么秘密要告诉她,忙压低嗓门问,"出了什么事?"

关上门以后,桓宗才意识到自己刚才的举动有多荒唐,他的目光扫过箜篌的脖颈,又飞快移开:"无事,我就是过来看看。"

箜篌瞬间明白过来,原来桓宗是在担心她的身体,她弯腰把软垫上的被子抱回床上："我真的没事，就是灵力有些使用过度。"

"嗯。"桓宗看着箜篌叠被子，又看着她整理头发，意识告诉他现在应该离开箜篌的房间，但是脚跟不太听话。

房间里有自动蓄水的法器，箜篌取了水洁面漱口，转头见桓宗背对着她，忍不住笑了："昨天幸好有你在。"

"也许不与我同行，你也遇不到这些事。"箜篌遇到他以后，就一直在陪他找药。若不是遇到他，也许她会遇到几个志同道合、年轻有活力的好友，乘着飞剑游遍千山万水。而不是陪着他这个病弱又无趣的剑修，一路上还遇到不少的意外。

"可不能这么想，没有遇到你，也许我早就被其他修士欺负了。"箜篌认真地反驳道，"也许我找不到突破心境的机缘，现在还处于筑基期的瓶颈。"

桓宗回头，见箜篌已经坐在梳妆台前，脑子里忽然有个荒唐的念头：若干年后，是否会有个出色的男修，陪在她的身边，看她梳妆，为她画眉？

把这个男修的脸，代入琉光宗任何一个叫得上名号的男弟子，都让桓宗觉得这些弟子根本配不上箜篌这样的好姑娘。

"桓宗！桓宗！"箜篌问桓宗的剑叫什么名字，结果转头发现他盯着她的梳妆桌发呆。箜篌疑惑地低头看向桌面，上面除了胭脂水粉便是一个钗环首饰，有什么东西值得桓宗注意呢？

"桓宗，你是不是身体不舒服？"箜篌担心桓宗身体出了问题却不告诉她。上次杀那个元婴期邪修的时候，桓宗内息就有些混乱，无苦老人是那个邪修的师父，修为更为高深，桓宗的灵台没有问题吗？

"没有。"桓宗想起上次箜篌不理他的经历，摇头道，"抱歉，我方才有些走神，你能再说一遍吗？"

"真的没事？"箜篌起身走到他身边，用灵力探了一下他的灵脉，确定没有什么大问题，才走回梳妆台继续梳头发，"我刚才想问的是你那把剑的名字。"

"它叫龙吟。"桓宗祭出龙吟剑，摸着剑鞘上的龙纹，龙纹仿似活着一般，连每一片鳞甲都清晰可见。

龙吟剑在桓宗手里，看起来就像是一把不起眼的玄色铁剑，但是在出鞘时，却能拥有无比耀眼的光芒。箜篌在剑上，感受到一种很奇怪的气息，威严却又不像是灵力的冲压。

难道这就是剑意？

"这把剑……已经开了灵智？"筌筷道，"你用它的时候，我听到了龙吟声。"

"铸造它时，我取了皇宫御座上的龙含珠投入玄金铁中。"感受到手中龙吟剑的颤抖，它想出鞘，想与他这个主人比肩战斗，"或许是染上了皇族的龙气，剑成之时，有龙云缭绕，所以便为它取名为龙吟。"

"好名字。"筌筷把这个名字在舌尖上轻轻念了一遍，"龙吟。"

"它适合你，你也适合它。"白衣仙侠乌金剑，斩尽天下邪魔。筌筷听着龙吟剑发出微微颤鸣声，"听说剑修的剑术达到天境时，能与剑心灵相通，是真的吗？"

"不仅是剑修，所有修士都可以做到与本命法宝心意相通。"桓宗抬头看筌筷，"我相信你日后也会做到。"

也？

筌筷意识到桓宗与他的剑已经心灵相通："那它现在的心情好吗？"她指了指桓宗手中的剑。

"好。"桓宗收起龙吟剑，"它知道你在夸它。"

"真的？"筌筷有些惊讶，没想到剑也有情绪。

"自然。"桓宗见筌筷眼睛睁得圆溜溜的，神情温柔起来，"它也很喜欢你。"

筌筷笑弯了眼，连剑都喜欢这种夸奖，实在太能取悦她了。

"桓宗，你剑术这么厉害，年龄比仲玺真人小，长得也比他好看，为何外面的人都只夸他？"想到桓宗身为琉光宗的亲传弟子，明明什么都不比仲玺真人差，偏偏外面的人却只吹捧仲玺，这让她莫名有些不平。

这事与仲玺真人无关，她也没有资格去怪这位为修真界斩杀过妖魔的真人，但是看着桓宗苍白俊美的脸，筌筷就很难对仲玺真人产生好感。若不是桓宗身体虚弱，肯定比仲玺真人做得更好，世人也不会只知仲玺而不闻桓宗。

桓宗愣住，他看着筌筷捧着脸为他抱不平，忍不住笑："你不喜欢仲玺真人？"

"那倒不是，我就是觉得桓宗你比他更好。"筌筷把水霜剑幻化而成的发钗插进发髻，"再说了，我这个人向来帮亲不帮理，仲玺真人再好都比不上你。"

这种"我觉得你好，那你就是最好。别人不知道你好，是别人没眼光"的小姑娘话语，桓宗以往只会觉得幼稚可笑，但是从筌筷嘴里说出来，桓宗只觉得可爱。

"傻姑娘，其实我就……"

"箜篌姑娘。"门外响起林斛的声音，桓宗确认箜篌衣服已经穿戴整齐，才走到门口打开了房门。门外，林斛带着五名吉祥阁弟子站在院子里，他低头看他们："何事？"

林斛看了看桓宗，又看了看他身后的房间："吉祥阁弟子担心箜篌姑娘身体，所以过来看看。"不过开门的人为什么会是公子？虽然他们修真界不太讲究男女大防这种问题，但是一个几百岁的男人，大早上待在人家小姑娘房间里，是不是有些不妥？

红菱发现桓宗进了箜篌房间以后，觉得是自己想多了，但又担心出什么事，所以便带着师姐师妹师弟们找到林前辈，以关心箜篌仙子身体的名义，让林前辈带他们到箜篌仙子房间探望。

看到桓宗衣衫整齐地出来，红菱偷偷松口气。看来是她想多了，箜篌仙子才多大，桓宗真人出身名门，修为高深，什么样的女子没有见过，怎会是那般急色之人。

"你们都起了？"箜篌从桓宗身后走出，"既然大家都已经准备好了，那我们现在就启程。"

"回去的事情不急，有真人与仙子在，我们无须担心安危问题。不如在此地休息几日，等仙子身体痊愈以后再走？"葛巾想起无苦老人拍在箜篌胸口的那一掌，都忍不住替箜篌感到疼。

"没事，我这不是活蹦乱跳的吗？"箜篌担心邪修行事毫无章法，早些赶到吉祥阁她会比较安心。

跟在葛巾身后没有出声的红菱偷偷观察桓宗，她发现看起来冰冷无情的桓宗真人，目光大多时候落在箜篌仙子身上。就连师姐说话的时候，对方都没有多看他们这些吉祥阁弟子一眼。仿佛他们的存在，对他无足轻重，在与不在也没有什么差别。

这是一个天生冷心冷情的男人。

"桓宗，"箜篌伸手扯了桓宗袖子一下，"我们现在走，好不好？"

桓宗沉默片刻："好。"

在箜篌面前，他很难说不好。

经历了昨天事，再度踏上飞宫时，筌筷已经没了看风景的兴致。她盘腿坐在地板上，手里捧着没有翻过几页的话本，目光频频往外。

外面，桓宗凭栏而立，林斛站在他身后，递给他一枚刚收到的飞讯符。

飞讯符里的内容很简单，大意就是他送的礼物已经收到了，日后再买这些贵重的东西，不要自掏腰包，可以让宗门资助。

桓宗用神识在飞讯符上扫了好几遍，确定里面并没有暗语，或是其他意思。可是……筌筷上次寄过去的，不是一袋店主卖不出去的咸鱼？

第二章

结界

云华门内，新入门的弟子看到门口挂着的牌匾上写着"今日主菜双翼鱼"几个字，以为自己眼花了，或是膳食堂的师叔们写错了字。他们这么多弟子，双翼鱼不仅贵还难买到，怎么可能拿来做主菜？

然而当他们端着菜盘出来后，整个人都是恍惚的，竟然真的是双翼鱼，而且是一大盆双翼鱼。他们开始忍不住怀疑，云华门做不了修真界排名前三的宗派，会不会是因为弟子们吃得太奢侈，把宗门吃穷了。

就连平时有些挑食的归临看到满满一盘红烧咸鱼干后，也跟着沉默了。他实在不敢相信，双翼鱼会被做成如此丑陋的咸鱼干，更可怕的是，云华门居然把这种好东西摆到膳食堂里，连他们这些新入门的弟子，都能分到这么多。

"我打听到了。"身手矫健的小师妹端着碗回来，"我听一个内门师兄说，这些双翼鱼是外出游历的箜篌师叔让飞剑使者送回来的，箜篌师叔还特意交代，要让所有弟子都尝一尝。"

"箜篌师叔真厉害。"高健演由衷感慨，能遇到这么多双翼鱼，还愿意花大价钱买回来让他们吃，这是何等的深情厚谊。

归临想起了初入山门那一日，飞在空中的那个美貌女子。

咽下口中的鱼肉，归临对云华门观感更加复杂了。放眼整个修真界，还有哪个门派会拿这么昂贵的食材，让所有弟子品尝？

难道不是应该只给亲传弟子或是表现得更好的弟子，以此刺激其他弟子的上进心？

所以整个云华门上上下下都如此懒样不进取，不是没有原因的。

飞宫进入丰城地界以后，降落在城门外。看到熟悉的城门，吉祥阁弟子有些控制不住心底的激动之情，若不是顾及此处还有箜篌桓宗等人，他们早就跑过去了。

进入城门后，箜篌就看到路上有不少行人与这几名弟子互相打招呼，还有大爷大妈拎着米面鸡鱼找他们算卦。

"葛巾姑娘，我老头子送我的发簪掉了，你能帮我算算丢在哪里了吗？"

"葛巾姑娘，烦请你帮我算一算走失的牛去了哪儿？"

"葛巾姑娘……"

听着此起彼伏的呼喊声，箜篌拉住桓宗的袖子往后猛退几步，对桓宗小声道："人民的战斗力是无穷的，我们躲远点。"

"箜篌？"成易看到箜篌与桓宗站在人群外，以为自己眼睛出了问题。

他可爱白嫩，无比乖巧又上进的小师妹，刚才扯了其他男人的袖子？！

听到有熟悉的声音叫自己，箜篌回头看到站在街对面的成易，喜出望外："大师兄？！"

成易负手微笑，穿过人流朝箜篌走去。

"大师兄！"确定不是自己眼花，箜篌小跑着奔向成易，伸手扑到成易身上，"大师兄，你怎么在这里？"

"近来邪修作乱，师门担心附属门派遭难，便派了我们这些亲传弟子到各个门派驻守。"成易伸手扶住箜篌，假装动怒，"出去历练一段时间，怎么还这般没规矩？"

"我这是看到师兄你高兴的嘛，自己人讲什么规矩。"箜篌扯着成易的袖子摇啊摇，"这么久不见，你都不想我。"

成易伸手点箜篌的额头："没良心的小丫头。"他想起箜篌已经晋入心动期，伸手探了探箜篌的脉搏，经脉浑厚有力，看来度劫的时候很顺利。

眼睁睁看着箜篌朝一个陌生男人跑去，甚至扑到了他的身上，桓宗低头看了眼自己空荡荡的袖子，不久前箜篌还拽过此处。眼见箜篌任由陌生男人查探经脉，还对他有说有笑，桓宗缓缓垂下眼睑，朝两人所在的方向走去。

眼见公子朝箜篌姑娘走去，林斛静静地留在原地。以往的公子，是绝对不会在别人说话的时候，贸然加入别人的交谈。或者说，公子根本不愿意与他人多说一句话。

"箜篌。"桓宗在离箜篌三步远的地方停下,如黑琉璃的眼眸静静看着面前的少女。

正在与成昜叙旧的箜篌立刻回头,对上桓宗那双漂亮的眼睛,笑得眉眼弯弯:"桓宗,我跟你介绍,这是我的大师兄成昜。"对箜篌而言,成昜亦兄亦父,是她最重要的亲人之一。

桓宗对上成昜打量的目光,抬起手行礼,袖摆在空中划出一个优雅的弧度:"成昜道友好。"

"道友好。"成昜听到箜篌称其为桓宗,就猜到了他的身份。这个男人长得很好看,甚至整个云华门都挑不出比他更好看的男弟子。初看,只觉得他是没有修为的普通病弱美公子,但是随着对方靠近,成昜可以肯定,这绝不是普通人。

"桓宗是琉光宗的弟子,一路上多亏了他与林斛前辈同行照顾。"箜篌向成昜介绍桓宗,"桓宗特别厉害,什么都会,什么都懂。"

听到自己当作女儿养的小师妹夸其他男修有多厉害,成昜内心复杂难言。不过想到小师妹能让琉光宗的剑修与她同行,并且处处照顾,成昜内心的酸涩复杂中,还带了几分诡异的得意。

不愧是箜篌师妹,出门在外,就没什么事能够难倒她。

"多谢桓宗道友对小师妹的照顾。"成昜拱手道,"小师妹年幼不知事,这一路上,让道友操心了。"

桓宗想,若他是箜篌的师兄或是师长,现在开口向外人道谢的就是他,与箜篌更亲近的也是他。

"成昜道友客气,我与箜篌是朋友,互相照顾本是应该的,谢来谢去反而生分。"桓宗不轻不重道,"这一路上箜篌助我良多,即便要说谢,也该是我才对。"

"你们都别谢了。"箜篌见师兄与桓宗谢来谢去,伸手拉了一下两人的袖子,"得知吉祥阁没有什么事,我就放心了。跟我们一同赶回来的还有五名吉祥阁的弟子,师兄你带他们一起回去。"

"你呢?"成昜与五名吉祥阁弟子互相见了礼,转头对箜篌道,"你外出奔波这么久,先去吉祥阁洗漱休息一番,有什么事明日再说。我们师兄妹这么久没见,你就不想跟我说说这一路上的所见所闻?"

"我与桓宗贸然打扰,会不会不太好?"箜篌转头看桓宗,没有马上答应下来。

"无事，我与林斛就住在附近客栈里，你若是有事，到客栈来寻我们就好。"桓宗从收纳戒里取出一包灵果，"这些是你喜欢吃的灵果，去了吉祥阁也别忘了吃。"

"怎么能让你单独住客栈里？"筌篌不接灵果，"你别闹。"

单独？

林斛眉梢动了动，在筌篌姑娘眼里，他与公子是一体，还是他存在感太弱？

成易："……"

这是什么跟什么？他怎么觉得自己像是一个恶家长，要强行拆开两个感情正好的玩伴，两玩伴无奈之下，只好开始分玩具，并且约好下次在哪儿见面？

"桓宗真人是我们的救命恩人，您若是愿意来鄙派做客，是鄙派的荣幸。请真人赏面让在下与在下的宗门能够招待您。"好不容易从百姓围堵中挤出来的葛巾看着面色苍白的美男子，脑子里已经想象他独自站在窗前赏月的画面。筌篌姑娘与他感情那么好，怎么能让他们分开。

更何况桓宗真人可是琉光宗的亲传弟子，他愿意来他们这种小门小派做客，还是给他们长脸了。

桓宗看筌篌，她正一脸期待地看着他。桓宗转身对葛巾作揖："既如此，便叨扰贵派了。"

"不敢不敢。"葛巾哪敢受桓宗的礼，连忙避开道，"真人请。"

成易微笑道："桓宗道友太过客气了，贵宗与我们云华门是多年的交情，何须讲究这些小规矩。"吉祥阁是云华门的附属门派，其他的大宗门为了避讳，不会在无故的情况下，私下与已经依附宗门的小门派来往，免得被误会为挖墙脚。

据传千年前，有邪修用这种挑拨离间的手段，让昭晗宗与九凤门产生过巨大的矛盾。后来邪修的阴谋被拆穿，九凤门与昭晗宗也不再互相针对，但是直到现在，这两大宗门之间的关系都不咸不淡，私下很少有往来。

所以为了避免踏上昭晗宗与九凤门的老路，现在的大宗门都很注意这个问题。现在修真界排名前十的宗门中，琉光宗威望最高，昭晗宗与九凤门势均力敌，走的都是剑气双修路子。清净寺是佛修门派，没有大事发生时，他们就爱待在自己的山头种菜念经，仿佛种出满园水灵灵的萝卜比修真界的杂事有趣多了，依附在他们门下的都是佛修门派。兽王宗、丹霞楼、两仪宗都是传承几千年的老牌宗门,这些年虽然没有太多惊才绝艳的弟子出现,但教出来的弟子个个都拿得出手。剩下的三个宗门里,碧羽门与他们云华门一样,并不单授一种修炼方法,各种弟子都收。月星门最擅长推演,这个宗门的弟子人数最少,也不爱在外面露面,虽然在十大门派中垫底,但是几乎没有哪个门派敢打他们的主意,就连喜欢找事的邪修,都很有默契地避开这个门派。

所有修士都知道,擅长推演的修士,也能够下咒,得罪了这类修士,容易败气运。气运这种看不见摸不着的东西,对修行太重要了。

十大宗门各有各的处事风格,但是在维护修真界和平方面,都付出了不少的精力。各大宗门都知道现在的和平来之不易,所以在很多有可能引起误会的事情上,也都加倍小心。

谁都不想做毁掉和平的罪人。

"仙长、仙子随我来。"葛巾见云华门的仙长与桓宗真人已经谈妥,笑着在前面带路。想让她帮着算卦的百姓,看到她身后的桓宗与成易后,当即不敢再靠近,转头就走。

见势不对,掉头就溜,也算是丰城百姓保命绝招之一了。

"贵城的百姓真热情。"箜篌看了眼后面被百姓们围着的红菱等四人,看得出吉祥阁与当地百姓感情很好,不然这些百姓也不敢与他们如此亲近。

"让仙子见笑了。"葛巾手上拎着大包小包百姓送的瓜果蔬菜,"我们很小就入了阁,师长为了锻炼我们的推演能力,常带我们到街上替百姓免费算卦。街上很多百姓,不是看着我们长大,就是我们看着他们长大。今日见到我们从外面历练回来,难免热情了些。"

对于修真的人来说,看到刚出生的婴幼儿渐渐长大变老,而他们还是年轻的模样,难免会心生感慨。

箜篌理解地点头,她想到了雍城,雍城的百姓对他们这些云华门的弟子,不也是如此。

与精致讲究的和风斋相比,吉祥阁的建筑就朴实很多,不过阁内的气氛却同样温馨。阁内的弟子见到葛巾,都很高兴,得知箜篌与桓宗的身份后,又恭敬不失热情地引他们去了阁主所在的院子。

身为主宗派来的使者,成易在吉祥阁地位很高,但凡有弟子路过,都会向他恭敬行礼。但不管行礼的弟子修为如何,成易都会认真回礼,跟在他后面的筌篌,也会笑眯眯地跟着一起回礼,并没有因为他们是主宗的亲传弟子,产生半分傲慢之情。

跟在他们后面的林斛看着这一幕,觉得自己似乎有些理解,为何加入云华门后的附属门派里,几乎没有半句对云华门不好的话传出。要知道,即使是威望最高的琉光宗,也会有附属门派弟子抱怨他们主宗的规矩严苛。

进了主殿,林斛等人见到了吉祥阁的阁主。

阁主是个微胖的老者,笑起来时一团和气,就像是街头巷尾最常见的热心大爷。若不是他身上带着元婴老祖才能有的灵压,恐怕谁也看不出他是一位阁主。

看到他们进来,阁主热情地招呼他们坐下,还让弟子端来了大盘的瓜果点心。看着桌上硕大的盘子,还有盘子里几乎快要溢出来的瓜果,筌篌赶紧把边缘处的灵果取下来,免得它们滚到桌子下面去。吉祥阁待客的心意太实诚了,这么多灵果,他们哪里能吃完。

"这种果子甜中带着些奶香,筌篌仙子尝尝可还喜欢?"阁主望向筌篌的眼神十分慈祥,就像是老爷爷看到了可爱的孙女,想把所有好吃的东西都给她。

筌篌也不客气,拿着灵果啃了一口,对阁主点头赞道:"很好吃,多谢阁主。"

"这种灵果是我们丰城的特产,其他地方就算能够栽种出来,味道也不正宗。"阁主给筌篌讲解这种灵果对栽种环境有多挑剔,又说外面有很多假冒伪劣产品,只是外形像,实际并没有真正灵果的功效。

眼见阁主马上就要给筌篌仙子讲解如何移种灵果苗,葛巾有些坐不住,开口道:"阁主,筌篌仙子与桓宗真人一路上为了护我们周全,舟车劳顿,我们先安排他们休息吧。"

"对,葛巾说得对。"阁主站起身,"筌篌仙子你也累了,先去休息,明日我再跟你细说。"

葛巾:"……"

她没有想到师父竟然揪着一个小姑娘讲什么种树,这哪是年轻姑娘感兴趣的事,扭头去看筌篌,对方脸上不仅没有不耐,反而连连点头道:"好呀,好呀。"

葛巾:"……"

现在的年轻小姑娘,她也是看不懂了。

凌忧界以东面为尊,所以筌篌、桓宗住的院子与成易相邻,都在东边。桓宗想像往日一样送筌篌回房间,转头却看到成易已经领着筌篌进了她的院子。

他脚下一顿，立在原地看着筌篌的背影，没有追上去。

"桓宗，"跨进院门的筌篌回头，对上桓宗的视线，"不要忘了吃固元丹。"

"好。"桓宗眉眼舒展开，眼中蕴满了温柔。

成易的眼神落到桓宗身上，然而本该反应很灵敏的剑修却没有注意到他的视线。

"大师兄，"筌篌伸出手指杵成易手臂，"走啦。"

"琉光宗近来往宗门连送了两次厚礼，说是为了感谢你对他宗门弟子的照顾。"成易推开房门，检查了一遍房屋，在床上替筌篌多铺了两层被子，把屋里的香换成了筌篌常用的凝神香，"我观这位桓宗真人身体好像不太好？"

"嗯。"筌篌没有说桓宗身体究竟出了什么问题，只是道，"不过他并没有麻烦过我什么，倒是我常常受他与林前辈照顾。"

成易叹息："很喜欢这个桓宗？"

"喜欢呀。"筌篌点头，见成易好像不太高兴，眼珠一转抱住成易手臂摇来摇去，"不过我最喜欢的还是师兄，真的。"

"不是最喜欢师父跟你二师兄？"成易挑眉看她，原本他以为筌篌对桓宗有男女之情，听到她这么回答，他就知道是自己多想了。筌篌才多大，又被他们养得天真活泼，哪会这么早就懂得男女之情。

"他们又不在这里，哄你开心最重要。"筌篌吃吃地笑，松开成易的手臂，从收纳戒里取出一枚不太好看的男用扳指，"这是我炼制出来的法器，虽然没太大用处……"

"很好看。"成易把扳指戴在了大拇指上，"没想到你出去这一段时间，连炼器都已经学会了。"

"是桓宗教我的，刚开始那两天，我用普通的真火炼制，就炼出一个灰扑扑的铁环。后来桓宗拿精火给我练手，我就把这个扳指炼制出来了，这可是我第一件成品。"看着黯淡的扳指戴在师兄干净修长的手指上，筌篌有些不好意思，"好像……是丑了些。"

"胡说，我们家筌篌炼制出来的东西，怎么会丑。"成易笑了，"我当初学炼器，花了足足三个月，才炼制出一件半成品，你比师兄出息多了。"

"你又哄我。"筌篌哼了哼，"我学不好掐算的时候，你说你也学了好久都算不好，结果灵慧师姐告诉我，你只花了一个月就学得很好了。"

成易失笑，他这次并未哄骗箜篌，当年他学炼器，确实是花了好几个月时间。像箜篌这种仅仅学习几天时间，就能炼制出法器的修士，实在太少了。幸好裴怀师叔还不知道这件事，不然他肯定会生出把箜篌抢到午阳峰的心思。

不过箜篌说，那个桓宗真人拿精火给她练习炼器？精火难得，很多炼器师在炼制普通法器时，根本舍不得用精火，更别提拿来练手，看得出这一路上，桓宗真的很照顾师妹了。

"你先休息，明天早上我再来叫你用饭。"成易调好香炉盖子，"想吃什么？我给你做。"

"师兄亲手做的都好吃。"箜篌至今还记得，当年刚到云华山时，师兄担心她刚来山上，不习惯去膳食堂与其他弟子一起用饭，又觉得吃辟谷丹对她不好，每天都会在栖月峰亲手给她做饭，直到她与宗门里的师姐师兄们都熟悉以后，师兄才渐渐不做了。但即便如此，她也能常常吃到师兄做的饭菜。

"嘴巴这么甜，幸好你不是男儿郎，不然多少女子被你这张嘴哄骗去。"成易失笑，"休息吧。"

"你怎么就不担心好儿郎都被我这张嘴哄骗？"箜篌打个哈欠，"那我去睡了，明天早上一定要叫我。"

"好。"成易把她摁到床上，替她盖上被子，"有什么事可以叫我，我就住在你隔壁。"

"嗯。"箜篌安心地闭上眼，她使用灵力过度，现在还没完全缓过劲来，确实需要好好休息。

见箜篌闭眼就睡着，成易替她放下纱帐，走到门口时又不放心，怕邪修半夜突袭，于是又在屋子外面加了好几道结界。

自己亲手养的孩子，即使已经长大成人，在他的眼里还是当年那个小姑娘，总觉得要把一切都安排妥当，才能让他放心。

深夜，林斛站在院子里，看着窗户上的倒影，走到窗边小声道："公子，夜已深，你该睡了。"

门被打开，穿戴得整整齐齐的桓宗走出来："你为何还没睡？"

"我见你屋子里的灯还亮着，就来看看。"林斛见桓宗望着隔壁院子方向，"公子是在担心箜篌姑娘？"

桓宗没有说话，这段日子箜篌跟他住一个院子，虽然两人没有在一个屋子里，但是桓宗觉得，有箜篌住在旁边的屋子里，仿佛他住的房间也染上了几分鲜活气。

"成易是箜篌姑娘的大师兄，听说自从箜篌姑娘加入云华门后，这个大师兄就待她极好。箜篌姑娘小时候的头发是他梳的，衣裙也是他买的，就连很多修炼术法也是他亲手教的。箜篌姑娘与他在一起，是不会受委屈的。"林斛道，"你放心去休息吧。"

"林斛，"桓宗忽然转头看他，"我若带箜篌去琉光宗，收她为我的关门入室大弟子，她会愿意吗？"

林斛："……"

风吹动树梢，发出簌簌的声响。

"公子，这种事先不提箜篌姑娘会不会同意。若你真的这么做了，我们琉光宗与云华门恐怕会打起来。"林斛见桓宗不像是在说笑，"夺徒之恨，不共戴天。"

桓宗再度沉默下来。

"箜篌姑娘的性格，也不适合待在琉光宗。"林斛观察着桓宗的神色，"每日天不亮就需起床练习挥剑，轻口欲重修行，喜怒不能形于色。箜篌姑娘是个爱笑爱玩的性子，让她去琉光宗，岂不是委屈她？"

"你说得对。"桓宗垂下眼睑，"琉光宗不适合她。"

月色下，桓宗看起来有些清冷，林斛想要多说几句，可是看着桓宗没有丝毫情绪的脸，他沉默了。

即便公子再喜欢箜篌姑娘，他们也有分别的一日。修真无岁月，有时候闭一次关就是几十年上百年，待两人再相见时，人还是那个人，然而心境或许早已不同。

剑修们冷心冷情，并不是他们生来没有感情，而是感情异变，普通人寿短，生死与时间都是对感情的消磨。心境对剑修的影响太大，若是因为外物毁了道行，一生修为就没了。

很多剑修为了保持对剑道的纯粹之心，变得越来越冷漠，成了高山上的积雪，海底的深渊，终年没有感情的起伏。这种做法是对或是错，没有人能够说明白。

几千年前，甚至还有剑修杀父杀母杀妻杀子以证道，幸而大道不成，才没让更多的剑修效仿。

公子可知道，他对箜篌姑娘的态度，早已超过了往日对待他人的态度？

"你去睡吧。"桓宗抬了抬手，"我在这里坐一会儿。"

"公子。"林斛欲言又止，半晌后道，"箜篌姑娘早晚会回云华门的。"

桓宗转头看他，眼瞳在夜色下黑得不见底："我知道。"

林斛朝他行了一礼，转身回了自己的屋子。

桓宗抬头望天，乌云靠近弯月，试图遮住它的光彩。他朝空中一挥，乌云散去，月辉洒满整座吉祥阁。他脚尖一点，站在围墙之上，望着箜篌房屋的方向。

房间外，被下了好几道结界，似乎在拒绝任何人的靠近。

主院，阁主关上窗户，摇头叹息："现在的小年轻，一个比一个奇怪。"好好的一个剑修，大半夜不睡觉，穿着白色锦衣站在墙头吹冷风，这是什么癖好。

就像他那几个不成器的徒弟，天地大道算不出什么，每天穿什么衣服，吃什么饭，反而要算上几卦，都是古古怪怪的毛病。

第二天早上，箜篌听到门外的敲门声，以为是大师兄叫她起床，睡眼惺忪地打开门，看到站在门外的人是桓宗，他手里还端着一碗灵气四溢的灵果，灵果红红绿绿的，煞是好看。

"桓宗真人？"成易端着盛满早餐的托盘走进院子，在箜篌门口来来去去看了好几眼，桓宗真人怎么能靠近师妹的屋子？

他立下的结界呢？

内心虽然充满了疑惑，但是在外人面前，成易还是维持着云华门栖月峰大弟子的稳重气质，虽然云华门在外面的名声，与稳重已经没有太大干系。

"桓宗道友，这么早就起了？"成易走到箜篌面前，把托盘放到她怀中，"喏，你想吃的早餐。"

"谢谢大师兄。"箜篌端着托盘朝成易笑了笑，桓宗把递出去的灵果收回来，被箜篌一把抓住了碗，"我还没吃呢。"

"我帮你拿进去。"桓宗看了眼她手里的托盘，"小心别把早饭弄倒了。"

"饭食我准备了两份，桓宗道友与箜篌一起用。"成易看着桓宗碗里那些珍稀灵果，不想让琉光宗弟子觉得他们云华门连一顿早饭都舍不得请。

只可惜他本来准备跟箜篌一起用早饭的，只能把这个机会让给桓宗了。

055

"多谢道友,那在下便恭敬不如从命。"桓宗连委婉的拒绝都没有,直接答应了下来。

"不客气。"成易维持着微笑,内心毫无波动。

"大师兄,你也一起啊。"箜篌道,"这里有点心、灵果还有你做的早餐,我们三个人吃绰绰有余。"箜篌转身把门大开,让桓宗与成易进门,"你们不要站在门口,不知道的还以为我门口有花儿呢。"

门口是没有花,但原本是有结界的。成易走到桌边坐下,揭开托盘上的盖子,里面摆着一罐肉粥,一笼蒸饺,几道小菜。

把粥分成三份用碗装好,成易问箜篌:"昨夜睡得可好?"

箜篌点头,端起肉粥喝了口。

成易与桓宗的视线对上,桓宗对成易点了点头,成易对桓宗礼貌微笑,两个陌生的男人面对面坐着,寂静的气氛中带着几分尴尬。

"箜篌,方才我看到你屋子外面有结界,就顺手撤去了。抱歉,我这么做可能有些失礼。"桓宗对箜篌歉然道,"我忘了这里不是我们平时住的时候。"

"结界?"箜篌用帕子擦了擦嘴角,扭头问成易,"师兄,是你立的?"

"这里毕竟不是云华山,所以我就在门外立了几个防御结界。"成易之前就猜测结界是被桓宗毁去的,但又觉得琉光宗的弟子做不出这种事,没想到对方真干得出。

"害人之心不可有,防人之心不可无。就算这里是我们的附属门派,多保持几分警惕也是没有错的。"成易想了想,又补充道,"你若是不喜欢,今晚我就不立结界了。"

"还是师兄想得周到。"箜篌连忙道,"没有不喜欢。"

三人用完饭,成易见桓宗坐着不离开,想着自己说的话也不算什么宗门机密,便直接开口道:"近来修真界不太平,你在修行方面也有所突破,不如等此事了了,与我一起回云华山?"

箜篌啃灵果的动作微微一顿,她抬头看向桓宗,桓宗垂着眼睑没有表情。

"你出门以后,师父与几位师叔都很想你,就连青元师叔都向我问了几句你什么时候回去。"成易原本也不想这么早就把箜篌叫回去,但是近来修真界不太平,他无法放心。

"师兄,我知道你是为了我好,但我现在暂时还不想回去。"箜篌放下灵果,

"还请师兄转告诸位长辈，让他们不要为我担心。"

成易担忧地看着筌篌，师妹该不是看多了话本，产生了拯救修真界的念头，准备与邪修们一决雌雄，所以才不愿意回去？想到那些乱七八糟的话本内容，成易觉得师妹不会如此幼稚，但又担心她真的受到了话本影响。

在不危害宗门的前提下，云华门的长辈并不爱做为难后辈的事。听到筌篌拒绝，成易心中虽然还有疑惑与担忧，却没有强行要她回去，只是叹气道："你若是现在不想回去也没关系，只是在外面千万要注意安全。遇到坏人先不要冲动，一定要分辨他还有没有帮手，能不能打得过他们才出手。"

"师兄你放心，我知道的。"

"外出游历手册看完了没有？"

筌篌继续点头："全都记住了，一条都不会忘。"

"记住了没用，还要活学活用。"成易把收纳戒里的符箓法器等物拿了出来，"这些是我出门前长老与峰主们交给我的，他们跟我说，若是在丰城遇到你，就转交给你。"

"这么多？"筌篌一边把桌上的东西往自己收纳戒里扫，一边问诸位师叔师伯的近况。

"他们都很好，就是青元师叔与师父还是老闹口角，我出门前他们比画了一场，毁了五行堂几样法器。珩彦师伯动怒，罚了师叔与师父几十年的月俸。"成易知道自家师父有多穷困，财运有多差。之前因为周兴在雍城闹事，周仓为了弟弟，赔了云华门很多东西。师父也趁此机会，把欠账还了大半。好不容易手里不再拮据，他就又惹出事来，这分明就是天生不带财的命。

"师父与青元师叔闹了这么多年，还没消停？"筌篌嘀咕了两句，想起桓宗还在，为了给宗门长辈留几分颜面，没有再继续说下去。

成易干咳一声，看师妹在桓宗跟前随意的模样，可见两人交情确实不错。他扭头去看桓宗，对方果然神情如常，仿佛什么也没听见。事实上，从他见到桓宗以后，就没见过他变脸色。

"我已经与阁主在吉祥阁内部排查了一遍，暂时还未发现被邪修渗透的疑点。师妹赶来这边，也是想让吉祥阁查一查这个事？"成易知道筌篌的性格，不会没事找事，但也不会眼睁睁看着坏事发生不去管。

"嗯。"筌篌点头，"这一路上，我遇到好几个用心险恶的邪修。他们大多修

057

为普通，最喜欢做的事情就是挑拨修士之间的关系。"

"想要高楼倒塌，便要让它从内部开始烂起，邪修界野心甚大。"成易见师妹神情凝重，笑着劝道，"你也不用太过焦虑，有琉光宗、昭晗宗、九凤门这些大宗派在，我们修真界不会有事的。"

委婉地在桓宗面前拍了一下琉光宗的马屁，成易道："我等下要陪阁主去加固吉祥阁的防御法阵，你若是无聊便在丰城里面四处转一转。我们师兄妹多日未见，你在丰城多留几日再走，可好？"

"好。"拒绝成易回宗门的提议，箜篌已有所愧疚，现在成易让她在丰城多待几日，她哪里还舍得拒绝。

知道成易确实有事要做，箜篌便带着桓宗逛丰城。

丰城地界算不上大，但是整座城被管理得井井有条，百姓安居乐业，从外地来的修士，也都遵守丰城的规矩，并没有做过火的事情。最大的问题就是街上总有鹤发童颜的老人自称"铁口神算"，拉着路人相面算卦。

"公子姑娘请留步。"一个身穿青衫，手持算命幡的干瘦老头叫住箜篌与桓宗，"二位不是丰城本地人吧？"

"你怎么知道？"箜篌似笑非笑地看了眼算命幡上"胡半仙"三个字，对这个假算命先生的勇气有很高的评价。

"我是丰城有名的铁口神算，城里的人虽然不能认周全，但是像二位这般出众的人，若是见过一面就绝对不会忘记。"胡半仙道，"但我见二位面生，说明两位定不是本地人。"

"我还以为你是算出来的。"箜篌见胡半仙时不时捋胡子，忍不住多看了几眼那下巴上的山羊须。

"小老儿能力有限，并不能看姑娘一眼，就算尽你的前尘未来。"胡半仙严肃道，"若真有人这么说，只有少部分是真正的高手，而大部分都是骗子。"

"那你算命需要什么？"箜篌问。

胡半仙认真地看了他们很久，忽然摇头："二位的命我算不了。"

"为何？"箜篌追问。

"孤龙哀鸣，独凤泣血，龙凤呈祥，二位命格太尊贵，老朽算不了。"胡半仙满脸震惊，对箜篌与桓宗的好命格是夸了又夸，实际算出来的东西却没多少。

这位"胡半仙"吹得实在太过，箜篌听得脸都发红了，塞给他一把玉币，拉着桓宗的袖摆就走。这哪里是算命，分明就是变着花样拍马屁。

路过一家书斋，箜篌走进店："老板，近来可有妙笔客的新书？"

"妙笔客，谁啊？"书斋老板仔细回想着近几年卖得比较好的话本，好像没有哪个作者叫妙笔客。

"就是《风雨录》《剑修实录》《修仙记》的作者。"箜篌见老板连妙笔客的名字都没记住，就知道这里肯定没有妙笔客新写的话本。

"你说他啊。"听到这些话本名字，书斋老板就知道是哪位作者了，他从角落书架上取出一册书，"这是送到这边的最后一册，没有其他新的了。"

箜篌接过来一看，这本书她在离开雍城的时候，就已经买了："这本书后面，就没有出新的了？"

"没有了。"书斋老板摇头，"这几个月一直没有新书送过来，怕是不再写了。"每年花钱送书到他们这些书斋里寄卖，怕是已经知道自己的书并不受欢迎，所以放弃了。

"我知道了，多谢老板。"箜篌把话本还给书斋老板，早就习惯了到书斋买妙笔客新出的话本，现在得知他有可能已经不再写了，她心里很是失落。

走出书斋，箜篌踢了踢脚边的石子儿："桓宗，妙笔客该不会真的不写了吧？"

桓宗看着被箜篌踢得翻了个面的石头，沉默着。

"也许他近来有事耽搁，暂时不能写书。"箜篌不敢想另外一种可能，比如说妙笔客是个普通人，现在已经垂垂老矣，手颤眼花不能再提笔写字，或是已经……

连忙摇头把这种念头从脑海中赶出去，箜篌摸着下巴道："桓宗，你说吉祥阁弟子能够算出妙笔客什么时候出新话本吗？"

桓宗："……"

"还是让他们帮着算算上哪儿能找到妙笔客吧。"箜篌很认真地思考着这个可能性，"这样我也知道，他究竟是谁。"

"不过一个写书人，何须知道他是谁？"桓宗道，"若是一个形容丑陋之人，岂不是坏了你们这段缘分。"

"嗯？"箜篌问，"此话从何而来？"

"他写书，却无人赏识。你喜欢看书，又刚好欣赏他的作品，那便是一段缘分。缘分到如此地步，便是刚刚好，若是强求反生不美。"桓宗看着箜篌，"留有想象的缘分，恰到好处。"

"你说得也有道理。"箜篌点了点头，随后笑道，"看来你真的也很喜欢妙笔客，竟然为他说了这么多话。"平日提起不相干的人，桓宗向来是能只说三个字，就绝对不说四个。

桓宗看着她，再度沉默起来。

两人在丰城逛了一圈，见识了一番丰城的风土人情，回去的路上，看到那个叫胡半仙的铁口神算，正拉着一对外地来的小夫妻，说得头头是道。

"二位当真是龙凤呈祥的面相，夫旺妻，妻旺夫……"

看到小夫妻被胡半仙哄得掏了一枚灵石出来，箜篌小声跟桓宗道："这个胡半仙除了龙凤呈祥，就没有别的说法了？"

对她跟桓宗说是龙凤命，看到其他男女就说龙凤呈祥，龙凤命太不值钱了。

桓宗目光落到那对年轻夫妻身上，大约是胡半仙说的话取悦了他们，男人又给了胡半仙好几枚灵石。

看起来就像是养尊处优、富家公子的男人，却很敏锐地注意到了桓宗的眼神，他转过头与桓宗视线对上，面上的表情看起来若有所思。

桓宗对他略点了一下头，收回了目光。

眼见白衣男子与漂亮女子走远，季暄收回目光，对身边的女子道："如意，有没有觉得方才的男人有些眼熟？"

"你是说那位穿着白衣、相貌出众的公子？"被唤作如意的女子朝两人离开的方向望了望。那对男女相貌如此出众，走在人群中就像是最亮眼的反光体，让人很难做到忽略他们，"殿下认识此人？"

"或许是我看错了。"男子缓缓摇头，但凡认识他的，又怎么会用那种冷漠的眼神看他。修真界的皇室地位虽不比十大宗门，但由于他们是被天道承认的天龙之子，所以在凌忧界有很独特的地位，就算是各大宗门的宗主，与他们皇族相处时也是客客气气。

"人生百态，形形色色，相貌上有相似之处也不奇怪。若不是他与殿下你的眉宇有几分相似，我也不会注意到他。"如意把手放到男子掌心，对他温柔一笑。

男人嘛，该哄的时候还是要哄的，尤其是有长得比他好看的人出现时。

这次他们是来请吉祥阁阁主出山算卦的，可不能因为一个容貌好看的男人，闹出矛盾来。

"真的？"男人摸了摸自己的眉尾，难怪他总觉得那个男人似曾相识，原来是因为他们长得有些相似。不，应该说，那个男人与太庙里很多祖宗的画像有些许相似之处。

不过……他家历代祖宗的画像，没一个有这个男人好看。

此刻某个门派中，因为得知一个惊天大秘密而兴奋不已。

"老祖宗的往事记载中，当真提过云华门有鲛人鳞这件事？"坐在主座的男人国字脸，高鼻梁，相貌十分端正。

"千真万确，老祖宗的回忆录中也提到过。回忆录中说，云华门开派祖师曾在海边遇到鲛人，后与鲛人成为密友，鲛人便赠了他几片鲛人鳞。"

"我记得去年琉光宗宗主亲自传信到各个宗派询问药材一事，其中一味药就是鲛人鳞？"门主那张正义凛然的脸，在此刻多了几分幸灾乐祸，"若是让金岳知道珩彦手里有鲛人鳞却不愿意换给他，云华门与琉光宗的关系会不会因此变得恶劣？"

"门主，这样会不会太过了些？"另外一人不安道，"现在邪修不安分，若琉光宗与云华门因此心生嫌隙，让邪修乘虚而入怎么办？"

"这……"国字脸门主的内心满是犹豫与挣扎。这么好的离间机会，不利用一下，他连打坐都不感兴趣了。做了，怕邪修跑来捣乱；不做，他怕心魔来他心里捣乱。

算了，琉光宗那么厉害，肯定不会让邪修乘虚而入的，他还是去挑拨一下，不然内心是无法平静的。

"来人，把有关云华门如何获得鲛人鳞的记录抄录下来，再安排一个脸生的弟子，去驿站把东西寄到琉光宗，记得去其他地方寄，不能让人看出他的身份。"这个世界上没有斩不断的帮门兄弟情，只有不努力的门主，他一定要让宗门进入十大排名。

十大宗门里，云华门最大的特色就是弟子和睦齐心，与各大门派都保持着友好和谐的宗门友谊，也正是靠着这些，云华门才能在修真界一直屹立不倒。

若是失去这些优势，云华门与没牙的老虎无异。

不能怪他只盯着云华门下手，谁让云华门看起来是十个宗门里最好攻破的？

两天后，寄托着某个门派跻身十大排名希望的包裹，由飞剑使者送到了金岳手上。金岳以为又是徒弟寄来的土仪，但是当他拆开包装得十分精致的锦盒后，发现里面只装了一张纸，纸上抄录着几句话：

"映尘真人与鲛结为好友，映尘赠其修炼法册，鲛以鳞甲回之……"

映尘真人是云华门的祖师爷，这几句话是想告诉他，云华门有鲛人鳞，但就是不愿意给他们？去年他写信到各个宗门求取鲛人鳞，得到的回复都是没有。

写信的纸张很普通，凌忧界很多地方都能买到。字体工整得看不出任何个人特色，背后告密之人不敢暴露身份，说明这个人是他们琉光宗还有云华门都认识的，并且还知道他曾经求取鲛人鳞之事。

是十大宗门的人？

金岳很快否定这种猜测，现在邪修蠢蠢欲动，十大宗门唯有同心协力，才能让邪修无处下手。就算他们知道云华门有鲛人鳞却不给他，也只会想办法拦着，然后私下去劝说珩彦改变主意，绝对不会以这种见不得人的方式告密。

难道是想挑拨离间的邪修？

"岂有此理！"金岳把信纸往桌上重重一拍，"邪修竟如此猖狂！"

在这些邪修眼里，他们琉光宗难道就是如此不讲理的宗门？鲛人鳞何其珍贵，云华门愿意拿出来，是他们的幸运，若是不愿，也是人之常情，难道他们还能因为这个记恨上云华门？

更何况珩彦道友并不是见死不救之人，早已偷偷把鲛人鳞送给了他们，甚至没有提任何要求。云华门如此高风亮节，竟还有人在背后如此算计他们，他岂能坐视不理？！

"来人，传令下去，严查邪修潜藏在各地的踪迹，大力宣传邪修各种挑拨手段，让修士与百姓提高警惕。"信纸在金岳手中化为灰烬，但这并没有让他心情变好。但凡有些血肉的人，都无法对这种事坐视不理。

他本打算闭关冲击修为，看现在这个情况，暂时是不能闭关了。修行可以暂缓，但是邪修此举却绝不能容忍。今日这些邪修可以挑拨他们琉光宗与云华门的关系，明日就能挑拨其他宗门的感情。

邪修果真是一群躲在阴沟里见不得人的老鼠，只会这种下作手段。

松河刚教完内门弟子的剑法，回洞府途中见一名亲传弟子匆匆从主殿出来，以为发生了什么事,便多嘴问了一句:"发生了什么事?"

"师叔祖,"亲传弟子作揖道,"宗主方才下令,要加大力度宣传邪修的各种不入流手段,让修士与百姓提高警惕,注意人身安全。"

"让大家有警惕心也不错。"松河心中暗暗疑惑,前几日宗主还说小心行事,怎么今日突然改变了主意。实际上他本人也赞同这种做法,什么低调行事,藏着捏着还不如让修士与百姓都了解事情的真相,也好有防备心理。

老百姓安稳日子过得好好的,谁愿意让邪修破坏?

有些人瞧不起普通百姓跟资质不好的修士,但是他们却忘了,这部分人才是凌忧界最多的。群众的力量,有时候大得无法想象。

交代了这名弟子几句,松河走进主殿找到金岳,把他刚才在外面遇到弟子一事说了。

金岳也没有瞒他,把云华门赠鲛人鳞以及邪修挑拨两宗门关系的事情告诉了他。

"信呢?"松河道,"这事还是提早告诉云华门一声比较好,让他们也有个准备。"

"信被我毁了。"金岳面上的表情一僵,随即很快道,"你放心,此事我会转告给珩彦道友。"

看着面带怒意的金岳,松河想到了很多年前,他与金岳一同拜入琉光宗门下,那时候的宗主还是个喜怒于色的少年郎,遇到不平的事,就恨不得拔剑制止。随着时间的流逝,宗主变得越来越稳重,在他脸上已经很难再看到明显的情绪。今天的他,似乎有了几分当年的模样。

"毁了便毁了吧,只要珩彦门主相信我们的话便足矣。"松河道,"刚好我有事要去云华门走一趟,不如这件事就由我亲自来说。"

"这样也好。"金岳点头,疑惑道,"云华门那边有什么事需要你亲自赶过去?"

"也不是什么大事。"松河神情如常道,"前些日子约好与忘通道友论道,又岂能说话不算数。"

"那你便去吧。"金岳知道师弟是个言出必行的人,当下也不拦他,"那你早些过去,记得备份厚礼。"

国字脸门主早就派人蹲守着琉光宗的反应,听到琉光宗的松河峰主亲自赶

063

往云华门以后，他以为自己这个计划奏效了。琉光宗实力强大，剑修又是爱恨分明的性子，云华门哄瞒琉光宗，琉光宗哪能轻易咽下这口气。

"让下面的弟子都警醒些，若是发现可疑的人物，一定不能让他们作恶。"国字脸门主强调道，"打不过就跑，找琉光宗、昭晗宗、九凤门这些门派求救，千万别找云华门，这个宗门的弟子靠不住。"

打击邪修刻不容缓，把云华门拉下十大宗门之列，也是重中之重。

一个都不能放弃。

国字脸门主并不知，松河峰主到雍城后做的第一件事，就是掩饰了自己的身份，在雍城一家酒楼里点了一桌子酒菜。他吃得心满意足后才去了云华门，把"邪修告密"事件告诉珩彦，还送上了一大堆厚礼，顺便跟忘通论了半天的道。

忘通与松河的道并没有太多相似之处，忘通的道讲究顺心而为，松河的道是遵循原则，不可放纵。

两人对坐了半天，茶喝了几壶，忘通忍无可忍道："借你的灵石我早就还给你了。"所以你现在坐在我这里不走，究竟是图什么？

"忘通兄这话从何而来？"松河放下茶杯，"你我多年交情，我怎么会因为这点小事来找你。"

忘通挑眉看他，那坐在这里做甚？他们俩的确是认识多年，但松河痴迷于剑道，而他因为手中拮据，大多时候待在山上，要说交情深如兄弟，那也谈不上。

"实不相瞒，我是因为修为久无寸进，才找个借口出来走走。"松河喝茶的姿态很优雅，平和的表情，行云流水的动作，很难让人看出他是一名剑修。

"原来如此。"忘通点头，"我早就说你们剑修把自己逼得太紧，修行修心，哪能一味苦修。"

听着忘通的话，松河频频点头，时至午时，他忽然道："贵宗门是在此时用饭？"

忘通："……"

若不是因为松河是剑修，他几乎要怀疑对方不是来寻找突破修为的方法，而是跑来雍城蹭吃蹭喝的。

松河到云华门的第一天，"国字脸"没有等到双方闹矛盾的消息。

松河到云华门的第三天，"国字脸"还是没有等到他们闹矛盾的消息，但是听说琉光宗送了云华门一份厚礼。

松河到云华门的第七天，两个宗门还没有闹矛盾，听说松河与忘通一同出现在湖上垂钓论道，两人还一起去酒楼吃了最新出的炭火铜锅肉。

松河到云华门的第十天，松河与忘通一起吃了卖几枚灵石一份的烤兔肉。

国字脸门主等啊等，等得山花都开了，也没有等到想要的消息。反而是门下的弟子，抓住了几个行事可疑的邪修。

他不相信，他不相信琉光宗与云华门关系有这么好，这一定是琉光宗为了联合云华门抵抗邪修，才勉强咽下这口气。

等邪修的事情处理完了，云华门一定会倒霉，一定会。

"来人。"国字脸门主神情凝重道，"让弟子加大排查邪修的力度，绝对不能让他们阴谋得逞。"

没有什么能够阻挡他把宗门带入十大排名的决心，碍事的邪修也不能！

林斛去过很多门派，接触过很多宗门弟子，但是像吉祥门这样的宗门，他还是见得太少。早起穿衣服会算卦，晚上几时入睡算卦，就连吃饭时坐哪个方位，都有人特意算一卦。

不过也因为这个宗门，他终于知道，也有箜篌不擅长的东西。

掐算推演几乎是所有修士都会的手段，只是除了卜师以外，其他修士只是凭借修为高低，算个大概而已。但是像箜篌如此不擅长的，也不多见，偏偏她还对这些感兴趣，天天捧着一套孙阁主送的龟甲算来算去。

更可怕的是，公子与成易道友还十分配合，装作箜篌姑娘算得很准。今天说公子有破财之灾，公子就丢块玉佩，明日说成易道友要注意脚下，成易道友就平地"摔"了一下。

好好一个小姑娘，怎么能这么惯着，这是教育小辈的下下策。

"林前辈，"箜篌捧着龟甲走到林斛面前，小声道，"你今日要小心些，龟甲的卦象显示，你今日好像有血光之灾，不过能够平安度过，应该不是什么大问题。"

林斛："……"

"箜篌姑娘，你以后不会走卜算一道吧？"林斛觉得，这个问题很重要。

"怎么会？"筌筿失笑，"我在卜算一道上没有多少天分，若是由卜算入道，恐怕此生都没有飞升的希望了。"

还好，总算还有自知之明。

林斛出门办事，回来的路上，忽然想起筌筿早上给他算的那一卦，面无表情地走到树边，把手指在树干上蹭了两下，干硬的树皮磨破了指背，渗出了点点血丝。

宠小姑娘的人那么多，多他一个……也不算多。

林斛转过头，看到站在吉祥阁门口的公子，他把手背在身后，走到桓宗面前："公子今日没有与筌筿姑娘出门？"

"她在跟孙阁主学移栽树木。"桓宗瞥了眼他身后，"快些进去，外面风大。"

林斛："……"

公子这是把他当筌筿姑娘一样担心？

"别把伤口吹干了。"桓宗神情平静道，"别忘了你今日有血光之灾。"

林斛："……"

男人啊男人，为了美色真是什么都做得出来。

"有些树移栽的时候，需要洗根，剪去所有枝丫。比如这几种，都需要洗根。"孙阁主指着园子里的各种树木，园子里灵气很浓郁，很多灵气正是这些树木散发出来的。

筌筿跟孙阁主蹲在一块儿，手上拿着铁锹，裙摆上沾上了泥巴。一老一小蹲在草丛里，打眼看上去，还真有几分果农的模样。

"种花也一样吗？"筌筿看着孙阁主把一株幼苗移栽到另外一个坑里，用水壶给小树浇了一点点水。

"花跟树差别很大。"孙阁主拍了拍土，站起身道，"它们唯一的共同点是都长在土里。"

筌筿："……"

那相同点可太多了。

"来。"孙阁主小声对筌筿道，"我带你去吃一种果子，五百年就只结了两颗，我们一人一颗分了。"

筌筿看了眼四周，确保没有被其他吉祥阁弟子听见："这样会不会不太好?"她一个外人,把好东西给吃了,这让吉祥阁弟子怎么想?

"我的东西想给谁就给谁,有什么不好的?"孙阁主从收纳戒里掏出一枚如鸽卵大小的果子,放到箜篌手里,"我的那些后辈都没人爱种树,这些果子肯定不想被他们吃。"

不爱种树,所以树上结的果实也不给他们吃?

孙阁主……还挺任性。

"这颗果子好漂亮。"箜篌看着掌心里红艳艳的灵果,这种红十分纯粹,比最美的红宝石都好看,她有些舍不得吃。

"这种果子叫寻云果,被称为长在云端的灵果。我当年进入五百年才打开一次的秘境中,因为修为不足,不敢往里走,最后干脆就在外面采点草药矿石等物。"提到当年发生的事情,孙阁主就觉得十分好笑,"得到这两枚果子实属意外,大家都急着往秘境里面走,一天后待在外面的就只有我一个人。我坐在地上起卦时,发现秘境上空有朵云飞得特别低,我就飞上去看了看。哪知那根本不是云,而是一棵飘在半空中的树。我在古籍中看过相关记载,有种树在云中生长,千年开花,千年结果,染上尘土便会枯亡,你可知道这种树叫什么名字?"

箜篌想到了一种可能,神情有些激动:"是不是……寻云树?"

"你猜得没错,就是寻云树。"孙阁主点头,"这枚果子就是我从那棵树上摘下来的,以你现在的修为,吃下这个还有些勉强,留着你金丹化婴后再用吧。"

"阁主,你那里可有寻云树的枝?"箜篌顾不上怎么吃寻云果,反而问起另外一件事来。

"寻云树枝?"孙阁主摇头,"寻云树是有灵智的植物,能让我摘它身上的果子已是不易,怎么可能让我折树枝?"

"那秘境在哪儿?可还会打开?"

孙阁主也不问箜篌为何对这个如此感兴趣,只是笑着回答道:"说来也巧,距离上次秘境打开已经过去了五百年,再过半个月,秘境就会再次打开。"他从袖子里拿出一张地图递给箜篌,"这是寻找秘境的路线图。"

箜篌接过地图看了一眼,地图上的地点标着奎城。

奎城……那好像是属于元吉门管辖范围?

"多谢阁主,你帮了我一个很大的忙。"箜篌站直身体,对孙阁主行了一个大礼。

孙阁主笑容慈和，摇头道："不必谢我，我这是为了讨好你。"

"讨好我？"筌篌愣住。

"你是主宗里最有天分的弟子，我们吉祥阁在附属宗门里并不起眼，现在我讨好了你，就等于讨好了主宗。"孙阁主笑容更加温和，又掏出一张泛黄的羊皮纸递给筌篌，羊皮纸上画着寻云树长什么样子。看着面露欣喜的筌篌，孙阁主抚着洁白的胡子道："不知我这个讨好方法可还有用？"

"有有有。"筌篌笑着应下，"我回去就到师伯面前死命夸贵门派的好。"

两人相视而笑，让整个行贿受贿现场充满了和平欢快的气氛。

"无论如何，都很感谢阁主告诉我这个消息。"筌篌朝阁主抱拳道，"我想起还有些事需要与桓宗道友商议，失陪。"

"请随意。"孙阁主看着筌篌匆匆离去的背影，脸上的笑容不变。

事实上他并没有说谎，他确实在讨好筌篌。不过，并不是因为云华门，而是因为筌篌本身。身为卜师，他看到筌篌的第一眼时，就发现她面相格外奇特。本应是早夭之相，却因一线生机获得新的际遇。从此以后，便是平步青云，气运加身。

气运好的修士，被天地大道厚爱。与之交好的人，也容易受其命格影响，变得越来越好。若是有人与之过不去，自身气运又不足，最终的下场可能不会太好。孙阁主本想再算一算筌篌的命运走向，可惜她命格已改，想要算出来，除非月星门门主望宿亲自出手，不然没人能做到。

以他的修为与能力，能算出筌篌气运加身，已是极限。也不知道是不是他算的方法不对，筌篌姑娘除了气运加身外，竟然还背负着孽障。一个年仅十六岁的小姑娘，不到十岁便入了云华门，手上也没沾什么人命，怎么会身带孽障？

难道……是父辈造成的？

原本他也不想给自己找麻烦，只打算好好招待便是了。可是看着小女娃认真地听他讲怎么种树，甚至还跟他一起蹲在地上挖坑栽树，他就忍不住多说了几句。

年纪大了，对讨喜的后辈，总是忍不住心软，这毛病要改。

"筌篌姑娘……"林斛见筌篌出来，正准备提他手上受了伤，她今天早上算得真准时，筌篌已经难掩激动地对他道："林前辈，我找到寻云树的线索了。"

林斛愣住,他没有想到这么快就有新的线索:"寻云树在哪里?"公子的药方中,有一味药是寻云树枝,可是古籍中关于寻云树的记载极少,连一张图都没有留下来。

"在奎城。"箜篌道,"我们要尽快赶去奎城,寻找秘境打开的地方。"

林斛点头:"好,我马上去准备东西。"

"等等……"桓宗看着林斛大步从自己面前经过,刚准备叫住他,林斛已经闪身走出很远。

"桓宗,"箜篌跑到他面前,把地图与羊皮纸放到他手里,"放好,千万别丢了。"

两张纸很轻,但是桓宗却觉得重逾千斤,为了得到这个,箜篌究竟付出了多少努力?

"箜篌……"桓宗声音沙哑,"这是孙阁主给你的?"

箜篌点头,调侃道:"孙阁主说了,这是用来讨好我的。"

"讨好?"桓宗还沉浸在感动中没有回过神来。

"嗯,孙阁主说我是主宗的天才,为了吉祥阁的未来,一定要讨好我。"箜篌笑眯眯道,"拿人手短,你以后一定要记得提醒我,让我多夸一夸吉祥阁。"

"好。"桓宗点头,眼如春水,"我以后一定提醒你。"

"那我们什么时候出发?"

"不急。"桓宗摇头,"你与成易道友多日未见,在吉祥阁多待几日也无妨,从这里到奎城并不需要多少时间。"

箜篌不放心:"可我怕错过秘境打开的时间。"

"不会。"桓宗肯定道,"我闯过很多秘境。"

"对哦。"箜篌恍然,桓宗都靠着闯秘境发家致富了,论过秘境经验,肯定还是他比较丰富。

某宗门内,一名心腹弟子面带狂喜跑进主殿。

"门主,好消息!"

"琉光宗与云华门打起来了?"国字脸门主激动地站起身问,"没闹出人命吧?"他虽然野心勃勃,但还是不想闹出太多人命的。

"不是。"

国字脸门主神情冷漠地坐了回去。

"但是琉光宗给吉祥阁送礼了，而且是送的大礼。"

国字脸门主精神一振，琉光宗竟然开始挖云华门墙脚了？有琉光宗出手，云华门还能剩下几个附属门派？

啧，还是他们凌忧界第一大宗门呢，做事竟然这么不要脸。

"大师兄。"笙篌找到成易的时候，成易正在检查吉祥阁新布置的防御法阵。成易虽主修剑道，但是在法阵一道上，也颇有造诣。云华门中间辈的弟子中，除了勿川以外，便是他最有威望。

成易调换了两样法器的位置，放下卷起来的袖子："怎么到这里来了？"

笙篌对几个看起来有些眼生的吉祥阁弟子笑了笑，转头向成易开口："大师兄，我有件事想跟你说。"

成易看了她一眼，示意吉祥阁的弟子不要跟过来，带着笙篌到院子里的石桌旁坐下："说吧，是缺灵石花了还是想要法器？"

笙篌轻轻摇头，倒了一杯茶双手递到成易手中："都不是。"

"哦？"成易抿了一口茶，"那是什么？"

"师兄，两天后我想启程去奎城。"笙篌有些小心虚，"吉祥阁这边有你坐镇，我也放心了。"

"跟桓宗一起？"成易放下茶杯，脸上的表情不喜不怒，这副模样让笙篌更加心虚了，她垂着脑袋点头。

"听说奎城的桃花饼很好吃，去了那边记得给我寄些回来。"成易笑了笑，"奎城路远，我最不喜出远门，就不与你一道去了。"

"师兄……"笙篌偷偷看成易，"你不怪我？"

"为何要怪你？你本就是出门游历，难道我还要留你陪我在吉祥阁里待着？"成易看着眼前一副乖巧模样的少女，笑容更加温和，"更何况你身边还有林前辈与桓宗道友两位大能，与他们在一起，你也能增加不少见识。"他摸了摸拇指上的扳指，出门一趟，都学会炼器了。再跟林前辈与桓宗道友待一段时间，说不定连法阵、符箓、驭兽都学会了。

"我想多陪陪你嘛。"笙篌双手捧脸，朝成易眨眼睛，"现在提前走，你难道就不会舍不得？"

"是舍不得，但让你一直跟在我们身边，只会害了你。"成易笑，"我明白你的心意，不过我们修士不拘于俗礼，更何况整个凌忧界只有这么大，我若是想你了，便去找你。"

"师兄……"箜篌放下手，抱住成易的胳膊，对他露出大大的笑脸，"你真好。"

院门外，桓宗站在石阶上看着里面举止亲昵的师兄妹，收回目光转身往外走。

"桓宗真人，"不知从何处走出来的孙阁主朝桓宗拱手道，"真人请留步。"

"请问阁主有何事？"桓宗回了一礼。

"并没有什么大事，方才有客来访，我观此人命格与真人有亲缘之相，便多事转告真人一声。"孙阁主道，"若此人是你的后辈，去瞧一瞧也无妨。"

"不知来人姓什么？"

"凌忧界皇室太子褚季暄。"孙阁主道，"他请我算褚家的国运。"对于修士而言，皇室是个尊贵的摆设，他们尊重皇室的人，却没有真正把他们放在眼里。国运之事，轻易算不得，褚家人求到他这里，只因他曾经欠了褚家一份人情，但这份人情够不够他出手算卦，还要看这位桓宗真人的态度。

孙阁主是个聪明人，他不仅会算卦，还会算计。

桓宗听出了孙阁主言外之意，他神情平静道："国运由天定，算与不算都在其次。不过褚家人与我确有几分渊源，若是阁主不介意，我想与此人见一面。"

"请往这边走。"孙阁主见桓宗神情淡漠，就知道桓宗对这位可能是亲人后辈的皇族王子，并没有多少亲近之情。

褚季暄在皇族中的身份有些许特别，因为他的生母是一名修士，他身上也有修行的灵根。褚家世代受龙气庇佑，掌管凌忧界百姓几百年，身份无比尊贵，却仿佛得到诅咒一般，几乎所有子孙后辈都没有修行的灵根，偶有灵根者，也是天资愚钝，很难在修行之路上走得更远。

自从褚季暄被检测出有三灵根资质后，父皇欣喜异常，还说褚家祖上也曾出过一名天资非常出众的修士，只是不知道当年出了什么问题，关于这位老祖宗的记载十分简略，甚至连他的名字都没有留下，只记载了他在皇子中的排名。

他有心拜入宗门之下，可是大宗门不收他，小宗门不敢收他，这些年他只能跟着一位请进宫里的散修修行，现在堪堪炼气五阶的修为。

在垫子上跪坐了一会儿,他听到门外传来脚步声,放下手中的茶盏,整理了一下衣袍,转身正对门口。

雕花木门打开,走在最前面的不是孙阁主,而是一位风采出众的白衣男人。几日前,他曾在街上看到过此人,没想到今日竟会在此处再相见。

"见过两位前辈。"

"你非修士,无须以辈分相称,称我一声真人便好。"桓宗走到客位坐下,转头看了眼跟在身后的孙阁主,孙阁主乖乖在主位坐下,微笑着沉默。

褚季暄被对方冷冰冰的态度唬住,老老实实行礼道:"是,真人。"

上次是他看错了,这位真人一点都不像他老褚家的先祖,褚家历代先祖,没人能养出这种气势。

"听闻你想算褚家未来的国运?"桓宗神情严肃,眉峰都染上了几分严厉,"国之气运,牵涉万民,岂是说算就算?"

"真、真人说得是。"褚季暄膝盖有些发软,在这位容貌俊美的真人面前,他觉得自己的样子就像是被爷爷教训的孙子,还是胆子很小的孙子。

"这位桓宗真人是琉光宗的高人。"孙阁主在旁边笑眯眯地补充一句。

闻言,褚季暄膝盖更软了,若是这位高人愿意带他去琉光宗修行,别说当孙子,就算当曾孙子他也愿意。他来吉祥阁,虽是打着算国运的旗号,实际上是想拜入一个修行宗门。

如意是他的夫人,现已被收为水月门弟子,若他不潜心修行,就算如意不嫌弃他,他也会因为寿元的问题,不能长久陪伴她。

"季暄斗胆,拜问真人,在下可入贵宗门否?"褚季暄面色苍白,双臂颤抖,但还是朝桓宗深深拜了下去。他不是傻子,又怎会看不出,这里说话更有分量的人,是这位琉光宗桓宗真人,而不是孙阁主。

"资质不足,未到筑基期却已失元阳。"桓宗语气淡淡,"殿下不符合我宗收徒标准。"

褚季暄:"……"

这个拒绝真直接,他心口有些疼。

"我观殿下身上已有修为,何不在宫中修行?"孙阁主捻着胡须道,"你若是拜入宗门之下,便要抛却一切身份,按照宗门规矩行事,岂不是委屈了你?"

"若能拜入宗门,把这些虚名通通抛却又何妨?"褚季暄叩拜道,"请真人与阁主相信在下的赤诚之心。"

孙阁主叹气："不是我不愿意帮你,只是我吉祥阁只收擅长卜卦的弟子,殿下的天资,似乎并不适合卜卦一道。殿下若是不怨我问得冒昧,可愿告诉我,你最擅长什么?"

褚季暄:"……"

他小时候被当作皇朝继承人培养,后来父皇发现他有灵根后,便请了散修到宫里教他修行。这些年还试图给十大宗门送礼,希望他们能收下他,只可惜十大宗门刚正不阿,拒绝一切行贿行为,他至今也没拜入哪个宗门。桓宗真人可能是他见过的修士中,地位最高的一位了。

桓宗挑剔地看着褚季暄,资质极差,心性也不出众,并且已经尝了女色,特长没有,二十好几的人了,修为还在炼气期。褚家的后人真是一代不如一代,见了不如不见。

孙阁主见褚季暄竟然答不出擅长什么,干咳一声:"殿下再想想,当真没有什么感兴趣的?"

褚季暄不知想到了什么,面红耳赤地偷偷看桓宗,桓宗挑眉,语气冷如霜雪:"说。"

"我、我想做菜。"褚季暄很小的时候,曾在御膳房偷看御厨做菜,那快如光电般的刀法,拎起锅子翻滚的利落,让他对厨艺产生了浓浓的兴趣。

只可惜他身为皇室子弟,别说让他下厨,他仅仅是靠近厨房,便能引起下人们的惊呼尖叫。这么多年,他也只敢在与如意外出时,偷偷做几道小菜给如意吃。

"真是……"孙阁主察觉到桓宗在看自己,舌尖的话转来转去,变成,"真是有意思的爱好。"

整个修真界,以厨入道的修士凤毛麟角,唯一收厨师修士的宗门,只有五味庄。不过他们吉祥阁跟五味庄没什么交情,他想帮也无能为力。

事实上桓宗真人倒是能帮这个忙,五味庄的庄主白案真人与和风斋有交情,和风斋又是琉光宗的附属门派,桓宗真人是琉光宗亲传弟子,他若是开口相助,褚殿下拜入五味庄应该不是什么难事。

然而最大的问题是,桓宗真人实在不像是愿意帮忙的样子。

想到他欠褚皇室的人情,孙阁主有心帮褚季暄说几句好话,但见桓宗真人

073

已经起身朝院子外走去。

孙阁主愣住，这是不想再说的意思？

"桓宗？"从大师兄院子出来，箜篌本想找孙阁主再问问有关寻云树的事，但是听守在院子外的弟子说孙阁主在待客，她就准备离开，哪知道桓宗从里面走了出来。

孙阁主招待的客人就是桓宗？

"站在外面做什么？"桓宗抬手，"来。"

"我去合适吗？"箜篌觉得自己好像不该去打扰。

"没事，是我祖籍上的一个小辈，按规矩他要唤你一声老师叔祖。"桓宗带着箜篌往里走，"这孩子没天资，心性又一般，胜在品性还算纯良，又喜欢厨道，我打算推荐他去五味庄修行，希望白案真人能给我几分薄面。"

"五味庄是个好去处啊。"听到桓宗家这个小后辈竟然喜欢厨道，箜篌没看到人，就已经对他有了几分好感，"民以食为天，以厨入道很好，这个后辈一定很有前途。"

桓宗："……"

"不过还是别让他称我为老师叔祖了，这样听起来太老，我怕这种称呼会影响我对他的好感。"箜篌半开玩笑半认真道，"桓宗你也不必太过认真，你又不是比他高十个八个辈分，称谓前面加个老字太难听了。"

桓宗："……"

自从桓宗出去以后，褚季暄就坐立不安，碍于有孙阁主在场，他才勉强维持着皇室子弟应有的优雅。等外面再度响起脚步声，他偷偷往门外看了一眼，见桓宗真人竟然又走了回来，他偷偷松了口气。

真人身后这位姑娘，不正是前几日跟他走在一起的女子？

"仙子，请上座。"孙阁主起身给箜篌行礼。

"阁主请不必多礼。"箜篌回礼，看了眼跪坐在下首的褚季暄，眉眼间依稀能看出几分桓宗的影子，只是不论气势还是容貌，都及不上桓宗。

见孙阁主都要向这位后进门的年轻姑娘行礼，褚季暄连忙站起身，朝箜篌拱手。

"不用不用，快些坐下。"箜篌掏出两瓶丹药塞给褚季暄，"没什么好东西可以送给你，这两瓶聚灵丸拿去，不要嫌弃。"

能够聚灵汇气的聚灵丸，大都是宗门内部弟子才有的好东西，褚季暄怎么会嫌弃。只是为何这些仙子开口就送东西，这是修真界流行的新规矩吗？还是说……

他的身与心都是属于如意的，绝对不能为了两瓶聚灵丸折腰。

"此物太过贵重，在下不敢收，请仙子收回此物。"褚季暄躬身双手把聚灵丸递还到箜篌面前。

"箜篌仙子是云华门栖月峰峰主关门弟子。"孙阁主见褚季暄如此慎重，"既然是仙子给你的，你便好好收着。"

褚季暄看了看孙阁主，又见箜篌仙子神情澄澈，并没有其他用意，才行大礼道："多谢仙子。"

"无须客气。"箜篌走到桓宗身边坐下，"我听桓宗说，你想以厨入道？"

褚季暄心中厨道在主流修士看来，肯定是十分不入流的，可是面对箜篌问询的目光，他还是咬牙点了点头。

"你五指长而有力，入厨道挺合适。"箜篌想了想，"桓宗，我们赶往奎城时，要经过五味庄，不如我们明日就出发，送他去五味庄后再去奎城？"

"怎、怎好麻烦仙子？"褚季暄既激动又感动，没想到十大宗门的仙子竟然如此善良。不仅没有瞧不起他以厨入道的想法，还打算送他去宗门。

"无事，顺路而已。"箜篌道，"你也算得上是我的后辈，一件小事谈不上麻烦。"

后、后辈？

褚季暄灵光一闪，难道说他祖上的记载有误，也许当年成为修士的先祖不是皇子，而是公主？他再看箜篌，眉如柳丝眼如星，漂亮得如同十多岁的少女。祖录上说，先祖被修士带走的时候，还不满十岁。若是先祖修为高深，现在看起来很年轻也不奇怪。

想明白这点以后，褚季暄看箜篌的眼神，就变得亲近起来。

就算看起来再年轻，那也是他的太太太太太太奶奶，可以简称曾太奶奶。

"桓宗，你觉得如何？"箜篌问桓宗。

"依你所言。"桓宗点了点头，对褚季暄严肃道，"你若能拜入五味庄门下，要记住潜心修行，抛却皇子身份，尊师重道。可记住了？"

筌篌惊讶地看着桓宗，抛却皇子身份？桓宗的后辈是皇子，难道他也是皇族出身？

"多谢真人教诲，记住了。"褚季暄心里有些疑惑，这位真人与他曾太奶奶是什么关系，为何以长辈的姿态训诫他？难道……

他目光在两人身上扫了一遍，眼底露出几分恍然。

修士结为道侣并不奇怪，这位桓宗真人性格虽有些冷漠，不过相貌出众，又出身名门，勉强也配得上他曾太奶奶。

"桓宗说得对。"筌篌见褚季暄在她与桓宗身上看来看去，以为他被桓宗严肃的语气吓住了，"加入宗门后，以往的身份地位都是云烟，若是你不能放下，便无法走上修行之道。"

"是，晚辈一定牢记，请曾太奶奶放心。"褚季暄对筌篌行了一个晚辈大礼。

曾太奶奶是什么奇怪的称呼，比老师叔祖还要难听。筌篌眉梢抖了抖，但是见褚季暄乖巧恭敬的模样，又把话咽了下去。

算了，看在桓宗的面子上，不与他一般计较。

褚季暄回到院子后，便对妻子如意说了他遇到祖上长辈的喜事："曾太奶奶要亲自送我去五味庄拜见庄主，如意，我能伴你一起修行了。"

"祖录上不是说，踏上修行之路的是五皇子吗？"如意陪褚季暄高兴了一场，两人都躺到床上以后，如意才想起这件事，怎么皇子变公主了？

"这份祖录是几十年前重新抄录的，有关三百多年前的事，抄录编撰时有所疏漏也不奇怪。"褚季暄道，"曾太奶奶名叫筌篌，而且是云华门的高徒。"

"筌篌……"如意若有所思，这个名字她好像在哪儿听过。见褚季暄脸上笑意不歇，她道："明日一早我就要赶去水月门，幸好有筌篌仙子助你，不然我宁可不拜入水月门门下，也不想留你单独一人。"

"说什么傻话……"

临近分别，这对小夫妻有说不完的话，恨不能这个夜长一些，再长一些。

筌篌睡得不太好，晚上梦见一个毛发旺盛的大汉追着她叫奶奶，气得她在梦里把这个大汉狠狠揍了一顿。她堂堂十六岁美少女，凭什么要被人叫奶奶。

气得从床上醒来，筌篌特意给自己换上了色调鲜嫩的裙衫，照了好一会儿镜子，才觉得心气儿顺了下来。出了院子，她就看到蹲在院门外的褚季暄。

"给曾太奶奶请安。"褚季暄见到箜篌出来，上前给她行了一礼，"曾太奶奶好。"

箜篌："……"

她默默拍了拍胸口，让自己那颗隐隐作痛的心平静下来："我带你去找桓宗。"再被他这么喊下去，她真要未老先衰了。带着褚季暄来到桓宗院门外，箜篌指了指门内："你自己进去便是，我去向我师兄辞行。"

"是，曾太奶奶慢走。"褚季暄乖巧地点头。

然而此刻箜篌觉得，这个年轻人虽然长得与桓宗有半分相似，但绝对没有桓宗半分讨喜。

箜篌刚一离开，褚季暄身后的院门就打开了。桓宗瞥了他一眼："站在外面做甚？进来。"

"是。"一对上桓宗真人的目光，褚季暄就忍不住膝盖发软，乖乖听话。

"从开始修行到现在，有多少年了？"桓宗见季暄低头耷脑的模样，眉头微皱。

"晚辈七岁便开始修行，现已修行十五年。"褚季暄老实回答，"教我修行的太傅是一名金丹期散修。"太傅说，他只花了十五年时间就已是炼气五阶修为，这样的天资放眼整个修真界，也非常不错了。若是他当初能入宗门修行，说不定已是炼气八阶的修为。

"花了十五年时间，修为才到炼气五阶？"桓宗眉头皱得更紧，但是见褚季暄有些胆怯的模样，到底没再说重话，掏出几本炼气期修士必读的修炼手册扔给他，"把这些背熟。"

"多谢真人赠书。"褚季暄大喜，这位桓宗真人看起来虽很不好相处，但是心还是很好的。

一个时辰后，箜篌与桓宗在吉祥阁不舍的目光下，准备踏出吉祥阁大门。

"箜篌仙子，请等等。"红菱追出来道，"昨夜我为您算过一卦，您今日出大门时，宜迈右脚。"

"多谢告知。"箜篌收回迈出一半的左脚，把右脚伸了出去。

"请诸位多多保重。"箜篌目光在众人身上扫过，最后落在了成易身上。成易对她微笑道："出门在外多注意身体，宗门的事情不用操心，一切有我们在。"

箜篌转身跑回大门，抱了抱成易，才转身再次用右脚跨出大门，头也不回地跳上马车。

桓宗目光在成易右手拇指上流连一番，转身跟着箜篌的步伐上了马车。

在一片恭送声中，马车跑动起来。桓宗见箜篌精神头不太好，从收纳戒里掏出一样幼时长辈送他的法器："给你。"

"这是什么？"箜篌看着琉璃球中自动跳舞的小人，把琉璃球捧得近了些，"里面有个小型法阵？"

"嗯。"桓宗见箜篌眼神再度变得有神采，眉眼也变得温柔起来。伸出手指在琉璃球上轻轻一点，琉璃球里跳舞的仕女，化作一道幻影从琉璃球中飞出，在箜篌眼前跳了一曲飞天舞。

一舞毕，幻影再度变成小人被封印进琉璃球中。

"似梦似幻，当真是天外飞仙。"箜篌捧着琉璃球，转头见坐在角落里的褚季暄眼也不眨地盯着她手里的琉璃球，"你喜欢这个？"

"不、不喜欢。"褚季暄连忙摇头。

"喜欢的话，叫你曾太爷爷送你几样有趣的玩意儿。"箜篌觉得不能让自己一个人被叫得这么老，"桓宗——"

"男孩子玩这些做什么？"桓宗从收纳戒里掏出几样攻击法宝放到褚季暄面前，"拿去挑。"

褚季暄："不不不，多谢真人您的好意，晚辈心领了。"这些法宝光芒夺目，一看就知道是好东西，身为后辈，他不能让曾太奶奶欠别人的人情。

"他是你曾太爷爷，叫什么真人。"箜篌抱着琉璃球把玩，见褚季暄竟不接桓宗的东西，"长者赐，不可辞，还不快接着！"

"多谢……曾太爷爷。"褚季暄看也不看，顺手在一堆攻击法宝中挑了一样。

"嗯。"桓宗略点了点头，"不必言谢。"

见褚季暄如此老实的模样，若不是有桓宗在这里，箜篌还真不敢相信这是位皇子。

"晚辈之前不知曾太奶奶与曾太爷爷感情甚笃，有礼数不周到之处，还请曾太爷爷恕罪。"收了重礼，褚季暄觉得自己应该说几句好听的话，来讨二老的欢心，"祝曾太爷爷与曾太奶奶早登仙境，恩爱不离。"

桓宗听到"恩爱不离"四个字，气得耳尖烧红，心律不齐："不肖子孙，勿要妄言！"

"啊？"箜篌愣了好一会儿，才想到褚季暄可能是误会了什么，难怪一口一个曾太奶奶叫她，想明白这点，箜篌当下捧腹大笑起来，笑得滚到马车软垫上，直到发髻散乱，喘气不匀也没能停下。

"桓宗，你的这个后辈也太好笑了，哈哈哈。"箜篌捂着腹部，边笑边哼哼，"肚子疼，肚子疼。"

褚季暄："……"

所以……这位箜篌仙子不是他褚家长辈，桓宗真人才是？

完了，他要被褚家除名了。

桓宗看到箜篌笑得眼泪都出来了，伸手把她从软垫上扶起来，免得她的头撞上旁边的壁角："小心些。"

把一粒静心丸喂到箜篌嘴里，桓宗转头对褚季暄道："荒唐！"

箜篌才多大，他与她怎么可能……

实在是太荒唐！

他怎么会有如此愚蠢的后代侄孙？

"没事，他也是不知情。"咽下静心丸，箜篌缓过劲儿来，见褚季暄被吓得脸惨白，拉了拉桓宗的袖子，"别把后辈吓着了。"

桓宗低头看着拽住自己袖子的白皙手指，垂下眼睑："嗯。"

那柔软的耳尖，已红得犹如在滴血。

褚季暄缩在马车角落里，安静地怀疑着人生。出身高贵，父皇疼爱，就连文武百官也因为他身带灵根而对他格外礼遇。从出生到现在的二十一年中，他都过着众星拱月的生活。

这还是他第一次丢这么大的脸，偏偏丢脸的对象还是他必须赔笑的大人物。来拜访吉祥阁前，父皇跟他提过，他们这一辈祖上过继到那位去修炼的老祖宗名下，所以桓宗真人算得上是他名义上的老祖宗，虽然他很怀疑过继这事有些猫腻，而且曾太爷爷本人压根就不知道这件事。

更让他觉得奇怪的是，祖录中连曾太爷爷的名字都没有留下，难道是祖上担心坏人知晓曾太爷爷名字后使坏，所以才特意把名字抹去了？

桓宗对待褚季暄的态度算不上温和，甚至在箜篌看来，桓宗对琉光宗的弟子，都比对这位皇室殿下温和。

飞天马前行的速度很快，不过一个时辰的时间，就已经离开了丰城地界。箜篌掀起帘子看了眼在空中翱翔的马儿，从收纳戒里掏出两颗灵果递给褚季暄："你独自去五味庄，那位如意姑娘怎么办？"

"年前有位水月门的仙子发现如意有仙缘，便收了她做入门弟子。我与她青梅竹马，几乎从未分别过。若我不能加入宗门修行，我怕如意为了我放弃这么好的机会。"褚季暄捧着灵果不好意思当着长辈的面啃，"谁不想活得更久，活得更好。可是我怕她在漫长的岁月里，失去所有的亲人，再无人可陪伴她。"

"我舍不得她孤单难过，所以干脆陪着她一起修行，一起活得更久。"褚季暄脸上染上笑意，"说出来不怕仙子您笑话，来之前我已经做好了所有丢脸的准备，结果没想到运气这么好，竟然会遇到曾太爷爷。"

箜篌虽然不懂男女之情，但看出了褚季暄对待感情的真诚："你有这样的想法很好。"

她以为皇室中的男人，不是像她父皇对女人漠不关心，就是像景洪帝那样，后宫妃嫔成群，没想到还有认真对待感情的人。

听到箜篌夸自己，褚季暄羞涩一笑："陪伴爱人，是最美好的事。"

不是奢求长生，而是想更长久地陪伴着爱的那个人。

马车外有鸟鸣声传来，箜篌掀开马车帘子，窗外漫山遍野一片雪白，是梨花开了。

"好漂亮。"她趴在窗户上，怔怔地看着满山的梨花，花瓣飘落到发顶也不自知。桓宗看着她的侧脸，伸手摘去那片花瓣。

淡淡幽香传入鼻尖，只是不知香的是花，还是赏花的少女。

"曾太爷爷，"褚季暄见桓宗神情平和，鼓足勇气道，"您这些年来过得可好？"

"离开皇宫后，便再无不好。"桓宗转头盯着褚季暄看了一会儿，"你是老三一脉的后人？"

褚季暄有些尴尬，祖录上确实记载过他的祖上是曾太爷爷三哥，曾太爷爷跟着仙长离开后，祖上的儿子过继到曾太爷爷名下，后来不知怎么回事，这位做了皇帝，便一直传到了他这一辈。

"曾太爷爷，我……我是您的子孙后辈。"褚季暄已经猜到当年祖上为什么会将儿子过继到曾太爷爷名下。面对当事人的脸，他羞得不好意思抬头。

"我不满十岁离开皇宫，何来的后辈？"桓宗淡漠的眼眸微转，"改了吧，日后称我曾太伯爷或是真人。"

果然他们这一脉不会被曾太爷爷承认，褚季暄有些失落，但因早有预料，还不算太过失态："晚辈记住了。"

"当年我与你祖上相处得并不算愉快，我早已斩断亲缘，过往种种是非，便不必再提。"桓宗语气疏淡，提到褚家人并没有情绪与感情。

"是……"褚季暄跪坐在垫上，向桓宗行了一礼。

桓宗看了他一眼，倚着软软的坐垫闭目养神，不再开口。

马车里再次安静下来，箜篌偏过头发现桓宗睡着，放下车帘子，从收纳戒里取出一条薄毯盖在桓宗身上，开始闭目打坐。

看着闭上眼睛的两人，褚季暄心中有些好奇，曾太爷……曾太伯爷与箜篌仙子究竟是何关系？为何曾太伯爷不让他提"恩爱不离"，看箜篌仙子的眼神又如此温柔？

从昨天到今天，他发现曾太伯爷看其他所有人的眼神都一样，疏离、淡漠。唯有与箜篌仙子待在一起时不同，那个时候他的眼神里充满了温暖。

马车外的光，透过窗帘缝隙偷偷钻进了马车，偷偷趴在了箜篌的裙摆上，她明亮得像是在发光。

桓宗睁开眼，抓住搭在身上的薄毯，眼睛盯着光芒下的少女，双瞳中也染上了亮光。

一路向东，傍晚时分，箜篌等人赶到了五味庄所在的小城。

山林间有袅袅炊烟升起，守在城门口的两位护卫穿着陈旧干净的盔甲，瘦削的脸上，双目很精神。看到空中有飞天马拉着车降落，两位护卫都打起了精神。

"见过仙长，不知仙长从何而来？"

"从佩城而来，有事拜见五味庄的庄主。"林斛把命牌递给护卫，"有劳二位。"

"仙长请进。"两位护卫一辈子都没出过家乡，听说林斛从修行名城而来，眼中有羡慕与好奇，却没有嫉妒与愤恨。

进入城门，城里很静，不是寂静而是一种宁静，让人有了岁月静好，他乡繁忙与自己无关的闲适感。按照拜见礼仪，他们应该等到明天早上再去五味庄拜访，但他们还要赶着去奎城，只能在傍晚时分便上门去叨扰，希望五味庄的庄主看在拜见礼很丰厚的面上，能够原谅他们的冒昧。

在热心路人的指引下，林斛驾着马车找到了五味庄所在地。五味庄并不是这座城市的掌管者，所处的地理位置并不算好，若不是大门口上"五味庄"三个字，只会让人以为这是一栋面积稍大的普通三进四合院。

箜篌跳下马车，还没来得及去敲门，就听到门后传来叮叮当当的兵器声。她面色大变，难道是有歹人作恶？想到云华门上下还盼着收五味庄为附属门派，箜篌也顾不上其他，从发间拔下水霜剑，一脚踹开了半旧不新的木质大门。

门打开的一瞬，白色粉末扑面而来，箜篌不敢大意，挥袖用灵力搭出一个屏障，把这些不明粉末拦在外面。

"桂花糕当然该以蜜糖入味，再以桂花点缀，才不失桂花的原汁原味。"

"放屁，盐乃百味之源，无盐不成味，桂花糕自然该以咸口为尊。"

"身为厨修，竟出口成脏，真是臭不可言。"

"我不仅要骂你，还要打你。"

剔骨刀、切菜刀、切肉刀横飞，但是放在旁边的糯米、花生、蜂蜜等物却没有人碰到，甚至还小心翼翼避过了。身为厨修，坚持自己的做菜理念不能轻易动摇，就算打架也不动摇。

但是不管抱着哪种理念，对食材的尊重是相同的。

刚才那个不懂事撒面粉的弟子，已经被两边弟子摁在地上狠揍，剩下的其他弟子，继续为咸口与甜口进行激烈的交流。

空中各种刀发出璀璨的光芒，乍眼一看，还以为这是割肉的现场。

箜篌愣愣地站在原地，厨修们私下里是这样的？

"桂花糕原味最好，哪能放蜜糖与盐？"褚季暄小声道，"不管是蜜糖还是盐，都会掩盖桂花原有的一部分清香。"

箜篌默默回头看向褚季暄，往旁边让了让，指着院子里的混乱场面："你需要进去与他们一起讨论吗？"

"这倒不用，世人千千万，口味也各不相同，不必太过坚持。"看着空中飞来飞去的各种武器，褚季暄咽了咽口水，往后连退三步，"做菜嘛，最重要的就是心平气和。"

眼见太阳快要下山，五味庄弟子还没有收手的势头，箜篌只好双手击掌道：

"诸位道友,在下乃云华门弟子,有事求见贵庄庄主,请诸位代为通传。"

这要是有邪修过来,都不用掩饰身份,直接就能把他们一窝端。从她踹门进来到现在,他们竟然都只顾着为甜咸口味而战,连有人来都顾不上。

厨修对食道的坚持,真是执拗得可怕。

"什么?"打斗中的弟子听到"云华门"三个字,齐齐停了手,收回扔出去的法宝,一面让师弟师妹们把食材抱回厨房,一面安排人去通知庄主。

"仙子驾临,小派蓬荜生辉。"为首的弟子整理了一下身上的衣衫,走到筌篌面前对她抱拳,心里却在暗暗好奇,名门亲传弟子怎么突然来他们这种小门小派了?

"道友客气了。"筌篌转身介绍桓宗与林斛,"他们是琉光宗弟子,此次我们带小辈冒昧打扰,还请贵宗原谅我们的失礼。"

琉光宗?

弟子以为自己耳朵出了问题,这些名门弟子都怎么了,难道约好一起来他们五味庄玩耍?

"仙长与仙子太客气了,请随我来。"弟子刚领筌篌、桓宗等四人往里走了几步,传话的弟子就匆匆跑了出来:"仙长、仙子请,掌门在正殿恭候二位。"

"不敢。"筌篌道了谢,"烦请道友在前方引路。"

"仙子请,仙长请。"

待筌篌等人去了正殿,留在院子里的弟子们你看我,我看你,一时间无人说话。

"这下好了,丢脸丢到大宗门弟子面前了。"不知哪个弟子小声嘀咕了一句。

其他人扭头瞪他,吓得他缩了缩脖子。

原本他们还羡慕吉祥阁,当年眼看着就要支撑不下去了,结果一跃成为云华门的附属门派,在修真界混得有头有脸。前几日他们还在幻想,说不定会有一个大宗门忽然降临,要收他们门派为附属门派。结果今天就让两个大宗门弟子看到他们关上门打架,现在他们连梦都不好意思做了。

白案真人听到弟子说有云华门修士拜访时,脑子里想到的第一个人,就是那日在雁城百花舞会上遇到的小姑娘。也不知道为什么,他就是有这种直觉,或许是对方笑起来的样子太讨喜?

"两位请。"

听到外面传来说话声，白案真人端正好坐姿，把桌上吃了一半的秘制泡椒鸡爪藏进抽屉中，还不忘施一个术法，让屋子里的泡椒味都散走。

看清走在最前面的小姑娘的容貌，白案真人起身："箜篌仙子、桓宗真人。"

"冒昧打扰，给你添麻烦了。"箜篌还礼，与白案真人互相客气一会儿，把拜见礼奉上后，才说明了来意，"庄主，今日晚辈来，是有事相求。"

"仙子说笑，我能有什么地方帮得上仙子？"白案真人这话并不是自谦，而是事实。他们五味庄要钱没钱，要人没人，更没奇珍异宝，能帮得上什么忙。

"这个忙除了庄主外，还真没人可以帮。"箜篌转头看向站在林斛身后的褚季暄。

"过来。"桓宗嘴唇轻启，把褚季暄叫了过来，"庄主，这是我未修行前的尘世亲缘后辈，身上有些许修行灵根。他喜好厨艺，放眼整个修真界，唯有贵派能够收容他。"

收容……

白案真人觉得这个后辈可能很不讨桓宗真人欢心，不然语气不会如此淡漠平静。以桓宗真人的地位，想把后辈带进哪个宗门不行，为何找他们这种小门小派。

"公子，请你把左手伸出来。"白案真人没说拒绝还是答应，等褚季暄伸出手，用灵力探了一下他体内的灵台与灵脉，"修行多久了？师从何人？"

"十五年，跟着家里请的散修学了最基本的炼气入门。"褚季暄见这位名为白案的庄主气质出尘，看他的眼神慈祥又和蔼，只觉得心中十分亲切，老老实实回答了对方的问题。

"没有拜入师门，在短短十五年里就已是炼气五阶的修为。公子这么好的资质，为何要入我五味庄门下？"白案真人收回灵力，叹息道，"鄙派小门小户，公子拜入我的门下，怕是委屈了。"

"庄主有所不知，我虽从小锦衣玉食，但只能在私底下研究菜式，不敢让家人知道我的爱好。"褚季暄回道，"还请庄主莫要嫌弃我愚钝，收我入门。"曾太伯爷说他资质不好，庄主却说他是好资质，他究竟该信谁的？

"公子姓褚，与京都皇族有何关系？"虽已起了几分收徒的心思，但在对方身份没有问明白前，白案真人是不会开这个口的。

"回庄主,晚辈是当今皇帝的第三子。"

他是皇子,那么身为他长辈的桓宗真人……

京都褚氏一族生来带着龙运,是天生帝王命格。这种命格若是在凡尘界,或许是人人称羡,但是在修士遍地的修真界,皇室的影响力与地位并不算高。

都说京都褚氏虽是帝王命格,但天生缺少灵根。他们传承了这么多代,寿命都与普通人一样,没有一个族人踏上修行之路。没想到谣言竟如此浮夸,褚家弟子若真是天命注定没有灵根,那么桓宗真人与这位皇子的灵根是什么?

"若是公子不嫌弃,可以留在我五味庄。"白案真人缓缓点头,"但是一旦入我门下,便要遵守门内的规矩。"这话不仅仅是说给褚季暄听的,更是讲给桓宗与箜篌的。

"庄主请放心,他进了五味庄就是贵派的弟子,一切规矩都以贵派为准。"桓宗道,"我尘缘已断,请庄主不必有所顾虑。"

桓宗这话只差没有直白地说,他早已斩断尘缘,只是把人带过来,其他的事不会再管。

白案真人彻底放下心来,谁也不想收个徒弟回来,还要顾忌徒弟背后的显赫长辈。他们五味庄穷是穷了些,但还是有自己的坚持。

倒是褚季暄听到桓宗说出的这些话后,心情有些低落。他偷偷看了桓宗几眼,桓宗却没有看他,他只能垂着脑袋,乖乖听他们讲话。

谈好收徒一事,白案真人见外面天已经黑下来,便道:"诸位请随我去外面用些饭食。"

箜篌听到"饭食"两个字,对五味庄的饭菜充满了期待。

可惜就在她刚落座,还没来得及动筷时,有弟子来报,昭晗宗的掌派大弟子长德拜见。

"有请。"白案真人对箜篌与桓宗歉然道,"二位请稍坐片刻。"也不知道今天是什么日子,竟然有三个大宗门的亲传弟子来他们这个又破又旧的小门派。

跟在弟子们身后进来的长德看到箜篌与桓宗也十分意外,他脚下顿了顿,朝两人拱手道:"两位道友,又见面了。"

"长德道友好。"箜篌回礼,招呼着他一起坐下,"道友也是途经此地?"

"前些日子我听到一个消息,几日后奎城有秘境要打开,我想带师弟师妹去奎城看看。"有秘境这种事,长德并没有掩饰不说,秘境中虽然资源丰富,但他从未进过这个秘境。若是桓宗与箜篌也对秘境产生兴趣，他们一起去在秘境中还能有个照应。

师弟师妹？

箜篌想到了要用撒鲜花开道的绫波仙子："其他师弟师妹没有跟着你一起过来吗？"

"他们在客栈中休息，我想起五味庄在此地，便过来拜访一番。"长德解释道，"因明日一早便要出发，所以在这个时候前来打扰。"

"仙长客气了，诸位若是能来，五味庄的大门十二个时辰都为你们敞开。"白案真人听到"秘境"两个字，没有半点反应。秘境中虽多珍宝，但不是他们可以抢到的。与其抱着不切实际的幻想闯入秘境，最后带着一身伤回来，甚至是把命都丢进秘境中，还不如待在庄子里好好修行。

"道友可知这个秘境会开放多少天？"箜篌问长德。

"有关这个秘境的记载上说是开放四十九天，不过经过五百年的变迁，会发生改变也说不定。稳妥起见，我打算带师弟师妹们在里面待三十天左右，便退出秘境。"长德担心箜篌没有进秘境的经验，不小心把自己困在秘境中，"秘境中天材地宝很多，就算在里面待一年也带不走所有东西。箜篌道友若是进去，也一定要多加小心。"

"多谢告知，我会加倍注意的。"一个月的时间说长不算长，说短也不短。箜篌转头对白案真人道，"真人可要派一位弟子与我们同去？"

"门下弟子修为浅薄，与诸位同行，只会为各位带来麻烦。"白案真人看出箜篌是有意提携，但他不能没有自知之明。若只是普通的历练，白案就算厚着脸皮求，也会求他们带两个宗门弟子去。

但是危机重重的秘境不同，里面的自然陷阱层出不穷，门下那些年轻弟子，都还没这个能力进去。

看出白案真人不是在虚伪客套，箜篌也不再多劝，用传音术对桓宗道："桓宗，不如明日我们与昭晗宗的弟子一起走？"

桓宗看了眼自从进门后，便一直跟箜篌说话的长德，面无表情地用传音术回道："我们独自过去，不与他们同行。"

箜篌扭头看桓宗，想要知道他为什么拒绝。

"我不喜欢太闷的花香味。"

莶篌："啊？"

"摘下来的花瓣在篮子里放久了，不仅味道奇怪，撒出来还招虫子。"

莶篌："……"

莶篌想，传音术是修真界中一项很伟大的发明，有了它的存在，至少能消减修真界一半的矛盾。

这话若是被绫波仙子听见，她面前这桌美食，可能会被掀到地上。

在桓宗拒绝与昭晗宗弟子同行后，莶篌委婉拒绝了长德的同行邀请，长德目光在她与桓宗身上转了一圈，没有再多说什么。

大家不太熟，强行找话题聊下去也颇为尴尬，更何况这一桌菜实在太好吃，在座大多人的注意力，都放在了满桌美食上。就连不重口腹之欲的桓宗，在看到莶篌的好胃口以后，都忍不住多动了几筷子。

"这豆腐鱼汤熬煮得真好，喝下去后仿佛能够感受到鱼遨游在水中的自由，让人心情都跟着好起来。"莶篌把一碗鱼汤喝得干干净净，赞叹道，"贵派弟子好厨艺。"

对于厨修而言，最好的夸奖就是把食物吃得干干净净。白案遇到过很多夸他的人，越是有身份的人，越会用好听的话夸他或是他徒弟的厨艺，但这些人无一不是矜持地尝上几口，然后剩下一大半食物在碗里，直到撤桌都不会再动一下。

白案从不认为这样的夸奖有多真诚，就算他们用再华丽的辞藻来形容他的厨艺，他都不会因此而有所触动。然而就在此时此刻，看着少女空空的碗，还有她在桓宗真人鱼汤碗里流连的眼神，让白案感受到了真真切切的喜欢。

"仙子喜欢，是老朽的荣幸。"白案站起身，对莶篌笑了笑，"请仙子稍等。"

莶篌见白案准备出门，忙道："真人，您这是去哪儿？"

白案真人对莶篌慈和一笑："去取一样东西，很快就来。"

莶篌愣愣点头，总觉得有哪里不对劲，该不是自己吃得太多，白案真人偷偷去厨房，让弟子加菜？

长德放下筷子，擦了擦嘴角几乎看不见的油渍。客人还在用餐，主人家自己却先走了，五味庄的待客态度还真是随意。好在他是一个性格随和的人，并不会在意这些小事。扭头看琉光宗的桓宗与云华门的莶篌，他看到这两个人也跟着放了筷子,在窃窃私语。

两人并没有特意避开长德,所以他把两人的话听得清清楚楚。

"膳食堂的师兄师姐被比下去了。"

"雍城的美食也是凌忧界一绝,不要妄自菲薄。"

"上次走得太急,如果那会儿我们已经认识,我该带你去尝一尝雍城的风味小吃。"

"以后再去也一样。我这碗鱼汤还未喝过,给你吧。"

"那怎么行……"

"我不爱喝鱼汤,当着厨修的面,剩下太多也不好。"桓宗把碗推到筌筷面前,在桌子下轻轻拽了一下筌筷的袖子,脸却板得方方正正,"好不好?"

"好好好。"筌筷低头看了眼微微晃动的袖子,对桓宗这种"撒娇"毫无抵抗力,端起碗就喝了下去。这么好看的男人拽着袖子让她帮忙,别说让她喝碗鱼汤,就算让她去抓个邪修回来,她恐怕也拒绝不了。

林斛面无表情地看着桓宗,他怎么不知道公子不喜欢喝鱼汤,在雁城的时候,不是喝得好好的?挑食这种毛病,也能后天养成?

褚季暄在心中默默记下,曾太伯爷不喜欢鱼汤。

长德:"……"

看完这一幕,他有些怀疑,桓宗是个假的琉光宗剑修。

没过一会儿,白案真人端着一个托盘进来,笑着让大家继续动筷。见他开了这个口,筌筷就拿起了筷子,白案真人看她的眼神,已经温和得像是在看亲孙女:"筌筷仙子,尝尝这个。"

他把托盘放到了筌筷面前。

托盘中放着一个玉碗,碗上盖着翠绿欲滴的锁灵玉盖,用这种特制餐具盛放的食物,肯定有其不凡之处。

一桌六人,就筌筷仙子一人有这份食物,白案真人差别对待得是不是太明显了?长德目光落到托盘中,对这道菜也有了几分兴趣。

筌筷伸手揭开盖子,里面躺着一个女子拳头大小的奶白色圆球,散发着淡淡的甜香味。她不解地看向白案真人,这是什么东西?

白案真人笑而不语,递给筌筷一只小小的玉勺,像哄孩子般对她道:"轻轻敲开。"

玉勺触手细腻冰凉，筌篌的目光在白圆球上转了一圈，用玉勺敲了下去。

咔嚓。

圆球轻轻碎开，玉露漫出，金色的锦鲤从中飞出。再仔细看去，这哪里是锦鲤，分明是金色灵气。五色光芒在一起，玉露与圆球的壳融合，变作了一道浓汤。

"尝尝看。"

汤入口中，就化成了浓郁的灵气蹿入四肢百骸，筌篌瞪大眼睛，半天说不出话来。

见到筌篌这种反应，白案真人满意地笑了："这道菜我很少做，五灵根修士尝用最合适。有洗髓凝气、养肤美容之效，我们这一桌人，也就你最合适了。"

"这道菜叫什么名字？"这道菜味道实在太好，筌篌甚至舍不得吃得太快，小勺小勺地尝着，享受着灵气洗刷灵脉的舒适感。

"没有名字。"白案真人笑，"一道菜最重要的不是名字，而是它的本质。名字再美再讲究，也不能提升它的味道。"

"真人说得是，食物最本质的东西在于味。"尽管吃得很慢，筌篌还是把这一碗东西吃完了。她放下玉勺，既高兴又失落："能吃到如此美味是我的幸事，可是想到日后很难吃到这个，我又觉得难过。"

"这有何难，仙子若是想吃了，到我这里来便是。"白案真人道，"老朽别的不会，在厨道上，还勉强懂得一两分。"

"真人如此神技都自称一两分，其他人恐怕连入门都不算。"长德不懂厨道，但也看得出这道菜不简单，心里起了些心思，"不知真人可曾想过与其他宗门共同进步？"

什么共同进步，不就是想让五味庄加入昭晗宗。

筌篌扭头看长德，真没想到，长德道友浓眉大眼的，竟然想跟他们云华门抢人？！想着云华门上下弟子的殷切期盼，筌篌当即开口道："长德道友说得是，鄙派门主多次意图与掌门提此事，掌门也不为所动。因为此事，门主遗憾了多年。"

长德确实听过珩彦门主有意与白案真人交好的传闻，后来不知道发生了什么，两人交情依旧平平。现在听筌篌提起，他才明白过来，原来云华门起了收纳五味庄的心思。

想明白这点，长德便不再开口，免得让云华门以为昭晗宗故意跟他们抢人。

白案真人听箜篌说，珩彦曾多次意图提这件事时，以为自己的记忆出了问题。难道珩彦以前不是在炫耀他家弟子厨艺与修为？不是对他们厨修处处挑剔？

心中疑惑重重，但是有外人在场，白案真人并没有开口提出疑问。与有些烦人的珩彦门主相比，从没拿正眼看过他的昭晗宗宗主，只能算是外人中的外人。

一顿饭吃完，算得上是宾主尽欢。长德没有在五味庄留宿，与箜篌他们约好在奎城见面的地点后，便离开了五味庄。

箜篌下定主意要说动白案真人加入云华门，便跟在白案真人身后不走。

"箜篌仙子，这一定是你误会了，贵宗的门主从未跟我提过此事。"白案真人见箜篌如此坚持，无奈道，"五味庄不过是个小门小派，若是贵宗真有此意，我哪有不应之理？"一定是这个小姑娘吃过他做的菜，就觉得他们这个门派很厉害，加上宗门里的长辈曾在她面前提过他，就让她误以为宗门有了收五味庄为附属门派的意思。

"真人，我并未哄骗你。"箜篌道，"我这就传讯给宗主，若我说的是真的，还请庄主一定要认真考虑此事。"

"好，若是贵宗真有此意，我一定答应。"白案真人见天色已晚，让小姑娘一直留在自己院子里不合适，只好先哄骗着她答应下来。

他从不敢轻易奢求什么好事，别说是十大宗门之一的云华门，就算其他比较有名的宗门，也不是他们想依附便能依附的。看得上他们的宗门，也不过是想壮大宗门，根本不看重他们擅长的厨道。

在很多人看来，做饭并不是大事，修士能做，普通人也能做。厨修不会炼丹，不会炼器，攻击术法也不擅长，只会埋头做饭，与其他修士相比毫无优势。

习惯了被其他修士瞧不起，白案便渐渐死了心。

纵然被鄙视，纵然不能拥有更多的修炼机会，但是只要能坚持心中的道，亦是修行。

"真人答应了？"箜篌喜道，"多谢真人，我这就写信回宗门，把这个好消息汇报给宗主。"

看到少女如此开心，白案真人额间的皱纹舒展开来。习惯了被人忽视，发现有人竟然如此真心喜欢着他们厨修，已经足以让他们高兴很久了。

"今天左眼一直跳个不停，难道是有好事发生？"忘通走进主殿，往裴怀旁边的椅子上一坐，就开始整理身上的衣服。理了袖子理袍边，时不时假装拍一拍灰，恨不能所有人都看到他穿了新衣。

青元冷哼一声，显摆什么，不就是徒弟给买的。

"不如你去门缝里找一找，说不定能从里面抠出几枚玉币。"青元朝天翻了个白眼。

忘通不理会他这张嫉妒的嘴脸，继续低头整理衣袍，气得青元白眼翻得更厉害了。

珩彦从内室走出来，见几位峰主都在，干咳一声："今天让你们来，是有个好消息要告诉你们。"

"邪修全部被抓了？"青元面无表情地问。

"要给我们涨月饷？"忘通面露期待。

"都不是。"珩彦指了指手上的飞讯符，"昨天晚上箜篌来信说，五味庄愿意依附在我门下。"

"当真？"五位峰主都激动起来，最重口腹之欲的青元甚至从椅子上站了起来，"箜篌师侄真的说服了白案？"

"当真。"珩彦点头笑道，"也是凑巧，箜篌刚好去五味庄办事，便与白案提起此事。白案说，只要我们云华门愿意招纳他们，他就同意。"

"箜篌师侄真出息，把我们盼望这么久的事情都给办成了。"青元高兴得搓手，"掌门，兹事体大，这件事交给我来负责，我去准备送给五味庄的招纳礼。"

"不急，招纳礼我已经让勿川去准备了。"珩彦见青元恨不能马上就携礼拜访五味庄的样子，抬手往下压了压，"箜篌办成了这件大事，我决定给她一些奖励，诸位以为如何？"

"应该的，不仅要奖励，还要大大地奖励。"青元从收纳戒里掏出一堆极品丹药，"这是我的添头。"

牵涉宗门公开奖励，珩彦从不单独做主。箜篌是栖月峰弟子，虽然其他四峰的峰主对她也很喜欢，但涉及修炼资源，若是不处理好，也有可能会引发矛盾。

很多矛盾都来源于交流不够，珩彦不希望宗门里因为这些小事闹得不愉快。

"小师侄做出这么大的贡献，别说我们想要奖励她，就连其他弟子恐怕也想给她送谢礼。"裴怀掏出几件流光溢彩的法宝,"我也拿些东西做添头,最近没炼出什么好的法器,等出了极品法器,我再补给她。"

四位峰主纷纷抢着塞添头,结果他们送的东西比珩彦计划好的奖励物品还要贵重。

"看来你们对五味庄确实十分欢迎。"珩彦看着满桌的法器、符箓、丹药,"青元,这几天你辛苦一下,跟勿川一起去五味庄拜访,把收纳行程确定下来。人家愿意成为我们的附属门派,我们就不能委屈人家。"

由主宗的峰主与掌派大弟子亲自上门送收纳礼,足以表达出云华门的诚意了。

第三章 双清真人

两天后，当五味庄的弟子还在为桂花糕做甜口还是咸口而争执不休时，忽然有人敲响了他们的大门。

入门不到三天，在锅碗瓢盆下瑟瑟发抖的褚季暄拉开门，看到外面站了十余位修士，为首的修士头发雪白，肤色红润，看不出半分老态。落后他半步的修士看起来不过二十出头的年纪，白衣银剑，头发工工整整地用玉冠束好，英俊的脸看起来有些严肃。

"小友好，我是云华门晨霞峰的峰主青元，携收纳礼上门拜访。"

这是箜篌仙子的宗门？

褚季暄朝他们拱手道："请仙长稍候片刻，晚辈这就去通报掌门。"

"有劳。"

"不敢不敢。"褚季暄转头往回跑，差点撞到了掌派大弟子丹虹。丹虹见他脚步匆匆，以为他被同门吓住了，安慰道："不要害怕，大家只是在吃食做法上各有讲究，其他时候性格都很温和。"

"大师姐，我没有害怕，只是门外有自称云华门峰主的仙长携收纳礼拜访，我要赶着去汇报师父。"

"等等，你说哪个宗门？"

"云、云华门啊。"褚季暄见大师姐神情变化太过明显，想起了她拿锅揍二师兄的英姿，往后退了一小步。

"云华门携什么？"

"携……收纳礼？"褚季暄隐隐觉得有些不对，一般人上门拜访，不会特意说明自己携带了礼物。这收纳礼是什么意思？难道是收纳宗门哪个女子为妾室？

想到这，褚季暄眉头皱了起来，他虽只在五味庄待了几日，但也看出这些同门都是痴心厨艺、性格淳朴的人，那个晨霞峰峰主都年纪一大把了，竟然还想着找妾室。

修士也这么不要脸吗？

"师姐，我这就去跟他们说掌门不在。"褚季暄挽起袖子，决定把那个老不要脸的关在外面。

"什么不在，还不快去禀告师父！"丹虹一巴掌拍在他后脑勺上，双手叉腰对还在争吵不休的师弟师妹们道，"把锅碗瓢盆都收一收，有大好事发生了。"

"大师姐，你不要骗我们，上次你也这么说。今天除非是有大宗门收我们为附属门派，不然我绝对不妥协。"穿着蓝衫的师妹拎着一把硕大的汤勺，指着对面的师弟道，"这小兔崽子竟然说我们红案比不上白案讲究，我要揍死他。"

"那就先等等，云华门带收纳礼上门了。等我们正式加入云华门以后，你再把他揍死，让他死得风光点。"丹虹瞥了眼敢拿红案白案挑事的师弟，"去了下面报云华门的名字，也许能让你投个好胎。"

小师弟瑟瑟发抖，不敢说话。

拿红案白案谁更好来说事，确实是厨修的大忌讳，他方才也是一时冲动才说出这种话，现在早已后悔了。所以不管被骂还是挨揍，他都不吭声。

"师父！"弟子撞开白案的房间门，"云华门带着收纳礼，要收我们为附属门派了！"

咚。

白案真人吐出嘴里的泡椒鸡爪："啥？"

"云华门，十大宗门的那个云华门，要收我们为附属门派，现在人已经到了门外。"

白案真人惊呆了，原来箜篌仙子说的是真的。所以当年他与珩彦宗主之间，究竟是哪里发生了误会？

"不知道宗门与白案真人谈得怎么样了？"箜篌懒洋洋地趴在马车软垫上，手里拿着话本，心思却放在了五味庄上。

"你放心吧，只要贵宗门真打算收五味庄为附属门派，五味庄是绝对不会拒绝的。"桓宗见箜篌还没放下这件事，只好道，"五味庄势力微小，不仅没有属于自己的山脉与城池，连居住的地方都灵气稀薄，加入云华门是他们最好的选择。"

因为除了云华门，十大宗门里不会有其他宗门会收下他们。就算昭晗宗掌派大弟子提过一句，那也是他突然起了心思，毕竟对于昭晗宗来说，五味庄实在是可有可无。

十大宗门里，云华门挑选附属门派的标准最为怪异，直到现在也没人能够参透。在遇到箜篌以前，桓宗一直以为，云华门是修真界最大的奇葩门派。与箜篌认识以后，桓宗觉得，云华门放荡不羁的表面下，潜藏着有趣的灵魂，只是这个灵魂不太容易被人发现。

"公子，奎城马上就要到了。"

随着林斛开口，飞天马嘶鸣一声，俯冲而下，拉着马车降落在了奎城门外。

奎城的城门十分气派，新修的城门高大结实，无数没有启动的防御与攻击法阵散发着灼灼光芒。箜篌放下帘子，对桓宗小声道："奎城一定很有钱。"

"这话从何说起？"桓宗挑起帘子看了一眼，只见城墙高处，竟然镶嵌着闪耀的宝石，城门处还挂着一个牌子，上写"脏车不可入城"，城门护卫穿着黄金甲，十分阔气。

这座城，似乎在迫不及待地对所有外来人士彰显着它的富贵。

"奎城的城门是元吉门现任门主继位以后新修的，元吉门近些年发展势头很不错。前不久宗门里还有位长老修为晋升到出窍期。"林斛讲解着奎城当下的情况，"奎城最有名的就是各色宝石，等从秘境出来，箜篌姑娘可以在城里好好看一看。"

见听见自己说的这些话，箜篌毫无反应，林斛又补充了一句："近来修真界有种说法，说元吉门若不是建派稍晚，说不定已经跻身十大宗门。"

"那这个宗门很厉害啊。"箜篌感慨道，"那我们进秘境，他们不会阻拦吧？"

林斛沉默片刻："不会……"

他都差没跟她明示，元吉门可能对十大宗门的位置感兴趣，为什么箜篌姑娘还没反应？云华门上下都这个样子，就不能稍微长点心？

"秘境不管在哪里出现，只要修士能够让秘境放他进去，那么其他宗门就没有资格阻拦。"桓宗淡淡瞥了林斛一眼，"林斛，进城。"

收到公子不悦的眼神，林斛不敢再多说，驾车朝城门而去。

进入奎城，箜篌看到里面的路人大多衣衫鲜亮，满头珠翠的女人跟满手戒指的男人穿梭其间，犹如移动的宝树。

"长德道友跟我们约好在久隆客栈碰面，我们要现在赶过去吗？"箜篌收回自己好奇的目光，把话题转到正事上。

桓宗略点了点头，看起来有些不情不愿。

远远看到一个身着紫衣的中年男人往这边过来，箜篌盯着看了两眼，想告诉桓宗又觉得不合适，毕竟拿人长相说事是件非常不雅的行为。

但……但这个人的脸实在太方了，她从没见过这么像砖头的脑袋。

"那是元吉门的门主，双清真人。"桓宗注意到箜篌对双清十分好奇，便告诉箜篌他的身份，"此人善经营之道，修为却是平平。他继任门主以后不久，就发现了一条巨大的灵脉。元吉门借此机会，大力发展经济，短短百年内，在修真界赚到不少灵石。"

"修为平平，赚钱却厉害？"箜篌把帘子放下来，只留了一条小缝。透过小缝，她看到双清离他们的马车越来越近，他身下的马儿在靠近飞天马后，有些不适地前蹄刨了刨。

察觉到马儿焦躁的情绪，双清扭头看了眼他方才根本没有放进眼里的马车，与林斛的视线对上。林斛朝他颔首，双清也矜持地点头，勒紧缰绳没有避让。

林斛不想在这种小事上与他纠缠，赶着飞天马往旁边避开几步。等双清离开，林斛把马车驾往客栈。

到了客栈与长德碰面，长德已经在客栈订好了两座小院，原本他打算男修住一个院子，女修住一个院子，那就刚刚好。

哪知道桓宗这个剑修似乎并不喜欢跟其他修士一起住，又花钱订了一个院子，带着箜篌仙子住了进去。长德仔细一想，觉得这么安排也不错，免得大家因为不太熟悉，住在一起都不习惯。

眼见桓宗与箜篌去了其他小院，长德回到后院，找到几个师弟师妹："这次进秘境，安全第一，不要因为灵草宝物让自己受伤，更不能逞一时之气，做出过于冲动的事。"

"是。"师弟师妹们稀稀拉拉应了声。

"这次同去的还有琉光宗与云华门的弟子，你们不要被其他宗门看了笑话。"

"琉光宗与云华门也要凑这个热闹？"绫波以为自己听错了，像这种时隔五百年就会打开一次的小秘境,琉光宗何时在意过,现在竟然与云华门弟子相约而来,难道里面有什么好东西?

"那两位道友你曾见过的。"长德担心绫波到时候闹起来,所以提前跟她说清楚。

"我见过?"绫波想到了云华门的箜篌,她皱了皱眉,怎么连这种事都能与对方遇到。当初在客栈里发生了那些事后,她回到宗门不久,就听说了邪修的阴谋——故意挑拨宗门与散修的矛盾,想借此把修真界弄得混乱。

当时若不是箜篌有意无意的阻拦,她不敢保证以自己的脾气,会不会把事情弄得更糟糕,现在回想起来,难免生出几分庆幸之感:"是云华门的箜篌仙子?"

"正是她与琉光宗的桓宗。"长德点头,"这次我与他们约好一起,也好有个照应。"

绫波嘴唇动了动,想到临出门前师父的教诲,只好把话咽回了肚子里。

"若是你们不习惯跟别人一起走,等进了秘境,弄清里面的环境后,再决定是否分头行动。"长德想了想,对一位师弟道,"师弟,这几日若是遇到元吉门的门主双清真人,你要切记,万万不能让他知道你的名字。"

"我的名字怎么了?"小师弟名为方应正,刚筑基不久,这次跟着师兄师姐们出来,是为了增加阅历。

"双清真人有个小习惯。"长德轻咳一声,"他很不喜欢姓方的人。"

"姓方怎么了,又没吃他家的灵米丹药,还能管我姓什么了?"方应正小声嘀咕,但不敢在掌派大师兄面前造次,悻悻地应下了。

"大师兄,双清为什么会不喜欢姓方的人?"绫波觉得这种癖好实在是太怪异了。

"别人的私事,我如何清楚。你们有时间操心这个,不如回房间打一会儿坐,巩固修为。"长德板着脸道,"正事不管,倒是这些旁枝末节你们感兴趣得很,哪还有亲传弟子的样子!"

师弟师妹们听到这话,心中就算有万千好奇,也不敢再问出口。

晚上吃饭前,林斛发现箜篌姑娘好像又特意打扮了一番。他扭头看了眼外面快要黑下来的天,这都快晚上了,还折腾什么呢?

真是女人心海底针,年轻的女人也一样。

等到了外面用饭的大厅，林斛终于明白这是为什么了。昭晗宗的绫波也在，对方也是盛装打扮，眼神炙热地望向他们这边，不过这份炙热不是给公子的，而是给了箜篌姑娘。

"箜篌仙子。"

"绫波仙子。"

两位貌美女子相视一笑，互相行了万福礼，仿佛是多年未见的闺中好友。

"听说箜篌姑娘突破了心动期修为，在此先给仙子说一声恭喜了。"绫波的瞳孔很漂亮，她看向某个人的时候，会让被看的人产生自己就是她的全世界的错觉。

"多谢仙子，我修为低微，哪里及得上仙子。"箜篌微微一笑，走到桌边。跟在她身后的桓宗帮她拉来凳子，沉默地给她倒了一杯水。

当男人听不懂女人在说什么时，最好的处理办法就是保持沉默。

呵呵，炫耀有人给她倒茶吗？绫波在心底冷笑，把自己的杯子推到师弟面前。师弟看着绫波手中装了八分满的茶杯，茫然不解地看着她。师姐这是什么意思，再倒茶就要溢出来了。

绫波食指弹一下茶杯，张嘴做了个口型："倒茶。"

方应正从旁边取了一个空杯子，给绫波重新倒了一杯。倒好以后，他就缩到了长德身边，决定在晚饭结束前，打死也不出来。

用完晚饭，长德邀请箜篌与桓宗到院中一叙。

"关于秘境，我们私下进入恐怕不太妥当。依两位道友来看，是否要通知元吉门？"长德看向桓宗与箜篌，确切地说，他看的人是桓宗。箜篌与桓宗虽然都是宗门弟子，但桓宗修为高深，应该是两人中能够做主的那一个。

哪知道桓宗并没有回答他的问题，而是把眼神投向了箜篌。

"我觉得还是应该通知元吉门一声吧，他们会不会派弟子参加，就是他们自个儿的事。"箜篌仔细想了想，她与桓宗进秘境，主要是为了取到寻云树枝，其他东西对他们而言可有可无。所以进入秘境的人数多少对他们影响并不大，这样也省去谣言产生。

地位越高的门派，就越容易成为其他修士的编派对象，可能他们今天去秘境，明天出来的时候，就会产生"三大宗门强取豪夺，夺走小宗门秘境"的谣言。不管这种谣言合不合理，若有人信以为真就麻烦了。

"筌篌姑娘说得有道理，我亦是如此觉得。"长德对筌篌温柔一笑，这位筌篌姑娘真是讨喜。

"口渴吗？"桓宗忽然开口，原本准备看向长德的筌篌，只能扭头看他："桓宗，刚吃完晚饭，我现在喝不下。"

"好。"他也不坚持，点头道，"我跟你想法相似，既然如此，我们明日便递名帖正式拜访元吉门。"

长德笑着称是，等桓宗与筌篌都离开以后，他才犹豫不定道："你们有没有觉得，桓宗道友似乎对我格外冷淡？"

其他三位师弟齐齐摇头。

"这有什么奇怪的？"绫波取下鬓边的发钗扔回收纳戒，"我跟筌篌都能暗流涌动，你们两个男人之间，就算有些冷淡也不奇怪。"男人与女人的本质其实是一样的，只要是人都会比较，都会产生情绪。只是聪明的人知道怎么缓解这个情绪，不够聪明的人，只会让自己变得丑陋。

"师姐，你明明跟筌篌仙子有说有笑的，怎么就成了暗流涌动？"一位小师弟不解，"你刚才不还为她晋升心动期修为高兴吗？"

"女人的场面话你也相信？"绫波扬起下巴，"连透过现象看本质都做不到，你要如何修行？"

小师弟："……"

他刚才为什么要开口说话！

元吉门坐落在奎城的东面，整座山摆了不少聚灵阵，灵气浓郁得凝结成了雾。远远看去，元吉门就像是飘浮在云间的宫殿。

三道拜帖齐齐送到了元吉门的门主双清真人手上。

"琉光宗、昭晗宗，还有……"双清真人把最后一封拜帖翻来覆去看了好几眼，"云华门的弟子怎么跑到我这里来了？"他脑子里闪过了很多念头，最终放下拜帖道，"开正门相迎。"

筌篌一行人还在等双清真人的回复，结果刚在山脚站了一会儿，山门便突然大开，无数身着流光金色锦袍的弟子从天而降，分立左右两边，齐齐行礼。

"诸位客气。"筌篌看着这些弟子衣服上的暗金花纹，还有指节上整齐划一的宝石戒指，觉得这些人浑身都在散发金光。

"有朋自远方来，吾心甚悦之。"一道声音从山门上传下来，"诸位道友请入内。"

箜篌扭头去看桓宗，不知道该不该听从这个声音传达的意思，直接上去。

"不怕。"桓宗隔着衣服布料牵住箜篌的手腕，并没有走宗门的山道，而是腾空而起，朝声音来源处飞去。长德、绫波等人见状，也都跟了上去。

双清本打算把自己打扮得仙风道骨，然后在小辈们好奇的目光中走出去。哪知这个计划在第一步时就错了，谁会知道看起来沉默寡言的琉光宗剑修，也会有如此不客气的一面。

"哇。"方应正落地后，第一眼看到的就是双清的方脑袋与国字脸，从没见过这么方的脑袋，他没忍住惊呼出声，惹来双清瞪他。

难怪元吉门门主不喜欢听到"方"这个字，这脸方得也太认真讲究，下巴都快跟额头一样宽了。

"诸位远道而来，有什么事坐下慢慢说。"双清整理了一下身上的金色外袍，走到他们面前，带着他们往内殿走。走了一半时，他转身看了眼众人："早前听闻箜篌仙子越阶杀死邪修的事，宗门内的长老与峰主赞叹连连。请恕在下失礼，不知哪位是箜篌姑娘？"

"晚辈便是。"箜篌笑眯眯道，"前辈好。"

"真是少年出英雄，百闻不如一见。仙子尚且年幼，便已经做到如此地位，未来尤为可期。"双清推开内殿大门，"贵宗门把弟子教得很好。"

殿门打开的那一刻，桓宗突然伸手把箜篌拉到了身后，他看着有些昏暗的内殿，皱起了眉。

注意到桓宗这个动作，长德伸手拦住师弟师妹们，不让他们跨进门。

空气中弥漫着一缕几乎闻不见的血腥味，双清脸色不太好看。

里面并没有发生命案，一个神志看起来有些不太正常的男人坐在地上，他手背上滴着血，看起来有些委屈。

"爷爷，"男人看到双清，忙举起手，"我的手好疼。"

双清忍了忍，上前用干净的手帕擦去男人手背上的血，给他喂了一粒丹药，这才有弟子带男人离开。

"让诸位见笑了。"双清招呼着众人坐下，屋子里的气氛有些尴尬，那缕若有似无的血腥味，更是让这份尴尬中，夹杂着些许不靠谱的猜测。

"我当年刚筑基的时候，从人间界带回一个弟子。"双清目光扫过箜篌，"他资质很不错，最后却因为心性不稳，度劫时引发心魔，不仅失了神识，还以为自己是三四岁小孩子。"

"当年我不该把他从人间界带过来。"双清勉强笑道，"或许出身就注定了他不太适合修行。"

桓宗淡淡开口："修士的心性与他从何处来没有关系，双清真人说笑了。"

双清真人对上桓宗冷淡的眼神，脑子里像是被冻了一下，他刚才想说什么来着？

昭晗宗的几位弟子沉默不语，他们都知道箜篌是云华门忘通峰主从人间界带过来的，现在双清真人当着人家的面，说什么人间界出身的人不适合修行，这不是故意挑衅？

就算觉得箜篌有些不顺眼的绫波，都觉得这话有些不合适。英雄不问出处，不管箜篌来自哪里，她五灵根的资质就足以让不少修士羡慕。同为女人，同为五灵根修士，绫波与箜篌有天然的统一立场，所以她有些不高兴地用传音术对长德道："这个双清真人靠什么做的门主，这么不会说话。"

长德皱了皱眉："好好坐着，不要多言。"

绫波翻了个白眼，端起茶杯喝水，掩饰着自己的真实情绪。她是看箜篌不顺眼，但这个方头方脑的双清算什么东西，也敢含沙射影他们五灵根修士。

"双清真人原本有个师兄，后来这个师兄忽然觉得修炼没什么意思，要去做一个手工精湛的木匠，扔下元吉门就跑了。作为掌门的第二个弟子，双清赶鸭子上架做了门主。"长德正襟危坐，脸上的表情再正经不过，任谁也看不出他此刻在跟师妹聊当事人的私事。

"原来是靠着运气做的门主。"绫波在心底冷哼，难怪这个德行。

被桓宗冷淡的态度弄得有些摸不着头脑，但是下定决心要讨好琥光宗与昭晗宗的双清，并没有因为这点挫折就灰心丧气，他热情地为大家安排了住处，并且邀请大家一起用午饭。

酒菜上桌，菜是灵气满满的好菜，酒是用灵果酿制的美酒。每道菜都价值连城，这哪里是桌菜，分明是双清待客的热情。

"抱歉，我不饮酒，"桓宗拦住双清递上来的酒杯，"喝茶就好。"

"是我误会了，常听人说什么一剑一酒走天涯，我还以为桓宗真人也是这般。"双清见其他人也没要喝酒的意思，把酒壶放了回去。

"双清门主误会了，剑修最重要的是神清目明，剑身合一，醉了酒的人又如何能掌握手中的剑？"绫波微抬下巴，满脸写着高傲，"所谓一剑一酒走天涯，不过是些狂生自娱自乐，我们修道之人却不能如此随性。所以不是重要场合，没有大事，我们都尽量不饮酒。"

不是重要场合。

没有大事。

箜篌觉得，这位高冷的绫波仙子，说话真是太容易拉仇恨了。她尝了几筷子菜，吃惯了宗门的菜，又在五味庄待过几日，再吃这桌子菜，总觉得讲究有余，味道不足。

难道这就是白案真人说过的没有灵魂？

有了五味庄加入，从此以后，他们云华门弟子在吃这一方面，也算得上是讲究人了。

此时此刻的云华门，已经把箜篌的名字加入了《宗门重大事迹录》中，后面的标注为"为宗门做出重大贡献"。

把《宗门重大事迹录》放回祭坛中的玉盒，珩彦对着历代宗主牌位行了大礼，大步走出祭仪堂。

"掌门师伯，师父传回消息，说两边已经定好了举办收纳大典的日期。不过师父觉得，五味庄所处之地灵气贫瘠，不宜五味庄弟子修行。他建议我们把空余着的山峰整理出来，让白案真人做峰主。"看到珩彦出来，灵慧把新得到的消息汇报给了珩彦。

"我们只是招纳五味庄，并不想吞并他们，此举恐怕不妥。"珩彦虽然很想整个五味庄都搬过来，但若是让五味庄误会他们的意图反而弄巧成拙。

灵慧想的是五味庄弟子与宗门弟子不一定能够合得来，若是两边起了矛盾，反而不好处理。

"不过五味庄现在的环境确实太过艰苦。"珩彦想了想，"不如我们在山下修建一座庄子，让五味庄搬进去。"

"晚辈明白了，我这就传讯给师父。"灵慧笑着应下，快步走开。

看着师侄匆匆离开的背影，珩彦无奈地摇头轻笑。自从得知五味庄愿意依附后，这些弟子个个都像是捡到了大便宜，恨不能马上把整个五味庄都搬过来。

青元得到徒弟的传讯，便开口与五味庄提了此事，他以为五味庄会有所迟疑，或是问明他们的打算，哪知道对方想也不想便答应了下来。

面对如此好说话的白案真人，青元实在有些怀疑，当年门主究竟干了什么，竟然让脾气如此温和的白案真人说出他们云华门食物没有灵魂的话来？

五味庄弟子听到这个消息后，都傻了。

云华门招纳他们为附属门派已经够让他们震惊了，竟然还修漂亮的庄园让他们搬家？对方做这么多，图啥呀？难道就图吃几口他们做的饭菜？

难道是灵石太多，没地方可以花了？

秘境尚未打开，箜篌等人想回客栈住，然而双清真人实在太过热情了，热情得让人有种不在元吉门住着，良心都会跟着过不去的错觉。

财大气粗的元吉门，给每个门派的人都安排了一栋院子。尽管云华门只有箜篌一人，元吉门也给她安排了一栋风景优美的独立小院，甚至还有伺候梳洗的随从。

沐浴出来，箜篌换好衣服，听到院子外面有男人在哭，她问点香的侍女："我可以出去走走吗？"

"仙子是本门的贵客，请一切随意。"侍女福了福身，裙摆在烛火下摇曳，像盛开的花朵。她往窗外看了一眼，小声道："仙子可是听到了哭声？"

箜篌见她神情平静，还以为她没有听见，没想到人家不仅听见了，而且习以为常。

"哭的人是徐枫公子，他是掌门的第一个大弟子，听说是被掌门亲手养大的。"侍女不好提太多门主的事，笑了笑道，"徐枫公子现在患了病，若有失礼之处，请仙子多多见谅。"

箜篌想到了那个划破了手，叫双清爷爷的男人，微微点了点头。

"就这么让他哭，会不会不合适？"箜篌推开门，更深露重，徐枫是个失去神志的人，恐怕身体受不了寒。

侍女面上露出为难之色："门主不太喜欢我们靠近徐枫公子。"

"我明白了。"箜篌叹口气，不好管别人家的私事，关上房门准备休息。

门外响起敲门声。

"母亲，开开门，你不要丢下我。"

"母亲，求求你给我开开门。"

侍女不敢说话，听着院子外越来越伤心的哭声，她有些惊慌失措。

"我去看看，你去找人汇报此事。"箜篌推开房门走出去，走到院子里拉开院门，一身锦衣皱巴巴的男人站在外面，脚下的鞋子少了一只，玉冠歪歪地扣着，几缕发丝缠绕在上面，乱糟糟的一团。

对方长了一张英俊硬朗的脸，表情却像是三四岁的小孩子。

"母亲，"他蹲在地上仰头看箜篌，"你是来带我一起离开的吗？"

箜篌撩起裙摆跟着一起蹲了下去："你在这里做什么？"

"我在找母亲。"男人伸手拽住箜篌新换上的衣服，手上的泥土蹭到了她的衣服上，"你不是我的母亲，我母亲比你好看，你可瞧见她了？"

"你的母亲说，你要好好跟着师父修炼，她还在等你长大去接她。"箜篌从收纳戒里掏出一块毛毯盖在男人身上，"徐枫，你把她的嘱咐忘了？"

这是脑子不清醒的病人，审美不正常，她不能跟他一般见识。小孩子嘛，都觉得自己母亲才是世界第一美丽的女人，她忍了。

男人神情中露出迷惘，他愣愣地看着箜篌："母亲没有丢下我？"

"是啊，你记错了，她没有丢下你，只是想要你跟着师父好好修炼。"箜篌抱膝坐在台阶上，"人间界那么苦，生老病死，爱憎恨别离，又怎及得上修仙的好？修炼能让你长生。"

"可是我要母亲……"徐枫眼睛里盈满泪，"我不要长生。"

"可是你的母亲想要你长生，你是好孩子，要努力达成她的希望，不然她会难过的。"箜篌忍着嫌弃，拍了拍徐枫乱糟糟、脏兮兮的脑袋，"懂了吗？"

徐枫哇的一声再次哭出来。

"你的母亲那么漂亮，一定不喜欢爱哭的孩子。"

大哭变成了抽噎。

"好孩子都要乖乖睡觉，晚上更不能乱走。"箜篌看到不远处有几名侍女过来，朝她们招了招手，"快跟她们回去睡觉。"

"谢谢姨姨，我知道了。"徐枫用手背抹泪，顶着一张花脸对箜篌笑。

她一个如花似玉的十六岁美少女，哪来这么大的侄儿，谁占谁便宜呢？

105

"嗯，乖乖去睡觉。"

算了，这是病人，再忍忍吧。

眼看着侍女们又哄又劝把徐枫带走，箜篌长长舒了口气，伸手摸了摸脸，还好，她的脸还是那么润滑光洁。

侍女说双清真人不喜欢别人靠近这个徐枫，她还以为双清是嫌弃弟子疯疯傻傻的样子丢脸，可是徐枫身上的衣服上附满符纹，就连束发的玉冠都是防御法器，也不像是被苛待的样子。

难道元吉门已经有钱到就算再嫌弃某个弟子，也要让他穿好吃好的地步？

"多谢箜篌仙子，孽徒不懂事，给仙子添麻烦了。"

箜篌回头，发现双清站在不远处，只是对方修为比她高，她连对方什么时候出现的都不知道。

"真人客气，徐枫道友会康复的。"箜篌干巴巴回了一句。

"承仙子吉言。"双清看了眼箜篌衣袍上的污渍，朝箜篌拱手，"不打扰仙子休息，告辞。"

"真人慢走。"箜篌盯着双清的背影，良久后皱眉。

不管怎么看，这颗脑袋还是像砖头啊。

"箜篌。"

箜篌准备回院子时，一道白色身影从天而降，站在离箜篌五步开外的地方。

箜篌见桓宗身上的衣服穿得工工整整，发丝未乱，箜篌猜到他之前还没有躺下："桓宗，你还没睡？"

"不困。"桓宗看了眼她披散在身后，散发着清香的青丝，"方才发生了什么？"

"双清真人的大徒弟跑到这边来了，就是那个看起来有些神志不清的男人。"风把箜篌的头发吹得不断飞舞，她把头发往后面一扒拉，但是刚松开手，头发又被吹飞了起来。

一只手递到她面前，这只手白皙干净，修长的指尖还捏着一条素银缎带，缎带上加持了符纹，在黑夜中流光溢彩。

箜篌抬头看他。

桓宗把缎带放到她手里："用这个扎起来。"

"谢谢。"很多人都拒绝不了漂亮的东西，箜篌也一样。用缎带在头发后面扎了一个漂亮的蝴蝶结，箜篌转过身让桓宗看了看："好看吗？"

缎带在她的发间，青丝像是染上了月光，连黑夜都变得美好起来。

"好看。"桓宗收回视线，把她脸颊旁的碎发理到她的耳后。无意识做完这个动作，他面色有些不自然地收回手，把手背在了身后，似乎与筌筷在一起，他总会莫名其妙做出一些登徒浪子才会干的事。

实在是太失礼了。

筌筷在被徐枫弄脏的衣服上，用了两个清洁术，让衣服看起来清洁如初："被徐枫这么一闹，我也有些睡不着了，要不我陪你坐会儿？"

"天上的星星很好。"桓宗突然开口。

"啊？"筌筷不解。

桓宗抛出一叶玉舟，飞身进入玉舟，弯腰对筌筷伸手道："来。"

筌筷笑道："哪用得着你拉。"说完，翻身便跃上了船头。桓宗低头看了眼空荡荡的手心，转身对她道："坐稳。"

玉舟急速上升，筌筷趴在船舷边，看着变得越来越小的元吉门，从收纳袋里掏出两包吃食，分给了桓宗一包，看星星看月亮聊天都要有吃的才好。

把一盏夜明灯放到玉舟中央，桓宗盘腿坐下，捧着吃食却没有动。云雾缭绕在他们身边，筌筷仰头看着天上，那里繁星点点，成了夜色中最好的点缀。

"也不知秘境究竟什么时候才能打开。"披帛在身后飞舞，明明应该是仙气飘飘的画面，但是低头吃东西的筌筷却把仙气儿破坏殆尽。

"应该在两日后的午时，东南方向。"桓宗看向东南方向，眼中的情绪不喜不怒。

"你怎么知道的？"筌筷惊讶地看着桓宗。

"我对掐算之术略知一二。"桓宗知道筌筷不擅长掐算，所以并没有说得太过详细。

"桓宗，"筌筷上半身前倾，离桓宗更近了一些，"你还是说说你究竟有什么不会的吧。"

与少女明亮的大眼睛对上，桓宗忍不住笑出声："我不会的东西有很多，以后你就会慢慢知道了。"筌筷身上的香味是花香，还是果香？

"那肯定要等上很久了。"筌筷捧着脸感慨，"难怪你们琉光宗能成为第一大宗门。"在修真界寂寂无名的桓宗，便已经如此厉害，那么琉光宗其他人该有何等的本事？

"是你看我的时候太过包容，所以才会觉得我什么都会。"桓宗轻笑，"实际上我除了剑道，很多东西都不懂。"不懂得与人相处，不懂得感情。

师父说他情感天生淡漠，是修剑的好苗子。后来师父却又说，后悔只让他学习剑术，却忘了教他明白什么是生活。

"那比我好，我什么都不懂。"拜入云华门这几年里，筌篌一直专注内修，修为心境虽是涨了，但是会的剑法还是刚入门那两年学的，其他术法也都只学了入门的基础。

"并不是，你会的东西很多。"桓宗见筌篌笑容淡了几分，劝慰道，"你还小，学得太多太杂不好。"

"你也不大啊。"筌篌并没有太沮丧，她知道贪多嚼不烂，只是看到桓宗会这么多东西，难免会心生羡慕，"褚季暄说你是他的曾太伯爷，当年你是宫中的皇子？"

桓宗还以为筌篌会问他究竟是哪一个辈分的曾太伯爷，心里已经打定主意说出自己的真实年龄。哪知道筌篌并没有问这件事，他刚冒出来的想法，又被他埋回了心底。

"嗯。"提起过往，桓宗没有任何情感，"幼时并不受父亲喜欢，母亲带我住在深宫中，一切都还好。后来父亲要废后，母亲难过之下病倒。母亲仙逝后，师父就带我到了琉光宗。"

本该跌宕起伏的过往，被桓宗干巴巴的语气说出来，似乎少了几分怅惘与愁绪，筌篌却有些愤愤不平："他怎么可以这样！"

"约莫是因为有些男人在美色面前，与畜生无异。"桓宗见筌篌比自己还要生气，侧头，"你为什么生气？"那个男人长什么模样，他已经记不清了，依稀记得是个不怎么样的人。

"我替你感到生气。"

"不气。"桓宗觉得自己应该说些高兴的事情给筌篌听，"我离开皇宫时，把龙椅上唯一的龙珠撬走了。"后来师父告诉他，这颗龙珠上蕴含着龙气，他就把龙珠扔进锻造炉里，让它成为本命剑的一部分。

两人在玉舟中坐了将近一个时辰，夜景没有怎么欣赏，筌篌倒是剥了满满一大捧干果壳放在玉舟里。等她再次躺回床上后，没多久便睡着了。

这天晚上她做了一个不太好的梦，一个壮硕的大汉，跟在她身后叫姨姨，追了她整整一晚。早上从床上起来时，她揉了揉额头，不想从柔软的大床上起来。

在床上打了几个滚，她依依不舍地起身与床话离别，跳下床的时候，才看到桓宗昨夜送她的发带掉在了地上。弯腰捡起发带，箜篌把它系在了手腕上。

早上元吉门照旧准备了丰盛的餐食，林斛夹点心的时候，看到了箜篌手腕上的东西，惊愕地扭头看向桓宗。以前公子送其他珍贵的法器给箜篌姑娘，都不如这件东西让他震惊。

这原本是公子给自己做的发带，取星月之辉、玉蝉之丝、无尘之雪炼制而成，从收集材料到炼制成功，足足花了公子三年的时间。更重要的是，发带里有公子的一道神识，若是有分神期修士出手伤人，这道神识能够替箜篌姑娘代为受伤。

这种个人贴身之物，公子怎么会送给箜篌姑娘？

"林前辈，你怎么了？"箜篌发现林斛偷偷看了自己好几眼，她摸了摸脸，难道是昨天夜里睡得太晚，让林前辈看出了她的憔悴？

"没什么。"林斛摇头，不再开口。

箜篌扭头看桓宗，真的没什么？

"林斛的意思是，白案真人给你吃的那道菜很有奇效，你的皮肤比以前更白了。"桓宗擦干净嘴巴，"抱歉，他不善言辞，让你误会了。"

"真的？"箜篌摸了摸脸。

林斛连忙点头："真的。"

公子，终于成为芸芸众生中的一个。会撒谎，会吹嘘，还会哄骗小姑娘。修真界这座大染缸，到底让他变成了五颜六色。

听到箜篌吃了某道菜皮肤变得更好，绫波频频看向箜篌，直到早饭用完，她也没好意思开口问箜篌，究竟怎么才能吃到这道菜。

什么养颜丹、驻颜丹、化仙膏她都用过，可是效果并不明显。难怪她昨天看到箜篌时就觉得她皮肤格外水灵，肯定是因为吃了那道神奇的菜。

"箜篌姑娘……"绫波的话还没说完，便已经被打断。

"爷爷，姨姨，快救我！"

院子外传来惊惶的叫喊声，箜篌不着痕迹地观察着双清，她发现在徐枫开口叫爷爷时，双清膝盖动了动，像是准备冲出去，可是当他看到满桌宾客后，

109

又把这股冲动压了回去。不过站在他身后的弟子反应很机敏，当下便走出内厅，带徐枫离开了。

"诸位道友请尝尝这道菜。"双清笑着招呼大家，眼神却频频望向门外，倒不像是嫌弃徐枫烦，更像是在担忧。

看出他心不在焉，箜篌放下了筷子："我已经用好了，诸位请慢用。"

桓宗放下筷子："我也用好了。"

长德等人也纷纷放下筷子，双清招呼了几句，便找个借口离开了内厅，他离去的方向，正是弟子带离徐枫的方向。这天中午，前来陪坐的人是元吉门掌派大弟子周肖。

看到箜篌等人，周肖格外意外，他没有想到会这么快与箜篌见面，而且她还是云华门的高徒。难怪这位公子能用昂贵的灵草喂马，原来竟是琉光宗的剑修。

"之前不知三位竟是宗门高徒，有冒犯之处还请见谅。"周肖开口便是致歉，互相客套一番落座。周肖虽然对其他宾客都很热情，但是有眼睛的人都能看出来，他对箜篌格外热情。

绫波觉得元吉门这个掌派弟子眼珠子有毛病，她这么一个活色生香的美人就这么被忽视了？

"箜篌姑娘，您尝尝这道汤。这些鸽子平日以灵谷喂养，血肉中已经没有任何杂质，有固神醒脑之效。"周肖亲手端了一碗汤放在箜篌面前。

咔嚓。

桌上发出细微的声音，大家循声望去，桓宗手里的勺子碎裂成了粉末。

"对不住，手滑。"面对众人的视线，桓宗面无表情地解释，低头用帕子慢慢擦着手上的粉末。

饭桌上很安静，所有人的视线都落在了桌上的玉粉末上。

这手滑得可真讲究。

绫波的目光在箜篌与桓宗两人身上扫过，若有所思。长德隐隐觉得，桓宗道友似乎不太喜欢元吉门，昨日在双清真人面前态度已是冷淡，今日当着元吉门掌派大弟子的面，更是毫不掩饰。难道元吉门做了什么犯桓宗忌讳的事情，他才如此？

周肖愣了愣，忙起身叫侍女重新取餐具过来。就在他起身的当口，桓宗把一碗灵鹤蛋羹放到箜篌面前："早上用点这些，对身体好。"

"哦。"箜篌端起碗就吃，虽然不知道为什么，但是直觉告诉她，如果不吃，可能会发生一些不好的事。

直到那碗鸽子汤放凉，箜篌也没机会喝进肚子里。桓宗伸手探了探碗，神情平静道："汤凉了，我给你重新换一碗。"

把汤碗递给箜篌，等她喝下一口，桓宗面色温和："味道如何？"

"还好。"箜篌喝了小半碗，就喝不下了。

桓宗点了点头，放下筷子，用手帕擦了擦嘴角："我已经用好，多谢贵宗门与周道友的招待。"

"桓宗真人客气了。"周肖憨厚一笑，转头问箜篌，"仙子可有什么想吃的？我吩咐厨房给你做。"

"客随主便，周道友决定便好。"箜篌道了一声谢，"我辈修道之人，不太重口腹之欲。"

林斛想，好好一个小姑娘，竟跟着公子学会了撒谎，这罪过真是太大了。

"那仙子可要在奎城四处逛一逛？在下不才，愿为仙子引路。"周肖面颊发红，眼神不太敢落在箜篌脸上。

"不用啦。"箜篌摆手，"我已经与桓宗约好了，周道友无须特意招待我们，您自便就好。"

周肖看了看桓宗，又看了看箜篌，想起那日在密林中，两人乘坐一匹马车离开，恍然间猜测到某个真相。他怔怔地看着箜篌，心头一簇还没完全燃起来的小火苗，瞬间被厚厚的积雪压没了。

"既如此，便预祝仙子与真人玩得愉快。"周肖拱手行了一个礼，快步退了出去。

"桓宗，我们走。"箜篌拽了一下桓宗的衣袍，扭头看长德与绫波，"两位道友要一同去吗？"

长德："看看也无妨。"

绫波："不用了。"

长德转头看绫波，师妹昨天晚上不是还说要去奎城的御霄门分铺买最新出的裙子，怎么现在又不出去了？

"我们还有些事要处理，两位道友请先去。"绫波不等长德开口，拖着长德就走。长德见师妹如此没规矩，又不好当着外人的面批评她，只好跟着她离开。

"绫波，"出了内院，长德无奈道，"你该多与其他修士来往。"

"大师兄，人家两个郎有情，女有意，我们去凑这个热闹做甚？"绫波对长德迟钝的感知能力已经绝望了，"你没看到方才周肖向箜篌献殷勤时，桓宗真人的脸色有多难看？"

"桓宗真人与箜篌仙子？"长德想了想，立即摇头反驳道，"桓宗真人在剑道很有造诣，我们剑修何时看重过这些虚无缥缈的个人情感？更何况箜篌仙子不过十多岁的骨龄，还是云华门弟子，他们这两个宗门，修道理念不同，宗门管理方式也不同，又怎么会产生感情？"

绫波犹疑道："难道是我想多了？"

"修道者，不似普通男女，寿命太长，看得太多，就不容易动心了。"长德看着还不到一百岁的小师妹，"你年岁尚小，不知道时间对感情的磨砺。"

年少时，愿意为情爱付出生死，即便轰轰烈烈一场也不后悔。年龄越大，对感情看得就越淡。看多了生死别离，便再难因其他人或者事而触动。

整个修真界，修为高深的大能中，又有谁有过道侣？或许曾经有过，但最后仍是为了追求各自的道，分道扬镳。

"难道就没有天长地久的感情吗？"绫波追问，"没有一个特别的存在？"

"没有。"长德摇头，"一个都没有。"

绫波虽没有心动之人，对美好感情却有着向往，听到大师兄的回答，难免有几分失落。

"你不必介怀，或许未来会出现这样的神仙眷侣，只是不是现在。"长德笑着安慰，"你与其他师兄去逛街吧，我回去整理一下进秘境需要的东西。"

绫波点了点头，想到要买的东西，把心头那点失落忘得干干净净。

长德看着她的背影摇头失笑，到底还是年岁小。当年一位大能与他的道侣感情轰轰烈烈，整个修真界无人不知，无人不晓。然而这份感情，还是没有经受住时间的消磨。两人相爱时有多浓烈，分开时就有多平淡。直到他的道侣陨落，大能却又忽然疯了一般，四处寻找复活道侣的办法。然而死去的人不会再回来，活着的人还要在无尽岁月中继续活着。

这位大能已经消失了几百年，或许早已陨落在无人知晓的角落里，与泥土化在了一起。

箜篌把买好的东西与写给宗门的信，一起放进收纳袋中，送到了驿站，让飞剑使者把它们送回去。出门前她想了很多，比如万一没赶得及出来，她就要在秘境中关个几百年，所以她要提前告知宗门她去了哪儿。

"哎……"箜篌在某家店铺里看到个熟悉的身影。能一眼发现此人，不是箜篌的眼神好，而是对方的脑袋太方，芸芸众生中，他就是最耀眼的存在："那好像是双清真人？"

在他们面前的双清真人总是保持着微笑，是一位热情好客的主人。此时不笑的他，看起来倒更有宗门之主的威仪，尽管他此刻挑选的是小孩子喜欢的玩具。

挑好玩具，他还亲手摸了好几遍，似乎确认上面没有木刺后，才满意地点头。

这是买给年纪尚小的徒弟？

"这个双清真人……"桓宗带箜篌往另一个方向走，"此人野心不小，你不要与他太过接近。"

"他想算计我？"箜篌惊讶，她一个宗门小弟子，算计她有什么好处？

"你有没有想过，若是元吉门想进入十大宗门，首先需要扳倒的宗门是谁？"桓宗是不太懂人情世故，但是对于人心或是野心，却看得清清楚楚。

"谁？"箜篌瞪大眼睛，"不会是我们云华门吧？"

桓宗看着她不说话，等于是默认了。

"因为我们看起来最老实本分？"箜篌皱眉，"欺负老实人可不好。"

桓宗："……"

"不过没关系。"箜篌很快释然，"这些事有宗主与峰主们操心，我们宗门的长老与峰主可厉害了。"

桓宗："嗯。"

他们若是不厉害，云华门上下哪还能舒心地过日子？

"不过你提醒得对，我要写信告诉宗主此事。"箜篌道，"防人之心不可无。"

"先不要急，若是我猜测错误，反而不美。"桓宗按住她的手腕，不让她拿飞讯符出来，"此事牵涉两个宗门的和平，引起误会不好。"

"你想什么呢？"箜篌在他手背上拍了一下，"只是提醒而已，宗主自会定夺，不会乱来的。"明明觉得可疑，为了稳妥不告知宗门，那不是给对方可乘之机？

不管是真是假，早点让宗门知道，有防备之心不是更稳妥？反正这件事除了宗门内部知晓，又不会传到外面去，怕什么矛盾。

人年轻的时候，思考问题总是简单直接，但有时候恰恰就是简单直接，才能避免很多误会发生。也许不仅仅是因为年轻，还因为她对宗门，以及宗门对她的信任。对于箜篌而言，云华门就是她的家，在外面发现了任何她觉得可疑的事，给家人告状再正常不过。云华门也不会因为箜篌传错了消息，而对她严厉指责。

这种相处方式，琉光宗做不到，也无法做到。这是一份独属于云华门与弟子之间的信任，外人理解不了，而他们似乎也不在乎外人是否理解。

想明白这一点，桓宗不再劝箜篌：“那我们回去就处理此事。”大街上人来人往，不太适合传飞讯符。

"好。"箜篌拽住桓宗，"那我们快些回去。"

低头看了眼被拉得紧紧的袖摆，桓宗失笑：“好。”

两人走了没多远，与自称有事要处理的绫波迎面碰上。

绫波："……"

奎城这么大，怎么还能遇到他们？她看了眼桓宗被箜篌拽住的袖子，这是男女之间纯洁友谊的相处方式吗？

"绫波仙子。"注意到绫波的眼神，箜篌低头看了眼桓宗被自己拽得皱巴巴的袖子，松开手与昭晗宗几名弟子见礼。

"两位请随意，告辞。"绫波怕自己再跟箜篌说几句话，又要推翻刚从师兄那里得来的认知。

"她走那么急干什么？"箜篌望着绫波的背影，"抢御霄门新款裙子？"

看着被丢开的袖子，桓宗道：“前几日我在吉祥阁看到成易道友手上戴了一枚扳指。”

"你说的是那枚黑色扳指？"

"对。"桓宗绷着脸，看起来很严肃，"朴素大方，戴起来还不错。"

"那是我炼制的。"箜篌笑眯了眼，"那是我在雁城炼制的，全靠你送给我的精火，我才能炼制成功。"见桓宗拇指上空荡荡，箜篌便道，"若是你不嫌弃，我给你也炼制一枚。"

"好。"桓宗回答得毫不犹豫，"我还没有扳指。"

忍不住多看了几眼桓宗的手，箜篌开始默默思考，究竟要怎样的扳指，才能配得上这样一双手呢。

　　回了元吉门后院，箜篌回自己院子准备飞讯符。桓宗回到自己院子时，林斛正坐在石桌边泡茶。看到他回来，林斛放下茶杯："公子回来得正巧，茶刚泡好，你要尝尝吗？"

　　桓宗走到石桌旁坐下，等林斛把茶给他倒好："你想跟我说什么？"

　　林斛并不是喜欢品茶的人，今天特意在院子里泡茶，明显就是在等他回来。

　　"公子误会了，我只是见春日暖阳高照，想出来晒晒太阳。"林斛把茶杯端到桓宗面前，"还有宗门方才传来飞讯符，提及近来会在各地宣传邪修的危害，以及防止邪修邪恶手段的各种注意事项。宗门的意思是，若是我们看到本宗门弟子在外面受到危险，最好是出手相救。"

　　"我知道了。"桓宗缓缓点头。

　　茶水略有些烫，但是桓宗喝起来刚刚好。自从身体出现岔子以后，他的部分感官便不再像以前那般灵敏，就连痛觉也有所退化。也正是因为此，无苦老人那件催生心魔的法器才对他影响不大。

　　抬头看了眼映在墙上的橘色阳光，桓宗不再开口。

　　"公子今天早上的反应，太过了。"林斛看着他这张神情淡漠的脸，还是把话说出了口。

　　桓宗侧了侧脸，苍白的脸被阳光染上了金色。

　　"周肖乃元吉门掌派大弟子，性格敦厚，并未有失礼的地方。"林斛继续道，"就算你不喜欢他，也不该如此。"

　　"他好与不好，与我并无干系。"桓宗眼睑动了动，淡漠的脸上终于多了一丝类似恼怒的情绪，"他离箜篌太近了，他们不合适。"

　　林斛惊愕地看着桓宗，似乎没有料到他会说出这种话，又似是想听他接下来的话。

　　"他相貌平平，天资普通，心性也无出彩之处，师弟师妹们也都不省心。"桓宗可以挑出周肖身上一大堆的毛病，"他的骨龄不小，修为却还那般低微，全身上下没有一处比得上箜篌。这样的男人，怎敢肖想云华门五灵根亲传弟子？"

　　桓宗这席话显然有些刻薄了，以往的他，绝不可能说出这样的话。林斛愣怔了很久，才轻轻开口："可是公子，这一切应该是云华门忘通真人烦恼的事。"

　　呼。

风起，吹动树梢，也吹得桓宗的眼睫毛颤动起来。

桓宗对上林斛的视线，看到了自己苍白的脸。林斛跟在他身边三百年，名为仆从，实则亦师亦友。林斛大多时候很沉默，也不轻易对他的行为发表意见。

他放下茶盏，移开自己的视线，绷紧嘴角许久没有说话。

"桓宗，桓宗！"穿着鹅黄裙衫的少女趴在墙头上，朝他招手道，"我在收纳戒里找到了一瓶青元师叔炼制的丹药，对灵台有益处，你拿去吧。"

她手腕上的月光色缎带在阳光下晃来晃去，闪耀着美丽的光芒，却也比不上她脸上的笑灿烂。

桓宗怔怔地看着她，耳边是春风吹起的声音。

风声很小，但是他听得清清楚楚。这股风吹进了他的耳朵，他的眼睛，他的大脑，还有……他的心中。

"桓宗，你怎么了？"爬墙少女从围墙上跳下来，走到桓宗面前蹲下，用手在他眼前挥了挥，"走神？发呆？见我太漂亮，失了神？"

"嗯。"桓宗看着她笑，"你猜得没错。"

"什么？"

"看你长得太漂亮，失了神。"

"真会说话。"筌篌把丹药放到桌上，叹息般摇头，"可惜师姐们早就告诉我，男人说的漂亮话，听着高兴便够了，万万不能信。"

"我不说谎。"桓宗看着她，眼底满是认真，好看的桃花眼里，蕴满了温柔。

筌篌捂了一下小心脏，伸手遮住自己的眼睛："丹药你留着吃，我回去了！"

被美得天下无双的男人用这种眼神看着，很容易让女人觉得自己就是全世界。

美色害人，太害人了。

筌篌跳到围墙上，往后看了一眼，匆匆跳回自己院子。

为了广大女同胞着想，她要与桓宗做一辈子的朋友。美色要害人，就来害她吧，其他女孩子是无辜的！

看着匆匆跳墙跑开的少女，桓宗扭头看林斛。

"你别看我，我也不知道你能把好好的小姑娘吓走。"林斛扭过脸，伸手把自己的脸遮住。

把细腻冰凉的玉药瓶握在手里，桓宗站起身道："林斛。"

林斛放下手看公子，阳光太过刺眼，他眼睛有些花，桓宗的表情在他眼里有些模糊。

"有时候做事，也许不需要想明原因。"桓宗弯起嘴角，"余下的人生还有多久我不知道，但是我现在很快活。"

林斛张了张嘴，想开口说话却被桓宗打断。

"以后这样的事还会有很多，你会习惯的。"桓宗把玉药瓶放进收纳戒，"熟能生巧，见惯不怪。"

林斛："……"

公子不仅被染缸染成了五颜六色，连文化水平也下降了。

熟能生巧，见惯不怪是这么用的吗？

第四章 秘境

夜里，奎城开始下起雨来，下了整整一夜，却没有停下来的趋势。到了午时，春雷炸响，大雨仍旧未歇。

在屋子里看书的桓宗看了眼窗外，站起身走出门外。

秘境开了。

在屋子里打坐的筌篌察觉到天地间涌动着不同于以往的灵气，她撑开伞走出门外，就看到了站在她院子里的桓宗与林斛。

"桓宗、林前辈，是不是秘境已开？"筌篌走到桓宗身边，见他面色看起来比平时还要好一些，放下心来，"我们现在就赶过去？"

桓宗点了点头，抛出飞行法器，三人坐上飞行法器，便朝秘境所在之处赶去。

秘境入口在一座山谷中，外貌看起来极不起眼，若是没有修为的普通人看了，只会以为这是一个普通的山洞。筌篌等三人刚到，昭晗宗的弟子便赶了过来。

在场的修士并不多，除了他们以外，还有元吉门几名修为不错的弟子，以及几个不知道从哪儿得到消息的散修。

散修看到名门弟子出现，不仅没有恼恨，反而松了一口气。秘境中危机重重，仅凭他们几人，根本不敢往里面走。有这些名门出身的修士在，那就完全不一样了。这些人修为高深，护身法器也多，不会看到他们得了什么东西，就想着杀人夺宝，最重要的是品行端正，若是见他们这些散修落难，能救的时候绝对会伸出援手。

也正是如此，在场的几个散修纷纷上前见礼，得知筌篌与桓宗的身份后，态度更是加倍的热情。

筌篌仙子与桓宗真人的尊名他们早就听说过，不仅仅因为他们曾出手救过好几名清风门弟子,还有他们对散修持褒扬态度的原因。据说两个月前有邪修作恶,以散修自居,借此挑拨散修与宗门修士的关系。然而箜篌仙子却说,散修自由率性,心性极好,绝不会做出邪修干的那些事。

这些话传到散修耳朵里以后,就成了箜篌尊重散修的证明,所以尽管箜篌还没做出什么震天动地的大事,但在散修心中,她已经成了天分高、心性好、讲理又充满正义感的名门高徒。

"箜篌仙子果真美如九天玄女,出尘如青莲。"

"秘境中危机重重,仙子进入秘境后,定要多加小心。"

"这枚玉牌里有老朽的一道神识,现赠予仙子,若是仙子遇到危险,就捏碎玉牌,老朽一定尽快过来相助。"散修中修为最高的是一位元婴老者,他是散修盟里的长老,为了守护这几位散修的安全,才被散修盟派来跟着一起进入秘境。

"多谢老祖。"箜篌接过玉牌,放进收纳戒中。

"不谢不谢。"元婴老者笑容越发和蔼。散修与名门宗派向来井水不犯河水,看似平和的表面下,却暗藏着名门弟子的高傲以及散修的无奈。能进入名门修行,谁愿意做散修。成为散修的,只有小部分人是为了自由,更多的却是因为无法进入名门。天分与修炼资源上的不平等,让散修一直处于不自信的状态,所以听到名门中地位颇高的修士夸他们,他们才会如此高兴。

更重要的是,箜篌仙子资质好,年龄小,未来不可限量,还对散修十分尊重。与这样的名门弟子交好,对散修没有半点坏处。

看着散修们围着箜篌打转,夸奖的话犹如不要钱一般说了一堆,绫波摸了摸自己的脸,是长得没有箜篌好看,还是名气没有她大?这些散修怎么偏偏讨好她?

这里难道就箜篌一名女修吗?

"诸位,"长德用术法抬高音量,让所有人都能听见自己说的话,"现在秘境已开,请大家注意安全,行动的时候,尽量不要分离得太远,以免遇到危险时,他人赶不及救助。"

"秘境开启的时间在一个月左右,这一个月里,我们昭晗宗会留弟子在外驻守,但为了稳妥起见,请大家尽量提前几日出来,我担心秘境万一不稳,会提前关闭。"长德看了眼在场的几十余人,"祝大家都能得到灵草珍宝,平安归来。"

散修盟长老道:"我先去前面探路。"

121

他率先进去，秘境没有任何状况，其他散修这才陆陆续续跟着进去。

长德看向一直没动的桓宗："桓宗真人现在进去吗？"

"你们先进去，我们三人断后。"桓宗做了一个请的手势。

"多谢。"长德也不再犹豫，带着师弟师妹们飞进秘境。跟在他们后面的是元吉门弟子，箜篌在这些弟子中，看到了那个被黑袍女打得鼻青脸肿的女修。

女修看到她，躲在周肖身旁，匆匆挤进秘境，显然不想再提起当日发生的事。

一炷香时间内，除了需要在外驻守的弟子，秘境外就只剩下箜篌、桓宗与林斛三人了。箜篌走到秘境入口，搓着手道："第一次进传说中的秘境，有些紧张。"

"不要紧张，熟能生巧，见惯不怪。"林斛一脸严肃地回答。

"林前辈，你这都什么形容词？"箜篌轻哼，"你这是在哄小孩子哦。"

林斛扭头看了眼面无表情的桓宗："对不住，幼时家贫，古文学得不好。"

桓宗："……"

箜篌深吸一口气，迈进了秘境。

这种感觉不像是迈进一道门，更像是被奇怪的力道抓得恍了一下神，再睁开眼时，整个世界都变了。

青山绿水，白云蓝天，潺潺流水上漂着粉色落花，灵气浓郁得仿佛秘境里面摆了成千上万的聚灵阵。先进来的那些修士不知道去了哪儿，半点踪迹也无。

"桓宗、林前辈……"箜篌回头，身后只有桓宗，林前辈不知道去了哪儿。

"先别动。"桓宗走到她身边，"这个秘境是个巨大的卦象阵，人进去以后，有可能会出现在不同的地方。"

"可是孙阁主没跟我提过这件事。"望了眼密密丛丛的树林，箜篌低头看地上，厚厚一层枯叶，不知堆积了多少年。

"秘境有灵，已经过去了五百年的时间，它也会发生改变。"桓宗观察了一下四周，"这里暂时没什么问题，不要担心。"

"秘境发生了改变，那寻云树还在不在？"箜篌面色大变，她四处张望，脸色不太好看。

"原本就有的东西，自然还是在的。"桓宗召出龙吟剑握在手中，"更何况你该担心的是秘境中的陷阱，而不是寻云树。"

"我们进来就是为了找这个，若是没有寻云树，这会儿就可以转身出去，哪管它是不是危险。"

桓宗微怔，神情温柔地把手伸到箜篌面前："把手给我。"

箜篌不解地看他，眼睛眨啊眨，像调皮的星星。

"这里很危险，你又第一次进入秘境，"桓宗表情再度变得平静又稳重，"我牵着你走比较安全。"

箜篌把手放进桓宗的掌心，这只手掌很宽大，温热的手指合拢，可以把她整个手都包起来："你刚才不是说，暂时没什么问题吗？"

"只是暂时。"桓宗道，"秘境千变万化，一步踏错便有可能受伤。"握紧箜篌的手，桓宗往前跨出一步，"你法阵学得如何？"

"刚学了个皮毛，还在背五行八卦方位图，未曾亲手摆过法阵。"箜篌配合着桓宗的步伐，桓宗的腿很长，但是走得不快，她刚好能配合他的脚步。

"法阵不比其他术法，慢慢学更为稳妥。"话音刚落，桓宗一挥手中的龙吟剑，黑色的怪鸟从天而落，身躯与头颅被剑气划成了两半。箜篌偷偷瞥了眼那只鸟，发现这只鸟竟然长了两对翅膀。

脚踩在满是枯叶与树枝的地上，发出咔嚓的声响，箜篌盯着不远处那条漂着花瓣的小溪，食指在桓宗的掌心挠了挠："桓宗，这条溪流有古怪。"

四周并没有花树，说明花瓣是从上游掉进水中的，但是随着水的流动，有些花瓣会落在岸边或是被水泡得变色。然而这条小溪的岸边没有任何花瓣的残留，水面上的花瓣颜色艳丽，漂在水面上的它们，并没有受到水的浸泡。

桓宗停下脚步，看向箜篌的眼神里，有几分赞赏："有时候美丽的景致，就是危险的陷阱。"龙吟剑在他手中发出耀眼的光芒，挥剑而去，狂风卷起无数枯叶，溪流却纹丝未动。

箜篌眨了眨眼，再看向溪流时，才发现这哪里是小溪，分明是深不见底的峡谷。若是不小心受到美景的吸引，往小溪里一探，就算不摔得残废，也要鼻青脸肿，这跟毁容有什么差别。

秘境主人当年留下这个秘境时，一定花了不少心思。

倒吸一口凉气，箜篌拽住桓宗的袖子："桓宗，这里面究竟有什么是真的？"

"眼睛有时候会骗人，但是你的心不会。"桓宗牵着箜篌飞过峡谷，"假的永远都不可能是真的，只要仔细观察，总会发现端倪的。而这个秘境主要目的也不是要人性命，而是锻炼进入此处的修士，所以每个幻境都会有破绽。"

"看来秘境原本的主人，是个好人。"有了桓宗的提醒，筌篌开始认真观察四周，很快她就发现，面前这条分岔路，往北走是真的，往东走是假的。

"能够在凌忧界留下秘境的修士，都是度劫飞升的大能。他们飞升那一刻，自然希望有更多的后辈能够飞升。"桓宗眼神落于四周，"秘境中的天材地宝，都是前辈对后辈的馈赠。"

现在流传于各大宗门的修炼手册，都是一代又一代大能积攒下来的修炼经验，增添删改近百次，是前人留下的宝贵财富。

"我明白。"筌篌点头，"这就像有人发达以后，会想着提携自己老乡一样。"

桓宗："……"

这个比方，似乎也没什么错。

"不知道林前辈被传送到了哪儿？"筌篌与桓宗选了正确的那条小道，她频频四顾，想要找寻云树的踪迹。孙阁主当年是在秘境外围发现的寻云树，不知现在寻云树可还在外围？

"林斛身上有上古妖族血脉，秘境不会让我们与他在一起。"这个秘境的主人应该是几千年前的大能，那时的妖修与人修关系并不太好，常常发生冲突。

秘境中有主人留下的神识，也就保持着几千年前的习惯，所以林斛极有可能被单独传送到了某个地方。

"所以林前辈这是被秘境排挤了？"筌篌以前不觉得林斛身上那点微弱得几乎没什么存在感的妖族血脉有什么用，现在她终于知道了，可以拿来排挤他。

"你不用担心他，他修为高深，活的年岁长，见过的东西也不少，不会有事的。"桓宗一剑刺透忽然从草丛中窜出来的黑蛇，"你注意不要让自己受伤。"

"那个……"筌篌看着自己被握住的手，"既然没有生命危险，应该没有什么大事吧？"这么牵着她，他应该很不方便。

"虽说可能没有性命之忧，但若一时马虎，受伤是免不了的。"桓宗看着被斩断的黑蛇化为乌有，眼神变得凌厉起来，"如果伤到眼睛或是脸，治好需要费很多周折。"

伤到脸……

筌篌乖乖走在桓宗身边，真心实意道："桓宗，幸好你跟我传送到了一块儿。"

桓宗停下脚步，侧首看了她一眼，他的眼瞳中，筌篌眉眼弯弯，脸蛋白嫩，再好看不过。

荃篌偏了偏头，看着桓宗好看的眼睛，觉得桓宗握住她的那只手，格外温暖，温暖得有些发烫。

两人在附近找了一圈，并没有发现寻云树的踪迹。天已经渐渐黑了下来，秘境中也有日落月升、云雾雨雪，仿佛就像是另一个世界。

"时间还有一个月，我们慢慢来，不用急。"桓宗停下脚步，在四周立下结界，"我们先在这里休息一晚上。"

这里空间开阔，是适合休息的地方。

"好。"荃篌从收纳戒里掏出两个软垫，递给桓宗一个，另外一个她往地上一扔，盘腿坐到了上面。脚边开着几朵指甲大小的红色小花，荃篌起身把垫子往桓宗那边挪了挪，免得把它们给压坏了。

注意到她这个动作，桓宗眉眼间染上温柔，从收纳戒里拿出几样吃食摆在地上，与荃篌一边赏花一边吃东西。离他们不远处，长着几株灵草，然而两人谁也没有动。

灵草在风中晃了晃，又晃了晃，却始终无法吸引两人的注意。

吃完东西，荃篌觉得这里灵气浓郁，不用来打坐修炼就是浪费，于是拉着桓宗一起打坐。可怜不远处那几株灵草，身体摇摆得就像是水里的鳝鱼，笔直的叶子晃成了波浪线，也没有得到两人一个眼神。

灵气从四面八方汇聚而来，围拢在荃篌与桓宗身边，一点点渗入两人的身体。或许是因为两人都是五灵根资质，坐在一起后，对灵气的吸引力格外大，很快两人便被浓郁得几乎可以凝结成实体的灵气包裹起来。

荃篌感觉在自己身体里运转的灵气，除了她自身转化过来的灵气以外，还有另外一道灵气在帮她洗刷经脉。这道灵气的气势很强，但没有在她体内乱窜，而是跟着她身上那道灵气，在全身慢慢流转。

有了这道陌生的灵气，她身体吸收灵气的速度格外快，快得让荃篌以为自己是走火入魔了。

睁开眼时，太阳已经当空高挂。她转身去看桓宗，不知道是不是她的错觉，她觉得桓宗今日的脸色，看起来似乎好了很多。

桓宗缓缓睁开眼，对上了荃篌的视线。

昨天夜里，他与荃篌竟然在因缘巧合之下，进行了一次天地双修。天地双修，需要天时地利人和，两个拥有契机的人在一起打坐，很有可能引起灵气重合，让彼此的灵气在两人的经脉中运转，达到事半功倍的效果。

天地双修与男女双修不同，条件严苛，能够有这份机缘的修士少之又少，很多修士终其一生，都不可能碰到属于自己的有缘人，所以修真界并不提倡这种双修方式。最常见的双修大道，还是以道侣之间的修炼方式为主。

摸着今日终于没有痛楚的灵台，桓宗眼神有些复杂，没有想到，他与箜篌之间，还有这样一份缘。

"桓宗，刚才是怎么回事？"箜篌伸了伸胳膊，踢了踢腿，觉得这次打坐修炼实在是畅快极了。

"这是天地双修。"桓宗道，"我也没有想到。"

"天地双修？"箜篌曾在大师兄口中得知这种修炼方式，但是大师兄说，这种修炼方式可遇而不可求，能够互相契合，能够引动天地灵气的修士，难以寻找。

说好的难以寻找……就是这种程度？

"也许是秘境中灵气太过浓郁的缘故？"箜篌看桓宗，"我们离开秘境后，再试试？"

"好。"桓宗点头，起身再次把手递给箜篌，"我们可要去四周看看？"

这次箜篌没有问他为什么，直接把手放进桓宗的掌心："要去看，万一寻云树就在附近呢。"

走了两步，箜篌发现几株小草上结了很可爱的红色果子，停下脚步问："这是什么草？"

"传说中有种草可以把自己的根从泥里拔出来，然后挪到自己喜欢的地方，再把根扎下去慢慢长。"桓宗指着小苗苗，"这种草，我曾在书中看到过，好像叫……"

"啊！"远处传来尖叫声，声音有些像绫波发出来的。

箜篌弯腰把这几株草连根带泥挖起，放进收纳戒里："桓宗，这个声音是真的，还是幻境制造出来的？"

"跟我来。"桓宗看着声音来源处的上空，灵气与妖气裹在一起十分混乱，有人在那边的林子里打斗。

箜篌走进林子，看到绫波手持本命剑，脸上带着没有擦去的血污，伸手把一名女子护在身后，形容狼狈，青丝散乱。

被护着的姑娘，名字好像叫……金玲？

两人身边围着几十只黑色的怪鸟，似乎随时都有可能扑到她们身上，把她们吞吃入腹。

战斗一触即发。

"你别踩我裙子。"绫波拉了拉裙摆，"这是我买的最新款。"

身为昭晗宗的招牌天才弟子，绫波在剑之一道十分有造诣，入宗门不过几十年的时间，已是金丹期的修为。她的这种修炼速度，不知引来了多少修士的羡慕与吹捧，直到云华门出了一个四年便筑基的箜篌，绫波身上的天才光环瞬间黯淡了一大半。

习惯了被无数人吹捧的绫波，心里多多少少有那么点不是滋味，尤其是她发现箜篌竟然连容貌也与她不相上下时，心中更是五味杂陈。没办法，这个世界上不仅仅是男修有好胜心，女修也一样。

传入秘境后，她发现自己跟师兄师弟们分开了，没走多远就看到元吉门一位女弟子掉进峡谷，她顺手把人捞了起来。若是救个貌美的男人便罢了，救个娇滴滴的女修算什么？

带着拖油瓶一路走一路斩杀幻妖，好在拖油瓶知道哪家铺子发钗做得精致，哪里的脂粉最细腻，才让她一直忍到现在。

但是在大量幻妖围攻这一刻，她发现拖油瓶竟然把她最新款的裙子踩脏了，上面大大一个脚印，黑乎乎的，让她难以忍受。裙子变得不漂亮，她连挥剑的心情都没有了。

必须先施几个清洁术再说。

"都什么时候了，还管裙子？"箜篌飞身过去，举起水霜剑拦住扑过来的幻妖，抬脚踹飞一只白毛蓝脸猴。

"你怎么在这儿？"绫波回过神，飞身来到箜篌身后，斩去一只企图偷袭箜篌后背的幻妖，"你的剑术好像是云华门的基础入门剑法？"

呵呵，这是在嘲讽她剑术不好？

箜篌凌空劈掌，灵气穿透幻妖的胸口，幻妖瞬间消失："让仙子见笑了，剑道只是我的副道，我主修音律之道，不敢像仙子这般，临阵不惧。"

这小黄毛丫头竟然在暗讽她临战时不认真，看起来乖乖巧巧，心机倒不少。

两人齐齐挥剑，斩退扑上来的幻妖，绫波道："你帮我顶着，我先用两个清洁术。"

箜篌:"……"

不是说剑修不容易受外物影响？堂堂昭晗宗的天才弟子，就这样儿？

绫波说完这句话，也不等箜篌回答，低头就往裙子上扔清洁术，箜篌几剑击退围拢过来的幻妖，扭头瞪绫波："好了没？"

"好了。"绫波道，"我今天就让你见识一下，什么叫真正的剑术。"她飞身而起，手中的剑发出灿烂的银光，幻妖们放声惨叫，已折损大半。

"看到了吗？"绫波落地斜睨箜篌，"这才是真正的剑术。"

箜篌扭头看向旁边："桓宗。"

绫波:"……"

早知道琉光宗的桓宗在这里，她还显摆什么剑术，这不是丢人吗？

"感觉如何？"桓宗站在旁边没有动手，是为了增加箜篌的实战经验。

"还不错。"箜篌收起剑，朝桓宗身边走去。见她过来，桓宗朝她摊开手掌："你刚才做得很好，不过却只注意到面前的敌人，忽略了后背。若日后你独自涉险，这种情况会很危险。"

把手放进桓宗的掌心，温暖的触感再次包围了她，她朝桓宗眯眼笑："下次我一定注意。"刚才是因为有绫波与桓宗在，所以她下意识就忽略了自身保护。

桓宗也猜到了这点，他无奈失笑，却又不忍心她真的独自涉险，只好道："等离开秘境，你就与林斛多练练手。"

听着两人窃窃私语，绫波的目光落到两人的身上，这真是纯洁的男女友谊？是她交的朋友太少，对交际还不够了解？

站在她身后沉默不语的金玲，早已认出了桓宗与箜篌，没想到这两人竟然是大宗门弟子。想到之前在两人面前丢了那么大的脸，金玲就恨不得马上从这两人面前消失。

然而秘境里太危险，她不敢乱跑。

以前仗着宗门里的师兄师弟都捧着她，她在修行方面并不是太上心，进了密林才知道修为的重要性。不管是昭晗宗的绫波，还是云华门的箜篌，她们的修为都比她高强，她成了三个女人中，垫底的那一个。

颜面无存，还欠下一份大恩，欠的对象还是她讨厌了十几年的绫波。

人生真是处处都是转折点，她的人生中转折点有些大，她差点有些反应不过来。在这人迹罕至的密林中,没有献殷勤的师兄师弟,掉入峡谷里灵气全失爬不出来时,她脑子里闪过很多念头。

她总想着靠别人,但总有靠不住的时候,这种想法真的没有一点错?

看到筌篌与绫波肆意举剑战斗,而自己只能躲在一边时,金玲忽然感觉到羞耻。这种感觉实在太难受,她悻悻地低着头,好半响都说不出话来。

而桓宗这个长得好看,却不会过日子的男人,已经引不起她半点兴趣。

四人之间,陷入一种难言的寂静中。

不多时,忽然大雾弥漫,整个密林陷入浓浓迷雾中。

"法阵方位改变了。"桓宗握紧筌篌的手,"记住,千万不要松手。"

"桓宗……"

桓宗听到筌篌声音虚弱,甚至带着颤抖,侧首看去,筌篌满脸是血,甚至连身上的皮肉都开始往下掉。桓宗瞳孔有瞬间的放大,他随即松开"筌篌"的手:"迷猴兽?"

有种猴子可以模仿人类的模样,创造出幻境让人类产生恐惧、惊慌,这种负面情绪就是它们变得强大的粮食。

"吱吱吱吱。"发现自己被拆穿,迷猴兽匆匆逃窜,桓宗举起剑,即将一剑劈下去时,看到躲在树干后只有巴掌大的小迷猴兽。

小迷猴兽的脸又干又瘦,黑黝黝的眼睛盯着逃窜的迷猴兽,伸出了毛茸茸的手臂。

"今日饶过你们一次,若再有下次,便让你们身首分离。"利剑入鞘,桓宗掐算着阵法的方位,开始寻找筌篌的踪迹。

迷猴兽扑到树干后,把小迷猴兽抱进怀中,从树干后伸出一颗脑袋,偷偷看着桓宗的身影消失在迷雾中。

"桓宗,你的手怎么变粗糙了?"筌篌隐隐觉得有些不对,桓宗的手掌温软厚实,怎么干燥得像老树皮一般?

"因为我的……手……断了。"断断续续的声音传来,筌篌回头看去,她手里牵的不是桓宗,而是一只手臂,"桓宗"站在离她两三步远的地方,眼神幽暗地看着她。

筌篌停下脚步,默默扔掉手中的手臂,拔下发间的水霜剑就追着这个"桓宗"砍去:"什么乱七八糟的东西,也敢冒充桓宗?!"

她心目中的桓宗那么完美，那么好看，那么风度翩翩，这种玩意儿算什么！

"也不看看你那小短腿，也不看看你那驼背勾腰的样子，哪里有桓宗半分风采？！"

"桓宗"的动作很快，被箜篌追得吱吱乱叫，却只被伤到几根毫毛。箜篌气不过，掏出一件法器抛了出去。法器在空中化作金色大网，把"桓宗"禁锢在其中。

"还想跑？"箜篌走近金网，把网兜往上一提，才看清这个伪装桓宗的怪物是一只十分丑陋的猴子。

"吱。"被箜篌抓住的猴子双手合十，圆滚滚的眼睛直直看着箜篌，似是求饶。

"现在知道求饶了？"箜篌闻到猴子身上的腥臭味，这是常年居住洞穴之中，又不洗澡留下来的味道。她一手拎着猴怪，一手叉腰，故意吓唬它："我还没有吃过猴肉，不知道味道怎么样。"

原本还双手合十求饶的猴怪眼皮一翻，晕了过去。

"这就晕了？"箜篌戳了戳猴子毛茸茸的脑袋，"刚才胆子不是挺大，还来吓我？这会儿又装死了？"

箜篌在这只猴子身上没有察觉到煞气与血腥气，这也是她刚才没有一剑捅死它的原因。

"行了，别装了。"箜篌打开金网，"再不走，我就真的要吃猴子了。"

原本还晕着的猴怪，听到这句话，噌的一下爬了起来，前后肢并用，连滚带爬跑出箜篌的视线。箜篌觉得有些奇怪，这只猴子除了能够伪装成他人以外，就没有其他的能力，那是靠着什么把她与桓宗分开，还让她半点都没察觉到？

掏出一把用来扇精火炼器的扇子，箜篌扇着四周的迷雾，好能够看清脚下的路，但她又不敢走得太远，怕等下桓宗找不到她。

"桓宗，你在附近吗？"

"桓宗？"

四周没有应答声，迷雾中除了她的呼喊声，什么声音都没有。没有风，没有其他生物，什么都没有。箜篌取下凤首钗捏在手中，警惕地望着四周。

咔嚓，咔嚓。

有脚步声传来。这个脚步声不疾不徐，每一步的距离都毫不差。

一阵风起，白衣玉冠的"桓宗"出现在不远处，他朝箜篌招手："箜篌，快过来。"

嗡。

箜篌的手指搭在凤首的弦上，厉声道："滚！"

迷雾中危险重重，桓宗绝不会站在原地让她走过去。平日桓宗走路的步调确实不疾不徐，每一步都像是丈量过，但绝不是什么时候都这个样子。

那日在雁城，当她被邪修袭击时，桓宗的步调是急切又混乱的。没有人能够在亲近之人遇到危险时，还能与平日完全相同。

凤首曲响，不远处的"桓宗"果然化作一团浓雾，消失得无影无踪。

箜篌的手覆盖在弦上，曲停雾浓，四周再次安静下来。下一刻，雾中再次传来脚步声，还有一声轻咳。

"桓宗？"箜篌往声音来源处望去，手却没有从凤首弦上拿下来。

从浓雾中走出来的桓宗，穿着一身从未穿过的艳丽的红衣，红衣上法光重重，就像是点亮的红灯笼。

箜篌准备拨弦的手指顿住，她怔怔地看了红衣桓宗一会儿："桓宗？"

"箜篌，你没事吧？"红衣桓宗把龙吟剑插入剑鞘中，快步走向箜篌，在离她还有两三步远的地方停了下来，"你别害怕，我不是幻妖。"

习惯了桓宗身穿白衣的样子，忽然出现一个身穿红衣的桓宗，箜篌第一个反应不是怀疑，而是惊艳。鲜艳的红衣，还有朦胧的雾气，让眼前的男人就像是突然现世的魅妖，足以令女人失去心神。

明明眼前的人穿衣与以往截然不同，但是箜篌在他身上找到了一种心安的感觉。收起凤首，箜篌顺手把凤首钗插在发间，朝桓宗迈步。

"别动。"桓宗道，"这里每一块石头、每一株草都有可能是秘境中的阵法，触发了阵法你会被传到其他地方去。"他一边说，一边以奇怪的步伐来到了箜篌身边，然后紧紧抓住了她的手。

箜篌解下手腕上的月光色缎带，把自己与桓宗的手腕绑在一起，得意地笑道："这下就不会被分开了。"

"嗯……"桓宗低头看了眼两人系在一起的手腕，扣住她的手指，"刚才那两位姑娘应该已经被传到了其他地方，我们先从雾林中出去。"

"好。"箜篌偷偷摩挲了一下桓宗的手指，还是那温软的触感，是桓宗没错了。

走在前面的桓宗耳尖潮红，让自己极力忽视箜篌的小动作。

箜篌是在跟他玩挠痒痒的游戏吗？

"桓宗，你怎么突然换了身衣服？"箜篌看着桓宗的眼神在发光，"很好看。"

"白衣不耐脏。"桓宗忽然回身抱住箜篌，往左边退开两步。箜篌回头往躲开的地方看去，那里原本有块大石头，现在却变成了一棵树。

"好险。"箜篌拍了拍胸口，"桓宗，你是怕我在雾里看不到你，所以特意换上的红衣？"

"没。"桓宗松开箜篌的腰，别开脸道，"只是随意取了一件出来。"

"哦。"心中虽然不信，嘴上却应了下来。男人有时候也会闹别扭，她懂的。这件衣服比桓宗平日穿的花哨很多，上面不仅有各种带着流光的符阵与花纹，还绣了宝石在上面，除了珠光宝气便再也没有词语能够形容这件衣服了。

但如此艳俗的衣服穿在桓宗身上，竟被穿出了几分出尘的味道。

"往北踏一步。"

箜篌依言往左，身后浓雾中传来惨叫声，隐隐夹杂着女人的哭泣声。

"不要回头。"桓宗握紧箜篌的手，"往东跨三步。"

哭泣声越来越强烈，箜篌咬紧牙关，压制住想要回头看的冲动，听桓宗的指示走。反正桓宗不会骗她，她肯定会相信桓宗，而不是那不知从哪儿传出来的哭声。

"好了。"不知走了多久，眼前的浓雾终于散开，箜篌往四周看了看，这里是他们刚才进入密林的路，现在他们等于是回到了原位。

"箜篌，快松开他！"绫波从树上跳下来，手握宝剑紧张地指着桓宗，"他根本不是桓宗真人，是秘境中骗人的幻妖。"她虽看箜篌不太顺眼，但不想修真界流失这么一个重要的天才修士。

"绫波仙子，你误会了。"箜篌无奈笑道，"这真的是桓宗，幻境里的阵法我们已经破除，你不用担心。"

她的这席话，并没有让绫波解除警戒，脸色反而变得更加难看。她看着箜篌与幻妖绑在一起的手，捏剑的手冒出细汗："我不管你是什么东西，马上从箜篌身边滚。"

这个死黄毛丫头，对她冷嘲热讽的时候倒是很厉害，怎么连人与妖都分不清！桓宗真人什么时候穿过这么艳丽繁复的法袍？虽然……确实很好看，但这完全不符合桓宗真人的习惯。

身为剑修，被人用剑指着鼻子等于是最严重的挑衅。桓宗看了眼绫波，又看了眼身边无奈苦笑的箜篌，开口道："绫波道友，确实是在下。"

绫波嗤笑："别跟我玩这套，刚才还有幻妖装成箜篌这个死……装成箜篌仙子来靠近我。幻妖最擅长的就是魅惑人心，让人分辨不出真假。你这只幻妖本领不行，倒是深谙以色惑人的道理。念你修行不易，只要你从她身边离开，我不杀你。"她可是昭晗宗高贵出尘的绫波仙子，是绝对不可能说脏话的！

看着绫波严肃的表情，箜篌对她笑了笑，这个笑容里多了几分亲近："绫波仙子，你别担心，他真的是桓宗，我保证。"

绫波盯着桓宗与箜篌看了几秒，缓缓放下剑道："我暂且可以相信他，但你要到我身边来。"这黄毛丫头要是被幻妖害死在她面前，恐怕云华门天天都要上昭晗宗哭，到时候她上哪儿找个五灵根天才女修给他们。

"不行。"桓宗冷着脸道，"箜篌跟在我身边。"

"嘿！"绫波挽袖，这个以色惑人的幻妖，竟然敢当着她的面如此不老实，当她"昭晗宗第一天才美女"名号是白来的？

"绫波仙子，有话慢慢说，别冲动。"金玲从树干后探出身，抓住她的袖子，"万一这真的是桓宗真人呢？"

若这真的是桓宗真人，以后大家见面得多尴尬。更重要的是，绫波仙子她打不过桓宗真人啊，听说剑修被惹怒了，是男女人畜不分，提剑就劈的。

绫波皱眉，把桓宗身上的衣服来来回回看了好几遍，若这真的是桓宗真人，他突然穿这一身红衣干什么？余光瞥到箜篌身上，她脑子里冒出一个十分荒诞的猜测。

难道……他想用美色吸引箜篌？

"对不住，方才有所误会，还请真人见谅。"绫波拱手向桓宗致歉，身体却微微紧绷着，说明她并未完全放松警惕。

"道友不必如此，秘境中陷阱重重，小心为上。"桓宗握着箜篌的手没有松开。

"不知二位在里面遇到了什么？"箜篌有些好奇，绫波的修为与心境比不上桓宗，为何比桓宗还要早出来？

"没什么。"绫波面色有些不自然，她总不能告诉箜篌，刚才有个幻妖冒充箜篌，在她面前搔首弄姿，装成楚楚可怜的模样，她气得把幻妖打得毁了容。

等她回过神的时候，人已经在迷雾外面了。这种事说出来，倒显得她嫉妒莶篌容貌似的，她是死也不会说出来的。

忽然，一道银光朝这边飞来，桓宗单手执剑，把银光挡了回去。这哪里是银光，分明是一把来势汹汹的杀人剑。

"从她们身边离开。"林斛浑身破烂，身形狼狈，看来这一路他运气不好，走得不太顺畅。

"我就说他不是真的桓宗真人，连林前辈都怀疑他。"绫波再次拔剑，把金玲往旁边一推，"离远点。"

金玲默默在身上贴了几张防护符，缩回了树干后。

战斗一触即发，然而林斛却停了手。他犹疑不定地看着桓宗："公子？"

桓宗淡淡看他一眼："清醒了？"

林斛收剑入鞘，往桓宗与莶篌这边走了几步："你怎么穿成这样？"

"心情好。"桓宗微微摆袖，龙吟剑消失在他手中，他转头对莶篌道，"先休息一会儿，等下我们往东边走。"

林斛："……"

合着你前面三百多年天天穿白衣或浅色衣服，都是因为心情不好？

"等等，让我先算一卦。"莶篌掏出孙阁主送的玉龟甲，看了眼两人绑在一起的手，"桓宗，你的手配合我一下。"

林斛："……"

"你还会卜卦？"绫波干咳一声，不着痕迹地把剑收了回去，装作刚才什么都没发生。

"略懂皮毛。"莶篌深知做人要谦虚的道理，双手捧起玉龟甲，朝天拜了三拜，开始念卜卦入门口诀。

"问天东南，问地西北，吉凶显兆，叩谢天地。"

龟甲掉落在地，莶篌来回看了好几眼："卦象显示，我们应该走南边。"

"南方主火，我……"

"南方也不错。"桓宗道，"我们就往南面走。"

"南方主火，火代表光明，是个好选择。"林斛板着脸道，"公子可要与我去换身衣服？"

桓宗看着自己与莶篌交握在一起的手："不用了，等离开此处再说。"

见桓宗坚持，林斛便不再开口。

他记得公子特别讨厌大红的东西，尤其讨厌红色的衣服。公子离开皇宫那一日，整座皇宫都挂满了红绫，那是皇帝迎娶继后的日子，也是公子母亲病逝的第三日。

穿着白衣的公子，拿着金岳宗主送的小宝剑，板着脸进入正前殿，撬走了龙椅上的龙珠，然后头也不回地离开了皇宫，从此再也没有回去过。

当然，从此他也没见过桓宗穿红色的衣服。

趁着绫波与金玲都坐到一边休息时，箜篌偷偷拉桓宗的袖子："桓宗，要不你再算一遍吧，我可能算不太准。"

"不用。"桓宗把一瓶灵液递给她，"我相信你。"

箜篌单手捂脸："可是我自己心里不踏实。"

虽然近来她算的每一卦都很准，但万一这次不准呢？

"没事，有我跟林斛在，就算算得不准，也不会有什么危险。"桓宗温声道，"先喝瓶灵液，秘境每一日都会有不同的变化，去哪个方向都一样。"

"桓宗。"箜篌扭头看桓宗。

"嗯？"桓宗回望她。

"就算我有个温柔强大又体贴的父亲，也不会比你对我更好了。"

父亲这个角色，对于箜篌而言，是她人生中缺失的一部分。在景洪帝宫中做傀儡公主的时候，她曾暗暗想过，若她有一个很完美的父亲，应该是怎样的。

身材高大，长得好看，稳重，无敌，只要他在旁边，她就什么都不怕，再也没有人敢欺负她。后来她有了师父，有了师兄，还有了一堆或靠谱，或者不靠谱的同门，便再也没有幻想过完美父亲应该是什么样子。

当桓宗一边牵着她，一边举剑斩杀邪妖时，她忽然觉得，桓宗就是她心中最完美的父亲模样了，而且最重要的是，他比她想象中的父亲要好看很多。

又一瓶灵液塞进箜篌手里，桓宗板着脸道："再喝一瓶。"

"我这瓶还没喝完呢。"箜篌与桓宗并肩坐在石头上，纤细的腿晃啊晃，不像是来闯秘境，像是跟桓宗一起出来春游。

虽然你还没喝完，但是公子很想把你的嘴给堵住。靠着树根坐着的林斛偏头看了眼排排坐的两人，扭身换了一个朝向。

年轻人的世界，他这种活得比较久的老男人是看不明白了。

"对了。"箜篌从收纳戒里拿出连根带土挖出来的灵草,灵草在收纳戒里待了几个时辰,看起来有些奄奄一息,叶子都搭在了一起。箜篌用手指戳了戳叶子:"这几株灵草是什么?"

桓宗盯着灵草看了一会儿,在箜篌期待的眼神下缓缓摇头:"我不认识。"

"连你都不认识?"箜篌从收纳戒里取出一个不知道什么时候塞进去的小坛子,在地上挖了几捧土,把灵草很随意地种了进去,"挖都挖起来了,把它丢了也不好,等出了秘境,我们把它养在马车里。"

之前桓宗不是说,在书中看到过?

"好。"桓宗盯着灵草看了一会儿,再仔细看去……反而像普通的杂草,并不像是他在书中见过的那种会走路的灵草了。

不过见箜篌还往花盆里倒了两滴灵液,他没有再开口。

绫波坐在树枝上,看着桓宗与箜篌亲密友好的样子,扭头捧脸叹息。想她绫波在凌忧界,也是个风光体面的女修,为了进入秘境,不带婢女也不讲究排场,哪知道进来就遇到拖油瓶,还要看着其他的女修被一堆男女老少献殷勤。

人生不如意事十之八九,她的不如意全遇上箜篌了。

"绫波仙子。"

绫波回头,看到箜篌手里捏着一颗灵果朝她招手:"来吃点灵果。"

她飞身下树朝箜篌走去,灵果是无辜的,该吃还是要吃。

吃完灵果,箜篌用水霜剑在地上戳了一个坑,把灵果的核全部埋进了坑里。

"你干什么呢?"见箜篌竟然拿着极品神剑挖泥坑,绫波扭头看桓宗,身为一个剑修,看到伙伴这么糟蹋神剑,他也能忍?

不承想桓宗不仅能忍,还拿出一只装水的葫芦,等着箜篌玩完泥巴好给她洗手。

堂堂琉光宗的亲传弟子就这个德行,剑修的坚持与原则呢?绫波忍了忍,没敢把谴责的话说出口,因为她打不过桓宗。

"万一这些核发芽长大,五百年后进入这个秘境的修士,就有果子吃了。"箜篌用手拍了拍土,在上面浇了些水。

"五百年后的事情,你都操心上了?"绫波还想嘲讽两句,见桓宗真人忽然抬头看她,话锋一转,"考虑得可真周到。"

这地儿没法待了,她必须找到师兄师弟,与他们在一起。再跟这两个人凑一块儿,她脑子也会变得不正常。

"我们来之前,宗门说这个秘境没有危险,但我觉得好像有些不一样。"金玲见大家都没有说话,活泼又喜欢说话的她终于忍不住,"刚才那些幻妖,有伤人的举动。"

"对,我也感觉到了。"被师兄师弟们宠惯了的绫波到底沉不住气,"方才靠近我的幻妖来势汹汹,并不像是简单的考验。"

如果猜测成真,那么这次的秘境之行恐怕会闹出人命。宗门弟子进入秘境时,都带上了防护法宝,法衣上也有防御符纹,尚能抵挡一二。但是进入秘境的部分散修,却不似他们做了全身防护,万一——

"秘境有变,我等要加倍小心。"林斛站起身,握住剑柄看了眼四周,对桓宗道,"公子,我们先离开这里。"

桓宗掏出手帕,让箜篌擦干手上的水:"走。"

"往哪儿走?"林斛多嘴问了一句,问完他就后悔了,这不是明摆的吗?

"南。"桓宗拉着箜篌站起身,看了眼金玲与绫波,"林斛走前面,你们两个走中间。"

金玲乖乖走到中间站好,绝不多说一个字。绫波看了眼他们两个,提剑走到金玲身边,打定主意绝对不回头看一眼。

穿过密林,外面不是大家想象中的险峰峻岭,而是一栋占地辽阔的庄园,庄园正门大开,旁边还立着一块石碑,上面雕刻着四个字:行者请入。

上面没有落款,也没有日期,石碑孤零零地立在那儿,长满了青苔,不知经受了多久的风吹日晒。

"按照话本套路来说,一般写着闲人莫入的地方,进去以后肯定会发生不太好的事情。但是这种让大家都进去的牌子,究竟是善意提醒,还是引我们掉进陷阱里?"箜篌盯着石碑看了一会儿,扭头问桓宗,"我们进还是不进?"

"旁边有结界,出不去。"林斛在四周查看了一番,走到桓宗身边道,"除了进这座庄园,我们没有其他选择。"

"强行选择,就不要说什么请了嘛。"箜篌踏上长满苔藓的台阶,大门后是个影壁,影壁后面是个宽阔的院子,院中花草树木交错,倒有几分野趣。

走过前院,后面有很多小院,但只有一座院子的门开着。

"这是让我们进这个院子的意思？"箜篌踮着脚往院子里张望，只看到院子里似乎栽种着石榴树，石榴花盛放，让这座院子看起来有种岁月静好之感。

到了这一步，不进去是不可能了。桓宗神情平静地带着箜篌走进院子，院子里有不少房间，只有五个房间开着门。

"一二三四五……"金玲小声数着房间，面色有些犹豫，"我们这里刚好五个人，该不会是让我们每人挑选一个房间？"

林斛转头看桓宗，桓宗点了一下头。

"我先进去看看。"林斛握紧剑，走进其中一个房间。门后是个普通的房间，墙角摆放着琴架，一把凤尾琴放在上面，不染纤尘。用剑挑开帷幔，里面是一张宽大舒适的床，被子叠得整整齐齐，床帐上绣着祥云飞仙，寓意很是吉祥。

屋子里并没有什么怪异的地方，精致讲究甚至舒适，但这就是最怪异之处。

他在屋子里再度搜找了一遍，发现了角落里有一口箱子，箱子被锁着打不开，林斛没在上面感觉到任何煞气或是灵气，这是一口普通的箱子。不知道摆在这里，是为了让房间看起来不那么空旷，还是另有用意？

退出屋子，林斛把屋里的状况说了一遍。

"依照我的个人经验，那口箱子肯定有问题。"箜篌小声道，"那我们还是一人选一个房间。"话本里，喜欢特立独行的人，一般都死得最早。

林斛默默想，你一个十六岁初次下山的小姑娘，哪来的个人经验。

"箜篌姑娘说得有道理。"林斛点头道，"三位姑娘请先选吧。"

金玲扭头看箜篌，箜篌看绫波，绫波指着东边的房间："就这间。"金玲有些害怕，所以她选了中间的房间。箜篌选了中间靠西的这一间。桓宗与林斛分别住了最靠边的两间。

不知是巧合还是秘境故意发生了变化，他们五人刚分好房间，天上就开始下起瓢泼大雨，仿佛不把他们淋进屋子里不甘心。

"虽然我觉得秘境很想让我们住进去来进行考验，但是这种架势是不是太直白了？"站在屋檐下，箜篌望着天对桓宗道，"我们如果不进去，下一步是不是会落冰雹？"

她话音刚落，天上的乌云忽然散开，露出灿烂的太阳。

箜篌："……"

这是欲盖弥彰的生动演绎？

看着外面稍显灿烂的阳光，桓宗在箜篌房间门外贴了两张符。这是两张镇宅降妖符，有了这两张符，妖兽就不能从外面进到屋内。

天色渐渐暗下来，似乎在提醒箜篌等人，该上床睡觉了。

箜篌觉得秘境的东西不靠谱，从收纳戒里搬出了一张床，还有被子，放在了屋子中间。原本摆在屋子中央的茶饭桌，被大床挤到了小角落里。

月色下，别庄笼罩在一片宁静之中。庄园大门外的石碑静静立在月色中，它背后不能被月光照耀到的地方，隐隐约约显示着两个字：梦园。

当人会思考的时候，就已经学会了做梦。修士虽然已经开始参悟天地大道，但从本质上而言，修士还是人，并不能被称作仙。

箜篌躺在自己搬出的大床上，把柔软的被子往身上一卷，便睡了过去。系在手腕上的缎带在黑夜中散发着淡淡的光芒，就像是一盏小灯，照亮了整个昏暗的屋子。

她又开始做梦了，奇怪的是，这个梦里没有她自己，她就像是无关的旁观者，可以看尽所有正在发生的事情，却无力加入进去。

梦里的云华门飘着鹅毛大雪，整座山被苍苍白雪覆盖，然而比白雪更惹眼的是大门及横梁上挂着的白绫，以及跪在灵堂上的青元师叔。

与现实中面颊红润的青元师叔相比，梦中的青元师叔看起来又瘦又憔悴，脸上满是愧疚。灵堂外，大师兄与二师兄失魂落魄，积雪落了满头。很快她又看到了云华山其他熟悉的人，唯一没有看到的只有师父。

师父去哪儿了？

她想要去找师父，但是梦中的世界不由她控制，她没有找到师父，却看到邱城的杜家父子在客栈中与昭晗宗的绫波仙子发生了矛盾，差点大打出手。就在这个时候，伪装成普通修士的邪修忽然发作，竟是趁机杀了看起来有些吊儿郎当的杜京。从此以后，邱城便立下规矩，禁止昭晗宗弟子进城。

怎么会这样呢？箜篌看着梦中的散修们听信了邪修的挑拨，与宗门弟子关系越来越恶劣。看着清风门几个极有天分的弟子被邪修斩杀，并且被夺走了灵台中的灵气。还有柳言门与青玉门因为柳言门掌派大弟子临场毁约，矛盾愈演愈烈，最后发展为两个门派的弟子见面就动手，甚至在打斗中，伤到了无辜的百姓。

这个梦里，她没有出现，桓宗没有出现，仿佛所有的事，都与他们无关。

桓宗呢？林前辈呢？他们都去了哪儿？

那个人是邪修，不能相信他！

箜篌想要唤醒那些与宗门修士矛盾重重的散修，可是她张不开嘴，她唯一能做的就是看着这一幕幕，在焦急中无奈接受这一切。

再后来箜篌渐渐明白过来，这个梦就是专程为了跟她过不去的。她越不想什么事情发生，就肯定会发生。她越想看到谁，它就绝对不会让她看见。

想明白这点，箜篌也就不着急了，反而放空身心，试试能不能靠着自己的意志，改变梦的走向。哪知道这个梦非常倔强，不仅不让箜篌改变，而且频频让她看邪修有多么风光。

箜篌又气了，气啊气就给气醒了。盖在身上的被子不知何时已经掉在了地上，窗外雨声淅沥作响，不知道昨夜什么时候又开始下起雨来。

她跳下床，捡起被子扔进收纳戒中，抬头发现角落里的箱子已经打开了。往身上贴了几张防护符，箜篌小心翼翼地靠了过去。

箱子中没有攻击物，反而放着一本修炼秘籍、一本剑谱，以及各种宝石灵石。秘籍与剑谱已经发黄，不知道在里面放了多少年。

上个五百年，秘境打开时，没有人取走这两本秘籍，说明当时没有人进入这个房间，或是没有通过秘境的考验。

不过她靠着什么通过了秘境考验？靠着一个气死她不偿命的梦？

"所以这是给我的补偿费？"箜篌从箱子里拿出剑谱，看了几眼便没了兴趣，顺手揣进收纳戒里，等下送给桓宗。

翻开修炼秘籍，里面有很多主人的心得体会，以及修道人的心境当该如何的内容，倒是有些意思。至于里面的修炼功法，在现在看来并没有太多稀奇的地方，反正整个修真界的修炼功法已经得到大大的普及，这本书中提到的这些修炼功法，基本都可以在当下正式颁布的修炼法册中找到。

至于其他没有验证过的修炼功法，箜篌不敢轻易尝试，怕经脉出现问题。这本书寄回宗门，让师父、师伯与师叔们一起讨论下，这样稳妥些。

有长辈可以依靠的时候，怎么都不能浪费。

至于灵石法器等物，箜篌全部用一个收纳袋装起来，放进自己的收纳戒里。不知道林前辈与桓宗有没有得到东西，如果没有的话，她可以分一些给他们，安慰他们失落的心灵。

第五章

修炼秘籍

一夜无梦，林斛早上醒来的时候，外面已经天光大亮。他皱了皱眉，昨天晚上他睡得太沉了，沉得失去了所有警戒心。穿好衣服推门出去，走过金玲与绫波的房间，听到里面有均匀的呼吸声，箜篌姑娘的屋子里也有响动，他放下心来，直接朝桓宗的房间走去。

　　"公子？"他敲了一下门，里面传出公子的应门声。他轻轻推开门，看到公子站在屋子里，角落里的箱子已经打开，里面装着满满的玉器珠宝以及灵石。灵石宝石太多，已经从箱子里蔓延到了外面。

　　"昨晚有人进来过？"林斛走到桓宗身边，看着角落里堆成小山的灵石，心里隐隐有些不安。

　　"不曾有人来。"桓宗摇头，昨天晚上他在门口立下了好几道结界，直到林斛敲门，他才撤去了这些。

　　林斛摸了摸下巴，难道被箜篌姑娘说中了，这箱子还真有问题？

　　"公子昨天晚上遇到什么怪异的事情没？"秘境中的考验千奇百怪，谁也不知道公子触动了秘境哪个地方，所以就送了公子一堆礼物。

　　"昨夜……我做了梦。"桓宗皱了皱眉，显然这个梦不太好，他并不太想说。

　　林斛见状没有再追问下去，只是语气有些沧桑："我那个屋子里什么都没有。"他弯腰检查了一下箱子里的东西，法器是真的，灵石是真的，最神奇的是箱子里还有一条带着五彩霞光的披帛，其带着强大的攻击力，是件极品神器。

　　扭头看了眼公子已经换回来的白衣，林斛无法想象公子用披帛的样子。

　　"这个披帛有问题？"见林斛捏着披帛看了许久，桓宗看向披帛的眼神带着几分可惜。

　　"没有问题。"林斛摇了摇头，把披帛叠好。

桓宗把披帛从他手里拿过来，从收纳戒里取出一只锦盒，把披帛放进了锦盒中："箜篌用这个刚刚好。"

"公子，你可真是把箜篌姑娘当作女儿养。"林斛把地上的灵石捡起来，用口袋把灵石宝石装在一起，法器挑出来放到旁边。

"我又未成亲，哪来的女儿？"桓宗盖上盒子，把锦盒轻轻放到桌上，听到外面响起脚步声，便起身朝门口走。

"桓宗，你起了吗？"

桓宗拉开门，见少女站在有些潮湿的屋檐下，手里还拿着一本泛黄的书。

"昨晚睡得可还好？"桓宗侧身让箜篌进门，偏头发现绫波的房门似乎快要打开，他顺手关上门转头走到箜篌身边。

"不太好。"箜篌把剑谱递给桓宗，"我得了一本剑谱，不知道好坏，你拿去吧。"说完，她犹豫了一下，"如果对你们剑修有用，我就临摹一份，寄回宗门去。"

勿川师兄与大师兄都是修的剑道，若是桓宗用得着，他们肯定也能用上。

桓宗接过剑谱，看到书封上"天地剑"三个字，罕见地变了脸色。翻开书页，第一页写着："君子习剑，当傲立天地，故这套剑法便名为天地剑。习此剑法者，当为君子。小人者，见书则死。"

这种诅咒在一千年前十分常见，不同宗门的人有不同的修炼方法，为了避免其他人学走自家东西，很多宗门也会在自家修炼秘籍上，写上类似于"非我宗门者，习此术法必不能登大道"之类的话。

那些宗门前辈不会想到，一千年后，所有宗门的修炼秘籍都不再是秘密，各宗各派甚至取各家之长，编撰出最合理最完美的修炼手册。

时移世易，自古以来便是如此。

但是天地剑法不同，据说此剑法是三千年前一位飞升成仙的剑修所创，集当时修真界之大成，剑成之日，甚至能够毁天灭地，斗转星移。

只是这位剑修飞升以后，剑法却没有流传下来，留下来的只有天地剑法的传说。

存在于传说中的剑法，就这样以突兀的姿态出现在他面前，而且送书的人，还如此随意。

"公子，你怎么了？"林斛发现桓宗盯着书出神，心里有些疑惑，难道箜篌姑娘给公子送了什么不正经的书？

他走过去看了两眼，以为自己眼睛出了问题。

"《天地剑》？"

这只是碰巧同名同姓？

不管是不是真正的天地剑法，但公子的屋子里出现的极品神器适合女子使用，而箜篌姑娘一个音修，屋子里出现的却是剑谱，这个秘境送礼，都不讲究最基本的原则吗？

"是真的。"桓宗抬头看林斛，"这就是传说中的那个天地剑。"

林斛："……"

他转头看向箜篌，箜篌姑娘再这么慷慨大方下去，公子这辈子恐怕真的只有给她当牛做马才能还得清了。

当然这不是重点，重点是一行三人，为什么就他什么东西都没有？

"箜篌仙子，你可在屋里？我屋子里多了一箱灵石，你房间里可有异状？"

听到绫波在院子里的叫喊声，林斛摸了摸自己平平无奇的脸。

呵呵，原来秘境也这么肤浅。

绫波在箜篌房间外面等了片刻，发现没半点动静，面色微变，伸手去拍房门："箜篌，你醒了吗？听到应我一声。"

凝神静听，里面似乎没有半点活物的气息，绫波心中咯噔一下，难不成……

"绫波仙子，"旁边的房间门打开，箜篌从门内探出身，"我在这里。"

绫波敲门的动作顿停，扭头看向隔壁房间，那不是桓宗真人睡的屋子？在这个瞬间，她脑子里闪过很多念头，但是这些念头在看到林斛也出现在箜篌身后时，通通胎死腹中。

"你屋子里的箱子也打开了？"箜篌招呼绫波进屋，"不知道金玲屋子里的箱子是否也出现了灵石等物？"

绫波看了眼角落里空荡荡的箱子，向桓宗行了一个礼，桓宗面无表情地回了半礼。绫波是个爱美的女人，她不仅喜欢自己美，还喜欢看长得俊俏的男人，但是这种小爱好在桓宗身上完全失效。

同为剑修，当绫波得知看起来像普通人的桓宗竟然修为高深以后，对他就有种说不出的敬畏。主修剑道的修士，大多剑气外放，让人一眼就能看出他们与普通修士的不同之处。能够做到返璞归真，手中无剑心中有剑的剑修，足以被称为剑修中的大能。

她从未听说琉光宗桓宗真人的名号，但是有时候，名号似乎并不那么重要。真正有实力的修士，就算在修真界寂寂无名，当大家看到他的那一刻，也会心生敬畏，无人敢冒犯。

而她，做不到这些。

尽管很多时候不愿意承认，绫波其实心里很明白，修真界很多人对她的尊崇，并不缘于她自身，而是因为他们害怕她身后的昭晗宗。

就因为太明白这些，绫波对桓宗隐隐还有一种说不明道不清的嫉妒。

她觉得自己是个十分公平的女修，因为她不仅嫉妒女修，连男修也一起嫉妒，长得再好看的男修也一样。

嫉妒使人疯狂，但是想要活命的欲望让人变得理智，绫波在桓宗面前，把欺软怕硬表现得淋漓尽致。

微微朝绫波点了一下头，桓宗便把目光放在了筌篌身上："这个秘境可能已经有了自己的灵智，所以尽管屋子里并没有任何能够使人产生幻觉的阵法或是香料，它依旧能够让我们陷入梦境中。"

"也就是说，只要我们还在秘境中，秘境随时都能察觉到我们的动态？"筌篌挠了挠桌子。

"你在干什么？"绫波不解。

"给它挠痒痒。"筌篌开玩笑道，"说不定秘境被我挠得浑身发痒，外面的雨就能停下。"

绫波："……"

为什么凌忧界现在要让她跟这个黄毛丫头齐名？这是对她的侮辱。

筌篌又顺手挠了一下，忽然听到一声响雷，外面的淅沥小雨，瞬间变成了瓢泼大雨。窗户被风吹得左摇右晃，砸在墙上的声音，就像是抽人耳光的声音。

看着被砸得哐哐作响的木窗，筌篌尴尬地收回手："这个，可能是巧合吧。"

"如果不是巧合，就你这么多事，出门就要被雷劈……"

"绫波道友，"桓宗黑黝黝的眼瞳盯着她，"你去看看金玲姑娘醒了没有。"

"好。"绫波点头，毫不犹豫地往外走。出了门才敢撇嘴，孤家寡人在别人面前求庇佑，日子过得可真够艰难。在此时此刻，她真真切切感受到了师兄师姐师弟师妹们究竟有多好。

"桓宗，"筌篌把手背在身后，结结巴巴道，"如果我开玩笑惹得秘境不高兴

145

了，它会不会给我穿小鞋？"

"秘境只是秘境，它身上有主人留下来的制约，就算开了灵智，也不是真正的人。"桓宗走到她身边，站得离她近了一些，"它连《天地剑》都给了你，应该比较喜欢你，所以不用怕。"

"真的？"箜篌怀疑地看了眼窗外，双手合十小声道，"开个玩笑，开个玩笑，莫怪莫怪。"

不知道是不是心理作用，她真的觉得外面的风雨好像小了些。反正窗户已经被刮落在地，无法发出打击声，这让她压力小了很多。

"不怕。"桓宗握住箜篌的手腕，面无表情地看着外面，"我陪着你。"

"嗯？"箜篌还没反应过来，扭头见桓宗忽然提剑飞至空中，龙吟声起，竟生生把劈下来的雷，反削了回去。天上乌云翻滚，就像是油锅里滴进了水，黑黑灰灰变来变去，最后雷停雨歇，云散日出，天空一片晴和。

"我的亲娘啊！"走出房门的金玲捧着脸，看着空中挥剑让天都变色的男人，喃喃道，"若非他是个不会过日子的男人，我真想嫁给他。"

走在前面的绫波从震撼中回神，扭头看她一眼，半晌后皮笑肉不笑道："你想多了。"

"那倒也是。"金玲点头，"这种男人，我是不可能考虑的。"

"呵呵。"绫波冷笑一声，说得好像你愿意嫁，人家就愿意娶似的。最近出来的这一个个女修都什么毛病？没一个正常的。

她扭头看飞在空中的桓宗，心情十分复杂。

一剑有这么大的威力，至少要出窍期的修为才能办到，琉光宗里究竟有多少深藏不露的高人？

从空中飞落，桓宗收剑入鞘，走进屋子对箜篌道："雨停了，我们可以走了。"

"啊……"箜篌愣愣地点头，脚下却没有动，只是看着白衣胜雪的桓宗发呆。

"来。"桓宗伸出手，"我牵着你，不怕。"

"好。"箜篌把手递给桓宗，任由他拉着自己走。直到走出这座园子，她才恍恍惚惚回过神来："桓宗，刚才你挥剑那一下，我以为天都会被你划破。"

桓宗轻咳几声，一本正经道："暴力并不能解决问题。"

跟在他们后面的金玲与绫波不发一语，只是默默往前走着。现在就算桓宗说天是红色的，她们也绝对会毫不犹疑地点头。

在绝对强大的人面前，这种原则不是必需品。

再次走到必须经过的路口，这次没有结界拦路，箜篌桓宗一行人很轻松地就跨了过去。结界后面是一片高低不平的山峦，远处的山笼罩在烟雾之中，仙气缥缈，让人见之忘俗。

"这里有其他人经过。"林斛在草地上发现了血迹。

看到血迹，大家的脸色变得不太好。有血，说明有人身上发生了不好的事情，只是不知道伤得重不重，有没有性命之忧。

"血迹颜色比较鲜艳，他们应该离开不久。"绫波看了眼草叶上的血，有些担心自己的师弟师妹们。她转身朝桓宗拱手道："各位道友，我去前面看看，先告辞。"

"哎，等等。"箜篌一把抓住她的袖子。

"箜篌仙子还有何事？"这裙子她今天第一次穿呢，拽轻点。

"不知道秘境中还有什么，你不要单独行动，我们陪你一起过去。"箜篌偏头看桓宗，桓宗向她点了一下头，这使得箜篌更加有底气，"走吧。"

绫波沉默下来，半晌后转头往前走。

"多谢。"

这声谢说得很轻，也极真诚。

箜篌把水霜剑握到手中，笑眯眯道："不用客气，毕竟我现在是有依仗的人。"

绫波回头看了眼箜篌笑得弯起来的眉眼，还有牵着她手的"依仗"，心中的感激之情瞬间少了一半："哦。"

最讨厌喜欢炫耀的人了，她自己除外。

峡谷中，两位散修与昭晗宗一位亲传弟子互相搀扶着往前奔逃，眼见身后的魅魔即将追上来，昭晗宗弟子捂住胸口，对两名散修道："你们先走，我身上穿着宗门长老炼制的法衣，能够挡一会儿。"

"不行。"外貌瞧上去约莫三四十岁的中年男修看着昭晗宗弟子尚带稚气的脸庞，"你们先走，我来拖住它们。"

"你拿什么来拖？要法器没法器，要符箓没有符箓。"昭晗宗弟子冷冷道，"不要耽搁我的时间，赶紧走。找到其他人以后，告诉他们这个秘境出现了问题，不要再在里面逗留，马上找到出口离开。"

"那我助你一臂之力。"若是平日被宗门弟子这么嘲讽，中年男修恐怕早就怒发冲冠，但是这一次不一样，他不仅没有生气，神情间反而有些动容。他一把拎起身边的年轻散修，把对方朝远处一推："你速速去传讯。"

昭晗宗弟子见他铁了心要留下来，掏出两件法器扔给他："多撑一会儿，万一我们运气好，还能遇到人来救我们。"

中年男修苦笑，哪会有人来救他们。这个秘境从一开始，就把所有人全部分散到各处，若真么容易让他们遇到帮手，一开始又何必让所有人都分开。

魅魔是一种奇怪的生物，以气为体，以吸食情绪为生。对于它们而言，情绪复杂的人类，是最美味的餐点。为了让人类释放出更多的情绪，它们甚至能够迷惑人类的神识，进入人类的心中，变成人们最想得到的人或物，蚕食他们内心的所有负面情绪。

魅魔的习性与幻妖有相同之处，但是比幻妖伤害能力更大，并且更古怪。

用剑逼退一拨又一拨的魅魔，体内的灵气几乎用光，昭晗宗弟子喘着气，与中年散修背靠背站着，两人一个比一个狼狈。

"没想到，我这个散修盟有名的浪荡子，竟然与一个男修倒霉在了一块儿，真是晚节不保。"中年男修掏出酒葫芦喝了一口，看了眼法光越来越弱的法器，等这两件法器灵气耗光，他们就要成为魅魔的盘中餐了。

中年散修胡子拉碴，长相也不俊俏，实在很难让昭晗宗弟子相信，他能够做什么浪荡子。凭着这张脸，他就算想浪，也要看女人给不给他这个机会。

他身为大宗门亲传弟子，与一个又臭又脏的散修汉子倒霉在一块儿都没说什么，这个散修竟然还好意思抱怨。

啪。

一件法器法光熄灭，掉落在地，两人四周的屏障渐渐松动。

昭晗宗弟子看着躺在地上的法器，面色白了白。只恨这里面不能传飞讯符，他就要死得无声无息了。

吧嗒，第二件法器也掉落在地，屏障彻底消失。

围在四周的魅魔缠绕在了一起，似乎想扑上来，但是不知道为何，没有真正地靠近他们，好像是无形之中，有什么正在阻拦这一切的发生。

"师弟。"绫波看到新入门不到十年的小师弟被密密麻麻的魅魔包围，想都不想便冲了上去。

"桓宗……"箜篌朝桓宗眨了眨眼。

"去吧。"桓宗松开她的手,"我就在旁边看着,不会有危险。"

"嗯。"箜篌提着水霜剑,飞身冲了过去。

"公子,"林斛小声道,"你这种既担心,又想孩子能够独当一面的心态,与做父亲并没有差别。"

桓宗没有理他,眼神锁定箜篌没有离开。

听到"父亲"两个字,金玲默默低头,桓宗真人与箜篌仙子,难道不是互相恋慕?怎么跟做父亲扯上关系了?

到底是十大宗门的人,说话竟如此高深。

箜篌虽不是主修剑道,但现在的剑法已经比刚下山那会儿精湛许多,就连林斛这个元婴期剑修,都能在她剑法中挑出一两个不错的剑招。

"你错了,"桓宗看向箜篌的眼神十分温柔,"我会比一个父亲做得更好。"

"你们两个大老爷们儿,在我们女人杀敌的时候,能不能蹲旁边去互相依靠?"确定师弟没事以后,绫波对他的担忧之情全消,"不要在这里碍手碍脚。"

箜篌默默把两个灵力用尽的男修提起来扔到了林斛脚边。

魅魔当前,能动手的时候,就尽量少说两句。

昭晗宗弟子与中年男修被扔得脑子发昏,好半晌从地上爬起来,抬头就对上林斛那张面无表情的脸。

林斛:"……"

中年男修:"……"

昭晗宗弟子:"……"

气氛变得十分尴尬,小命虽然保住了,但是男人的尊严荡然无存。

"这秘境里,怎么会有这么多魅魔?"箜篌斩杀了一批又一批魅魔,实在是砍得太烦,拔下发间的凤首钗,凤首在她手中化形为本命法器,法光大作。

"你有这玩意儿不早点拿出来?"绫波守在箜篌身边,击退所有企图靠近的魅魔。她倒是想看看,这个自称是音修的箜篌,究竟有多厉害。

音修是除剑修外,杀伤力最强的修士,但是音量对灵力的要求也严苛,给人造成的伤害虽然十分可怕,但是对于修为还不够高的修士而言,它还有最大的一个问题,那就是对灵力消耗特别快。以箜篌现在的修为,可以很好地控制凤首,但坚持不久。

可以说音修在修炼初期就是身体娇弱的小可怜,但若是到了元婴期以后,就是不出手则已，出手死一片的煞神。然而整个修真界，主音修的修士并不比可怜没地位的厨修多，因为音修之道对修士的天分要求格外高，不是修士选择它，而是它选择修士。所以整个修真界音修少之又少，近几百年来，熬过元婴期的音修总数为……零。

箜篌只当没听见绫波的话，她看着从四面八方围过来的魅魔，手指搭在弦上轻捻。

她并不喜欢父皇沉迷音乐，任由奸臣当道，甚至曾一度对乐律也抱着反感的心态。现在的她早已明白，乐律是无辜的，乐器也是无辜的，真正错的只有父皇一人。

魅魔最喜欢人类的负面情绪，恐惧、嫉妒、恨、后悔、伤心都是它们的美味。

乐声响起，这是箜篌乐曲中，比较简单的一首，曲调平静中带着欢乐与祝福，这是姬家皇朝还没覆灭前，年仅六岁的她，唯一学会的曲子。

学这首曲子不是为了自己，而是想要讨父皇的欢心，可是她还没来得及在父皇面前弹奏，景洪帝便带兵打了进来。从那以后，她就再也没有弹过箜篌。

不懂欢乐，不懂给别人带来欢乐的人，又怎么能弹这首曲子？

可她现在已经懂了，而过往也已经放下了。

简单的小调，带着强大的灵力向四周扩散，魅魔们就像是失控的蝇蚊，四处飞散溃逃。然而它们又能躲到哪儿去，风中有声音，林间有声音，就连黑暗的缝隙中，也有声音。

大片大片的魅魔化为黑烟消失，弹奏凤首的箜篌捻弦的手指未停，乐声传出很远很远。

绫波怔怔地提着剑，神情恍惚地想起了很多小事。刚到昭晗宗时，师父给她买的漂亮裙衫；引气入体成功时，师父师兄夸她是修真界里除了仲玺真人以外最有天分的修士；严肃讲规矩的掌派大师兄，在她上次回宗门被罚禁闭时，偷偷给她带了喜欢的蜜花露。

原来自从她进入昭晗宗以后，竟发生了那么多微不足道却又开心的小事。

曲终，魅魔已经消失得干干净净。不知过了多久，绫波才回过神来。她缓缓把目光投向箜篌，箜篌已经把自己的本命法器化作发钗，重新插在了发髻里。

"箜篌……"再看箜篌，绫波内心有种震撼，这种对本命法器的掌控能力，实在不像是一个刚晋为心动期修士能有的。这是何等可怕的天分！

筌篌朝她嫣然一笑，然后道："绫波仙子，快来扶我一把。"

绫波见她脸色有些白，猜到她可能灵力耗得差不多了，忙伸手去扶。然而身后有个人动作比她还要快，就像是一道白光，从她眼前划过，待她看清时，筌篌已经被他扶住了。

"凝神，静气。"桓宗把一粒凝气丹塞进筌篌嘴里，伸手扶住她的腰。不过扶着腰的那只手，手掌虚握成拳，并没有趁机把整只手掌都贴在筌篌的腰间。

绫波默默收回了自己的手。

"感觉怎么样？"桓宗往筌篌灵台里输入了一些灵气，见她脸色缓和过来，才慢慢松开她。

"还、还不错。"筌篌看向桓宗的眼神亮闪闪的，看起来很开心的样子，"在刚才那一瞬，我觉得自己的神识与凤首好像融为了一体。凤首能够感受到我的情绪，而我也知道怎么弹奏凤首，才能让它发挥最大的能力。"

筌篌摸了摸发间的凤首钗，她从未像现在这一刻喜欢自己的本命法器，它就像是自己身体的一部分，永不能分离。

"你已经摸到了心悟的门槛。"桓宗看着少女微红的脸颊，"很厉害。"

"真的？"筌篌眼睛睁得更大，里面是满满的笑意与激动。

桓宗唇角微翘："不骗你。"他祭出一把飞剑，拉着筌篌跳上去，"先休息一会儿，放松心神，什么都不要想。"

"嗯。"筌篌点头，盘腿坐在剑上，闭眼打坐。

绫波把灵力耗尽的师弟拎上自己的飞行法器，转头问："桓宗真人，秘境中用飞行法器，会不会太显眼了？"

桓宗扭头看林斛，让他代为解释。

"绫波姑娘，若是秘境还未开灵智，那么步行才是最稳妥的方式。但秘境灵智已开，我们所有人的动作几乎全都瞒不了它，再选择步行只是拖延时间。"林斛单手把中年散修带到自己的飞行法器上，转头问金玲，"金玲姑娘可要一起上来？"

"不用，我自己能行。"金玲掏出自己的飞剑，跳上去飞到了空中。

见识了绫波仙子的剑法，还有筌篌仙子的音攻之术，金玲深感愧疚。身为一个女人，她不能让自己表现得太糟糕，影响了女人形象。

默默飞到中间，金玲看了眼前方坐在桓宗真人飞剑上打坐的筌篌，心情有些复杂。自己若是箜篌仙子，肯定无法做到全然相信一个其他门派的人，更何况她的天赋如此出众，若是其他门派想要毁了她，现在就是很好的机会。

很多美好，都会被嫉妒撕裂，箜篌难道不怕？

箜篌到底怕不怕，金玲不清楚，但是直到他们被结界拦住去路，箜篌都没有醒过来。

突然出现结界已经不能让大家意外，意外的是结界旁边的山壁上，竟然出现了一幅画。这幅画十分怪异，貌美者持刀杀人吃心，面恶者跪在河边哭泣，还有道路两旁面无表情的路人。

金玲仅仅看了两眼，便觉得头晕想吐，忙闭上眼稳住心神，不敢再看。

绫波比金玲好很多，她看着画中捂嘴哭泣的丑陋女人，微微皱眉。难道被貌美者吃掉的人，是她的亲人，所以她才会跪在地上捂嘴痛哭？

现在忽然出现这幅壁画是某种暗示吗？

"公子？"林斛转头看桓宗。

桓宗拔剑出鞘，强大的剑意直朝结界飞去，结界摇摇晃晃，竟被一剑破开了。

"这幅画中有法阵，看久了容易陷进去出不来。"桓宗淡漠道，"装神弄鬼，这种手段的秘境，算不上稀罕。"话音落，他又是一剑劈出，山壁上的画被毁，跪在河边捂嘴痛哭的女人，化作了一堆碎石。

再度跳上飞剑，桓宗看了眼没有被惊醒的箜篌，语气淡淡地对众人道："走。"

能用剑解决的事情，就不是事。

昭晗宗弟子与中年散修目瞪口呆地看着这一幕，好半晌回不过神来。这位桓宗真人修为究竟到了哪个境界，竟然一剑破开秘境立下的结界？

都是这么厉害的高人了，进入这个秘境能得到什么历练？总不能是进来看风景的吧？

结界过后，又是一重天地，高山荒石，烈日高照，炙热的温度烤得皮肤生疼。金玲连忙从腰间的收纳袋里取出三把伞，给绫波分了一把，想分给箜篌时，才想起箜篌还在入定中。于是她朝箜篌方向伸出去的手变得尴尬起来，不知道该若无其事收回来，还是强行塞过去。

"这是为何？"桓宗接过伞，看到旁边的绫波已经撑开伞遮在了头顶上。

"真人，这种日头容易把人晒黑，要吃不少美白丸才能恢复过来。"金玲指了指天上的烈日，又瞥了眼箜篌如白雪般的肌肤，"箜篌仙子面白肤嫩，晒黑了多可惜。"

"不用了。"桓宗把伞还给了金玲。

金玲接过伞，同情地看了眼无知无觉的箜篌，这就是轻信男人的下场，希望等她醒来，发现自己脸黑了不少时，不会气得与桓宗真人反目成仇。

正这么想着，金玲看到桓宗从收纳戒里拿出了一把玉骨伞。这把伞不知用什么制成，她隔着一段距离都感受到了丝丝凉意与灵气。

眼见桓宗把伞撑开，遮在了箜篌头顶上，金玲默默飞得离桓宗真人远了些。

她还年轻，心境不太稳，受不了这种刺激。

昭晗宗弟子见状，忙从飞剑上站起身，对站在他前面的绫波讨好笑道："师姐，我给你撑伞，别累着你了。"

绫波也不跟他客气，转手把伞塞给他："撑好了。"

昭晗宗弟子连连点头，殷勤得像是一只小狗崽。绫波心情顿时畅快起来，果然还是自家师兄弟好，知道在外面献殷勤，给她争脸。

"救命！"

地上传来呼救声，绫波仙子往下一看，长德师兄大半个身体都被埋进了泥中，只剩下头跟手在外面四处乱舞，企图抓住什么东西，来延缓他陷落的速度。

"师兄！"绫波与师弟见状，都急了，绫波飞身就想下去。桓宗挥手用灵气把她扫了回来，绫波仙子跌落在飞剑上，转头怒视桓宗："真人这是何意？"

"长德道友是个十分冷静的人，若真是陷入这种困境，不可能只是慌乱无措地呼救。"桓宗掐了一个指诀，凌空在绫波与昭晗宗弟子额间一点，"你们再看看。"

绫波再度看去，这哪是师兄，分明是一具不断攀爬的骷髅。她额头上冒出些许细汗，今日若不是桓宗真人在这里，她说不定已经跳下去施救了。

桓宗面无表情地看着骷髅，这种不愿意接受死亡的鬼魂，只需要一剑便可以毁去。他从收纳戒里找出一瓶清净寺住持送给他的灵露，取了一滴弹到骷髅身上。

眨眼间，骷髅便化为灰烬，附在骷髅上的鬼魂变成一道青烟，消失了。

箜篌睁开眼，看到的便是桓宗往骷髅身上弹灵露的一幕，眼见鬼魂飘走，她开口问："桓宗，你在做什么？"

153

"超度。"见箜篌站起身,桓宗移了移伞的位置,不让阳光照到她身上。

"哇。"箜篌惊叹,"你真的什么都会。"

事实上,桓宗做的事情,就是用灵力把清净寺住持送的灵露滴在骷髅身上而已。只要是正道修士,都能做到。

桓宗摇头:"并非我什么都会,是这瓶灵露的功劳。灵露是清净寺住持所赠,上有佛法加持。"

"那也是你厉害。"箜篌道,"听说清净寺住持常年不见外客,你竟然能得到他赠送的灵露,就足以证明你的优秀。"

听到这种说法,桓宗微微惊愕,随即失笑。

被人全心全意相信,并且在对方心中,自己的形象无比高大,实在是一种让人无法拒绝的恭维。桓宗想,若是此刻箜篌要看海,他一定带她去找大海;若她想摸星星,他就带她去摘星。

被人如此真挚地相信,就舍不得让她有半分失望。

"伞给我,我自己来撑。"箜篌伸手去拿伞柄,柔嫩的手指与桓宗手背相触,桓宗指尖微颤,飞速松开了手。手背上又麻又烫的触感,顺着手臂蔓延到了心口。

箜篌见桓宗脸颊有些红,往他身边站了站,把伞举到两人头顶上:"这么大的太阳,你都不给自己遮一遮?"

低头看着箜篌白嫩的脸颊,桓宗往旁边退了一步:"还好。"

"脸都晒红了。"箜篌揪住他的袖子,把人给拽了回来,"一黑遮百俊,你对自己的脸好点儿。"

这么好看的一张脸,如果让她眼睁睁看着它被晒伤,那简直就是罪孽。

从惊骇中回过神的绫波正欲向桓宗道谢,扭头看到他与箜篌亲密的姿态,选择了不说话。这次不管长德师兄怎么说,她都不会再认为这两人之间是纯洁的男女友谊。

打死她都不信。

超度了鬼魂以后,一路上他们便没有再遇到什么奇怪的幻境,直到他们飞出荒山地带,都没有任何事发生。所以这片荒山出现的目的是什么?让他们多晒一会儿太阳?

荒山外面,果然又出现了一道结界,结界旁立了一块碑,上书"生死门"三字。

涉及生死二字，总是比较唬人。

昭晗宗弟子刚准备说话，就见桓宗一脚踩在石碑上，石碑应声而裂："走。"

林斛："……"

怎么觉得公子今日做事格外……喜欢出风头？

最让林斛觉得意外的是，公子灵台不稳，今天又是劈天，又是斩结界，内腑应该有所不适才对，但是此刻的公子看起来神色如常，除了偶尔有几声轻咳外，看起来比刚从琉光宗出来时好了不少。

难道是在他传送到其他地方时，发生了什么他不知道的好事？

筌篌以为生死门后面，是冰火两重天的景象。哪知道里面是蓝天白云、青山绿水的桃源盛景，阳光温暖明媚，灵气充裕，只是站在这里，便让人身心舒畅，忘记不好的事。

"这么美的地方，一定有问题啊。"筌篌摸着下巴，不敢四处乱走，"想骗我们上当，没那么容易。"

绫波等人也觉得此处好看得诡异，这让他们想到了刚入秘境时那条美丽如画的溪流。她回头看了眼师弟："跟好，不要乱走。"

昭晗宗弟子点头，握紧了手中的剑。

他们顺着小道往前走，除了在路边发现一些珍稀灵草外，并没有发生什么意外。

"师姐。"

"别跟着我，滚远些。"

远处隐隐约约传来两个女人的争吵声，筌篌一听就知道，这两人积怨已久。

"师姐，我真的没有靠近何师兄的意思，你相信我好不好？"

"我信不信你很重要？不如去水潭边照一照你那张脸，就算你靠近那些男人，他们会多看你一眼吗？"

争吵声渐渐强烈，两个穿着青衫的女子从花树后走出，走在前面的女子肤白貌美，脸上怒意未消。跟在她后面的女子神情惊惶，背脊佝偻着，似乎已经习惯了在他人面前伏低做小。

待她抬起头时，金玲差点忍不住倒吸一口气，这是怎样一张脸：左边倒还称得上清秀可人，右边却沟壑不平，还挂着脓血，十分可怖。

这两个女修难道是散修盟的人？

155

她隐隐约约记得，散修盟里有好几个穿着青衫的人，只是临进秘境时，她所有注意力都在箜篌一行人身上，对散修盟的人并没有太多印象。

这是两女争一男的戏码？

都什么年代了，大家都混成修士了，有身份有修为，还缺个男人吗？修真界的男人不合适，还有人间界呢，搞得这么面目狰狞，多丢女人的份儿？

两个女散修也发现了他们，长相艳丽的女散修认出箜篌等人，收起武器朝他们行礼："见过诸位道友。"

"二位道友好。"箜篌目光在两人身上转了一圈，装作没有听见刚才那些话，"一路上可曾遇到危险？"

美艳女修苦笑："只是保住了命，想要取的灵草被灵兽护着，我打算去拍卖市场上看看，多花钱总比丢命好。"

"两位姑娘可是从西面来的散修？"与箜篌他们同行的中年散修端详着二人，他们这些散修来自八荒六合，靠着散修盟的长老才勉强凑在了一块儿，要说多熟悉也谈不上。

"鲁义道友好。"面丑的女修小声道，"我们正是西面来的。"

叫鲁义的中年散修有些不好意思，对方连他的名字都记住了，他连对方姓什么都不清楚。同是散修，鲁义有心请她们同行，不过他自己都是靠着这些宗门亲传弟子才保住命，实在没脸请桓宗真人他们多带两个人，所以没有开口。

"诸位道友请小心，这个秘境似乎出了些问题。"面丑女修小声提醒一句，转身准备离开。结果没有走出几步，花树上突然蹿出一条藤蔓，把她整个人卷至空中，然后狠狠抛了下去。

"哑"，金玲往后退了两步，她只是看着，便觉得骨头发酸，也不知道那位姑娘怎样了。

箜篌往前踏出一步，桓宗按住她的肩膀："我去。"

"小心。"箜篌没有坚持，对桓宗小幅度点了点头。

桓宗几剑斩断藤蔓，看着地上形容狼狈几乎无法站立的女修，冷着脸道："起来。"

说完，也不等女修反应，他转身便走。

女修摸着自己右边脸颊，眼神黯淡，强撑着一口气从地上爬起来，沉默地跟在了箜篌等人身后。

路过一片花海，一条清澈见底的河流拦住了去路，箜篌正准备掏出玉舟渡河，听到后面传来了巴掌声。

她惊愕回头，貌美女修不知为何，竟打了毁容女修一巴掌。鲁义面容尴尬地站在两人旁边，劝也不是，不劝也不是。

绫波冷眼看着两人，不耐道："要打你们去旁边打，别吵着我们。"

美艳女修垂下手，突然拽着毁容女修的衣襟，把她拖到河边："你自己照一照，别再在男人面前装出楚楚可怜的模样，恶不恶心？"

昭晗宗弟子看到这一幕，有些看不下去了："师姐，这也太……"

"闭嘴。"绫波冷哼道，"在没有了解事情前因后果前，不要轻易说对错。"

师弟不敢再说话，扭头看他们中为人最和善的箜篌仙子，没想到箜篌仙子面对这个场面，竟然也没有反应。

女人心海底针，他真是看不懂了。

这两人究竟哪里有问题？

"不不不……"毁容女修捂住脸，哀求道，"你放过我吧，求求你。"

美艳女修嗤笑一声，把毁容女修松开，任由她摔进河里。毁容女修从河里爬起来，她趴在河岸边，朝箜篌等人望过来，眼里满是祈求。

"你难道还想别人来救你？"美艳女修话语中的讽刺更重，"这张脸看着就让人恶心，不如死了更好。"

毁容女修捂脸痛哭，时不时朝箜篌这边望去，她在期待能有一个人站出来，站在她面前说，容貌并不重要。

金玲被对方这种眼神看得有些心虚，悄悄往后躲了躲，仿佛这样心中的愧疚之情就能少一些。她修为不高，进这个秘境只是为了增加见识。谁料秘境中出了变故，她靠着绫波、桓宗、箜篌等人才能保全自己，哪敢随便开口给箜篌他们惹麻烦。

"这……"昭晗宗的小师弟年轻气盛，看着这一幕气得直喘粗气，若不是绫波拽住了他，他早就冲出去了。年轻小伙子，骨子里还带着几分冲动。

"你不懂女人。"面对小师弟愤怒的眼神，绫波用传音术道，"这个长得比较漂亮的散修修为是金丹期，她的修为不错，听她说话的语气，她在散修盟的地位也不低。这样一个女人，是绝对不会在陌生人面前，尤其是我们这些大宗门亲传弟子面前，表现得如此咄咄逼人与尖酸刻薄的。"

157

不管是男人还是女人，但凡有些地位，在陌生人面前，都会下意识让自己表现得更加完美。这个美艳女修却很奇怪，不停地挑衅，不停地做挑战他人底线的事情。

毁容的女修更是奇怪，明明是有修为的人，在美艳女修手中却像是普通的软弱女子，任由对方搓圆搓扁，除了哭，毫无反抗的行为。

"很多的女人，在长相出众的男人面前，都会忍不住表现自己好的一面。就像大多男人在美女面前，会格外风度翩翩一样。"箜篌突然开口道，"就算她对男人不感兴趣，看她打扮得那般精致，也足以证明她是个看重颜面的人。一个看重颜面的人，不会在外人面前把自己表现得如此丑陋。"

绫波与箜篌对望一眼，在彼此眼中找到了几分默契。

昭晗宗的小师弟被两人看似有道理，又好像毫无道理的话惊呆了，但是再看那两个女修时，已经不由自主地揣测，这是故意演给他们看，还是真的发生了什么矛盾？

"可她们做这些，是为了什么？"昭晗宗师弟结结巴巴问，"逗我们玩吗？"

"她们不是散修盟的人。"桓宗神情平静，仿佛在说天气好还是坏般。

"不是散修盟的人，宗门弟子里面没这两个人，那她们……是哪儿来的？"昭晗宗师弟后背发凉，这两个女修身上看不出半点不对劲。

"为什么你们不帮我？"毁容女修恨恨地看着箜篌等人，"就因为我长得丑，你们便不把我当人看了吗？"

她面容扭曲，恨意滔天，哪还有方才怯懦的样子。

就在大家没有反应过来的时候，毁容女修忽然把手伸到美艳女修脸上，撕下她的脸搭在自己脸上，扭头咧嘴轻笑："我现在美了吗？"

可怜的昭晗宗师弟，被这突然的变故吓得往后退了两步，差点连气都喘不过来。

"既然你们不喜欢我这张脸，不如把你们的脸送给我？"女修忽然怪笑起来，身躯与四肢扭曲成一个奇怪的弧度，充血的双眼在箜篌与绫波身上来回扫视，"我喜欢你们的脸，送给我吧。"

她舔了舔乌红的嘴唇："你们为什么不帮我呢？若是你们帮了我，我就能放你们走。"女修忽然又哭又笑，"我好恨你们，我要你们拿脸来赔给我。"

"因为你们这台戏太浮夸了。"箜篌歪了歪头，样子十分无辜，"经常被欺凌

158

的人，被欺负的时候，并不会有那么多的辩解，只有沉默，才能让对方少出手两次。"

女修脸上的表情凝固，随即吼道："你们骗我，你们都是一群以貌取人的疯子。"

"你错了，真正以貌取人的是你。"箜篌仗着有桓宗撑腰，兴致勃勃地与女修斗嘴，"在你的心中，貌丑的人就应该怯懦无能，貌美者必定嚣张跋扈，毫不讲理。甚至你对女人都抱着看不起的态度，不管她们貌美还是貌丑，总会因为争夺男人变得面目狰狞。"

"我想你可能不知道，修真界现在发展得很快，女修们也都很忙，忙着修行，忙着游历山川湖海，忙着穿衣打扮，没有那么多时间抢男人。"箜篌冷哼一声，"你是什么东西我不清楚，但是我很清楚，你对人心了解得还不够多。"

女修被箜篌说得哑口无言，抖了抖身上的骨头，站直了身体："你胡说，五百年前还有两个女修为了抢男人，打得不可开交。"

五百年前……

箜篌扭头对桓宗眨了眨眼，然后继续对女修道："连你都知道，那是五百年前。时移世易，现在的修真界早就有了新风气、新面貌，你这种因循守旧的观念可不太好。"

"当真？"女修表情变得凝重起来。

"当然。"箜篌指了指身边的桓宗，"你看我身边这位男修，修为高深，相貌俊美，完美得几乎没有缺点。但是我们三个女修争了没，抢了没？"

女修看了眼桓宗，不知想到了什么，表情有些不太好看，她冷哼道："既然如此，本局就算你们过关了，你们可以滚了。"

"俗话说，相逢就是有缘，你对秘境如此熟悉，我可不可以问你一个小问题？"箜篌见女修似乎并没有扑过来的意图，开始打她的主意。

"不可以。"女修撕下脸上的人皮面具，往地上重重一扔。人皮面具触地消失，那个身材标致的美艳女修，也化为乌有。

"不要这样嘛。"箜篌哪还看不明白，这根本就不是什么两女争一男，而是秘境对人性的考验。

大概秘境是想考验他们，究竟看重容貌还是内心。照现在的情况来看，这个考验应该被他们搞砸了。

"我就想问问，秘境里的寻云树在哪儿？"箜篌期待地看着再次变得丑陋的女修，并没有因为对方那张可怕的脸移开视线，"拜托，帮个忙吧。"

"寻云树千年开花，千年结果。待结的果子成熟以后，就会枝枯叶落，根茎死亡。"女修语气平常，"秘境中确实有过寻云树，但那是五百年前的事情。五百年前寻云树结过一次果，现在早已枯萎，连根都烂在了泥里。"

"枯萎了？"箜篌心头一空，脑子里嗡嗡作响。这些日子以来，她陪着桓宗找到了几样药，以为很快就能凑齐，按照药方帮桓宗治好身体。哪知进了这个秘境，才知道寻云树早就没了。

在孙阁主那里听到这个消息时有多高兴，她现在就有多失落。

温暖的手掌握住了她的手，箜篌茫然地抬头，看着桓宗温和的双眼，张了张嘴却一个字都说不出来。心里难受，就像是塞了又多又乱的棉絮，怎么都无法清理干净。

"没事，我们可以慢慢找，就算找不到也没有关系。"桓宗见箜篌双颊煞白，一副不能接受的样子，忙伸手拍她的后背，"没事了，没事了。这里没有，还有其他地方。"

箜篌缓缓回过神来，紧紧地回握桓宗的手："你说得对，一定会找到的。"

"寻云树哪那么容易找到。"女修不咸不淡道，"它之所以叫寻云树，就是因为它外形多变，行踪缥缈无踪，比云还要飘忽。"

"反正我运气好，一定能找到。"箜篌怕桓宗多想，连忙堵住女修的嘴，"你可以走了。"

女修："……"

刚才她求我的时候，可不是这副嘴脸。

现在修真界的女修，都已经如此虚伪了吗？

女修翻了一个白眼，化作烟雾消失在天地之间。

金玲看着空荡荡的河边："刚才的女修，是什么东西？"

"应该是秘境的灵智。"林斛道，"我们在前面看到的壁画，还有生死门那几个字，都是对我们的一种暗示，让我们下意识在遇见某些事时，只会粗暴地按照个人喜好来划分对与错。"

秘境想让他们学着正视内心，善于辨别真假，注重人性看轻皮囊，可惜这些考验方式用在他们身上，好像不太成功。

得知寻云树已经枯亡，箜篌的情绪多少受了些影响，只是怕被桓宗看出来，一直强颜欢笑。

桓宗或许是看出来了，或许是没有看出来，一路上都牵着她的手没有松开。

第六章

剑伤

接下来的几天里，秘境里风平浪静，箜篌一行人挖到不少灵草。某天夜里，林斛与箜篌一起去树上摘果子时，提到了桓宗近几日脸色格外好这件事："我被传送到其他地方那两日，有没有发生奇怪的事？"

"奇怪的事？"箜篌仔细回想，摇头道，"没有。"

林斛疑惑更深，难道是公子受到幻妖的影响，突然大彻大悟了？

"不对，有一件事。"箜篌把摘下的新鲜果子扔给林斛，"我跟桓宗双修过。"

"双修？"林斛看着箜篌的小身板，箜篌姑娘才多大，公子他……

"摘好了？"桓宗出现在了两人身后，神情平静如幽潭。

林斛的话在看到桓宗后戛然而止，他目光在桓宗身上扫来扫去，眼中有着明显的不赞同。只是有些话，不适合当着箜篌的面去说，所以他忍住了。

桓宗从箜篌手里拿了两颗她摘下来的果子："记得多休息一会儿。"

箜篌点头，猜测两人可能有话要说，往旁边跑去。

不远处的空地上，搭建着几栋风格各异的房子，这些房子都是炼制好的法器，供修士在外面临时居住。

箜篌捧着新鲜水果走到绫波身边坐下。

"这水果挺新鲜啊。"绫波不用箜篌邀请，便主动伸手去拿果子，顺便弄出一盆水来洗了洗，"灵气浓郁，爽甜可口，真想带回宗门去种。"

"这些果子因为长在灵气浓郁之地，才会有如此美味。"箜篌把所有果子倒进盆里，示意绫波全部洗完。绫波装作没有看懂箜篌的暗示，扭头看小师弟。

小师弟瞬间明白师姐的意思，挽起袖子开始洗水果。

谁来洗并不重要，重要的是有人来洗。箜篌挑了一颗又大又红的啃了起来："你们现在有什么打算？"

"先找到大师兄会合。"绫波想起箜篌他们好像在找什么寻云树,"你想要的东西,找到了吗?"

箜篌默默摇头,秘境的灵智没有骗她,这里可能真的已经没有寻云树了。寻云树不沾尘土,行踪不定,这几天她一直在云雾中找寻,甚至连水里也探寻过,也都一无所获。

"很多东西讲究一个机缘,你不要太着急。"绫波难得有好心情跟一个黄毛丫头谈话,"琉光宗视剑为生命,对于他们而言,没有什么比追求剑道更重要了。"这黄毛丫头若是与桓宗真人走到一起,最好还是留居在云华山,琉光宗的日子对于云华门弟子而言,可能不太好过。

箜篌不明白绫波为什么突然提起琉光宗剑修如何,但仍旧稀里糊涂点头:"哦。"

见她漫不经心的模样,绫波微微皱眉,到底是年轻小姑娘,不知道这些俗事——能把仙女都熬成黄脸婆。

"找不到东西怎么办,直接离开秘境?"点到即止,绫波性格虽然娇蛮,但脑子很清楚,有些话不宜说得太多。

"先送你们找到长德道友。"箜篌抬头看了眼天空,"我以前没有进过秘境,这次进来可以长点见识。"

绫波沉默了,按照常理来说,弟子拜入宗门以后,前十年里大多数时间会待在宗门修炼,就算有秘境,也不适合刚入门的弟子进入。

但箜篌修为增长太快,这些约定俗成的规矩用在她身上,似乎并不太合适。

秘境有很多种,有些是突然出现,里面危机重重;有些秘境是各大宗门祖上留下来用来培养弟子的,不会出现太大的危险,只是有可能在里面遭些罪。

还有一种便是他们现在待的这种秘境,每过一段时间会按时出现,无论哪个宗门的修士都能进入,善恶难辨,生死都在一瞬间。

"既然如此,就多在里面待几日。里面灵气充裕,打坐一日抵得上外面的五六天,不要浪费。"绫波见金玲从屋子里出来,朝她招手道,"过来,一起吃果子。"

金玲见绫波盘腿坐在垫子上,头发随意披散在身后,实在不像是第一次见面时,连走路都要人撒花瓣的绫波仙子。

人前人后真是两个样。她再扭头看箜篌,并不比绫波仙子好到哪里去。幸而两人都是相貌极为标致的女修,就算不修边幅了些,也还是很好看。

若是这两人中，有一个人盛装打扮，那么另一个人肯定也不会随意。但偏偏两人仿佛约好了一般，突然就变得"不讲究"起来。

"在这里待了好几天，也不知道什么时候才能遇到长德道友。"这两日一直住在这里，来来去去就只有他们几个人，再也没有见到其他的生物。剩下几个男人，早已看到了她们最凶悍时的样子，所以在外面竭力维持的形象，可以适当放轻松一点了。

"要不你算一卦？"绫波挑眉看箜篌。

箜篌摸了摸玉龟甲，摇头道："还是算了，等下让桓宗来算。"前几天她算卦说往南边走，虽然确实凑巧救下了绫波的师弟，但除了这件事以外，他们这一路上也没有特别顺利。

这种关键时刻，还是让更厉害的人来掐算比较稳妥。

远远瞧着三位姑娘凑在一起边吃果子边聊天，林斛脸上的表情变得格外严肃："公子，你与箜篌姑娘的事情，要如何解决？"

桓宗静静看着他，等着他下文。

"箜篌姑娘年岁尚小，你这样……怕是不太妥当。"林斛到底还是把心中的想法说了出来，"你不要仗着小姑娘对你的信任，做出不合时宜的事情。"

"你说的不合时宜的事情，指的是我与箜篌在一起，能够触发天地双修，温养经脉？"桓宗看向林斛的眼神意味深长，"林斛，我没有想到你的想法竟然如此……"

林斛已经顾不上桓宗这句话里还带着几分调侃，他音量不自觉拔高："公子，你此言当真？"

天地双修是一件需要缘分的事情，能够碰到这种机缘的修士少之又少，称得上是凤毛麟角。

所以拥有这种机缘的人，在其他修士看来，无异于天道的亲生子。

这种修炼方式不仅能够提高修行速度，还能借用灵气洗经伐脉。说得再浅显一些，就是公子即便找不齐古药方上的东西，也能靠着箜篌姑娘稳住灵台，多撑上百八十年。

"公子，"林斛深吸一口气，"我觉得，你现在就去跟箜篌姑娘说，愿意为她做牛做马吧。"

桓宗："……"

百八十年里能发生什么事，谁也不能保证，说不定公子可以借着这段时间，找到完全恢复的方法。

"我并不是在说笑。"林斛认真道，"天道仁慈，为万物留一线生机，或许箜篌姑娘就是你的那线生机。"初识箜篌，只以为她是个热情讨喜的后辈，为了保证她的安全，所以选择了一路同行。

但箜篌实在太讨人喜欢，尤其是上了年纪的长辈，林斛对她很难有半分负面情绪。现在得知她与公子竟然还有这份机缘，他是彻彻底底看明白了，这一路上不是她在受他与公子的保护，而是他跟公子在抱她的大腿。

"不必如此。"桓宗摇头道，"我与箜篌之间，有机缘是好事。但我对她好，并非因为机缘。"

林斛张了张嘴，被桓宗打断。

"此事我会与箜篌商议，但做牛做马这种调侃话日后不必再说。"桓宗扭头看向不知道说到什么，与绫波轻笑出声的箜篌，"我与她之间的情谊，无须这些。"

桓宗不爱说话，以往也很少做出打断别人说话的行为。除非他对当下不满，才会明确地开口。林斛怎么都想不到，公子会因为这么几句话而动了怒。

当男人开始在小事上敏感时，很多事就无法再回头。但是这一次林斛没有再提醒桓宗，他于桓宗亦师亦友，但还没有担起父母责任的打算。

"桓宗，"又过了好一会儿，箜篌起身朝这边挥手，"快过来帮我们一个忙。"

桓宗想也不想便走了过去："怎么了？"

"你来掐算一下接下来往哪边走。"箜篌眼巴巴地看着桓宗。

桓宗眉眼舒展开："不是已经说好往南？"

"真要照着我卜卦出来的方向一直走？"箜篌有些气弱，心里有些不踏实。

"你算得很好。"桓宗看了眼昭晗宗小师弟，"若我们没有朝南面走，也许就不能遇到其他的道友，也不会知道寻云树的消息。"

"真的？"箜篌半信半疑。

"我信你。"桓宗见天色已经完全黑下来，"今晚再在这里住一夜，明天早上我们出发。"

其他人没有意见，反正跟着桓宗等人一路上不仅找到了不少灵草，还很安心，别说是带他们往南边走，就算让他们往回走，他们也没有意见。

抱大腿的人要有抱大腿的自觉，抱了大腿还叽叽歪歪的人，那是脑子不好。

绫波看了眼拖油瓶师弟，现在跟着桓宗真人他们一起，是最稳妥的选择。

又是旭日东升，长德带着两位师弟靠着树干小憩，当第一缕太阳光照过来的时候，他就睁开了眼。自从进入秘境以后，他们就没有一天是安宁的。

先是被幻妖骚扰，又是被强行安排在奇怪的屋子里，早上起床看到一堆灵石堆在屋角，如果不把那些灵石装走还不让出结界。

后来在路上救了个被同伴欺负的女修，哪知道被欺负的貌丑女修，其实是做了对不起另外一个女修的事情。他们几个大男人被另外一个貌美女修骂得狗血淋头，偏偏还因为心虚不能还嘴。

再后来就是被魅魔一路追赶，那些魅魔好像特意跟着他们似的，时不时出现，让他们不能安宁太久。

若是心性稍差的修士，被魅魔时不时地骚扰，恐怕早已失去理智。但是长德不同，身为昭晗宗的掌派大弟子，宗门中的师弟师妹们并不是个个都省心懂事，他早就习惯了应对各种突发情况。

魅魔是很容易让人心生焦躁，但是再烦人的魅魔，也比不上宗门里那一堆脾气各异的师弟师妹。

他站起身，看到盖在一位师弟身上的外袍已经滑落在泥地上，弯腰捡起外袍盖在师弟身上。

两位师弟睡得很沉，等到初晨的阳光照在他们脸上，他们也只是翻身背对着太阳继续睡。

长德叹口气，如此没有警觉性，若是单独出门在外，遇到邪修恐怕连命都保不住。秘境中不分四季，有些地方百花盛开，有些地方炙热非凡，还有的地方白雪皑皑，毫无规律性。

看了眼不远处的湖泊，长德担心起另一个师弟与绫波师妹来。他们一行五人，进入秘境后就分开了，小师弟入门修行不到十年，绫波师妹又是个娇纵的性格，平日有他们忍让着还好，秘境里谁还会特意让着她。

还没做父亲，却已经操起了父亲兼爷爷的心，长德觉得，他人生中最大的修行不是剑道，而是这些师弟师妹。

林中忽然弥漫出一股很淡的血腥味，身为剑修，他的五感十分灵敏，察觉到不对,用掌风拍醒两个师弟:"都起来,有情况。"

"大师兄?"两个师弟抱着剑从地上弹跳起来,快速向长德靠拢。

"莫慌。"长德转头对两位师弟道,"你们越是惊慌恐惧,就越容易被心魔钻空子。在还算安全的秘境里面,你们尚且如此,若是遇到真正的邪修,又该怎么办?"

两位师弟乖乖听训,不敢犟嘴。

"你们两个跟在我后面,注意保护好你们的背后。"长德担心有人遇险,所以决定在四周找找看。

到了湖泊另一边,他看到一个散修盟的修士躺在水里,身上流出的血,把身体四周的水都染红了。这个散修他有印象,进入秘境的时候,还朝对方抱了抱拳。

"大师兄。"两位小师弟想要去把人从水里拉出来,长德喝止了他们:"不要动。"挥袖用灵气把人从湖中捞出来,长德面色渐渐沉下来,"人已经死了。"

两个小师弟的脸色顿变。自从进入秘境以后,虽然遇到种种怪事,但他们并没有性命之忧。现在突然闹出了人命,是不是说明秘境里根本没有那么安全?

"是剑伤。"长德看了眼尸体上的伤口,"一剑刺破灵台,一剑穿心而过,伤口小而深,伤人者应该是用剑高手。"

此人死于人心,而不是死于秘境。

"大师兄,遗体上没有收纳戒,也没有收纳袋。"

进入秘境总共就那么些人,哪些人用剑大家更是心里有数。此人身上没有收纳袋,也没有收纳戒,并不是他没有这些东西,而是有人把它们取走了。

谋财害命,心狠手辣。

以昭晗宗、琉光宗、云华门、元吉门的实力与地位,这几个宗门的亲传弟子绝对做不出杀人夺宝的事情,他们不缺这些灵草灵药,就算真的缺,也不会用这种手段。

若真有弟子心性如此低劣,宗门不可能留着他们,更别说收为亲传弟子。

宗门弟子不可能做这种事,所以最有可能下手的是散修。这些散修虽然在散修盟里挂了名,但是除非有重大事情发生,否则他们私下里并不会有太多来往,也就不可能有太深的交情。

正在长德沉思间,散修盟的长老带着三名散修匆匆赶了过来,想必他们也是闻到了血腥味，才找过来看看。

对于他们的到来，长德没有丝毫的惊讶，除了散修盟长老，其他三位散修都还不擅长掩饰，他早就察觉到他们的靠近。

散修盟四人过来时，正好看到昭晗宗弟子在翻尸首的衣服，一时间难免想多。尤其是当他们发现，躺着的修士是他们散修盟的人，致命伤口是剑造成的后，四位散修脸色变得尤其难看。

若非顾忌长德的身份，说不定此刻四人中就会有人指着长德问，人是不是你们杀的。

彼此沉默片刻，长德还是决定解释一番："我们来的时候，这位道友躺在水中。"

散修们朝湖中看过去，湖面干干净净，没有被血污染的痕迹。

长德顺着他们的目光望去，看着清澈见底的湖泊，微微皱了一下眉，刚才还在的血，怎么眨眼间就没了？

长德的师弟见状，说话都变得结巴起来："师兄，我刚才顺手往湖泊里用了清洁术。"

所以……血迹不见了。

你怎么不给自己的脑子也来一个清洁术？

脏话差点脱口而出，但长德还是靠着多年的修养忍住了。每天跟这些专坑自己人的师弟师妹打交道，个中辛酸又有几人能知。

"好好的往湖里用什么清洁术，唬谁呢？"四个散修中，一个看起来十分年轻的修士不阴不阳地讽刺了一句，"就那么凑巧？"

"保护水源，爱护环境，有什么不对？"昭晗宗师弟仿佛没有听出这位散修话中有话，从收纳戒里掏出一块素色大布，把死者的脸遮住，"看诸位的眼神，似乎对我有所误会。"

散修盟长老上前翻看了一下尸首，发现对方身上有两处伤口，每一个伤口都是致命处。他站起身，犹豫片刻道："还请长德道友跟我们说一下事情经过。"

长德知道这些散修是不信任他，不过以现在这种情况，对方有怀疑的心态也很正常。他没有因此动怒，把事情经过完完整整说了一遍。

"什么事都是你在说，谁知道你是不是在骗我们？"年轻散修一直觉得这些大宗门弟子十分孤傲，若是有人得罪了他们，他们做出一些预料外的举动，也是极有可能的。

这位死得不明不白的道友大毛病没有，小毛病却不少，爱占小便宜、聒噪、说话不过脑子，长得也不好看。

这些小缺点顶多让人讨厌，还不至于让人去杀他，但是在这些高傲的宗门弟子面前，说不定就成了十恶不赦的大罪。

"这位道友的话是什么意思？不如说得清楚明白一些。"长德面色冷下来，他把手背在身后，看起来极有威严，"我们若要取人性命，何必还留着你们这些活口？"

这话有些咄咄逼人，但是他们四个散修，还真有可能打不过这三个剑修。

被这么挤对，散修的脸色有些难看，但是他见其他三个同行的散修都没有开口，也只能悻悻地闭嘴。万一等下起了争端，其他三个不帮他的忙，他连逃跑的余地都没有。

"我能理解道友的心情，但是在事情弄清楚前，最好不要轻易开口，"长德面色稍缓，"免得惹出不必要的矛盾。"

"不知道友刚才赶过来时，可否看到奇怪的身影？"散修盟长老行事稳重，问话时的语气更加平和。

"未曾见过。"长德摇头，他不想跟散修盟闹出太大的矛盾，向长老行了个晚辈礼，"我跟两位师弟赶过来时，这位道友的遗体已经浸泡在湖里。"

散修盟长老看了长德一眼，内心已经偏向于相信长德，他转头去安抚其他几位散修，免得气氛变得更加尴尬，因为一件没有证据的事情得罪整个昭晗宗，得不偿失。

人已经死了，在凶手不明的时候，他们现在若是迫不及待地去惹怒昭晗宗，等于是在离开秘境前，与所有宗门弟子交恶。十大宗门各有往来，但凡是宗门弟子，都会帮着昭晗宗说话。

有时候身份的认定，就是天然的立场。宗门弟子更亲近宗门弟子，再正常不过。

"有劳道友告知。"长老准备把这位散修的尸首收殓起来，"秘境里前路不明，若是道友不嫌弃我等修为低微，还请道友允我们与诸位一同前行。"

很多时候，当矛盾放到明面上以后，反而更容易解决。此刻选择与昭晗宗弟子同行，比他们单打独斗来得好。

171

长德还没来得及答应，听到远处有说话声传来，他握紧剑柄："有其他人过来了。"

散修们面面相觑，哪里有人？

过了一会儿，他们终于听到了说话声，声音是从他们头顶上方传过来的。

在秘境中用飞行法器？散修们的表情有些怪异，这是准备把自己当成靶子打，还是把秘境当成了游山玩水的地方？他们不好意思出言讽刺，万一是他们散修盟的人多丢人。

"大师兄，好像是绫波师妹的声音。"昭晗宗弟子仰头看向天空，抬高音量，"上面的几位道友，在下乃昭晗宗弟子，还请道友们下来一叙。"

"昭晗宗？这是师兄的声音。"绫波心中大喜，夸赞箜篌道，"你在卜卦方面真有天分，朝南边走真的能找到他们。"

看着面色欣喜的绫波，箜篌不发一言。

她卜那个卦时，只是想着往哪边走更吉利而已，根本没想过这一茬。

这个误会，好像有些大？

绫波看到长德等师兄弟，犹如乳燕归巢，拽着师弟便飞了过去，如此快速的反应，颇有种终于从苦难中解脱的意味。

看到绫波与小师弟出现，长德的目光在他们身上扫视几遍，眼神变得温和起来。熊孩子再不省心，当他们福祸未知时，做师兄的仍旧会担心。幸而两个人都好好的，没有被别人伤害，应该……也没有伤害别人。

师兄妹五人见面，情绪有些激动，长德把目光投向天空，看到了在飞剑上负手而立的桓宗真人，以及站在他身后，探头往这边看的箜篌。注意到他的眼神，箜篌姑娘笑眯眯地朝他挥手。

长德弯起嘴角，遥遥朝两人抱拳。

四位散修看到绫波等人出现，心情有些复杂，既庆幸于刚才没有跟昭晗宗的人彻底闹翻，又憋屈于他们无法在这些宗门弟子面前把不满都发泄出来。

"师兄，这是……"绫波注意到不远处的尸首，脸色微变。

还是有人丧命于此了？想着在秘境中遇到的那些事，绫波隐隐有些疑惑："死的是谁？"

"是散修盟的道友。"有散修盟的人在，长德没有说太多。

绫波回头看了眼散修盟的四人，朝他们点了点头。

在长德面前咄咄逼人的年轻散修，在绫波面前什么难听的话都没有说，伸手还了一礼。

"这里发生什么事了？"箜篌从空中飞身下来，秘境中灵气浓郁，尸首放在外面几乎闻不到半点臭味。除了裸露在外的皮肤有些不正常，衣服还是湿的以外，尸首没有出现肿大的现象。

看来死去的时间应该不会太久，除非秘境里的灵气能够影响尸体变化的速度。

"箜篌仙子，"四位散修盟的人看到箜篌，散修盟长老朝她拱手行礼，"死者是在我们散修盟挂名的散修，不久前长德道友在湖中发现了他的尸首，他身上有两处剑伤，凶手不明。"

箜篌还了一礼，绕着尸首看了一圈，朝死者作揖行礼后，揭开盖在他脸上的白布。这是个相貌平庸的男人，除非他十分擅长甜言蜜语，并且对女人很有手段，不然很难发生情杀这种事。

两处剑伤确实又快又狠，若是修为高的剑修，眨眼之间就能在他身上戳出两个洞来。

秘境中最擅长用剑的就是昭晗宗与琉光宗的弟子，加上发现尸首的是长德等人，箜篌隐隐明白过来，这些散修盟的人，恐怕是在怀疑昭晗宗的人，只是碍于人单势孤，不敢说出来。

但是这事如果不说清楚，只会积攒越来越多的矛盾，到了以后就难解了。

箜篌站起身，目光在四周转了一圈："我怀疑凶手可能还没有走得太远。"

散修盟长老把此事告诉箜篌，也是想把事情闹大一点，就算这些宗门弟子不愿意帮着他们说话，昭晗宗也不好再当着其他宗门的面，做出杀人灭口的事情。

现在听到箜篌说出这句话，他有些疑惑，箜篌这是想包庇昭晗宗，还是真的想把凶手找出来？

"死者的死亡时间，应该在一个时辰之内。凶手杀人以后，若是怕被人发现，就不会用飞行法器离开，而是选择步行。"不知何时从空中下来的林斛看了尸首两眼，语气平静道，"凶手确实算得上是用剑高手。但是我们剑修若想杀人，一剑足以毙命，无须再补上一剑。"

林斛站起身，转头看向散修盟的人："凶手与死者生前，或许有旧怨。"

"这……"散修盟长老并不知这些在散修盟挂名的修士之间究竟有过哪些矛盾，所以皱眉不言。

"长老。"被救下的中年散修鲁义看到散修盟的人，原本还有些高兴，但是见到有散修丧命，心情低落了些，路上若不是遇到这几位宗门道友，他恐怕也会变成这样一具尸首。

"鲁义！"散修盟长老看到鲁义出现在宗门弟子身后，眼底露出些许惊讶，"你为何与箜篌仙子在一起？"

"我跟王甲道友传送进秘境后，幸而有昭晗宗的道友相助，后又有箜篌仙子帮忙，才得以一路平安。之前被魅魔围袭，我以为必死无疑，便让王甲道友先走，若是遇到你们，他还能给你们传个话，也不知道现在他独自一人，究竟怎么样了。"

早知道会遇到这几位宗门弟子，他就不该让王甲道友独自离开。

听到鲁义说，昭晗宗的弟子救了他，散修盟长老越发肯定凶手不是昭晗宗的人。危急关头，昭晗宗弟子能够救散修盟的人，又怎么会无缘无故杀害散修盟其他人。又听鲁义提到王甲，散修盟长老伸手指了指地上的尸首，叹了口气。

地上躺着的这个人，正是鲁义口中的王甲。

鲁义哪儿还不明白，他心神一震，喃喃道："怎会如此？"自己让王甲先走，是想保住他一条命，哪知道这竟然成了他的催命符。

"这不怪你，别多想。"昭晗宗小弟子伸手拍了拍他的肩，叹气道，"你也没料到会发生这种事。"

鲁义勉强笑了笑，没有再说话。

刚才呛声长德的年轻散修面色有些尴尬，看到受过昭晗宗恩惠的鲁义，以及昭晗宗弟子劝慰鲁义的样子，他就算性格冲动，也慢慢觉得，王甲遇害一事，与昭晗宗无关。

"刚才在湖的对岸，我闻到了血的味道。"长德是个心思缜密的人，很快猜测到另一种可能，"但是秘境中灵气如此浓郁，血腥味怎么可能传得如此远？"

或许是凶手已经发现散修盟的人往这边靠近，就故意用手段让他发现尸首。但是凶手这么做，是为什么？是想要陷害昭晗宗，还是挑拨昭晗宗与散修盟的关系？

散修盟只是散修们挂名的地方，让他们能够互通有无、资源互换。他们并不如宗门弟子齐心，就算挑拨昭晗宗与散修盟的关系，以昭晗宗的地位，也根本不惧散修盟这股势力。更何况以散修盟的能力，也不敢为了一个散修，在没有证据的情况下，找昭晗宗的麻烦。

凶手这么做，又图什么呢？

"这个凶手真是人狠心黑，他是想挑拨我们宗门跟散修的关系吧？"箜篌恍然大悟，"栽赃嫁祸这种手段，不就是小人常用的招数？"

话本里经常有这样的小人，用各种手段陷害他人，若是被陷害的人没有发现，就会闹出更多的事情来。

长德迅速地侧首看箜篌，顿时想明白凶手图的是什么。他图的不是昭晗宗，而是引发宗门与散修之间的矛盾。

"林斛。"桓宗从飞剑上下来，走到箜篌身边，与她并肩而立，也恰巧用身体遮住了长德的视线。

"是。"林斛拱手，把飞剑往天上一抛，闪身飞了出去。

"林前辈去哪儿？"箜篌见林斛眨眼的时间就消失在众人面前，心里有些羡慕，不知道她要修炼多久，才能有林前辈这样的速度。

"去找人。"桓宗猜到了箜篌的想法，失笑道，"林斛速度比我快。"这是血脉带来的天赋，无法靠修炼来弥补。林斛被传送到其他地方，短短两日就能找到他们，靠的并不是运气。

身为一个血脉被秘境歧视的修士，林斛在这里并没有运气可言。

"桓宗真人，秘境中复杂多变，让这位道友去找人，会不会有些麻烦？"散修盟长老知道林斛找凶手去了，但是这里处处是法阵，方位也经常自动发生变化，要想找到一个有心藏起来的人，何其不易。

"无妨，"桓宗语气平淡，"试试也好。"

散修盟长老尴尬地闭上嘴，不知道为何，他莫名觉得，与这位桓宗真人再聊下去，气氛可能会更加尴尬。他转身找出一个收纳袋，把王甲的尸首装进了收纳袋中。

箜篌见大家都沉默不言，从收纳戒里拿出一捧果子："大家也都累了，要不要吃点果子？"

散修们沉默，看着箜篌手里红艳艳的果子没有动。

"多谢。"一只骨节分明的手伸到箜篌掌心，取走了一颗果子。

"长德道友不必客气。"箜篌分了一半给长德，剩下一半分给了散修盟长老，"有什么误会说清楚就好，不要伤了和气。"

175

年轻散修脸上一红，朝长德拱手道："方才多有得罪，还请道友见谅。"

"无须如此。"长德手里拿着一捧灵果，面上却没有多少情绪，"事情太过巧合，你有所怀疑也很正常。只是出门在外的时候，还是要收敛些脾气。若遇到心胸狭窄之人，恐会惹来大麻烦。"

"是，多谢长德道友提醒。"年轻散修的脸红得发烫，又见长德确实没有记恨的意思，他才老老实实缩到角落里，心里对宗门弟子的看法，也产生了翻天覆地的变化。半个时辰之前，宗门弟子还是道貌岸然的伪君子，现在就变成了品行高洁，行事大气敞亮有风度的仁义之人。

人心的变化，有时是眨眼之间。

昭晗宗弟子与散修们的关系变得你好我好大家好，旁边的桓宗盯着簦篌空荡荡的掌心，沉默不言。

簦篌没有注意到他的眼神，从收纳袋里取出几颗金色灵果塞到他手里，用传音术道："这个金果对温养灵台有好处，只是数量少，不好分给别人。"

看着少女拽着他的袖子，把几颗小小的灵果塞给他，桓宗眼瞳中染上了一抹亮色。

好东西偷偷给他，不愿意给其他人吗？

"好。"桓宗把一颗灵果放入口中。

果真甘甜可口，从舌尖甜到了心底。

恰在此时，有两个人从天上摔了下来，砸碎了地上一块石头。

尘土飞扬，声声哀号。

看了眼在地上打滚的两个人，簦篌默默伸出手，扯起袖子拦在桓宗前面。灰尘这么多，不小心把金果弄脏可怎么吃。

"公子，"林斛从剑上跳下来，朝躺在地上的两人抬了抬下巴，"附近除了这两人以外，就没有其他人了。"

散修们已经认出了这两人的身份，都是散修盟里的挂名成员，但这两人都不是用剑高手。

"道友，这两人是我散修盟的成员，但他们都不是剑修，如何……"散修盟长老委婉道，"莫不是凶手已经逃了？"

"或许那两位道友确实如此，但这两人恐怕不是你们散修盟的人。"林斛聚灵气于掌心，往地上的两人身上一拍，两人痛得在地上打滚，惨叫不断。散修盟的几个人看到这幅景象，吓得往后退了几步。

很快他们发现，在地上打滚的两个人身体发生了变化，骨骼收缩或是扩张，就连脸都发生了变化。

"他们……用了幻化水？"散修盟长老面色发白，恨不能一掌拍死这两个人。

幻化水名字普通，但是制作起来非常复杂。需要的药物昂贵不说，而且炼制一百次，也不一定能够成功一次，会炼制这种幻化水的药师，十分稀少。更重要的是，就算炼制成功了，若想幻化成某个人还不被人看出端倪，就必须喝下此人的心头血。

所以这种药在凌忧界是违禁品，但凡有些良知的药师对这种药品都非常抗拒。各大宗门齐心协力，把修真界管理得很好，这种药物几乎已经绝迹，很多年轻一辈的修士，甚至都不知道修真界还有这样一种药。

但现在这种药出现了，还混入他们正道修士里，残害正道修士栽赃到其他人身上，若是这两人没被发现，以后还会引发出多少事情？

伪装被撕开以后，修炼过邪功的两人完全无法掩饰自身的煞气。

"邪修！"年轻修士道，"又是这些混账！"在他们眼皮子底下，邪修竟然敢如此猖狂！

见自身已经暴露，两个邪修连连求饶。谁说修行之人不怕死？修行之人其实比普通人更怕死，他们想要获得强大的力量，想要获得长生。身死道消的那一刻，就需要克服更多的恐惧。所以说，修心亦是修行。

"你们害死了散修盟三位道友，还有脸求饶？"筌篌放下袖子，看着这些满脸恐惧、求饶不断的邪修，心里涌起一股恶心，这些邪修谋害正派修士时，怎么没有想过生命可贵。

"在这些人眼中，除了他们自己的利益，别人生死与他们毫无关系。若非如此，又怎么会走上邪修一道？"桓宗担心她小小年纪，看多了这些事影响心境，便多说了几句，"这些人图一时痛快，害人无数，终不能有什么好下场。"

凌忧界近五千年的飞升记录上，无一人是邪修出身，便足以证明天道也是容不下这种人的。

有底线的人，就算贪图享乐，也知道什么事该做，什么事不能做。万般放纵的人，一时快活之后，便是肉体与灵魂同时寂灭，再无来生。

"长老，你觉得该如何处置这两人？"林斛转身看散修盟长老。

"杀人偿命。"散修盟长老阴沉着脸,恨不得当场击毙两人,但他还留着几分理智,"若你们交代完事情经过,我可以饶你们一命。"

"多谢长老。"邪修们本就是为了利益什么都可以抛弃的人,根本没有忠诚可言,现在听说可以保住一条命,当下把事情真相讲出来。

邪修中的无苦尊者突然丧命,这让无苦尊者的兄弟黑尊者大为震怒,立誓要一统魔界,于是向魔尊请战。魔尊派他们潜伏到散修盟,趁着这次机会,让散修盟与宗门发生矛盾。等这些正道修士内耗过后,他们再攻打对方。

"他要帮兄弟报仇是假,想要找修真界麻烦是真。"箜篌嗤笑,"你们邪修做坏事,也要披一张正义的皮?"

两个嚣张的邪修不敢说话,低着头想着保命方法。

"在你们邪修眼里,我们正道修士是不是傻得有些过头?"箜篌用剑鞘敲了敲其中一名邪修的肩膀,"挑拨离间这个手段,很好用?"

邪修疯狂摇头,就算真的好用,他们也不敢说出来。

话问完以后,箜篌往后退了两步,林斛手中剑光一闪,直直戳破两名邪修的灵台。

"你、你……"尚留一丝气息的邪修满嘴是血,盯着林斛死不瞑目。

"这位长老承诺他可以放过你,我们其他人又没有同意。"林斛收剑入鞘,这两人手上不知沾了多少人的命,若是这样的人都能活,那些死在他们手上的无辜之人,岂不是白白送命?

看着林斛干脆利落的剑法,散修们看得有些发呆,刚才好像只是闪了一道光,怎么两个人都死了?

"走。"林斛道,"前面就是秘境的阵心了。"

发生了邪修杀人这件事,散修们的精神都不太好,一路上走走停停,采集到的灵草灵药,也不能安慰他们的心灵。

五天后,他们在阵法时时变幻的情况下,终于赶到了阵心。阵心处有一座巨大的豪华宫殿,宫殿外盘腿坐着不少的修士,这些修士里有宗门弟子,也有散修,看到他们赶过来,眼神都亮了起来。

"来了来了,他们终于来了。"

"你们可终于到了,怎么走这么久?"

面对这些人热情的态度,箜篌往后退了一步,藏在了桓宗身后。态度这么好，肯定有问题。

"长老，你可算来了，这座宫殿的门总是打不开，有个奇怪的人还出来说，最重要的就是人整整齐齐，其他人还没赶过来，宫殿就不会开门。"一个散修扑到散修盟长老面前，"我们在这里等了快十天了，你们是迷路了？"

散修盟长老表情变得有些怪异："你们一路上没有遇到其他事？"

"什么事？"散修茫然不解，"不是要到了这里，才能有考验？"他往众人望去，懊恼地拍掌，"糟糕，还差一个。"

"什么，还差一个？"刚才还在欢呼雀跃的修士们，顿时喜意全无，"怎么还会差一个？"

"王甲道友不在。"散修道，"他不在，我们怎么进去？"

散修与宗门弟子凑在一块儿，七嘴八舌地说着，早已分不清他们是散修还是宗门弟子。金玲甚至看到周肖师兄与一位散修坐在角落里有说有笑，半点没有平日的木讷样子。

正在大家扼腕叹息，以为又要等上好几天时，宫殿大门缓缓打开，一个身着黑衣、戴着面具的男人走出来，站在台阶上看着众人。

他脸上的面具十分怪异，白白的一片，没有任何图案。他看起来冷冰冰的，毫无情感。

"人已到齐，你们可以进去了。"面具人的目光投向桓宗等人所在的方向，然后化作烟雾消失了。

"不是还有人没有来？"

"约莫是记错了？"

"走吧走吧。"

他们从秘境入口进来，就顺着主路畅通无阻地走到了这里，所以在他们的认知中，这座宫殿就是考验他们的地方，并无其他的危险。

箜篌觉得这事有些奇怪，为何大多数修士没有遇到奇怪的事，唯有他们几个一路上不太平？

"我们走。"桓宗牵住箜篌的手，跟在众人身后，走进了宫殿大门。刚进入大门，箜篌就感觉到有一股十分奇怪的力量控制了自己的身体，让她不自觉便松开了桓宗的手。

"桓宗？"箜篌回头看去，四周再无他人，宽敞的空地由汉白玉石铺就，正前方有三道白玉拱桥，桥上隐隐有龙气浮现，三道桥上分明刻着"问仙桥""问心桥""问道桥"三个名字。

白玉拱桥后，是巍峨的宫殿，宫殿里传出阵阵仙乐，像极了修士们向往的天宫。

"心中有道自然能够成仙，问三座桥不如问我自己。"箜篌没有上桥，她拿出飞剑，从护城河上飞跃过去。飞过去时，她并没有受到任何阻拦，再回头看那三座桥，那里什么都没有，若是修士当真跨上去，只会掉进河中。

"心中无道，进了此处还要问三座桥的修士，也配不上进入这座宫殿。"戴着白面具的神秘人出现，他不高不矮，身材不胖不瘦，声音虚无缥缈，非男非女。

箜篌停下脚步，转头看向神秘人："你是秘境之灵？"

"你可以这么叫我。"秘境之灵退后一步，挥手让金殿的大门打开，"但就算你主动与我说话，我也不会额外给你好处。"

"不向你讨好处，我是向你道谢，多谢你送我的天地剑法。"箜篌郑重道，"你放心，我出去以后，一定会让桓宗与勿川大师兄把这种剑法发扬光大。"

"五百年前，这本剑谱已经送出去一次。"秘境之灵戴着面具，箜篌看不到他的表情，也无法从他平板的语气中，听出什么情绪。

但是这句话已经足以让她震惊，五百年前剑谱已经送出去一次，但是凌忧界没有半点风声。是得到剑谱的人没有声张，还是出了意外，无法再声张？

"天地剑法十分珍贵，得此剑法必定扬名整个天下，问仙成道指日可待，你当真不动心？"秘境之灵看着眼前这个少女，语气中带了些许疑惑，"你不想成仙？"

"当然想，"箜篌理直气壮道，"可我是音修啊。"

秘境之灵："……"

"放心吧，等桓宗与勿川师兄参悟了天地剑法，掌握练习诀窍以后，我们会把书印发成册，让修士们好好学习，绝不懈怠。"

秘境之灵："……"

这么珍贵的剑法，印发成册？

"我可以进去了吗？"箜篌指了指大门，笑眯眯地看秘境之灵，"要不你还是先跟我说说，里面到底有没有危险？"

"死不了。"秘境之灵拎起她，把她扔了进去。

箜篌在空中调整了一个姿势，调动周身的灵气，才没让自己狼狈地摔倒。她抬头看向大殿之上，里面除了一张书案，什么都没有。

　　她走到书案边，上面放着一本《心经秘法》，旁边一张泛黄的纸上写着"抄写一百遍方可离去"。

　　看到这行字，箜篌想起了幼时在景洪帝后宫被女先生刻意刁难，罚她抄书的日子。

　　"简直毫无人性。"箜篌盘腿坐下，抽出一卷纸，认认真真抄写了"心经秘法"四个字。

　　一个时辰后，箜篌放下笔，敲着书案："我抄好啦，快放我出去。"

　　秘境之灵闪身出现，他怀疑地看着箜篌："这么快？"

　　"嗯……"箜篌把一叠纸递给他，"我可是用了好几种字体来抄写，你觉得怎么样？"

　　秘境之灵接过一看，上面除了"心经秘法"四个字以外，便没有其他字："我让你抄写心经内容，而不是名字。"

　　"那可不行，心经这么多字，我就算抄到秘境关闭也抄不完。"箜篌讨好地笑道，"看在我们有几面之缘的分上，你就不要这么认真了呗。"

　　"完成不了考验，自然只能留在这里。"秘境之灵把纸张放下，不疾不徐道，"在秘境中，不讲感情，都按规矩办事。"

　　箜篌在心中翻白眼，说是按规矩办事，为什么桓宗一剑劈下去，天气都变了？如今这个世道，连秘境之灵都学会了欺软怕硬，她必须加倍努力修行才行啊。

　　"真不能换个条件？"

　　"可以换。"秘境之灵犹豫片刻，"你告诉我，什么样的考验对修士更有用，我就放你出去。"

　　箜篌拿起《心经秘法》慢慢翻着，听到秘境之灵这话，把书往桌上一扔，双眼放光："你能保证不伤害他们的性命？"

　　"为何要取他们的性命？"秘境之灵不解，"主人飞升之时，留下一道神识，希望有更多的修士飞升成仙，取他们的性命没用，尸体放在秘境里会污染环境。"

　　箜篌："……"

　　还是一个非常讲究的秘境。

　　"进入秘境的修士我会进行筛选，并不是所有人都能得到考验。"秘境之灵道,"你们这些修士,是一年不如一年,五百年前一半的修士有考验机会,到了你们这一批,连一半都没有。"

箜篌这才明白,原来他们之前遇到的幻妖、魅魔以及奇怪的庭院,都是秘境开的小灶。

"我这里有很多考验修士,又不会伤害他们的方法,来来来,我们可以慢慢交流。"箜篌来了精神,给秘境之灵讲了无数新鲜的手段。论折腾人的手段,凌忧界这些修士使用的简直就是小儿科,还不如他们凡人界的种种手段。

很多在凡人界无法实现的方法,在凌忧界反而可以得到完善。

"肉体上的惊吓,怎么能比得上心灵上的拷问?用幻妖来模仿人类,很容易被拆穿,倒不如让人身临其境。庭院里做梦的方式也太简单,心性稍微坚定一些的修士,都能察觉出不对。"箜篌道,"要想让人全心全意投入考验,就要让他们相信,幻境中的自己是真实的,比如说这样……"

箜篌跟秘境之灵友好交流了很久,秘境之灵用玉简把箜篌提的建议全部记录下来以后,才问:"你不怕五百年后的修士,知道这件事以后,给你下诅咒术?"

"不能吧,我这可都是为了他们好。"箜篌扭头,满脸无辜,"更何况只要你不说,他们也不会知道是我出的主意,对不对?"

秘境之灵静静看着她,良久后道:"我明白了。"身为没有性别的秘境之灵,他决定让自己化身为男性。据人类修士说,异性相吸,若他变成男性,这些女人对他应该会留几分情。

"那你准备放我走了?"

"把这本心经背下来,你就可以出去了。"秘境之灵把《心经秘法》塞回箜篌手里,在她眼前消失。

"身为仙人留下来的秘境之灵,竟然也会出尔反尔,人与秘境之灵之间的信任没了。"箜篌小声念叨着坐回去,翻开心经慢慢看了起来。

"先有天地,水泽万物,清气祛浊……"

第七章

闭关

秘境之灵离开箜篌的考验室，捧着玉简想了想，往另外一个方向走去。至少要试试，才能知道这个建议有没有用。

桓宗与箜篌离开秘境，准备继续往下走的时候，箜篌接到了云华门的飞讯符，云华门召她立刻回宗门。

"桓宗，我去去就回，明年宗门交流大会，你可别忘了带我在佩城好好玩。"箜篌跳上飞剑，还不忘跟他约好下一次见面要做的事。

看着笑容满面的少女，桓宗点头："好。"

可是直到少女离开，他还站在原地，一动也不动。

第二年宗门交流大会时，各大宗门的弟子陆陆续续赶到，他等了很久，终于等到了云华门弟子到来的消息，可是里面没有箜篌。他赶到云华门，才得知她闭关的消息。

第三年，箜篌没有出关。

第五年，箜篌还是没有出关。

第十年，箜篌终于出关，修为已经晋升为金丹期，他让林斛送去了贺礼。三日后，他收到了箜篌的回礼与感谢信，信中箜篌的语气疏离又客气，曾经同行的时光，一去不复返。

五十年后，他听人说，云华门箜篌仙子为了突破心魔，准备去凡尘界。他赶到凌忧界与凡尘界交会口时，看到了盛装打扮的箜篌，箜篌也看到了他。

"真人。"她对他微笑，恭恭敬敬行了一礼，雪花落了她满头。

"一路保重。"桓宗心口密密麻麻地疼，雪落进了他的心里。

又一个五十年，他闭关压制不稳的灵台，听到了箜篌突破元婴的好消息，不少人都说，她是修真界当下最有天分的修士。

他仍旧备了一份厚礼，让林斛送去。五日后，他收到了回礼，没有信。

又过了一百年，他始终无法突破分神期进入化虚境，收到了来自云华门的一份请柬。

云华门筌篌仙子修为晋为出窍期，为贺此大喜，云华门为她举办了一次晋级大典，他也是受邀人之一。

"公子可要去？"林斛问。

桓宗摩挲着请柬上的暗纹，脑子里想的是少女一颦一笑，趴在墙头朝他招手的模样。这份记忆过去几百年，仍旧鲜亮如昨日。

"不去了。"他缓缓放下请柬，闭上眼道，"无须去了。"

又是一百年，他的青丝变白，琉光宗飘起了鹅毛大雪。

有小弟子走过，说着双修大典的事。

"谁要举办双修大典？"他停下脚步，看向这几个新进门、性格尚还毛躁的弟子。

几个弟子看到他，面上露出敬畏之色："回师叔祖，是云华门的筌篌老祖。"

他怔怔地看着这几个弟子："筌篌……她要与别人双修吗？"

弟子们不明白师叔祖为何忽然如此失魂落魄，偷偷往后退了两步："师叔祖，您怎么了？"

那个笑容鲜活、会偷偷拽他袖子、说桓宗什么都会的少女，要与其他人在一起了？

捂住闷闷生疼的胸口，桓宗吐出几口鲜血来。

"师叔祖，您这是怎么了？快去请林老祖来。"

是啊，他是怎么了？

桓宗茫然四顾，筌篌说身体不舒服的时候，可以尝试着向人撒娇，他可以向谁撒娇呢？

"我……我……"他张着嘴，看着眼前这些急切的小弟子，心口的痛越来越强烈。

我是怎么了？

"喀喀喀。"桓宗睁开眼，面色煞白，口中吐出污血来。这是一间十分舒适的屋子，有床有书架还有椅子，墙上挂着一幅仙人骑鹤的图，留白处写着"天地之大，顺心而为"八个字。

用手帕擦干净嘴角的血渍，桓宗站起身走到这幅画前。

"天地之大，顺心而为……"

方才，他的心神被吸入了幻境之中？

这个幻境太过真实，真实到他此刻还有些许恍惚。他从未想过，箜篌会跟其他人结为双修道侣。

他想她永远鲜活快乐地活着，成为厉害的修士，最后飞升成仙，唯一没有想到的，便是她会有道侣。

转身走到门口，他伸出手去拉门。轻轻一用力，门开了。

"终于出来了！"箜篌从房间里冲出来，脚步欢快得像是与师姐们一起去买最喜欢的飞仙裙。

听到对面有开门声，她收起自己有些忘形的喜悦之情，抬头往对面看去。

白衣翩翩、面如冠玉的男人也望向了她。

"桓宗。"箜篌没有想到她与桓宗的距离，就只隔了一个院子。她拎起裙摆小跑过去，跑到一半时停下脚步，仔细观察几眼，确定这是真的桓宗以后，才继续朝他跑去。

跨上台阶，箜篌还没说话，桓宗已经伸出手，轻轻地、稳稳地拽住了她的袖子。

"我难受。"黑黝黝的眼眸看着箜篌，里面似有无限委屈。

"怎么了？怎么了？"箜篌扶住他的手臂，"是身体不舒服？"

桓宗缓缓摇头，他低头看着箜篌眼底的担忧与焦急，轻轻浅浅地笑了。

"难受还笑……"箜篌在收纳戒里找了找，取出一粒凝气丹喂到桓宗嘴边，"先把这个吃了。"

含住药丸，桓宗声音沙哑："谢谢。"

"不客气。"她看了眼四周，大声问，"秘境之灵，你还在不在？我们可不可以出去了？"

没有人回应。

箜篌抬高嗓音："秘境……"

"别叫了。"一身玄衣的秘境之灵出现，戴着白色面具的他，永远是没有表情的模样，"公共场合，不得大声喧哗。"

"可这里只有你我他三人，"箜篌道，"算不得公共场合，桓宗也不介意我喊大声一些。对吧，桓宗？"

桓宗点了点头，龙吟剑在手中出现。

秘境之灵往后退了一步，冷声道："以你们的心境与能力，再留在我这个秘境中，也没有什么用处。"他一挥手，筌篌与桓宗面前出现了很多块玉牌，这些玉牌外形一模一样，没有任何差别。

"这些玉牌是很多宝箱的钥匙，你们可以从中挑选一把。"秘境之灵看着桓宗，"五百年后，你们不要再来了。"

筌篌顺手挑了一块玉牌，顺口抱怨道："我们也勉强算得上有朋友之谊了，你竟然如此无情。"

"我只是秘境之灵，不需要有感情。"秘境之灵不想跟筌篌多说，"选好了就走。"

"等等！"筌篌见秘境之灵又打算直接消失，连忙叫住他，"宝箱我可以不要，你能不能帮我一个小忙？"

秘境之灵转头看她。

筌篌双手合十，眼巴巴地看着他："你可是仙人留下来的秘境之灵，比其他秘境之灵厉害，心地也一定很善良，帮帮忙啦。"

"吹捧的手段对我没有用，秘境之灵是不会有感情的。"秘境之灵语气冷淡，"你想要我帮你什么？"

"我想知道某些药材在什么地方，还请告知。"筌篌朝秘境之灵行了一礼。秘境之灵身上有仙人留下的神识，肯定也就知道一些仙人才知道的东西。

"药材？"秘境之灵看了筌篌一眼，这个人类女性身体健康，亦无暗疾，根骨心性也不错，是个有仙缘的人。倒是她身边这个男人，虽然根骨资质出众，也有几分仙缘，但是灵台出了问题，若有不慎，恐怕修为只能止步不前了。

"对，这些药材，您可知道它们在何处？"筌篌把药方交给秘境之灵。

秘境之灵接过一看，这是几千年前的药方，用于修士心境不稳、灵台破裂。但是由于药材太过昂贵，很多修士若是灵台被毁，就只能等着寿元耗尽的那一天。

没想到时隔这么多年，这个药方重现于世。

上面这些药，在主人飞升之时，已经是举世难寻，现在的修真界灵气越来越稀薄，又如何长得出这些稀世药材。

"放弃吧。"身为秘境之灵，他学不会人类拐弯抹角的说话，"上面很多药已经灭绝，你找不到的。"

"不试试，谁也不知道结果。"箜篌道，"请告诉我它们曾经所在的位置。"

"我只知道其中三味药材曾经的位置。"秘境之灵见她坚持，指了指其中三味药材，"无妄海之南，听风谷谷底，还有……"

秘境之灵顿了顿："凡尘界。"

"凡尘界？"箜篌从凡尘界来，知道凡尘界灵气有多稀薄，没想到这味名叫苍玉耳的药会在人间界，"在人间什么方位，我们要怎么才能找到它？"

"我不知道。"秘境之灵道，"据传这味药是一位帝王为了拯救他心爱的女人，日日用帝王之血灌溉，最后养出来的花。我不曾见过，脑子里有关这味药的消息，就是一千八百年前的人间界。"

"一千八百年前……"箜篌快速推断一千八百年前是什么王朝。

一千八百年前是西凤朝的天下，帝王桑羽对发妻情深义重，发妻病逝以后，便没有再娶。深情的男人少有，从一而终的帝王更是难寻，所以尽管过去了近两千年，仍旧有无数女子提起这位帝王。

越是难得的东西，就显得越珍稀美丽。

对于后宫女人而言，桑羽的行为就像是一个梦，一个属于其他女人的梦，她们都是观梦人。知道梦有多美，却永远碰触不到。

"多谢告知。"箜篌朝秘境之灵行了一个大礼，秘境之灵往旁边避了避。这个女人身上有龙气与仙缘，他受不了她的大礼。

"你们走吧。"秘境之灵道，"五百年后，你们两个不要来了。"

箜篌走了几步，停下脚步转头看秘境之灵："我们走了以后，你要独自在这里待五百年吗？"

秘境之灵侧身而立，没有看她亮晶晶的双眼："我不是人，也不懂你们人类的寂寞。"

"可是当你拥有人的身体，学会了人类的语言，知道退让与惧怕以后，与人又有什么差别？"箜篌无法想象，在一个空荡荡的地方独自待五百年是什么感受，"要不要……出去看看？"

"现在的修真界与几千年前相比，有了很大的变化，你不好奇吗？"箜篌觉得，一个懂得思考，还会在桓宗强大武力下选择退让的秘境之灵，已经与人无异了。

"我很好奇。"秘境之灵用没有起伏的语气道,"可是我是主人留下来的意志,我想帮他看到下一个飞升者出现。等你们修真界有了新的飞升者出现,我会出去看看的。"

"可是……我们凌忧界已经一千年没有飞升者出现了。"筌筷有些不忍,"你要一直等下去吗?"

秘境之灵很认真地点头:"一千年没有,那就等两千年,两千年没有,那就等五千年,只要凌忧界不消失,我就不死不灭,没有关系。"

看着秘境之灵戴着面具的脸,筌筷竟在白白的面具上,看到了几分坚持与可爱。

"也许一百年后,就会有人飞升,到时候你就自由了。"筌筷朝他挥了挥手,"那……下次见。"

秘境之灵看着她,就在筌筷以为他会说出什么不舍的话时,他开口了:"修真界现在的女修,都像你这般聒噪吗?"

筌筷:"……"

"告辞,不送。"筌筷转身拽住桓宗的袖子,往外走去。

秘境之灵也不动怒,看着她与桓宗离去,直到他们的身影消失在结界之后,站立的姿势也没有变过。风吹起他的头发,弹指间整个秘境被细细密密的雨水笼罩。

一场花雨,算是他为这个"朋友"送行?

走出结界,外面是巨大的金殿,金殿上飘浮着许多散发着金光的箱子,这大概就是秘境之灵所说的宝箱。

手中的玉牌不受控制地飞了出去,与中间某个宝箱重合在一起,宝箱打开,一件散发着五彩霞光的法器掉在筌筷手里。

法光闪耀过后,筌筷才看清这竟然是一把极其漂亮的伞。

伞不知用什么制成,似烟似雾,伞柄上刻着"敛息"二字,她撑开伞,伞骨莹绿舒适,几乎没有女子能够抵挡它的美。

随后她就发现,她周身的气息被敛去了,此刻的她看上去与凡人无异。她扭头朝桓宗看去,发现桓宗手里捧着一条法气四溢的飞仙裙,裙子漂亮得让她移不开眼,但是……男修开出这种裙子,能有什么用?

"给你。"桓宗把裙子交到筌筷手里,"我用不了这个。"趁着筌筷不注意,他把右手背在身后，把一件并不太起眼的普通法器放进了收纳戒里。

"那你的师妹师姐……"箜篌觉得自己还是要假装矜持一下的。

"我没有师姐，师妹们又都沉迷于剑道，对这些东西并不感兴趣。"桓宗温柔一笑，"与我最亲近的女修，就只有你了。"

"桓宗，你、你……"箜篌收起伞，拍了拍胸口后捂着脸，"你别这么笑。"

再这么笑下去，她怕自己控制不好两只手，会往桓宗脸上蹭。自己怎么会是如此厚颜无耻的女人，简直愧对老姬家列祖列宗，对不起师父师兄的教导。

"是我这样不好看？"桓宗脸上的笑容渐渐消失，失落道，"抱歉，下次我会注意。"

"不不不，你没懂我的意思，我的意思是说，你这个笑太好看了。"箜篌见桓宗垂眸哀愁的模样，哪还顾得上自己是不是厚颜无耻，"很好看，超级好看，我怕其他女修沉迷于你的容貌。"

"不会。"桓宗牵住她的手往殿外走。

在秘境中为了不踩错阵法，箜篌经常被桓宗牵着手，现在再被桓宗牵着，她连一点排斥都没有，跟在他身后乖乖走着："为什么不会？"

殿门打开，外面百花飞舞，细雨霏霏，漫天的花雨就是最美的画卷。

"我只笑给你看，她们就看不见了。"桓宗回头，微笑着看箜篌，"这样好不好？"

他的眼神很暖，像是融化了的春雪，花枝头上的晨露，亮晶晶的，还带着几分香与甜。面对这样一双眼睛，无论他说什么，箜篌大概也只会说好。

"好。"她怔怔点头，桓宗背后那美丽的花雨世界似乎已经朦胧虚无，只有眼前这个俊美的男子才是真实的。

《修仙记》中说，主人翁白衣胜雪，长身玉立，持剑站于山峰之巅，日月星辰仿佛都踩在他的脚下，天地为之无色。箜篌一直想象不出，什么样的人才能让天地无色，现在她终于明白，什么样的人可以让天地变得黯然失色，让世间所有变作陪衬。

花雨卷起两人身躯，再睁开眼时，已经是秘境入口外。

守在秘境外的宗门弟子见有人出来，都往这边张望，发现是琉光宗的桓宗真人与云华门的箜篌仙子，他们纷纷挤过来行礼，想要询问秘境里的事。

箜篌回答了几句，以为这些人还要继续问下去时，这些人却眼神怪异地走开了，就算有人准备继续问下去，也被其他人按着肩膀拖走。她疑惑地看桓宗："桓宗，他们怎么了？"

进秘境一趟，又没有毁容，这些道友没必要把气氛弄得这么不友好吧？

桓宗语气平静道："不知，修士的个性难免怪异些，不必放在心上。"

"师叔，"作为琉光宗代表的孝栋在秘境外守了好几天，看到桓宗终于出来，忙上前行礼道，"孝栋见过师叔。"

"孝栋，你怎么在此地？"桓宗问。

"回师叔的话，半个月前元吉门给宗主传消息，说您与箜篌师叔进了秘境，宗主便让晚辈过来守在秘境入口。"见师叔终于记住了自己的名字，孝栋很高兴，"现在见您平安出来，晚辈就放心了。"

"有林斛在，我不会有事，你让宗主不要担心我。"桓宗望了望天，"天色不早，你该启程回去了。"

孝栋："……"

所以尽管被记住了名字，师叔还是很冷漠。

"那晚辈便先……"孝栋拱手作揖，礼行到了一半，突然僵住，目光死死盯着桓宗与箜篌中间。

"练剑要紧，不要耽搁时间。"桓宗掏出一件法器给孝栋，"一件小玩意儿，拿去玩。"

"谢、谢师叔。"孝栋结结巴巴道谢，再站起身时，却不敢再看。难怪他刚才总觉得哪里怪怪的，原来师叔与箜篌仙子竟然牵着手站在一起。

手牵手……

手牵手……

抱着法器跳上飞剑，孝栋失魂落魄地飞远。

"孝栋师侄这是怎么了，踩在剑上飞得歪歪扭扭，也不怕出飞行事故？"箜篌可听说过不少修士飞行时忽然相撞的事，虽然筑基期以上的修士们撞一撞摔一摔不会闹出人命，但是堂堂剑修连飞剑都驾驭不好，传出去多丢琉光宗的脸。

桓宗是琉光宗的人，琉光宗丢脸，等于丢了桓宗一半的脸。这么一想，箜篌觉得这些小辈需要好好教育才行。

桓宗长得这么好看，举止这么优雅，人又这么好，怎么能在这种事情上丢脸！

林斛出来的时候，看到公子与箜篌姑娘坐在树荫下摆着一张小桌子喝茶吃

191

点心，两人说说笑笑好不惬意，要不是他们还留在这里，他几乎要怀疑，这两个人已经遗忘了他的存在。

朝两人走近，他听到箜篌轻笑出声："桓宗，没想到你小时候也做过这种傻事。那时候我为了偷偷看妙笔客写的话本，把书藏在二师兄的洞府中。"

"你小时候很可爱。"

"我知道你想说我小时候很调皮。"

"我不骗人。"

林斛："……"

不过是去了一个秘境，公子这是失了魂？

"林前辈，你终于出来了！"箜篌注意到林斛，笑眯眯地朝他挥手。

"公子，箜篌姑娘。"林斛走到两人身边，桓宗放下茶杯，指了指旁边的座位："坐。"

林斛收起剑，在桓宗身旁坐了下来。

桓宗给他倒了一杯茶，茶水的热气冒出，茶香四溢。

"公子，你的心情似乎很好。"林斛端起茶抿了一口，仔细观察着桓宗的脸色。

桓宗眼波流转，对箜篌笑道："我与箜篌有了天地双修的机缘，自然心情好。"

"对哦。"箜篌才想起这件事，"桓宗，今后我们有机会就一起打坐修行，这可是事半功倍的好事。"

"好。"桓宗站起身，弯腰把手伸到箜篌面前，"我们先去马车里试试，若是可行，日后在路上也能增加修行。"

"对哦。"箜篌一把拽住桓宗的手，"那我们快点。"

"公子……"

"你留在这里守着，等其他修士出来以后，代我与箜篌向他们道一声别。"桓宗转头看他，"可明白？"

林斛："……"

啧，腮帮子有点疼。

孝栋一路连飞带跑回到宗门，甚至顾不上其他师弟师侄给他见礼，匆匆往山峰上跑。

苍海看到徒弟脚步匆匆跑了进来，皱了皱眉："为何如此惊慌？"

"师父，"孝栋给苍海行了一个大礼，"师叔已经从秘境出来了，并未受伤。"

"这不是好事，你如此紧张是为何？"苍海起身去拿茶壶，"身为剑修，若是连最基本的——情绪都不能控制，又如何成就大道？"

"可是师父，师叔他与云华门的箜篌师叔有了男女之情。"

"什么？"苍海手中的茶壶砸到地上，他有些失态地看着徒弟，"你说师弟他对女子动了心？"

"是的。"孝栋道，"师叔从秘境出来，便与箜篌姑娘牵着手，箜篌姑娘说话的时候，还对她微笑……"

"这不可能，他那个人在平日里，能少说一个字就绝对不多开一次口，更别提笑着看人，我跟他认识三百年了，也没见他对我笑过几次。"苍海在屋子里走了一圈，让自己冷静下来，对孝栋道，"这事你跟我一起去汇报宗主。"

苍海是松河峰主的徒弟，与宗主见面并不是难事，所以一路畅通到了主殿。他进门看到师父与宗主都在，行礼后道："宗主、师父，孝栋已经回来了。"

"你们两个坐下说。"金岳和颜悦色道，"方才你师弟传了飞讯符回来，把秘境发生的事情跟我说了一遍。"

"那他……有没有跟你提箜篌姑娘的事？"见宗主心情甚好的模样，苍海想，师弟心境已是不稳，宗主不怕他与女修生了情，大喜大悲之下，心境更加受影响？

"提过了。"金岳面带喜色，自从徒弟出事以后，他已经很久没有露出这么轻松的表情了，"云华门的这位箜篌姑娘，实在是个大福星。你师弟遇到她，真是事事如意，吉祥连连。"

苍海："……"

这跟他预想中的有些不一样啊。

"你同意他俩的事？"身为一个修炼了近五百年的剑修，苍海的表情难得如此复杂。

"这种大好事，怎能不同意？"金岳道，"世间这么多修士，能有多大的机缘得遇天地双修的造化？有了箜篌姑娘与他天地双修，你师弟的心脉会慢慢得到温养，就算不能痊愈，我也不用担心他哪一天灵台破裂，修为散尽。"

"天地双修？"苍海怪叫一声，"真的是天地双修？"

松河皱眉，他这个徒弟向来是个稳重性子，今天这是怎么了，说话行事竟像毛头小伙子一般。

金岳也觉得奇怪，天地双修多好的事，为何苍海师侄表情却如此怪异。

"宗主，箜篌姑娘今年多大？"

"她尚年幼，骨龄不过十七岁。但他们两人又不是要结为道侣，何必在意年龄？"金岳摆手道，"云华门上下都非常不错。虽然她现在修为低微，你师弟与她一起天地双修，对她更为有益，但天地双修对她是可有可无的事情，对你师弟却很重要。万万不可拿年龄、修为说事。"

云华门送他们鲛人鳞已是天大的恩德，没想到徒儿与箜篌还有这等机缘，他与徒儿可算是欠了天大的情。

苍海沉默下来。

师弟难道是为了能与箜篌长久地天地双修，才故意诱她动心？

箜篌姑娘才十七岁啊，师弟竟然丧心病狂地做出这种事？

"苍海，"松河峰主见徒弟的表情还是十分怪异，开口道，"你有何话要说？"

"我……"苍海侧身看了眼不敢说话的孝栋，咬了咬牙开口道，"宗主，晚辈确实有事相告。"

"何事？"金岳见苍海神情如此凝重，收起玩笑的心态。

"宗主，我觉得师弟他可能要去云华门做上门女婿了。"苍海咽了咽口水，"孝栋说，他看到师弟与云华门箜篌姑娘在众人面前手指相扣、相谈甚欢。"

"当真？"金岳看向孝栋。

孝栋小幅度点头："师叔与箜篌师叔出来的时候，有很多修士围着他们，晚辈没有注意到有什么不对劲。等晚辈走近了，才看到师叔牵着箜篌姑娘的手，十分亲密。"

屋子里一下子安静下来，孝栋后背冒出冷汗，师伯祖一气之下，该不会跑去找到师叔，把他跟箜篌姑娘拆散吧？

"松河，"金岳沉默良久，转头看向松河，"你上个月与云华门忘通峰主论道十几天，相处得可还愉快？"

"忘通道友为人幽默，修为高深，我与他相处得很好。"松河想起陪自己从街头吃到街尾的忘通，极力忽略忘通那不靠谱的性格，在他平日言行中，艰难寻找着他的闪光点。

"你与忘通峰主是老朋友,那我只能拜托你帮我跑一趟……"

"宗主,"松河打断金岳的话,"箜篌姑娘才十七岁,就算我跑十趟,有些话也说不出口。"就忘通那破脾气,他要是敢开口,对方就敢举起武器,一路从云华门追到琉光宗来。

"你想到哪儿去了?"金岳愣了愣,"我是让你打着给云华门送礼的旗号,再给忘通峰主带一份礼过去。不知忘通道友喜欢字画丹药还是法器符箓?"

"他什么都不喜欢。"松河仔细回想,语气不太肯定,"忘通身为一峰之主,丹药法器符箓应该不会缺,他缺的是灵石。"

金岳怀疑地看着松河,这真的是与忘通道友交情好的样子?

"宗主,我并未说笑。忘通道友的运势有些特殊,生来是存不住灵石的人,所以身上并没有什么灵石。"虽然忘通自己不太承认这件事,但大家都是男人,又常常一起出去吃美味的食物,对方缺什么,想什么,他大致还是能猜得出的。

"那你备些灵石法器药材一起带过去,单单只送灵石,让忘通道友误以为我们瞧不起他,反而不是好事。"金岳吩咐完这一切,见松河还是用奇怪的眼神看着自己,只好叹息道,"万一几十年后,桓宗真要入赘到云华门,我至少要帮他先讨好女方的师长。"

上门女婿不好做啊。

松河没想到宗主竟然想得这么开,好好一个天才徒弟,送去其他门派当上门女婿都愿意。

"唉。"金岳叹息一声,"他小的时候,我希望他恪守己身,在剑道上走得更高更远,打破凌忧界近千年无人飞升的僵局。可是……"

"凌忧界不是属于哪一个人,这么沉重的责任,也不该由他来背负。"金岳神情缓和,像是想通了一些事,整个人的精气神都焕然一新,"他还是一个稚子时,就跟我来到了琉光宗,他从未让我失望过,我这个做师父的,又怎能让他失望。"

大多修士没有子嗣,对于他们来说,亲传弟子就是他们的子嗣,身为父亲,对孩子除了严厉以外,还应该有感情。

"是我只教会了他剑道,却没有培养他正常人的感情,让他不懂与人交际,不懂感情悲喜,才让他心境出现问题……"

"宗主,此事又怎么能怪你?"松河听到这话,隐隐觉得不对,"便是师伯听了，也不会赞同你这句话。"

"你无须这么紧张。"金岳见松河如此，竟是笑了起来，"我很庆幸桓宗遇到了一个让他学会表达感情的人，天道待他，到底是留了生机。"

松河见金岳并不像因为此事生了心魔，放下心来："箜篌姑娘，确实是一个容易让人心生喜爱的女子。"

没有人会讨厌一双会说话的眼睛，剑修交友向来最看重内里的品性，心思越是淳朴干净的人，越容易吸引剑修。箜篌能与师侄做朋友，松河一点都不意外，唯一意外的是桓宗竟然对人家小姑娘有了情愫。

这事儿怕是有些难办，云华门那些人……

云华门的管理看似松散，但是在那里待过一段时间的他发现，云华门的教育理念与他们虽然不同，但是对门下那些弟子，是最有用的。

可以让他们施展自己的天性，却又让他们记得行事有度。尤其是当他得知，云华门的弟子筑基以后，都要去地牢观看作恶者的下场时，他是非常震惊的。

很多宗门怕弟子移了性情，在他们筑基后的十年内，都是把他们关在宗门里静心修炼，不要多看不要多听。云华门倒好，直接给弟子来个震撼教育。

但他后来仔细一想，看似松散的云华门，当真没有几个背叛宗门的弟子。他们琉光宗管理如此严格，叛出宗门的弟子，也不比云华门少。

或许云华门让弟子学会了一个字：怕。

有怕才有敬，有敬才知道自己应该做什么。

桓宗上这种宗门做女婿还是不错的，就怕……人家不愿意要啊。

归临自从揭穿邪修的伪装，带着大家一起成功逃命后，总是能感受到同门们的热情。在膳食房吃饭的时候，大家总不忘给他留一个位置，抢到好吃的也要分他一半，就连那个力气大得恐怖的小师妹，都会在他练剑很累以后，扛着他往膳食堂跑。

这种热情对他而言，十分麻烦，他暗示过好几次，让他们离他远一点，但……这群人似乎听不懂他的暗示。

"归临小师弟，今天有箜篌师姐从奎城寄来的新鲜水果。"高健演见归临被师妹拖了进来，忙对两人招手，"柔柔，快来快来。"

归临想不明白，李柔的父母究竟是怎么想的，自家姑娘明明力大无穷，偏偏还要取名为柔柔。

他们这些刚入门的弟子，都还没有论资排辈，所以默认与掌派大师兄一个辈分，称呼上也按照这个来。日后拜入内门，辈分或许会有所变化，大家最需要适应的就是改称呼。

"箜篌师姐好厉害。"听到箜篌的名字，柔柔双眼放光，"短短七年内晋升到心动期，在秘境里带回这么多果子分给我们，好想嫁给她。"

归临瞥了她一眼，她不知道自己的性别吗？

啃了一口灵果，甘甜可口，灵气充裕，确实不是普通的水果。这么好的水果，云华门竟然愿意分给普通弟子。他扭头看了眼其他人，内门弟子与普通弟子一样，都只分到一颗，不过这些师兄师姐似乎也不在意多少，嘻嘻哈哈凑在一块儿聊天，毫无宗门弟子应有的气质。

"你们刚才看见没，琉光宗的松河峰主来了。"

"松河峰主不是刚回琉光宗不久？"

"那我就不知道了，是勿川大师兄与潭丰师兄亲自去迎接的，我刚才在道上遇见了。这次可不是松河峰主独自来的，他身后还跟着好几名弟子，个个面若冰霜，剑气四溢，活人与剑也没什么差别了。"

"剑修嘛，不都是这个样子。"

"琉光宗隔三岔五来我们宗门，难道是想跟我们宗门合力完成什么大事？"

"这就不是咱们该管的事，别瞎操心。"

"归临，你发什么呆？"高健演敲了一下他的手臂，"走，我们排队打饭去。"

归临沉默地站起身，跟在了高健演身后。

琉光宗近来频频向云华门示好，难道是为了云华门藏起来的鲛人鳞？都是大宗门，琉光宗就算知道了云华门有鲛人鳞，也不好与他们撕破脸皮，只能晓之以理、动之以情。

不过看他们隔三岔五就上门的样子，可以判断出云华门对这事还没有松口。

长此以往，琉光宗与云华门之间，肯定会生出嫌隙。

想到这，归临皱了皱眉。云华门得罪排名第一的大宗门，他本该高兴才对。可是看着这些无知无觉的师兄弟、师姐师妹，他心里有些不得劲儿。

云华门失势，这些脑子不太灵光，整日就挂念着吃食的同门，会不会因此受到牵连？

元吉门内，听到所有弟子都安全回来，双清沉了将近一个月的脸，终于有所缓和。听到金玲说，在秘境中多次受到箜篌仙子的照顾以后，双清真人点了点头："我知道了，你们先去休息，其他的事情，等明日再说。"

看着这些弟子欢欢喜喜退出主殿，双清往椅背上靠了过去。

"门主，"在他身边跟了几百年的随从闪身出现，"徐枫公子近来精神好了很多，已经会写字了。"

双清脸上出现一丝笑意："那孩子最擅长书法，我活了这么多年，都比不上他。"

随从道："徐枫公子向来如此。"

自从那天晚上箜篌仙子哄着公子说，他的母亲希望他乖乖的以后，公子便安静了很多。只是这话，他不好跟门主说。

大公子是门主从凡尘界带回来的，当年他被生母抛弃在水池里，烧得浑身发红，门主心软把他救了起来，后来发现公子身上有灵根，便把他带回了凌忧界。

第一次收徒弟，门主待他十分用心，就跟养孩子一般。哪知徐公子内心一直有心结，惦念着当年生母抛弃他的事，某次度劫时，被心魔入侵，整个人变得混沌无知，犹如三四岁的幼童。

双清似乎也想到了大弟子当年一些事，表情似悲似喜，过了好一会儿才道："云华门那边，可有消息传来？"

"没有。"随从道，"近来得到的消息越来越少了，莫不是……"

"不会，那个孩子的眼神我看过，里面满是野心。云华门中的教育方式，他绝对适应不了。"

"若是事成，您真的打算让他做掌派弟子？"

"他天资聪颖，根骨好，又有心计与野心，比周肖更适合掌派大师兄的位置。"双清道，"周肖这孩子并没有什么错，性格温和，心胸又开阔，但他更适合做管事或是长老，做不了宗门之主。"

随从想起周肖的孝顺与忠厚，心里有些不忍。不过门主向来是说一不二的性格，他不敢多言。

"你……"双清想了想，"罢了，我自己去周肖那里看看，那孩子向来怕给我惹麻烦，遇到事也不吭声。在秘境里遇到什么事，我若是不去问，他肯定不愿意多说。别像徐枫那样，弄出心魔，一辈子都要被毁了。"

看着门主一脸不耐,却匆匆往外走的样子,随从终于叹了一口气。

口里说着狠话,做的却是心软的事,这到底图个什么呢?

元吉门外,筌篌一行三人与昭晗宗弟子相遇,她发现那个叫方应正的弟子没有来,大概……是觉得他名字不够好,为了彼此欢乐祥和的气氛,所以不让他来?

他们一行人在元吉门叨扰过几日,出了秘境也不能转头就走,大宗门之间该有的礼节,一样都不能缺。

长德等人见到筌篌他们也不意外,互相见了礼后,就见到周肖出门来迎接他们进去。长德向周肖道谢,却偷偷侧首看了桓宗好几眼。

不知道是不是他的错觉,他怎么觉得……桓宗真人身上的气息更为内敛了?

从秘境出来,筌篌与桓宗尝试着天地双修,效果比预想中还好,筌篌十分惋惜,桓宗若是云华门的弟子,他们俩就可以天天在一起双修了。

她说这种话的时候,桓宗没有出言反驳,只是给她倒了一杯茶。

林斛对此很担心,怕公子真的对这事有想法,那他就会成为琉光宗第一个叛出宗门的峰主,从此公子肯定更加声名远播,留名凌忧界几千年。

怀着一肚子的心思,林斛跟在两人身后,再次见到了双清门主。双清真人的脸还是那么方,脸上的笑容看起来比上次要真挚了几分。

宴席上,筌篌看着满桌的灵果灵菜,猜测进秘境的元吉门弟子可能拿到了好东西,不然双清真人为何高兴成这样。

"筌篌仙子,这一杯灵茶是老夫敬你的。"双清起身,朝筌篌举杯道,"多谢仙子。"

筌篌:"……"

难道她帮秘境之灵出谋划策,坑了队友的事情,被人发现了?

微笑着把茶水喝下去,筌篌见双清门主看她的眼神很温和,心中疑惑更甚,她记得进秘境前,这位方脸门主对她的态度还只是表面客气,现在突然这么大的转变,这让她不得不多想。

"门主客气了。"当着其他人的面,筌篌不好问对方想要感谢她什么,含糊地笑笑就当这事过去了。

双清门主似乎也不打算解释。宴席结束后,筌篌正准备离开,元吉门的弟子前来邀请她，说门主有要事与她相商。签筷更加怪异，她一个没见过多少世面的年轻弟子，能有什么大事跟一位宗主商量？

元吉门又不像是五味庄跟吉祥阁这些小门派，很多事大家商量一下就能完事。

对双清的行为虽然不理解，但是对方行事客气，签筷不好拒绝，便答应了下来。

"不知双清门主是否介意我陪着签筷姑娘一起过去？"桓宗看向传话的弟子，"签筷年幼，女孩子胆子小，我怕她有言语不当处，冒犯到门主。"

传话的弟子没有料到面若冰霜的桓宗真人会忽然开口，什么女孩子胆子小，什么言语不当冒犯，修真界有几个胆子小的女人，至于冒犯……

这姿态哪里是怕签筷仙子冒犯门主，分明是担心签筷仙子独自过去。见惯了琉光宗剑修们冷漠的样子，突然有了一个喜欢"多管闲事"的真人，传话弟子还有些不习惯。

"真人能一同前往，那是鄙派的荣幸。"传话弟子略一思索后，便应了下来。

这种场合，他也无法说出不欢迎其他人的话。

宾客散尽，热闹的元吉门看起来冷清许多，偶尔有剑不离手的弟子经过，远远向他们行了礼，便退到了一边。

"真人、仙子，请往这边走。"

穿过一潭荷池，签筷看到双清坐在池里的水中亭中。

"仙子、真人，请上船。"传话弟子从袖子里甩出一叶玉舟，做了一个请的姿势。

桓宗先一步跳上船，快速查看了一遍船内，负手往旁边让了一步。签筷飞身跳到他旁边，对传话的弟子笑了笑。

玉舟无桨自动，载着签筷与桓宗朝水中亭而去。

"可看出池中有多少种阵法？"桓宗欣赏着池中盛放的荷花，问身边的签筷。

"嗯……"签筷认真地看了许久，"我只看出了三种，催灵阵、五行阵，还有锁鸣阵。"催灵阵与五行阵都是为了池中荷花而设；锁鸣阵是为了保护水中亭，不让其他人轻易闯入这里。她脚下踩着的这艘玉舟，就是破阵的钥匙，没有这艘玉舟，靠近水中亭就会受到阵法攻击。

"短短几日，你已经认得这些阵法，很是不错了。"不应该是荷花盛开的季节，里面的荷花却开得灿烂。本该混浊的池水，却是清澈见底，清澈到水中摇曳的金色锦鲤都能看得清清楚楚。水至清则无鱼，这里面的鱼，却靠着浓郁的灵气活得肆意。

"那我猜对了吗？"筌筷睁大眼睛看桓宗。

"水底确实有这三种法阵，但这三种法阵只是流于表面，真正厉害的，是利用锦鲤与荷花形成的流动阵法，噬魂阵。"水面浮着朦胧雾气，整个画面看起来美极了，但是这些朦胧的雾，却是杀人的利器。

"噬魂阵？"筌筷听说过这个名字，听说陷入这种阵法的人，都会丢了心神，若是心怀恶意者闯入，但又不能抵抗法阵的力量，就会陷入疯狂、混乱中，最后甚至自爆灵台而亡。

各个宗门内外都有各种防护法阵，门下弟子们随身佩戴命牌，也是为了避免不小心踩错地方，被自家阵法给害死了。

她在水面上观察了好一会儿，直到玉舟在水中亭台阶旁停下，她也没有看出端倪来。暗暗叹口气，她果然还是学艺不精，法阵这种东西，真不是一两日就能学成的。

双清见桓宗真人也跟了过来，略有些意外，邀请两人坐下："真人、仙子请入座。"

筌筷与桓宗坐下，见一个面容慈和的老人为她斟茶，她双手接过："多谢前辈。"

"仙子不必如此客气，老朽只是门主的仆从，当不起这声前辈。"仆从笑了笑，在筌筷面前摆了几道点心。

"达者为长，年高者为长，您两样占尽，在晚辈面前，便是前辈。"筌筷认真回道，"还请前辈不要自谦。"

年迈仆从笑容更加和蔼，退到了双清身后。

"今日请仙子来，是在下想向仙子再道一声谢。"双清并没有跟筌筷说太多客气话，开门见山道，"劣徒徐枫是我收的第一个徒弟，把他从凡尘界带回来时，他才五六岁大。那时恰逢凡尘界两朝帝位交迭，民不聊生。无数人为了活命，易子而食。徐枫的母亲不想他被丈夫拿去交换食物，又抵抗不了丈夫的权威，便趁着他病得昏迷不醒时，把他扔到人迹罕至的池水旁。"

对于依附在男人羽翼下，生死不由自己的胆怯妇人而言，把孩子偷偷抛到别人没有发现的地方，已经是她做过的最大胆的事。若是徐枫没有生病，会吵会闹，或许她害怕丈夫发现，不敢做这件事。

高热不止的孩子被扔在外面，能有多大的可能活下来？她或许知道，或许不知道，又或许是图一个心安，但不管如何，这已经是她唯一能为这个孩子做的事了。

对于年幼的徐枫而言，待他最好的母亲趁他病重便抛弃了他，是他永生难忘的事。

"几十年前，我发现他对生母怀有心结，带他去凡尘界走了一趟。可是一百多年过去，他的生母就算没有在战乱中死去，也已经寿终正寝。"双清叹气，看起来有些可笑的方头方脸，在此刻变得更有人情味，"若是当年我没有念在他年幼，瞒着他易子而食这件事，说不定他今日便不会如此。"

"门主此言差矣，若是你告诉他这件事，徐公子或许会因为生父易子而食，解不开心结。"当年的两朝交替，应该就是老姬家祖宗推翻楚氏皇朝暴政的时候。

没想到这段过往，还牵扯到老姬家的祖宗。

"不管如何，自从那夜徐枫与仙子交谈后，他已经不爱四处乱跑，可以安静下来听我说话了。"双清苦笑，"我已不求他立地飞升，只求他能好好活出个人样，我就心满意足了。"

说完这些话，他拿出一个黑檀木雕花箱放到箜篌面前："仙子之恩，在下十分感激，这份礼望仙子能够收下。"

"徐枫公子能好，晚辈十分高兴，但这份礼晚辈不能收。"箜篌摇头拒绝，"实不瞒门主，我祖上与那场民间苦难有些渊源。徐枫公子因那场苦难与亲人分离，我不过与他说了几句话，实在称不上什么恩情。"

"仙子骨龄不过十七，二百年前的事，就算与你祖上有关，但也与你无关。"双清道，"仙子不收这份礼，是嫌弃在下？"

"门主言重了，晚辈并没有此意。"见双清坚持，箜篌只好把礼收下，向双清真人告辞。

这次双清真人没有留他们，让仆从亲自送他们出去。

仆从送完两人回来，双清还坐在亭中饮茶，见他回来，淡淡道："他们走了？"

"已经离开了，看他们离开的方向，应该是往东边走。"仆从为双清换了一壶茶，"宗主你送箜篌仙子的那几样法宝，都有着强大的防御能力，你是担心她一路上遇到危险？"

双清冷笑:"她是云华门的弟子,我替她担心做甚?"放下茶杯,他有些不高兴,"我只是不想欠她的人情,免得以后拉下云华门时,看到她觉得理亏。"

"原来如此。"仆从恍然道,"我见宗主你把亲自炼制的法戒都放了进去,就自以为门主欣赏筌箐姑娘这种后辈,还请门主恕罪。"

"罢了,我懒得与你计较。"双清强调,"但是身为门主,我不会对不相干的人产生多余的感情。再说了,云华门的徒弟,我凭什么要欣赏?"

当年他跋山涉水赶到云华山下,只差一炷香的时间,就能成功走完问仙路。偏偏无论他怎么恳求,云华门那些人都不愿意给他一个机会,还说他的心性不适合云华门。

现在他做了元吉门的门主,不知道当年说他不适合进云华门的那些老古董,有没有扼腕后悔?

从元吉门出来上了马车,筌箐把箱子交给桓宗,让他帮着看看里面的东西有没有问题。不是她喜欢以小人之心揣度他人,实在是双清门主前后态度差别太大,她难免有些多想。

桓宗接过箱子打开看了看,这是一个自带收纳法阵的收纳箱,里面装着大大小小各种法宝,最珍贵的是一枚极品防御法戒。戒指体量小,本来附着不了多少法纹,但是这枚戒指上附着了无数法阵,只能用价值连城来形容它的珍贵。

摩挲着这枚法戒,桓宗有些不解,双清送珍贵法器给筌箐是想做什么?见筌箐资质好,想把她收到元吉门下?

"都是好东西,"桓宗把法戒放回箱子里,把箱子递还给筌箐,"可以收着。"

"我还以为里面放着暗器之类的东西。"筌箐把箱子放进马车里的架子上,小声嘀咕道,"虽然这位方门主……不是,是双清门主性格有些奇怪,但是对徒弟倒是很好。"

"你是云华门亲传弟子,他若真敢在有其他人在场时,在送给你的礼盒中放暗器,那他就别想做宗主了。"桓宗道,"不仅是他,连整个元吉门都要受到连累。"

身为宗门之主,用不入流的手段针对晚辈,是整个修真界都不能容忍的事。

"那倒也是。"筌箐点头,"有你在场,他肯定也不敢做这些事。"

桓宗失笑,这哪里是他的原因。双清是有野心,又不是患了失心疯,哪些事绝对不能做，他应该很清楚。

"哎呀，我差点忘了。"箜篌从收纳戒里掏出种在花盆里的不知名灵草，见它们叶子看起来又有些不精神，赶紧倒了几滴灵液在小花盆里，然后把花盆摆在了马车里。

见箜篌还养着这几棵草，桓宗从收纳戒里拿出一瓶适合浇花的药露，学着箜篌的样子往里面滴了几滴。

"这是什么？"箜篌闻到了淡淡的清香味。

"是宗门里一位药修长老炼制的药露，能够提升花草的生机。"桓宗把药露放在花盆旁边的架子里，这样就能天天记起浇一浇。

"那要不再多浇点？"箜篌盯着灵草不太精神的叶子，"这几棵灵草在收纳戒里待了这么久，肯定很缺肥料。"

"多浇点？"桓宗扭头看她，犹豫着要不要照做。

"嗯嗯，"箜篌点头，"再多一点。"

桓宗依言又浇了不少。

马车外的林斛摇头，一滴药露足以救活一棵百年老树，这两个败家子把灵液、药露当作水来浇灵草，不仅浪费好东西，还会把灵草给浇死。

不久后车内传出喝茶吃点心的声音，林斛靠着车门，用马鞭轻轻拍了拍马背，马儿腾空飞起，拉着马车飞向了天空。

"桓宗，我们来双修吧。"

"好。"

年轻小姑娘说话，怎么能随便省略前面两个字，这种话太容易引人误会了。

林斛摇头，反正公子也是去做上门女婿的命，就随他们折腾去吧。

一夜过去，箜篌从打坐中醒来，她打了个哈欠，踢了踢有些僵硬的腿，掀开车窗帘子看了看，外面云雾缭绕，他们还在天空中。

她拍了拍脸，趴到车门帘外："林前辈，我们还没到吗？"

"还有一会儿。"林斛道，"下面有片草地，我让马儿下去休息片刻，喂些粮草。"

无妄海、听风谷、凡尘界这三个地方，听风谷离奎城最近。所以离开奎城以后，箜篌姑娘便决定朝听风谷出发，公子是箜篌姑娘说什么就听什么，于是他这个车夫，干脆一切都照箜篌姑娘的意思行事。

马车落地，桓宗从车上下来，让箜篌在马车里换衣服洗漱。他走下马车刚走了没几步,听到箜篌忽然大声叫他:"桓宗,桓宗!"

桓宗飞身回到马车上,掀开帘子:"发生了何事?"

"灵草上的果子没了!"箜篌指着灵草原本结果的地方,果实已经消失,不过那里却长出一条又长又细的枝干,枝干白中透着绿,看起来格外脆弱,仿佛吹口气都能折断。

其他两棵灵草同样如此,三根细嫩的枝丫搭在一起,如新生婴儿一般脆弱。

"这不是灵草本身有的东西。"桓宗仔细观察了一会儿,"之前的红色果子,根本不是果实,而是某种东西以寄生的方式,长在了灵草身上。"

难怪他刚见时,还觉得这几棵灵草是能够移动的迁移草,几日后便以为是认错了。迁移草被寄生以后,寄生物就会按照本能让迁移草变换形态,外表形态变得越普通越好,这样寄生物就不容易被发现。

寄生物忽然从迁移草身体里长出,是因为它吸收到了足够的灵气,已经不需要寄生在迁移草上了。

不对。

桓宗发现,这种寄生物格外奇怪,尽管它已经借迁移草长出枝丫,但没有长出自己的根部,仿佛打定主意不下来,就这么赖在迁移草根茎上。

"桓宗,这是什么草?"箜篌屏住呼吸,怕自己喘气太重,把纤细柔嫩的分枝吹断。

桓宗摇头:"我从未见过,书中也没有相关记载。"

箜篌起身拿起架子上的灵液与药露,往花盆里各倒了半瓶进去:"多喝点灵液,快快长大。"

不知道是不是多心了,她觉得嫩枝上那几片幼小得勉强能看出外形的叶子,好像在哪里见过。

"公子、箜篌姑娘,我看到外面有个……"

林斛掀起帘子,风从外面吹进来,一根细嫩的枝丫迎风而断。

"啊呀呀呀!"箜篌扑到桓宗身上,把帘子摁住,不让风吹进来,"断了断了。"

"小心些,别摔着了。"桓宗扶着她的肩膀,伸出手帮她拉住帘子,免得箜篌用这别扭的姿势趴在马车里。

箜篌坐起身,看着吹断后搭在灵草叶子上的细嫩枝丫,抱着一种莫名的怜悯心态,在收纳戒里找到一只不起眼的玉盒,把枝丫装进了玉盒中。

好歹……让它能够死有葬身之地。

帘子外的林斛："……"

等下次出门，公子可能就用不上他这个车夫了。

自认给小枝丫找了一个葬身之地，箜篌再看剩下的两根枝丫，心中终于没有愧疚感了，在花盆外立了一个防风防雨防晒的结界，才敢把帘子打开："林前辈，你方才说什么？"

闻着马车里浓郁的药露味道，林斛也不问他们两个在马车里干了什么："前面有个水潭，我用法器测过了，水没有问题。我们可以用蓄水的法器装一些带在身上，等到了听风谷谷底，就算那里水源稀少，也不影响我们洗漱。"

"对哦。"箜篌连连点头，"还是林前辈你想得周到。"她拎起裙摆跳下马车。看着前方不远处的水潭，她转头对桓宗道："我去看看。"

"小心脚下。"四周没有修士与妖兽的气息，桓宗很放心。

等箜篌跑到水潭边装水后，林斛神情严肃地看着桓宗："公子，箜篌姑娘还差一个月才满十七岁。"

"我知道。"桓宗走下马车，神情平静。

"知道就好。"林斛瞥了眼桓宗的大长腿，"非我想惹人嫌，总是插手公子的私事，但是箜篌姑娘尚且年少，公子与她太过亲密，对她不好，对你亦不好。"

"我敬她、尊她、怜她，不会做对她无益的事。"桓宗看着蹲在潭水边的少女，神情温柔，"林斛，没有人舍得伤害一个美好的人。"

林斛动了动嘴唇，最终把藏在心底的话问出："仅仅因为她很美好？"

"不。"桓宗摇了摇头，大步朝箜篌走去。

箜篌把蓄水法器抛进水潭中，待装满水以后，掐起法诀把法器召唤回来，转头见桓宗来到了她身边，把蓄水法器收进收纳戒："桓宗，你要装水吗？"

"不用，我的水葫芦中还有。"桓宗掏出手帕擦去溅在箜篌脸上的水，"听风谷里的风很大。"

"这个我早有准备，连纱帽都准备好了。"箜篌得意扬扬，她可不是没有准备的人。

在炼器炉旁边都要擦好几层护肤膏的小姑娘，为了陪他一起找药，竟然连能够吹伤皮肤的风也不怕了。桓宗轻笑出声："箜篌，你不能一直对我这么好。"

"怎么不能？"箜篌瞪眼，"难道你还想跟我绝交？"

"不。"桓宗牵起她的手,"今生得遇箜篌,是我之大幸。"

"这话……"箜篌耳尖红了,"挺肉麻的。"

"是吗?"桓宗停下脚步,转身看着她,眼神温柔如春风。

"也、也还好。"箜篌整个耳郭都红了,长得好看的人,就算说肉麻的话也好听。

桓宗再度轻笑出声,低低沉沉的笑声,就像是最美的乐声,这让箜篌跟在他身后走了好长一段距离才想起他们还在牵手的事:"桓宗,你是在秘境里养成了习惯?这里没有魅魔跟幻妖,你不用受累护着我了。"

桓宗嘴角的笑意稍淡,缓缓松开手,声音沙哑道:"是啊,习惯……忘记改了。"

箜篌隐隐觉得桓宗有些不对劲,她观察着桓宗的面色,与她开始天地双修以后,桓宗的气色近几日看起来好了很多,连林前辈都说,或许再过一段时间,桓宗就能恢复以往八成修为了。

现在的桓宗修为已是深不可测,没想到竟只是他六成功力,待找回灵草桓宗心魔除尽时,不知又会是何等风采?

世上有一种人,在看到他第一眼时,就会觉得这样的人应该站在高处,不该平庸委屈地活着。在箜篌眼里,桓宗就是这样的人。亦师亦友亦是兄长,但凡有一丝恢复的希望,她都不想桓宗放弃。

看着少女神情恍惚、疑惑不解的模样,桓宗表情恢复如常:"这两日你一直陪着我修行,此处风景优美,先在这里歇一日,再去听风谷。"

"好。"箜篌犹疑不定,但这里确实风景如画,难怪桓宗喜欢这里。

走到水潭边盘腿而坐,灵气在体内运转时,箜篌脑子里浮现了《心经秘法》的内容。在秘境中,她被秘境之灵要求必须把心经背下来,当时她并没有觉得有什么,现在才发现,这部心法的内容就像是刻在了她心里,怎么都忘记不了。

发现身体潜意识里想要照着心法里说的方法修炼,箜篌连忙控制好心神,抱元守神,运转起身体里的灵气。

"她天生适合修炼。"林斛看着水潭边,已经快速入定,与天地自然融为一体的箜篌,摸了摸马儿的头,给它喂了几根灵草,眼中带着惊叹。

"这个世间,无论是谁,都带着天分出生。只是每个人的天分不同及其多少不同而已。"桓宗看林斛,"你不必自卑。"

林斛失笑，公子可真会开玩笑，他这把年纪的人，哪会因为后辈的天赋心生嫉妒或是自卑。

知道公子是在说笑，林斛道："与你共勉。"

"嗯。"桓宗点头，"都说救命之恩，当以身相许……"

"公子你错了，凡尘界这句话的意思是长得难看是做牛做马，长得好看才能以身相许。"

"我很好看，箜篌也很好看。"

林斛沉默许久："公子，你是在与我说笑？"

桓宗反问："我何时与你说笑了？"

林斛面无表情："很多时候。"

"那你这次可以放心，我是认真的。"

林斛嘴唇颤了颤，扭过头没有说话。他解开马儿身上的缰绳，让它们自己去觅食饮水。四处跑动的马儿，就像是他无处安放的情绪，肆意奔跑着，但还没有疯。

"求求你，救救我们。"

"仙女公主，求你显灵，看看我们吧。"

"过往种种皆是本宫不是，求你显灵拯救苍生，本宫愿折寿十年。"

箜篌从入定中醒来，额间冒出细细密密的汗，脸色煞白。她睁开眼，花好景美，哪有人在说话。

"箜篌，怎么了？"桓宗见箜篌满脸是汗、面色苍白，担心她修炼出了岔子，大步走到她身边，伸手去探她的灵脉。

一切如常，并没有出现灵气混乱的状况。

"桓宗，我没事。"还没有从那一声声痛苦又绝望的祈求声中回神，箜篌怔怔地看着前方，"方才我好像听到了奇怪的声音。"

"奇怪的声音？"桓宗的脸色更为奇怪，若是有修士向箜篌下咒，他离箜篌这么近，不可能察觉不到半点异样。那这些声音，是怎么来的？

"嗯。"有桓宗陪着，箜篌情绪渐渐平复下来，"这些声音有老有少，有男有女，他们在求我救他们。有一个声音还特别熟悉，像是我在凡尘界生活时，皇后的声音。"她对皇后的印象十分模糊，隐约记得是个严肃的女人，不受景洪帝喜爱，但很受他尊重。

她不像是一个人，更像是后宫中的标志，命妇女眷们的表率。那时候的箜篌只会注意景洪帝的那些女人，如何争奇斗艳，根本就注意不到皇后。现在忽然听到很像皇后的声音，她才会格外怪异。

就算是她在修炼时出了问题，也不该听到皇后的声音，她们两人之间，除了面上客气外，就没有其他交流，更谈不上有什么隔阂或是心魔。

抢了姬家天下的人是景洪帝，不是那个面无表情看着后宫妃嫔争宠的皇后。

听箜篌提到凡尘界的皇后，桓宗略有些意外，他想了想："有人为你建了庙立了碑，受凡人香火。"

"建庙立碑？"箜篌以为自己听错了，"我又不是神仙，给我建庙立碑干什么？"说完这话，她想起凡尘界那些有关神仙的传言，沉默了。

凡尘界有不少与神仙有关的故事，但是见到神仙的人又有几何？对于凡尘界的人而言，神仙是代号，是心灵的寄托，但更像是缥缈无踪的存在，他们敬神却不依赖神。

当年她当着景洪帝与众多官员的面，与师父一起飞走，在那些人眼里，她就是"成仙"了。景洪帝是个谨慎又善于谋划的男人，他见自己"飞升成仙"，肯定会借此机会稳固地位。

要知道，她在名义上，还是景洪帝的义女。他的义女"飞升成仙"，建庙立碑受万民香火，那便是天经地义的事。而百姓听到自己国家有人成仙，只会觉得高兴，哪有不愿的。

神仙里有自己人，给百姓带来的安全感太强烈了。

想明白这一切，箜篌擦干额头上的汗："桓宗，那么多的祈求声传来，是不是他们出了事？"

桓宗没有说是还是不是，反而道："对于我们修士而言，香火毫无用处。那只是普通人类懦弱无能时，祈求庇护的方法。在你踏上修行路时，前尘往事已与你无关。就算整个凡尘界的人都给你焚香祭拜，你也不欠他们的。"

"我知道。"箜篌点头。

"你再休息一会儿。"桓宗站起身，把安静留给了箜篌。

箜篌看着桓宗的背影，叹口气抱膝而坐，沉思起来。

凡尘界皇宫里，皇后从蒲团上起身，把手上的香插入香炉中，看着神龛上的仙女像，怔怔出神。

"娘娘，您已经一晚上未睡，先去休息一会儿吧。"女官担心她的身体，扶住她的手臂，"您何必如此，陛下最宠爱的贵妃昨日还让殿中省送最好的胭脂过去，您却在这个小屋子里替陛下跪拜神仙，连膝盖都青了。"

做这么多，陛下就能念着她的好吗？这话太过难听，跟在皇后身边二十余年的女官，到底不敢说出来。

当年陛下还不是陛下时，与娘娘也是琴瑟和鸣，山盟海誓，如今得到了天下，拥有了无数美丽的女人，往日的誓言也就淡忘了。

男人就是这样，山盟海誓时心是真的，疼爱的心是真的，见异思迁的心，也是真的。可怜娘娘陪伴陛下打天下，生儿育女，到头来却看着陛下与其他娇俏的女人打情骂俏。

可那又如何？千百年后的史书上，也只会记载陛下的伟大，娘娘只是陛下身边的点缀。所有文人学子，翻到有关皇后的记录，大概都会衷心夸一句贤惠。

然后呢？

然后就没了。

现在的史书便是如此记录以往各朝的开国帝后，千百年后的史书，亦会这般记录陛下与娘娘。

"我做这些不是为了陛下，而是为了天下万民。"皇后摇头，语气淡淡，她心中的夫君早已死了，现在的陛下喜欢谁、宠爱谁，与她又有什么关系。

"疫病暴发，无数百姓被痛苦折磨，求他神无用，能求的只有箜篌了。"皇后自嘲一笑，当年被自己漠视的那个前朝公主，谁能想到会有仙人带她离开。

"娘娘，您可不能直呼仙女娘娘的名讳，"女官朝神像行了一礼，"仙女会听见的。"

"当年我待她并不好，她若是记恨，也不仅仅是因为我叫了她名讳。"皇后叹口气，"陛下夺走了属于她父亲的天下，我们还让她在后宫中受了几年的欺凌与冷遇，你说她会摒弃前嫌显灵吗？"

女官默默摇头："奴婢不知。"

"你哪里是不知，你是不敢说实话。"皇后神情严肃，又是往日那个威压感十足的皇后，"传令下去，让长公主为箜篌仙子抄经祈福，还有那几个与箜篌仙子同龄的公主、郡主，必须每日给仙子上三炷香，你派人亲自去盯着。"

"长公主那里……"女官担忧道,"她会不会违抗您的命令,吵到陛下那里去?"

"涉及天下百姓生死,她就算吵到天王老子那里也没用。"皇后冷声道,"天下女眷都归本宫管,陛下若是想替长公主出头,就先废了本宫。"

成百上千万的百姓连命都快保不住了,她哪里还顾得上一个泼妇是高兴还是生气。惯的她!

"奴婢领命。"女官领了凤命退下。

屋子里再度恢复安静,皇后转身看着女神像:"我可以给你所有的交代,甚至是我的命,只要你愿意救下百姓。"

烟雾袅袅,神像的脸仍旧冰凉。

"陛下,皇后娘娘连下几道凤令,让长公主、其他诸位公主郡主向箜篌仙子祈福,长公主与皇后的人闹起来了。"

听到侍卫的传报,连续几日没有好好睡觉的景洪帝沉默片刻:"皇后是万民之母,她的命令便是朕的命令,任何人都不能违背。"

景洪帝又沉默了一会儿:"传令给钦天监,让他们在观星台设祭坛,朕要率众皇室男女,向……箜篌仙子拜祭。"

第八章

仙人

景洪十年春，不明疫病暴发，景洪帝多次调度太医院的太医，又请重臣到民间恭请名医，然而疫情却无法得到控制，甚至还有蔓延的趋势。

在疫病面前，人人自危，街上行人寥寥，就连最繁华的京城，也变得比往日冷清。但凡有人咳嗽打喷嚏，路人便惶恐不安地逃离，怕自己跑晚一步，就会染上疫病。

尽管景洪帝调度名医与药材到疫情重灾区，但是随着疫情不能有效控制，一些流言开始传出。比如说景洪帝得位不正，所以上苍降下惩罚，让百姓受苦。

还有人说，箜篌仙子在景洪帝后宫中时，被帝后虐待，饭吃不饱，衣服穿不暖，每天做绣活到三更，还经常受到打骂。普通老百姓不知道宫里贵人们是怎么生活的，只好把箜篌想象成被后爹或是后娘折磨的小姑娘，这么一想，顿时觉得箜篌很可怜。

没有疫情发生的地区，老百姓们躲在院子里，拍着大腿骂当今皇帝不厚道，自己喝肉粥，吃面条都要放三勺油，竟然连剩饭都不愿给箜篌仙子吃。他们好不容易过上几年好日子，现在又要倒霉了。

谣言传到官员耳中，这些官员不敢往上报，只在奏折中略提到"略有民怨"。景洪帝又怎会猜不到民间流言四起，可现在不是计较的时候，也无从计较。

这些日子以来，他请名医，筹集药材，甚至写了罪己诏焚烧祭天，可是疫情仍旧没有得到缓解。连续好几日食不下咽、夜不能寐，景洪帝憔悴了不少。但是景洪十年四月二日这一天，他不到寅时便开始沐浴焚香，着玄色龙袍，不乘马车，不用宫人搀扶，三步一停，九步一揖，来到了钦天监设立的祭坛前。

祭坛由钦天监、殿中省、工部三大部门连夜搭建而成，虽缺了几分隆重，但是该有的规格礼仪，却一样都没有少。

"父皇。"太子见景洪帝形容憔悴,想要上前搀扶,被景洪帝一把推开:"不必。"

求神在于心诚,他与姬箜篌之间本就有旧怨,若在祭拜大典上失礼,恐怕姬箜篌就更不愿意显灵了。到了祭仙台,景洪帝一掀衣袍,跪了下去。

"父皇!"

诸位皇子见到景洪帝跪下,反应非常强烈。在他们眼里,无所不能的父亲,竟然就这样跪下了。

"祭坛前不得喧哗!"太子脸色也不好看,可是想到那些陷入绝望的百姓,他咬了咬牙,跟着跪了下去。姬废帝暴政,陷百姓于水火,他与父皇推翻姬家的统治,并没有什么错。

可是为何上苍如此不公,父皇登基以来,殚精竭虑,除暴政、斩贪官、杀匪徒,让百姓过上了安居乐业的好日子,并未违背君主之道,为何上苍却如此容不得?

若能求得上苍原谅,让老天放过无辜的百姓,便是跪下来又如何。

其他尚且愤愤不平的皇子,见太子跟着跪下,悻悻地收起不满的表情,三三两两跟着跪了下去。

武将、文官、侍卫、太监纷纷跪下,全场静寂无声。

太阳渐渐升起,碧空万里无云,随着时间一点点过去,众人的心,一点点沉了下去。

景洪帝颤颤巍巍地跪行到祭桌前,从袖中取出一册罪己书,点燃扔进鼎中,对着祭坛上刻着箜篌仙子的玉碑行三拜九叩大礼。

帝王轻易不行三拜九叩大礼,除非长辈仙去或是祭天之时。此时他在玉碑前行了这个大礼,等于把箜篌摆在了高高在上的尊位,而自己是位卑之人。

在高处站久了,就很难向曾经的失败者低下头颅,弯下膝盖。景洪帝也不愿意,可是为了这个天下,为了皇朝,个人的荣辱,已经不太重要了。

晚一日,晚一个时辰,都是无数的人命。

他不是视百姓为鱼肉的姬废帝,他赌不起,任性不起。

罪己书燃尽,最后一丝青烟在风过之后,消散在了天地之间。看着空荡荡的天空,景洪帝仿佛瞬间苍老了十岁。

他静静跪在那儿,像是一棵沉入水底的枯树,众人因为惧怕水不敢靠近,也无法把他从水中打捞起来。

疫病若是继续蔓延，或许会有越来越多的人受到感染，甚至大半个国家都无法逃出厄运。他试过把染上疫病的城围起来，可是这个方法并没有用。只要有风，有水，疫病就能传播到更多的地方。

难道要把每一个染病的人都杀死烧死吗？

景洪帝无法接受这个残忍的选择。

太阳一点点往上爬，辰时过了，巳时过了，景洪帝的背影已经摇摇欲坠，太子跪行到他身边，哭着劝道："父皇，您龙体要紧，我跟弟弟们在这里跪着。"

他想说，现在快午时了，箜篌仙子都没有显灵的迹象，她应该不会来了。

或许是仙凡有别，或许是箜篌仙子还怨着他们夺去了姬家的皇位，但不管如何，箜篌仙子不来，他们还是要想其他办法。世间万物，相生相克，有生病的人，就会有治疗的药，只是他们还没有找到而已。

"早知如此，当年或许我不该夺下这个天下。"景洪帝颓然道，"就算被姬废帝暴政统治，天下百姓还能苟延残喘，总比现在好，他们遭受疫病折磨，我却束手无策。"

年过五十的景洪帝跪了这么久，早已精神不济，现在希望破灭，整个人的精气神都溃散了，所以他不再自称"朕"，而是"我"。

"父皇，您不要这么想。就算现在掌权的是姬废帝，疫病要发生的时候，还是会发生。姬废帝昏聩无能，只知享乐，染病的百姓若是被他统治着，岂不是要遭更多的罪？"太子抹泪道，"父皇，请您万万保重身体，天下黎明还等着您呢。"

景洪帝苦笑，为君者，也不是什么都能做到的。

当年他谋夺帝位时，姬废帝的皇后站在凤阳宫前，居高临下地看着他，跟他说："愿新帝善待天下黎民，总有一天你会明白，为君者不移行，不变德，是多么不易。"

那时的他正是意气风发的时候，只当前朝皇后是在诅咒他。

现在他才明白，前朝皇后没有骗他，成为君王容易，做好君王却难。

"罢了。"景洪帝长叹一声，把手递给太子，准备起身回宫。但是他跪得太久，刚起身便全身酸痛，狼狈地摔倒在地。

恰在此时，天空中忽然霞光大作，五彩祥云翻滚，一艘晶莹剔透、仙气飘飘的玉舟，穿云而出。

"仙人！"钦天监监正失态地大吼，"仙人显灵了。"

众人纷纷朝空中望去，只见空中瑞气千条，霞光闪烁，和风徐徐，仙舟缓缓而降，神圣无比。

"仙人！"

众人磕头的磕头，作揖的作揖，喜得落了泪。

"百姓有救了啊！"一个发须皆白的官员颤颤巍巍磕头，老泪纵横，"有救了。"

玉舟落到半空处，忽然不动了。喜极的众人注意到这个变动，不敢再大声苦求，只一个劲儿磕头，希望仙人不要放弃他们。

"娘娘！"宫墙上，女官指着空中，"玉舟中有仙人出来了。"

皇后抬头，怔怔地看着空中，半晌回不过神来。

霞光中，衣袖飘飘的少女御风而来，青丝飞舞，肤白胜雪，出尘无垢。她身上的那种美，让人忽略了容貌，忽略了一切，只觉得世间最美的女人，也不过如此了。

少女踏风而来，洁白的鞋履踩上祭台那一刻，身上的披帛飞舞，眼神灿烂如星辰。

"陛下。"少女往前走了几步，看着地上样子十分狼狈的景洪帝，矜持地颔首道，"陛下无须如此，快快请起。"

"你、你……"景洪帝看着眼前的仙女，语不成句。

"近七年未见，陛下可还好？"少女素手轻抬，瘫坐在地的帝王不自觉便站起身来，浑身的酸痛顿消。他惊骇地看着少女，往后退了一步，一揖到地："凡俗之人，见过箜篌仙子。"

能对他说七年未见的人，除了当年跟仙人离开的姬箜篌，便再无他人。

其他人大惊，在他们印象中，箜篌长着一张小脸蛋，唯有一双眼睛又亮又圆，就算知道她成了仙人，也很难让人清晰地想出她的容貌。

站在祭台上的仙女，全身上下美好得没有任何瑕疵，身上的天衣更是流光莹莹，让人不敢有半分不敬，与当年的那个亡国公主，判若两人。

站在高高的祭台上，箜篌朝四周眺望，巍峨的宫殿尽在眼底。身为女子，她从未有机会踏入这里，不管是亡国前，还是亡国后。

没想到第一次踏足，竟是在众人的跪迎下。

她回身看向祭台下方，那里跪着皇子皇孙、文武百官。这里面，有欺负过她的皇子皇孙，有视她不见的前朝降臣。

然而在这一刻，她却心如止水。

过往种种，真的与她再无关系了。

"仙子远道而来，可要随在下到宫中歇息？"太子给箜篌行了一个大礼，想请她去宫中暂住。

"稍等。"箜篌看向空中的玉舟，"我有两位友人同行，不知陛下与殿下可介意？"

"仙子的友人，便是我等的贵客，我辈万分欢迎。"

"那便好。"箜篌颔首，转身望着玉舟。

众人愣神间，就见一个白衣上仙御剑而来，当真是翩翩如玉，容貌无双。

世间除了仙人，还有谁能长出这般完美的容貌？

"仙长好。"景洪帝与太子见白衣仙长表情淡漠，并不觉得有什么奇怪，在普通人想象中，仙人本就是高高在上，所以当他们维持着高傲姿态出现时，并没有人会觉得这是冒犯。

包括帝王，也会这么想。

桓宗的出现，让所有人对"仙人"的揣测更加神秘，也更加敬畏，当林斛收好玉舟飞下来时，已经没有多少人敢直接看他了。他沉默地跟在桓宗身后，目光朝东南方向看去。

那个方向，似有怨气与煞气传来，难道有修士在凡间作恶？

但是见公子与箜篌姑娘都没有说话，林斛收回视线，只当没有发现这件事。

"仙子、仙长，请往这边走。"太子弯着腰，做了一个请的姿势。身为东宫殿下，他已经多年未向人卑躬屈膝。但是这套动作做得行云流水，仿佛对他们三位修士充满了敬畏。

箜篌看了他一眼，面貌周正，眉清目明，是仁德之君的面相。太子比她大十余岁，她在后宫做傀儡公主时，很难与太子碰面，偶在宴会上碰面，太子会客客气气称她一声公主，从未因为她前朝公主的身份，刻意刁难她。

箜篌并不打算让这位仁德太子难堪，她点了点头，便往祭台下走。跪在地上的文武百官，见她过来，纷纷跪着往后退，给她让出了一条宽阔的道路。

长长的裙摆逶迤而过，就像是月光照亮了河边的青石，带着清冷与高高在上的美。

摘星楼下，在玉舟出现的那一刻，护卫们便忍不住纷纷跪下。当他们看到太子真的带着仙人们过来时，想要偷看却又不敢偷看，等人走远了，才敢悄悄抬起头看上两眼。

"可看清了？"

"只看到了仙人的鞋子，仙人的鞋子可真漂亮，不仅会发光，还干净得一点灰尘都不染。"

"那裙摆也漂亮，宫里的娘娘们若是见了，肯定会动心。"

"若是别人便罢了，这可是仙女。就算最受宠的贵妃，也不会胆大到仿制仙人的衣服。"

离开这座宫殿已经近七年时间，那时候的她觉得皇宫又大又森严，她一辈子都逃离不出去。现在再看这座皇宫，发现一些墙上有了雨水冲刷的痕迹，地砖也偶有开裂的，高大的城墙并不高大，在天上往下看的时候，宫殿就像是水中的漂萍，渺小得几乎看不见。

正门大开，正中央的一条道，据说只有帝王才能行走，就连皇后，也只有在立后大典当日，才能有此殊荣。然而今日，帝王、太子甚至文武百官，却恭迎她踏上了这条路。

明明早已不在意过往，但是在踏上这条路时，筌篌内心仍旧有种枷锁挣开的感觉，她停下脚步，抬头看向宫门上方的牌匾。

桓宗见她突然停住了脚步，偏头看她："怎么了？"

"六岁那年，"筌篌伸出手指，指了一下宫门，"我被宫女护着，逃到了这扇门后面。可惜运气不好，被巡逻军发现，把我带了回去。"

这座铜门，桓宗挥袖便能摧毁，但是对于当年仅有六岁的筌篌而言，这就是一扇通往自由的大门。逃出去，从此山高水阔，隐姓埋名。没有逃出去，面临的只会是死亡或是圈禁。

现在轻飘飘一句提及的事物，是年幼时的绝望。

重新踏上这里，筌篌觉得自己好像在弥补，弥补当年那个惊惶的小姑娘。

站在旁边引路的太子头埋得更低，他怕自己出声就会引起筌篌的厌恶。

路过红色铜门时，太子不自觉想要走快一点，但是他身后的三位仙人好像并没有察觉到他焦急的内心，不仅慢慢走，还聊起了当年的事。

墙上的血迹早已洗刷干净，筌篌记得那天夜里，死了很多人，溅出来的血染红了宫墙。事实上，在听到无数的祈求时，她还在为来不来凡尘界犹豫不定，后来就收到了孙阁主的飞讯符。

孙阁主说，曾为她卜过一卦，她身上带着孽障。

这道孽障不是因为她而有的，而是因为她的父皇，姬废帝。

姬废帝昏庸无能，贪图享受，朝野上下卖官卖爵成风，奸臣们收刮来的民脂民膏，一部分入了他们的口袋，更多的是入了姬废帝私库。筌箦身为姬废帝的女儿，享受着公主的待遇，姬废帝收刮来的那些东西，筌箦也曾享受过，不管她是知情还是不知情，她都是受益者之一。

这段孽缘不去，筌箦日后若想进入元婴境，恐怕难于登天。

因为孙阁主的这封信，加之筌箦本身对凡尘界百姓抱着些许歉疚心态，最终她还是决定改道到凡尘界看看。待此事过后，她与凡尘界便是前缘断尽，无因无果。

跟着太子一路到了凤凰殿。凤凰殿是姬家皇朝太后居住的地方，景洪帝夺得帝位时生母已逝，凤凰殿便封锁了起来。

这座宫殿寓意好，曾经的女主人身份都很尊贵，所以太子才特意安排筌箦住在这里。

"两位仙长……"

"多谢殿下，不过不用为他们安排其他宫殿，他们住配殿便好。"筌箦打断太子的话，"若是殿下不介意，倒是可以跟我讲讲，凡尘界发生了什么事。"

"是。"太子没有想到神仙竟如此不拘小节，男女能够住在同一座宫殿里。但是见三位仙人都不太在乎的样子，他不敢再多说，转而趁着机会，说起疫病的事情。

"药石无效，就算把病人单独关在一处，也有可能被感染，连风都是疫病传播的帮手……"筌箦皱眉，若是遇风便有机会传播，别说相邻的城市，随着时间的推移，整个国家被这种疫病笼罩都有可能。

凡尘界中，怎么会有这么厉害的疫病？

"疫病比较严重的地方，在哪里？"筌箦问。

"在东南方几个城市。"太子见筌箦似乎打算插手这件事，顿时喜出望外，"仙子若需要什么药材，我等定尽力配合。"

"东南方……"筌箦转头看林斛，"林前辈，还请麻烦你帮我过去看看。"

220

"仙子，父皇在玄武殿设了宴，还请三位仙人赏些薄面。"

"离午时还有将近大半个时辰，赶得及。"林斛看了眼外面的天色，化作一道流光飞了出去，很快便消失在天的尽头。

太子还没来得及说请仙人先休息，就只能看到一道光消失在天边。他张口结舌，好半天才讷讷道："真是仙家手段。"

箜篌没有理他，此刻已经没有文武百官在场，她也就懒得帮太子留面子，伸手在收纳戒里掏了掏，找出一瓶灵液，往地上倒了几滴。

"这是……"见箜篌不理自己，太子也不气馁，反正跪都跪了，其他小事就无足轻重了。

"灵液。"箜篌道，"你身体脆弱，林前辈去了疫情多发地区，回来的时候，身上肯定沾着当地的一些东西，万一让你感染了怎么办。"

"多谢仙子。"太子有些感动，没想到箜篌竟想得如此周到，连这种小事都注意到了。

"不必谢我。"箜篌语气淡淡，"你未来会是一位好帝王，我只是不想让你死了，给千千万万的百姓添麻烦而已。"

这话说得极不客气，太子脸上的笑容微微一僵，但很快便释然了。箜篌仙子说出这种话，显然表明并不介意当年姬氏王朝覆灭一事。身在皇室的人，难免想得更多，他甚至还从箜篌的话里，听出了几分威胁。

因为他未来会是好帝王，所以她才会管，若不是呢？

有些话不宜讲得太明白，也不适合问得太清楚，太子拱手道："请仙子拭目以待。"

箜篌挑了挑眉，没有再多言。

她与桓宗坐在桌前，太子陪坐在一边，气氛渐渐尴尬起来。太子试图开口让气氛变得好一些，可惜一个根本不愿意开口，另一个时不时应和几句，态度里明显带着敷衍。太子想，他若是再说下去，这两人可能要嫌他聒噪了。

可他若是不说话，三人就这么沉默地坐着，岂不是更尴尬？

恰在此时，有宫人过来汇报，说宴席已经备好，陛下与皇后已经在殿上恭候三位仙人。

"请父皇与母后稍等片刻，我们稍后便来。"太子松了口气，这沉默无言的尴尬，终于要结束了。

"陛下与娘娘不需要这么客气,此事了结后,我与凡尘界便因果皆消,日后不会再轻易出现了。"箜篌怕自己出现,让这些百姓与官员心生依赖,日后但凡遇到苦难,便只知求神拜佛,不图自身强大,"所以不管你们热情还是不热情,这次的事情我都会帮。天地生死,自由循环,日后的事情,就要靠你们自己了。"

太子苦笑:"我明白。"

若是求神拜佛有用,为何这么多天以来,不管他们祭天还是拜神,都没有仙人显灵?

箜篌仙子愿意出现,是因为她曾经是这个国家的人,对这里的百姓还有感情。

然而仙凡终有别,箜篌仙子不可能总是来帮他们。这违背了天地规律,也容易让百姓养成遇事只知求神的习惯。

这样也好,太子释然一笑,生而为人,总是要努力地依靠自己。

风声袭来,太子猛地回头,就见姬箜篌口中的林前辈眨眼间出现在他面前。他张了张嘴:"仙人的神通,好生厉害。"

林斛淡淡道:"小事而已。"

京城距离疫病多发之地,隔着上千公里,若是乘坐马车日夜兼程,也要花将近大半月的时间才能赶到,而仙人……只需要半个时辰。

"林前辈,你先换身衣服,我们去赴宴。"箜篌见外面还守着不少宫人,对林斛道,"疫情的事情,宴后再说。"

"嗯。"林斛点头,看了眼太子后,去内殿换了身衣服。

"仙人请往这边走。"太子在前面引路。他们的脚下已经铺好了红毯,侍女们捧壶执扇提香,便是帝王的待遇,也不过如此。

大殿之上,文武百官、皇室族人正襟危坐,全都望着殿外。

听到太子说话的声音,众人不自觉低下了头颅,以示自己对仙人的敬意。

踩着块块金砖,箜篌走进大殿,看着这些连头也不敢抬的大臣,她笑容淡淡,看不出喜怒。

目光一扫,她看到了坐在角落里,缩着头的长公主。

"多年未见,长公主可还好?"箜篌问。

声音如玉珠,煞是好听。

但是众人想到了七年前,长公主当着众人的面,逼着仙子弹奏箜篌曲的事。

其他人想到的事，原本就忐忑不安的长公主，自然也能想到。她抬头迎上箜篌的视线，惊惶的眼神中带着几分妥协。

在众人的目光下，她起身道："有劳仙子惦念，一切都好。"

"那便好。"箜篌见长公主面相中带着郁郁之气，叹息一声，"当年长公主想听我弹奏一首箜篌曲，因缘巧合之下却不能成，今日再次相逢，便让我把这首箜篌曲补上吧。"

听到这话，长公主神情更加不安。她当年逼着姬箜篌当着众人弹奏曲子，是现在所有人都想刻意遗忘的事情，然而他们却忘了，很多事他们可以装傻不知情，但当事人不一定愿意配合。

"不、不用……"

"长公主不用客气。"箜篌拔下凤首钗，发钗化为巨大的凤首箜篌，在众人惊艳与担忧的眼神下，箜篌轻轻拨动了一下琴弦，"且以此曲，祝天下万民安居乐业。"

景洪帝内心有些不安，他下意识地转头看身旁的皇后，皇后低头饮着茶，似乎并没有注意到他的视线。景洪帝怔住，忽然想起很多年前，那时候他还不是帝王，每当内心焦躁不安时，望向发妻总会得到她安慰的微笑。

当他成为帝王以后，已经很少在外人面前向皇后寻求帮助。看着皇后已经不再年轻的侧脸，景洪帝有些恍惚，他似乎有很久没有与皇后单独在一起交心了。

素手拨弦，箜篌声起，幽幽乐声就像是能够魅惑心神的妖孽，引起了人们内心最真实的情绪。

面无表情的皇后，懊悔不已的帝王，神情各异的文武百官，还有涕泪不止、口唤"延行"的长公主。一首箜篌曲，引出无数人间悲欢离合。

长公主口中的延行，是她曾经的夫君，举世皆知的才子。长公主与延行才子夫妻恩爱，琴瑟和鸣，后来延行才子受奸人陷害，丧命于大理寺中。长公主悲恸欲绝，对姬废帝恨之入骨，连带着对箜篌这个五六岁的亡国公主，也恨意滔天。

心爱的男人，死于昏聩帝王心腹大臣之手，长公主表面上虽仍是明艳动人的女人，内里却早已疯狂。她恨无能的帝王，恨那些嫉妒贤能的奸佞，恨姬氏一族所有人。

最恨的，却是与延行生死分离，再不相见。延行死后，她为兄长做过不少事，推翻姬废帝以后，她就成了尊贵的长公主，嬉笑怒骂都要维持皇家的威严，也从未为延行掉过一滴泪。

延行已经死去十三年，她为他种的石榴树，早已开花结果，然而却等不到那个跟她一起吃石榴的人。

高傲坚强冷漠，所有的情绪在这首曲子下化为乌有，乐声是打开水坝的大门，积攒多年的情绪涌出，便再也遏制不住。

箜篌看着捂脸痛哭的长公主，幽幽叹息一声。

年幼之时，只觉得长公主咄咄逼人，对她极不友好。现在跳出那段仇怨，再看长公主与姬家皇朝的恩怨，箜篌仅剩的唯有叹息。

她被生父漠视，身为公主，却很少见到自己的父皇。

长公主本是蕙质兰心的女子，却被前朝奸佞毁去了一切。

她们俩，一个是前朝公主，一个是当朝长公主，实际上都是这场浩劫的受害者。

在乐声响起后，皇后有片刻的失神，但是没有完全陷入自己的情绪中。她看着身边似悲似喜的帝王，撇开头站起身，朝箜篌走去。

在她靠近箜篌身后时，站在旁边冰冷如雕塑的白衣仙长转头看她，幽暗的眼瞳中，带着毫无感情的审视。

皇后停下脚步，朝白衣仙长福了福身。

她从未见过长得这么标致的男人，就连当年名震京城的延行公子，也远远不及这位仙长。

乐声骤停，箜篌起身走到痛哭得几乎昏厥的长公主身边，伸出手在长公主额间轻轻一点。长公主哭声渐渐停住，她抬起头看箜篌，满脸泪痕，十分狼狈。

把一块手帕放到长公主手里，箜篌没有劝她，只是朝她笑了笑，起身看向众臣。

有些难过，在心中藏得久了，就会成为刻在心尖上的痛，到死都无法释然。

哭泣，有时候并不是软弱，而是情绪的发泄。

捏着手中柔软的手帕，长公主抹了抹脸，上面全是未干的眼泪，用帕子擦了擦脸，她才在恍惚中回过神来，这块帕子……是姬箜篌给她的？

她往四周看去，几乎所有人都还没从乐声中回过神，也注意不到她的失态。咬了咬唇，她心情复杂地站起身："多谢箜篌仙子。"

"现在是不是觉得心里好受了很多？"箜篌笑看着她，"记得好好休息，放开心胸，不然对身体无益。"

长公主苦笑："爱人已去，我这个未亡人，痛哭或是悲伤又有什么要紧？"

她答应了延行要好好活下去，就绝对不会失信于他。不知几十年后的奈河桥头，会不会有他出现。

身为前朝公主，箜篌没有再多劝，她只是在长公主头顶敲了一下："既如此，便请长公主多多保重。"

"谢谢。"长公主声音很小，但是对于修士而言，已经足以听得清清楚楚。

"箜篌仙子，你能不能让我再见他一面？"这句话出口，长公主立马改口，"罢了罢了，还是不要再见的好。他仍是翩翩郎君，而我却成了皱纹爬上眼角的妇人，相见不如不见。"

生老病死，都是情感中最狠厉的一刀，再美好的爱情，在它们面前，也只能束手无策。

箜篌不懂爱情，但是在长公主这里，她看到了痛苦与不舍，这样执着的爱情，就连死亡也都无法割舍。情爱这种东西，竟然有如此强大的力量吗？

"仙子，"皇后看着满殿失去神志的官员，走到箜篌面前，"不知该怎么让他们醒过来。"

箜篌摇头："心无挂念者，很快便能醒过来。至于……"她突然语气一顿，水霜剑划破长空，朝坐在角落里的一个官员直直飞去。

没有想到箜篌会突然情绪爆发，皇后愣了一下，心中涌出一股荒唐又可怕的想法，万一姬箜篌来了凡尘界就不想离开，那么整个天下，岂不都是她的囊中之物？

仙凡有别，他们这些凡人束手无策的事情，在仙人眼里可能是可有可无的小事，实在不值得一提。

"至于作恶者，就该在天道前伏法。"

发现自己被追杀以后，那个坐在角落里的官员，忽然怪叫一声，连连往后退。但是箜篌显然并不打算如此轻松地放过他，手中的法器光芒大盛："找到了。"

皇后这才明白过来，原来他们中间出现了身份不明、目的不明的人。

被抓住的官员在地上挣扎了一番，见箜篌面无表情的样子，开口哀求道："请仙人恕罪，小的知错了。"

"仙人？"筌箕挑眉，"我的身份，你如何得知？"

"我……我早上远远看到仙人的英姿，所以对仙子的身份，略有了解。"

"是吗？"筌箕看着跪在地上不能动弹的官员，语气怪异道，"我还以为你是邪修派来的手下，就连现在暴发的疫情，也与你们脱不了干系。"

"并没有。"官员连忙道，"疫病传染性强，小的们哪敢靠近。"

"小的们，是指哪些人？"筌箕指了指天地，"还请道友说清楚。"

听到"道友"二字，被抓的官员浑身僵住，随后恢复常态道："仙人的话，小的听不明白。"

筌箕冷笑，用剑指着此人鼻尖："身为修士，本该远离红尘，不让自己沾染太多红尘。你身为修士，伪装成普通人，藏匿于文武百官之中，身带煞气，定与疫情脱不了干系。"

她踏上祭台的那一刻，就发现东南方向有浓浓的煞气与怨气，又听太子说，疫情最重的地方也是这些地区，筌箕心中便有了数。

邪修胆大包天，以活人性命为祭，借用凡尘界百姓的性命，来实现某种荒唐的野心。凌忧界管理严格，各大宗门都会保护名下的百姓，所以邪修很难找到这么庞大的人群来献祭。

为了避开名门正派的那些修士，凡尘界就成了最好的选择，这里虽然灵气稀薄，又没有灵花灵草，但是有很多的人，而且没有正道修士来插手。

软弱的人类，就像是待割的韭菜，一茬又一茬。有这些死去的怨灵在，那件足以令天地变色的法器，即将被唤醒。

筌箕猜到，以邪修们瞧不起人类，又喜欢看他们惨状的性格，定会安排手下潜在人类里面，然后得意扬扬地观赏人们如何从担忧走向绝望。

邪修的这种喜欢欣赏别人倒霉的心态，非正常人能够理解。

不动声色地来到大殿，她趁众人听到乐声神思恍惚间，把这个邪修控制起来，是最简单的方法。

失去普通人皮囊的伪装，这个邪修看起来又黑又干，就像是墓地里爬出来的干尸，既邪气又恐怖。

皇后面色有些发白："筌箕仙子，您的意思是，这次致无数人死亡的疫情，并不是天灾，而是人祸？"

那么多百姓的惨死，无数家庭的破灭，竟然是因为这些身份不明的……

这是魔鬼、神仙，还是妖怪？

"或许。"筌篌看着邪修身上与东南方向相似的煞气，把邪修一脚踩在地上，"这个祭魂阵的破阵方法是什么？"

"没有破解之法。"邪修缩着脖子，趴在地上不敢抬头，"这个祭魂阵名为万骨枯，是邪修界最厉害的阵法大师所设，以山川河流为阵，以人的性命为引，便能得到无数的煞气与怨气。"

站在筌篌身后，一直没有出声的桓宗听到"万骨枯"时轻轻皱了皱眉，他走到筌篌身边，拉了拉她的手腕。

"桓宗，怎么了？"筌篌转头看桓宗。

"别踩着他。"桓宗道，"脏。"

邪修："……"

他被人当成垫子踩在地上，都还来不及嫌弃地上脏，反而被人嫌弃他身上脏。这些名门正派说话做事，也太不要脸了，就连侮辱人的手段，都这么创新。

筌篌把脚从邪修背上挪下来，鞋底在地上蹭了蹭，恍然道："你说得有道理。"

"杀人不过头点地，你们枉为名门正派，竟然如此虐待俘虏。"邪修注意到筌篌的动作，小声嘀咕道，"这不是我们邪修才干的事情吗？"

"公子，身为名门正派的修士，我决定满足他人生中最后一个愿望，让他的头点地。"林斛拔剑出鞘，走到了邪修面前。

邪修连连求饶："真人饶命，我们邪修说话不算数的，您千万别当真。"

"你的意思是，那个叫万骨枯的阵是假的？"剑尖直指邪修的眉间，邪修吓得抖了抖，剑上丝丝缕缕的寒意，似乎已经浸入了他的脑子。

"不不不，我们邪修有时候也很诚实。"邪修立即开口，"我是邪修里的奇葩，我最爱做好人好事了。"

林斛懒得跟他废话，收起剑道："这个阵，当真没有破解方法？"

"这样的阵法，创造出来就是为了制造怨恨与怒火，哪还需要什么破解的方法。"邪修声音不敢太大，他怕剑修的剑不小心落在他身上。

林斛转头看桓宗，眼底有几分担忧，待万骨枯阵成，只怕大半个凡尘界都会牵连其中，到时滔天的怨恨与怨意被邪修带到凌忧界，凌忧界被负面情绪淹没，会是怎样一种景况？

他不敢想，也无法接受安宁许久的凌忧界变得混乱不堪。

227

听到这席话,皇后先是惊愕,随后变得愤怒。她扯下头上沉重的凤冠扔到地上,上前两步抓住邪修的衣襟,愤怒地吼道:"你们这些仙人高高在上,把我们凡人当成了什么?可随意屠杀的牛羊吗?那是人,有血有肉,有父母有孩子的人!"

她吼得破了音,毫无皇后该有的威仪:"昏聩的帝王折磨我们,高高在上的仙人当我们是猪羊,我们凡人究竟做错了什么?!"

见一个普通的人类女人也敢朝自己大吼大嚷,邪修不屑地冷笑:"凡人生死,与我们何干?"不过是一群生命短暂,又无能的普通人罢了。遇事只知求神拜佛祈求上苍帮助,被他们当作鱼肉,也是活该。

"我们凡人渺小无能,但不会永远都如此。"皇后推开邪修,面上肃然,"你是仙人又如何?在生死面前,与我们凡人又有什么不同?"

"我们凡人有的恐惧、愤怒,你在面临死亡时,也一样不少。"皇后一巴掌扇在邪修脸上,邪修想要发作,筌篌水霜剑出鞘,指在他的喉间。

邪修忍了忍,把张开的五指缩了回去。

"看吧,你也不过是个畏惧他人的废物。"皇后反手又是一巴掌扇在邪修脸上,"终有一日……"

终有一日,他们凡人能靠着自己的力量,让生活变得越来越好,不再像狗一样,在这些高高在上的仙人面前苟延残喘。

可是……真的会有那么一日吗?

皇后茫然回望,就连她自己,也是仗着有姬筌篌在,才敢找这个邪恶的仙人出气,若是姬筌篌不在,她敢吗?她扪心自问,得出的答案不言而喻,她不敢。

她不敢与这些高高在上的仙人作对,怕他们一不开心,让更多的百姓受罪。所以最终她只会选择妥协,用一切方法来换取天下百姓能够活着。

"皇后娘娘,你先回去休息。"筌篌看出皇后情绪不对,出言道,"我与朋友将去疫情严重的地方,宴席就不参加了。"

来这里只是为了找出潜藏着的邪修,并不是真的为了吃一桌宴席。

皇后虽然不懂什么阵法万骨枯,但是也从邪恶仙人的话中,猜出事情并不简单,甚至无法可解。姬筌篌就此一去,也不知会不会有危险。她实在无法心安理得地看着对方陷入为难之中。

"你……"皇后苦涩地开口,半晌往后退了一步,行了一个深蹲礼,"你的大恩，无以为报，多谢。"

"你不必谢我。"箜篌虚空一抬，不让皇后继续行礼。她向来带着笑的脸上，前所未有地严肃，"我曾经想过，若是当年我能够制止父皇的行为，也许会有不少百姓免于苦难。"

皇后沉默了。当年的姬箜篌才多大？五岁还是六岁？她被巡逻军抓回来时，脸上挂着仆从们故意抹上去的灰土，看上去格外狼狈，唯有那双眼睛又大又亮，还不知道迎接她的，有可能就是死亡。

面对这样一双眼睛，她心软了。是她跟陛下说，留着一个皇女做傀儡，比杀了更有用。陛下与她虽然已经不再恩爱，但是对她还是带着尊敬，所以接纳了她的这个建议。

从那以后，她便让宫人处处监视着箜篌，不让对方与前朝的人接触。让那个小姑娘活下来，是她对前朝余孽最大的仁慈。

此刻，她无比庆幸自己当年那一时的心软，如若不然，遇到今日之事，天下百姓当真是叫天天不应叫地地不灵，生死都掌握在这些作恶多端的仙人手里。

"娘娘，告辞。"箜篌转身看桓宗，揪住他的衣角，"我们走。"

"好。"桓宗对箜篌笑了笑，灿若星辰。

箜篌心底微颤，看着微笑的桓宗，弥漫在心中的点点担忧与失落，竟渐渐消失不见。

"请等一下。"哭得双眼红肿的长公主站起身，"这些年，对不住。"

无论她的夫君是多么才德兼备，无论她这些年，为天下百姓做过哪些事，都无法掩饰她把怨恨撒给了一个什么都不知道的小孩子。

"立场不同，再提对错已是无益。"箜篌看着长公主，表情不悲不喜，"水不能倒流，人也不能从头再来。当年的我，经历了这一切。现在的我，已经不需要一句道歉。从此天高地阔，各安一方，对或是错，提起又有什么意义？"

桓宗轻轻握住了箜篌的手，他冷冷地看着大殿上神情扭曲的皇宗贵胄、文臣武将，开口道："当她弱小时，你欺凌她。在她强大时，你终于发现，原来过往是错的。"

"呵呵。"桓宗很少笑，更未笑得如此嘲讽，他眼神冷如腊月寒冰，"可笑。"

"我……"长公主怔怔地站在原地，看着箜篌与其他两位仙长飞空而去，半晌说不出话来。

229

她回头朝御座上望去，皇兄已经清醒过来。不知他是否听见姬箜篌的话，只是眼神直愣愣地看着皇嫂，面上似悲似悔。

"梓童……"

"陛下，"皇后转身看他，眼神平淡无波，"箜篌仙子与她的仙友已经赶去疫情多发之地，我去静室为她、为天下百姓祈福。"

说完，不等景洪帝反应过来，她已经挺直腰，朝殿外走去。

景洪帝颓然叹息，转头见太子也已经清醒过来，对太子道："太子随朕去太庙祈福。"

"是。"太子站起身，目光遥望着殿门外，那里有着灿烂的阳光。

"林前辈，你怎么把这个邪修也拎来了？"箜篌看了眼被林斛拎在手里的邪修，松开与桓宗握在一起的手，"留着他有何用？"

"破阵的时候带着他一起，破不了就让他去填阵眼，破了就留他一条命。"林斛语气平静，丝毫不像是在说威胁人的话。

邪修欲哭无泪，他以前遇到的正派修士，行事大多讲究名门正派的脸面，哪里遇到过这种人。这个阵法根本就没有阻止破坏的方法，他注定要死在自己人弄的阵法里。

"这个主意好。"箜篌点头，对桓宗道，"桓宗，我们再快些。"

凡尘界比凌忧界要小上很多，从京城到东南边染上疫病的城池，只需不到半个时辰的时间。

越靠近东南方向，煞气、瘴气还有郁郁的怨恨之气就越浓烈。普通人看不见，身为修士的箜篌却能看到，整个东南方上空，都弥漫着黑色的怨气，这些怨气在云层中翻滚，夹杂着雨水落到地上。

带着煞气与郁气的雨，淋湿了花草树木，雨水顺着溪流汇入河中，这些水流向下游流去，煞气开始向下一个城池蔓延。

箜篌倒吸一口凉气，这条河的下游是一座非常繁华的城市，这座城市有超过二十万的人，若是被疫情感染……

她掏出一瓶青元师叔亲手炼制的灵药倒入河中，河中的黑气顿消。

"没用的。"邪修被法器捆得浑身不能动弹，他看着暂时恢复清澈的河流道，"只要雨水不停，这条河还是会再次受到污染。"

话音刚落，他看到白衣剑修从袖子里抛出一枚散发着金光的印章，印章掉入河中，四周的煞气纷纷避散，还有更多的煞气被金光吞噬。

"这是什么？"箜篌发现金印落入水中后，方圆十几里内的煞气都消失得无影无踪，金光似乎还有往四处蔓延的趋势，来势汹汹，逼得煞气无处躲藏。

"山海印。"桓宗耐心为箜篌解释，"定山之固，护海水之平，有辟邪镇海之效。"

"山海印……"箜篌隐隐约约记得在哪儿听说过这个东西，眼看方圆近百里之内的煞气，都被山海印吞噬得干干净净，她低呼一声，"我想起来了，山海印是仲玺真人所持的天级神器之一，执此金印万邪莫侵。仲玺真人的随身神器之一怎会在你这里？"

邪修听到"仲玺真人"四字，肩膀忍不住抖了抖，背脊发凉。

因煞气快速溃散，箜篌终于有了说笑的兴致："难怪……"

"难怪什么？"桓宗看着箜篌，眼神里有担忧，有期待，还有几分不安。

"难怪我向你提起有关仲玺真人的那些传言时，你总是谈兴不浓，原来他与你是密友。"箜篌感慨，"若非如此，他怎么会把这么重要的神器借给你？"

以桓宗的为人，确实不爱在私下谈论好友。

林斛："……"

这小姑娘，怕是个傻的。

桓宗哭笑不得，他叹息一声，准备开口时，发现箜篌面露惊恐，似乎发现了什么可怕的事情。

顺着箜篌的目光望过去，桓宗发现原本已经被驱散的煞气，不仅卷土重来，并且比刚才还要浓烈，铺天盖地，让整片大地都笼罩在黑色之下。

"怎么会这样？"箜篌茫然四顾，看着花草树木在煞气中飘摇，生机一点点被吸走，脸上的笑化作焦急。

"凝神静气，不要多想。"桓宗用灵气点了点箜篌的头顶，让她冷静下来，"我们先去阵眼看看。"

"早跟你说过，这个阵没有破解之法。"邪修急道，"你们现在赶过去，除了让煞气染身以外，还有什么作用？此阵成于凡尘界，煞气也是从凡尘界人类内心引出来的，法器也好，神器也罢，对它根本毫无用处。"

修真界的神器若是对这个阵法有用，他们邪修界的法阵大师又何必在这个阵法上花费近百年的时间。

231

正派修士讲究修身先修心，煞气最易引发心魔。只要正派修士心魔缠身，他们邪修就将立于不败之地。只可惜他比较倒霉，要做这个阵法的陪葬了。

来凡尘界之前，师尊就跟他说过，正派修士都是些伪君子，最喜欢救苦救难。若是在凡尘界遇到正派修士，就故意装弱装傻，既要让他们知道有个阵法存在，又要让他们不要去。他们这些正派修士都有个毛病，越是不让他们去，他们就一定会去。

修为高深，最后却死于惊恐之下的修士，是万骨枯阵最好的引子。

"世间万物相生相克，既存在必有毁灭之法。"待箜篌情绪稳定下来，桓宗冷冷看了邪修一眼，祭出自己的飞剑，带箜篌到飞剑上，如流星般飞远。

"我们家公子不喜欢邪修，尤其是自作聪明的邪修。"林斛叹口气，"你说，我该拿你怎么办？"

邪修张开嘴，口腔中满满都是血腥的味道，他再也没有机会说话了。因为他的喉咙被剑刺穿，灵台也被一道灵气绞碎。

他从云头跌落，掉进深不见底的河流中，身体与煞气融为一体，沉入黑黝黝的河水中。

死前那一刻，他脑子里想的竟然是正派修士都是骗子。

桓宗与箜篌一路朝东南方向疾行，箜篌在一座庞大的城池上空，看到了如同龙卷风的煞气朝外喷涌，城内涌满了死亡的味道，城外穿着甲胄的士兵推着一车又一车的死尸，往坑里填倒着。

城门后，有百姓在嘶吼，有百姓在哭泣，怨气冲天。

"母亲……母亲……"赤着脚的孩子跟在一辆木板车后追喊，他身上的衣服脏污得看不出原来的颜色，稚嫩的双脚满是污泥，他伸着手，想要去拉木板车上被破席掩盖着的尸体。

推车的卫兵满脸疲倦，神情麻木，见小孩子追上来，愣了一下才伸手拦住他，用沙哑的声音道："回去，不要闹。"每天看到的生离死别太多，多到他已经没有了怜悯他人的能力。被困在这座城内的不仅是这些百姓，还有他们这些卫兵。半个月前，一万护卫兵来到这里，现如今只剩下八千人了，那两千人，是他们剩下的这些兄弟，亲手焚烧的。

死亡，从未停止。或许直到这座城的人全都死亡，这漫天的死味儿，才能消散干净。

听着孩子的大哭声，卫兵继续向前。破草席下，一只手臂垂了下来，浮肿乌青的手臂丑陋得吓人，但是看到这只手臂的人，没有谁有半分惊吓。

这座城里，还有谁没有见过因染上疫情死亡的尸体？

哭声，叹息声，咒骂声，祈祷声。

这座城，整日缭绕着这些声音，等待着它的死亡。

箜篌从飞剑上跳下去，刚站稳脚跟，她不远处的一位老人便倒了下去，她快步上前，想要去扶，袖子被拽住了。

"姐姐，不要去。"一个头大身子小的孩童睁着大眼睛，直勾勾地看着她，"他已经死了。"

这双本该天真的眼睛，在说到死亡时，里面没有丝毫的情绪起伏，就像是在说今天早上没有吃饭般平静。

箜篌声音微颤："万一……还活着呢？"

"那也是要死的。"孩童道，"我看见了，你会飞。"

箜篌喉咙有些发堵："嗯。"

"你是武林高手？"孩童平静的双眼中，终于有了些许亮光，"你可以离开这里？"

风呼啸而过，刮着箜篌的脸，她抬头看着这座陷入黑雾的城，没有说话。一块冰凉的东西塞进她的手心，她低下头，再度与孩童亮闪闪的双眼对上。

"这块玉冬暖夏凉，是价值连城的好东西，这是真家伙，我不骗你！"孩童为了证明这块玉是真的，解释道，"我外祖母是前朝县君，她祖上是皇室血脉。"

"你想我做什么？"捏着这块拇指大小的玉，箜篌轻声问。

"你等等！"孩童跑进身后的一间屋子里，很快抱着一个襁褓出来，"你带她走，你收她为奴为婢都好。只要……只要把她养大，给她一口吃的就成。"

"我妹妹吃得不多，父亲说妹妹像母亲。我母亲每顿饭吃得很少的，真的。"孩童生怕箜篌不答应，眼眶都开始发红，"求求你带她走，我答应过父亲，要照顾好她的。"

七八岁的孩童，瘦得像是一根竹竿，怕得声音都在发抖，却说要保护只有几个月大的婴儿。

箜篌探了探襁褓中的孩子，鼻息微弱，煞气缠身，连哭泣的力气都没有，若是继续留在这座城里，大概活不过十二个时辰。

见筌筽不说话，孩童跪了下来，朝筌筽磕头道："求求你。"

"你起来。"筌筽听到孩童的额头磕在地上，发出沉闷的响声，连忙弯腰拉起他，"好儿郎跪天跪地跪父母，不可轻易跪他人。"

她没有抱过孩子，所以动作不敢太大，见孩童的眼睛一直放在襁褓上，筌筽扭头往身后望，见桓宗走过来："桓宗，快来帮帮忙。"小孩子太软，她怕自己力道太重，把这个本就虚弱的孩子，给弄得更虚弱。

桓宗："……"

盯着筌筽怀里的孩子看了片刻，桓宗伸出了僵硬的双臂，把软乎乎、圆滚滚的一团，搂进了自己的怀里。

襁褓好像在往下掉？

孩子要摔下去了？

这个姿势，小孩子好像不太舒服？

林斛赶过来的时候，看到公子如同雕像般站在筌筽姑娘身边，他的脚下还用一股强大的灵气托着什么东西。他皱了皱眉，难道是不能动，一动就引发极强威力的邪恶法器爆发？

他快步上前，走到桓宗身边看了一眼，随即沉默着连连后退三步，希望公子刚才没有发现他。

"林斛。"桓宗面无表情地扭头看他，侧脸仍旧完美得挑不出半分缺点。

林斛："公子，我去阵眼看看。"

"你身上有妖族血脉，不适合靠近煞气重的阵眼。"

林斛："不，这些微弱的血脉影响，并不重要。"

桓宗不再说话，只是用一双平静无波的眼睛盯着他。

筌筽并没有去注意桓宗与林斛说了什么，她用指腹揉了揉男童额头上的肿块，把玉还给他："这个还给你，这是你母亲留给你的东西，我不能要。"

男童连连摇头："我没有骗你，这块玉很值钱，求求你收下吧。"

"我会救你妹妹。"筌筽捧住他的脸，再摇下去，这个孩子的脑袋都要掉了，"我不仅要救她，也要救你，这座城里的人，我都要救。"

男童愣住："你是……大夫吗？"

"我不是，"筌筽勉强笑了笑，"我是你外祖母的远房亲戚。"

男童皱眉："可是母亲跟我说，外曾祖父是郡王，外祖母的亲戚都是前朝皇

234

族，你……"父亲很少在母亲面前提及前朝皇族，但是私下里教他读书习字时，却跟他说过，前朝皇室族人大多骄奢淫逸，荒唐至极，当今陛下夺得皇位时，天下百姓无不拍手称好，很多村子里甚至请了乡戏班子来唱了三天三夜。

前朝名声那么差，这个小姐姐看起来这么漂亮，为什么还要主动跟前朝扯上关系，这不是自找麻烦吗？

男童小声道："姐姐，你还是快些走吧，就连陛下派来的御医都对疫病束手无策，你不要留在这里陪葬。"

"小小年纪，知道什么叫陪葬。"箜篌站直身体，回身看过去，发现襁褓已经从桓宗怀中转移到林前辈那里，她掏出一瓶灵液，往女婴嘴里喂了一滴。

"桓宗，我飞到阵眼上空看看。"箜篌从收纳戒里取出从秘境中得到的敛息伞，撑开举在头顶，"你与林前辈在此处等我。"

"我陪你一起，"桓宗拦住她道，"你不要单独去。"

箜篌缓缓摇头："你在下面看着我就好。桓宗，姬家欠天下百姓的债，我要还回来。"

"我陪你一起还。"桓宗拿过她手里的伞，眼神温柔地看着她，"你陪我踏遍万千河山找药，我陪你踏破这个阵法，可好？"

箜篌怔怔地看着他，说不出话来。

桓宗忽然俯首在她肩膀上靠了一下，然后飞速离开。

箜篌茫然："桓宗？"

桓宗抿着嘴，面颊有些发红："我都想出新的撒娇方法了。"

"你……"

他漂亮的眼睛里，倒映出箜篌茫然的模样："答应我好不好？"

"好、好吧……"箜篌捂着脸，声音细若蚊呐，"那、那你不能一个人跑到前面去。"

桓宗轻笑一声，抓住她的手："我就走你旁边。"

"跟在我后面。"箜篌抽出自己的手，指了指自己身后，从桓宗手里抢回敛息伞，"跟好了。"

桓宗低头看了眼空荡荡的掌心，单手负于身后，右手虚握成拳，放到唇边轻咳一声："那烦请箜篌仙子在前方引路。"

箜篌："……"

没想到桓宗也有贫嘴的时候，箜篌回头瞪了他一眼，足尖一点，朝阵眼处飞去。桓宗不动声色地跟上，手中光芒一闪，龙吟剑已经在手。

男童呆呆地看着漂亮姐姐与她的朋友飞远，他幼小的身躯里，承担着不属于这个年龄的震惊。武林高手，可以飞得比城里最高的塔还要高？

他扭头走到林斛身边，一会儿看飞向空中的箜篌，一会儿看抱着妹妹的林斛。

"担心她？"林斛问。

"没有。"男童连忙摇头，"把妹妹交给你们，我很放心。"

就算不放心，这也是他唯一能让妹妹活下来的选择，他不敢不放心。

"你先抱着。"林斛见这孩子嘴上说着放心，但满脸满眼都是担忧，就把襁褓塞回他怀里，"照顾好自己，等下我可能还要去帮忙。"

男童小心翼翼地调整好抱孩子的手势，发现妹妹的面色竟比刚才红润了许多，心头大喜。刚才那个漂亮姐姐喂妹妹东西的时候，他怕对方一个不高兴，就不带妹妹走了，所以也不敢多问。现在见妹妹面色好了许多，他就猜到，刚才漂亮姐姐喂的可能是药。

难道，她真的有办法救全城百姓？

抬头看着飞在空中，一直没有落下的两人，男孩心中有了一个十分荒诞的猜测，漂亮姐姐……该不会是已经成为仙人的箜篌公主吧？

整个姬氏皇族，现在还敢在外面自称是前朝皇族的，几近寥寥。

只有七年前已经成为仙人，让陛下亲自下令建观祭拜的箜篌公主，才敢如此没有顾忌。而且除了神仙，谁能像风一样，自由自在地飞到空中。

箜篌公主来救他们了？

男童抱紧妹妹，她听到他们的祈求了吗？

箜篌刚靠近阵眼，就被强大的煞气冲击得差点喘不过气来，幸好敛息伞能够隔开这些煞气，让箜篌有喘息的余地。她连连后退，把伞举到自己与桓宗头顶上，把桓宗也遮好："桓宗，这个阵是不是要成了？"

"还没有。"桓宗沉着脸，看着从阵法中散出的煞气，"还不够。"

"什么还不够？"箜篌心里隐隐有种不太好的预感。

"人命。"桓宗道，"这个阵，以人的寿命为祭品，必须死足够多的人，才会成。"

箜篌看着脚下的这座城，想到那些死去的无辜百姓，咬牙恨道："这些畜生。"

这座城的地理位置十分奇怪，不仅有四条江河从它这边经过，还四面环山，形成一个看似有出路，实则却是困局的平原。本是个易守难攻的好地方，在邪修的操纵下，却变成了万骨枯阵阵眼的最佳选择。

"我们先离开此处。"桓宗道，"看看能不能从河流山川入手，毁去阵脚。"

"嗯。"筌篌微微点头，脸上的严肃难消。就在她转身的那一刻，身后的阵眼忽然有一股强大的吸引力，拖着她就往阵心中去，眨眼间她便被拖出十丈远。

"筌篌，"桓宗飞身抓住她的手，用龙吟剑斩断围绕在她身边的煞气，揽住她的腰道，"我们走。"

阵眼似乎感知到有修士靠近，所有煞气都扭曲起来，附近的煞气都朝他们身边围拢，大有不把他们拖下去不罢休的架势。

"走！"桓宗看了眼被煞气死死缠住的龙吟剑，剑身发出嗡嗡的鸣叫。侧首看脸色煞白的筌篌，他松开握剑的手，张开双臂抱着筌篌，把她护在怀中往外飞去。

"师父，剑是什么？"

"剑是我们剑修的命。命在，剑在。剑若是不在，你这一辈子，便再也没有资格做一个剑修。"

"剑是最重要的吗？"

"或许是，或许不是。"

桓宗闭上眼，回忆着幼时刚拜入琉光宗时，师父曾对他说过的话。已经填入几万人性命的万骨枯阵，他没有把握把筌篌完完整整带出来，龙吟剑就是吸引煞气的最好诱饵。

"桓宗，你的剑！"筌篌知道本命剑对于剑修意味着什么，看着几乎被煞气淹没的龙吟剑，她急道，"这个煞气会损坏龙吟剑的。"

"无碍。"桓宗淡淡道，"我们先离开。"

筌篌怔怔地看着桓宗的侧脸，狠狠咬了咬下唇，咬得唇角都渗出血来，聚灵力于双手上，把桓宗一掌拍出煞气围拢的范围。

没有料到筌篌会有此举，桓宗惊骇回头，只看到黑茫茫的煞气，只听到龙吟剑微弱的颤鸣声。

"桓宗，你如果敢跟过来，我就抱着你的龙吟剑跳进阵眼！"黑雾中，远远传来筌篌一声吼，但是桓宗看不到她的身影。

顾不上箜篌的威胁，桓宗转身欲追，被忽然出现的林斛拦住。

"让开。"桓宗挥袖想把林斛扫到一边，没想到平日听从他命令的林斛，竟提剑拦住了他这一击。

"公子，你灵台已是不稳，现在连本命剑也丢了，你不想要命了？！"林斛低声道，"更何况你身为凌忧界的修士，太过插手凡尘界的事，是会沾上因果的。"

天理循环，早有定数。若是凡尘界百姓遇到苦难，便祈福求神，这会导致他们遇事只会寻求神仙庇佑，失去了自己拼搏努力的斗志。长此以往，对这些百姓不会是好事。

所以凌忧界的修士可以隐藏身份来凡尘界游玩，却不能随手插手凡尘界事务。这个道理，他明白，公子明白，其他修士也明白，所以凡尘界才没有那么多"神仙显灵"。

就连箜篌姑娘也是明白的。

"我心里有数，你不必劝。"桓宗神情更冷，"林斛，我不想与你动手，你让开。"

林斛苦笑："公子，我又何尝愿意？"公子若是用上全力，以他的修为根本拦不住，"可是你不要忘了箜篌姑娘的个性，她说你若是进去，她便抱着龙吟剑跳进阵眼。这话虽然不能信十分，至少也能信五分。"

不能信的那五分是，箜篌姑娘跳下去之前，一定会先把龙吟剑扔出来。

敛息伞已经拦不住丧心病狂的邪阵了，箜篌干脆把敛息伞收了起来，把凤首变小握在手中，靠着凤首身上的神光，慢慢靠近被煞气卷在中间的龙吟剑。

在浓厚的煞气中，龙吟剑就像是一盏能发出声音的明灯，箜篌一眼就发现了它在哪儿。

手指在琴弦上快速拨动，箜篌飞身躲过煞气的偷袭，离龙吟剑越来越近。龙吟剑的颤鸣声越来越弱，箜篌手臂穿过包裹在剑身外的煞气，她的袖子被煞气腐化，变成了破破烂烂的碎布。

身上这件衣服，是能够阻挡出窍期大能三击的法衣，没想到在阵眼里，只坚持了几息的时间。

嗡！

龙吟剑有了自身的灵智，并不想让主人以外的人碰它，所以在箜篌握住剑柄的那一刻，它产生了强大的反震力。箜篌差点被这股力道冲击得吐出血来。她也不恋战，拖住龙吟剑就跑，一路跑一路扔法宝，短短几步路的距离，她便扔出近十种法宝，才没让阵眼把她跟龙吟剑一块儿卷进去。

后有煞气当追兵，前有龙吟剑不配合，箜篌气急，在龙吟剑剑首狠狠拍了一下："给我老实点，你家主人多好一人，怎么有你这么不老实的剑？！"

龙吟剑抖了两下，在箜篌手里颤动得竟然没有刚才厉害。箜篌喘了几口气，勉强笑了笑，又往身后丢了两件法宝："早这样多好，再扭我就把你扔回去算了。"

这下龙吟剑彻底不动了。

此刻箜篌身上的灵力几乎耗尽，仅仅几十丈的距离，她却犹如负山前行，喘得像是耕地的老黄牛，手里的龙吟剑也重得她几乎握不住。

"完了，咱们该不会真的要交待在这里吧？"尽管五指已经开始颤抖，箜篌却死死攥着龙吟剑不放。以前看桓宗挥剑的样子，还以为这把剑只有几斤重。哪知道这剑相貌平平无奇，名字却取得霸气，重量更霸气。

剑修真是太不容易了，提着几百斤重的剑劈来砍去，还把剑玩得这么好看，难怪修士们都不敢惹剑修，谁惹得起啊？！

呼。

细微的风声响起，箜篌下意识往左一避，左手捏起三张辟邪符，顺势丢了出去。扔完三张辟邪符，箜篌一股脑儿往外扔符箓，有时候甚至连扔的是什么都不知道。

"完了……"在脚踝被煞气缠住的那一刻，箜篌脑子里闪过很多念头，有师父师兄等宗门的那些亲友，靠在她肩膀上面无表情撒娇的桓宗，还有……天下的百姓。

"先有天地，水泽万物，清气祛浊。天地生阴阳，阴阳汇两仪，两仪生四象。生生死死生，万物亦生亦死，无生亦无死，无死何悟生……"

在秘境中背得烂熟于心的《心经秘法》，在箜篌灵气耗尽时，诡异地出现在箜篌心间。箜篌抱着龙吟剑，低声喃喃道："水泽万物，清气祛浊……"

低下头看缠住脚踝的煞气，箜篌取出一瓶灵液倒下去，煞气果然不甘不愿地松开了她。趁着这个机会，她往自己嘴里塞了一把凝气丸，鼓足一口气往外冲。

她觉得自己这辈子，再也没有像今天这么快过。

眼看煞气再度逼近，她不知怎么想的，竟然挥起龙吟剑朝煞气砍去。就在她以为龙吟剑不会给她面子时，龙吟剑发出一声长啸，一个金色的虚幻龙影与阵眼跑出来的煞气缠斗在一起。

听到龙吟声，与桓宗打得难解难分的林斛忍不住偏头看了一眼，看到在黑雾中翻滚的金龙幻影，他惊道："公子，你的龙吟剑……"

桓宗一脚把他踹下云头："林斛，万骨枯阵成，不仅是凡尘界的百姓要做陪葬品，凌忧界很多修士也会因为这些煞气出现心魔。你不要忘了，设置这个阵法的目的，就是针对我们凌忧界。我沾染的不是凡尘界因果，而是为了阻挡一场让凡尘界与凌忧界都陷入混乱的浩劫。"

说完，他转身飞入煞气中。

"你是靠吞灵气长大的吗？"筌篌刚才还能喘气，现在拖着龙吟剑连气都喘不过来了。这么霸气的剑不适合她，她还是更喜欢漂亮又好用还不费灵力的水霜剑。

嗡。

龙吟剑又抖了一下。

"都什么时候了，还计较这些。"筌篌运转灵气，身为五灵根修士，她借助与生俱来的天分，调动空气中的水灵，勉强把煞气拦在了水结界外。

"当年拜入师门，我幻想自己能够修为大成，衣袂飘飘地飞升成仙。没想到飞升不成，还有可能被一个邪阵当作肥料。"筌篌叹口气，从怀里掏出一张传音符，在凡尘界不能往凌忧界去飞讯符，她只能给桓宗留一封信了，到时候他能帮着转交。

然而她捏着传音符还没来得及用，浓雾中，一个白衣胜雪的男人飞了进来。看到她，不由分说地扔出两件神级法宝，抱着筌篌就冲了出去。

煞气袭入体内，桓宗灵台内的灵气四处乱窜，他看了眼后面追上来的煞气，反手一挥，强大的威压冲击而出，他怀里的筌篌受不了这种境界的威压，差点吐出一口心头血。

难道，这才是桓宗真正的实力？

桓宗表面镇定，内腑早已翻滚不停，他往后连连击掌，单手抱着筌篌飞得更加快速，在离开阵眼的那个瞬间，他接连抛出八件法器，按照八个方位把阵眼控制起来，不让它继续扩大。

从收纳戒里取出一件披风，裹在衣衫破烂的筌篌身上，桓宗再也撑不住，吐出两口血后，与筌篌一起从空中跌落。

摔到地上前的那一刻，他把筌篌紧紧护在了怀中。

嘭。

两人重重摔在了地上。

桓宗仰面躺在地上，毫无形象可言，他这一生，几乎从未像今日这般狼狈丢脸过。

被他一脚踹在地上的林斛用剑撑着身子站起来，缓缓朝摔在一块儿的两个人走去。

"桓宗，"筌篌从桓宗身上抬起头，举起手里的龙吟剑，嘴角的血迹未干，眼睛亮如朝阳，"龙吟剑，我拿回来啦。"

她随意用手背抹了抹嘴角，嘴角的血渍糊到了脸颊上，让她整张脸看起来又脏又难看。

当然桓宗也没好到哪儿去，向来白衣胜雪的他，洁白的衣服上沾着血迹与地上的泥灰，白玉发冠也不知道摔到了哪儿，头发披散在脏脏的地上，不过仍旧很顺滑。

他看着少女脸颊带血，还咧嘴笑着的样子，伸出手把她按进了怀里，紧紧地、紧紧地抱住了她。

在这一刻，怀中的温暖与真实，就是永恒。

闻着桓宗身上淡淡的药香味，筌篌觉得自己好像听到了桓宗的心跳声。明明衣服布料很柔滑，筌篌却觉得自己的脸，被衣服蹭得又热又痒，总想伸出手捂住。

"桓宗，你又在撒娇吗？"

"嗯。"

桓宗的下巴抵在她的发顶，她看不见他的表情，只听见桓宗说："刚才受了内伤，难受。"

筌篌不敢再动，乖乖趴在桓宗怀中，疑惑道："我会不会压得你更难受？"桓宗撒娇的手段太差了，这个姿势不仅别扭，还会让他也不舒服。

片刻沉默后，桓宗闷闷道："不会。"

筌篌想了想："那倒也是，我比龙吟剑轻多了。"

被遗忘在地上的龙吟剑，微微颤鸣一声，筌篌趴在桓宗胸口上，看着掉在地上满身是灰的龙吟剑，莫名觉得此刻有些好笑，不自觉笑出声来。

桓宗松开环着箜篌的手，轻轻拍着她的背。

林斛停下脚步，看着少女趴在男人胸口上，吃吃地笑，而男人只是轻轻拍着她的背，什么都不说。明明是脏污的地面，却被他们躺出了鲜花草地的盛景。

"笑什么？"

"不知道，就是觉得好笑。"她一边说，一边笑，翻过身学着桓宗的样子，仰躺在脏脏的地上，看着空中被暂时锁住阵眼的万骨枯阵。

或许是能够拿回龙吟剑高兴，或许是刚才在她脱力时，桓宗穿破黑暗而来，还有就是……

箜篌偏头看桓宗，桓宗恰好也看向她，两人四目相对，都露出了笑。

还有就是她从未见过如此狼狈的桓宗，明明她应该说谢谢或是愧疚，但就是觉得好笑。一身脏兮兮很好笑，头发散乱也很好笑，抱着她撒娇……可爱得好笑。

风起，沙子扑了两人满脸。

箜篌从收纳戒里掏出两颗凝气丹，给自己与桓宗各塞了一颗，身上的灵气缓缓恢复："桓宗，刚才我在阵眼里，看到了一个小阵。"

阵中阵，以阵养阵，这是一种十分阴毒的方法，设阵者根本没打算让靠近阵眼的人活着。她能活着出来，全靠大堆大堆的法宝往外砸，后面若不是桓宗出手相助，她大概根本走不出来。

也幸好她刚才爹着胆子靠近阵眼发现了这件事，不然他们借用山川河流破阵，外面的阵法是破了，里面的那个阵说不定会借此催发，会引来什么样的后果，她也不敢想。

"是什么阵？"桓宗问。

"我不认识。"箜篌道，"不过我记得那个阵法的大致图形，等下我画给你看。"

"好。"两人静静看着，不再说话。

林斛忍无可忍，走到两人身边："在地上躺够了没有？老百姓都看着呢。"

箜篌坐起身，看到不远处果然站着很多百姓，只是这些百姓脸上的表情不是看热闹，而是激动。她捏着披风边缘站起来，躲在了桓宗身后。

她现在这副灰扑扑脏兮兮的模样，不适合让外人看见。

"三位仙人！"衣服皱巴巴的刺史从人群中挤出来，他朝抱着襁褓的男童行了一礼，才对箜篌等三人行礼，"三位仙人可有暂居之处？若是三位仙人不嫌弃，可以到刺史府暂居几日。"

从疫病刚开始发作到现在，他已经是当地第三任刺史了，前面两任都是染上疫病丢了性命。他看了眼抱着襁褓的男童，这位小公子就是第一任刺史的孩子，半个月前刺史大人夫妇相继离去，小公子便带着只有几个月大的孩子，单独住在一个屋子里。他有心叫两个孩子跟他一起住，但是小公子只隔着门说话，脸面不露。

猜到小公子可能是怕接触太多外面的人，会让疫情传染到自己身上，所以他也不再劝小公子，只是每隔两日给他们兄妹俩送些吃食过来。

"不必。"人前的桓宗，仍旧是那个淡漠又寡言的剑修，"待疫情解决，我们便会离开。"

刺史不敢再问，怕惹得仙人不悦。

人群议论纷纷，有人喜，有人笑，也有人哭。一位抱着一两岁大孩子的妇人，怯怯地看着筌篌："仙子，您可是筌篌公主？"

他们的苦痛，他们的哀求，筌篌仙子都听见了，所以才下凡来解救他们的苦难？

筌篌想说自己不是，这样待事情解决以后，她就可以偷偷离开。然而妇人的眼神实在太亮，亮得宛如飞蛾看到了火光，拼命抓住最后一丝希望。筌篌想，她若是在此刻摇头，就会变成压死骆驼的最后一根草。

她叹息一声，轻轻点头："我是。"

"是公主殿下，是筌篌仙子，她来救我们了！"人群中，不知是谁大喊了一声。这一声，像是点燃干柴的火种，让原本呆滞又麻木的人，都缓缓清醒过来。

"仙子来救我们？"

"我……有救了？"

一个身材魁梧的大汉又哭又吼地冲回家，抱着自己两个孩子哭起来。等了那么久，盼了那么久，筌篌仙子终于听到了他们的祈求，从天而降救他们了。

看着百姓们又哭又笑的模样，桓宗发现天空的煞气似乎淡了些许，虽然非常不明显，但是以他的修为，明显感觉得到。

这些凡人明明已经被死亡的恐惧与怨恨围绕，为什么有了一丝生的希望，就会爆发出强大的力量？凡人，就是如此坚强不屈，抓住希望就能活下去吗？

万骨枯阵，以人类的怨气与不甘为引，以山川河流为阵脚，这样的阵法确实无坚不摧。若是十年前的他……

桓宗垂下眼睑，往日觉得灵台是否修复，只需随缘，可箜篌的岁月还有那么长，他呢？

"桓宗，"箜篌抓了抓他的袖子，"我把那个阵眼中的小阵法，画给你看。"

"好。"面对全心全意信任他的箜篌，桓宗眼底眉梢净是温柔。

身为一个刚接触各种法阵的初学者，箜篌的优点是记忆力好。这是她出生就有的天赋，她从小就比别人学字快，先生讲过一遍的书，她就能背个大半。

很快她就在纸上画了一个简易的阵法给桓宗："这是什么？"

"是纳魂阵。"桓宗脸色变得十分难看，这些邪修不仅以人类的怨恨为引，还把他们的魂魄全部收集起来，是想拿他们的魂魄炼制法器？

人类有了魂魄才能投胎转世，若是死后魂魄被人带走，炼制成害人的邪器，便永世不能超生。

箜篌大致猜到了这些邪修的意图，她胸口一闷，内伤还没痊愈，又被这股气折腾得吐出一口血。

温暖舒适的灵气疏解着她心口的郁气，温暖的手掌放在她背上，就像是最强大的依靠。

"擦一擦。"桓宗把手帕递到箜篌面前，箜篌拿着桓宗给的帕子擦干净嘴角，转头见百姓站在远处，全都没有离开。

箜篌擦了擦嘴角，桓宗叹口气，拿过她手里的手帕，去擦她的脸颊。帕子到了桓宗手中的那一刻，像是沾上了水分，有些凉，有些润。但是桓宗的动作很温柔，箜篌觉得自己的脸又凉又痒。

她扭了扭脸，桓宗笑道："别动。"

"哦。"箜篌鼓了鼓脸，把脸偏向桓宗，让他擦得更顺手一些。

这么乖巧的样子，真是一点都看不出，刚才她还敢单独闯进阵中，把龙吟剑带出来，甚至还能用它。剑修的本命剑，属于修士独有。再厉害的剑，到了别人手里，与一把砍菜刀无异。他在阵法中看到了金龙幻影，说明箜篌不仅挥动了这把剑，甚至还发挥出了它的威力。开了灵智的本命剑，不该如此的。

"林斛，"擦干净箜篌的脸，桓宗道，"把法檀大师赠我的金迦叶拿出来。"

"公子，您这是何意？"林斛不解，这不是要准备破阵吗，怎么又开始请和尚了？

"超度。"桓宗抬头看着满天的黑气,面无表情道,"死者带着不甘与怨恨,若是这些都没有了呢?"

"法檀大师佛法无边,自然能度人度魂,可是受到阵法影响的城池不止此处,我担心他一个人忙不过来。"林斛道,"可要多请几人?"

桓宗略犹豫片刻:"好。"

第九章 与佛无缘

凌忧界清净寺。

虽同为凌忧界十大宗门之一，清净寺却很少参与凌忧界的事。虽然这群僧人总是念叨着佛前也有怒目金刚，但是凌忧界近二百年出生的修士，还从没见过这些僧人动手揍人。

清净寺里十分安静，就像它的名字一样，与世隔绝，清静无忧。

一只仙鹤的鸣叫声划过长空，有僧人好奇地抬头，怎么有仙鹤飞到他们这里来了？修道之人才偏好仙鹤，他们佛修可没有奉鹤为仙物。

仙鹤在空中划过一道弧线，直接飞往了住持的院子里。

坐禅的法檀听到仙鹤拍打羽翅的声音，睁开眼摊开手掌，一枚金色的迦叶落入他的手中。近五百年来，他送出过五枚金迦叶，另外四枚早已还到了他手中。

原本以为这枚金迦叶永远都不会用上，没想到终究还是回到了他的手中。

"罢了。"他理了理身上的僧袍，把佛珠与法杖带上，对门外的弟子道，"让玄字辈师兄弟随我来。"

"是。"

凡尘界中，隐于暗处的邪修界阵法师看到万骨枯阵的威力略有减弱，皱眉道："怎么回事？"

"尊者，凡尘界帝王请来了修士。"出去打探过消息的邪修道，"应该是那个修士出手了。"

"修士？"阵法师有些疑惑，"那些正派修士讲究天理循环，不会轻易插手凡尘界的事情。更何况我来之前，你们说过此界并没有正派修士驻扎，这才多久，就有修士赶过来了？"

"据说是此界的一个前朝公主拜入了云华门的门下，恐怕是不忍见百姓遭受苦难，便自作主张来了凌忧界。"回话的邪修也没有想到会有一个正在修行的前朝公主跑出来，他小声道，"这个公主去凌忧界不过七八年时间，修为并不高深，想要破掉尊者您设下的阵法，无疑是痴人说梦。"

"不自量力。"阵法师冷笑，"到底是不知天高地厚的小公主，既然她想要多管闲事，那就让她跟这些百姓死在一起，日后也不孤单。十万冤魂，还差多少？"

"两千。"

"很快了。"阵法师抬头看天，眼中满是讽刺，"我要看看，那些道貌岸然的名门修士，在这个法器面前，会露出何种丑态。"

筌筷公主从天上回来救百姓的消息，很快传到附近的几座城市，无数百姓抱头痛哭，口里念着他们终于有救了。

在他们看来，神仙是无所不能的。

然而他们心中那个无所不能的仙女，此时却坐在云头，满脸的不敢置信。

"所以，我刚才就顶着一张脏脏的脸，面对那么多百姓？"筌筷拿镜子在脸上照了好一会儿，桓宗已经帮她把脸擦干净了，但是想到自己刚才已经无意识丢脸，她就觉得沮丧。

她不想几百年后，凡尘界提到她这个已经"成仙"的公主，是面带红印不够漂亮的仙女。

"没事，等阵法破了以后，你就打扮得美美的从他们眼前离开。"桓宗失笑，小姑娘都是爱美的，不过筌筷就算是爱美，也是可爱娇憨的。

"那也只能如此了。"阵法还没破，但筌筷已经开始想，离开的时候要穿什么衣服，梳什么样的头发，才能保证几百年后，凡尘界的百姓提起她，还会夸她长得多么好看。

桓宗笑了笑，偏头往西方看去，从云上站起身："来了。"

"什么来了？"筌筷跟着站起身来，她并没有看到任何人。

不多时，西面天空多了一抹亮丽的云霞，灿烂的云霞中，几个剃着光头的僧人脚踏莲花台而来，为首的僧人慈眉善目，身上只着一件简单的青色袍子，倒是手中的法杖法光阵阵，大有来一个打一个、来两个打一双的架势。

"法檀大师，我奉我家桓宗公子之命，请大师劳累这一趟，多谢。"林斛闪身来到法檀面前，双手合十，"请。"

"请。"法檀笑了笑，凌空走到桓宗面前，"与小友多年未见，小友可曾改变主意？"

筌篌看着僧人光溜溜的脑门，疑惑地看桓宗，改变什么主意？

"多谢法师看重，在下觉得琉光宗甚好。"桓宗表情不变。

"可惜了，可惜了。"法檀摇头叹息，"小友甚有慧根，与佛有缘，何须做打打杀杀的剑修？"

筌篌看得目瞪口呆，青天白日的，真没想到，这个大和尚看起来慈眉善目的样子，竟然跟琉光宗抢人？

"我佛慈悲，这位小友好相貌。"法檀朝筌篌行了一礼，筌篌连忙还了一个大礼："大师谬赞了。"

"贫僧从不打诳语，我观小友眉清目秀，面有仁慈之相，何不入我佛门，证得菩萨果位？"法檀没想到会再次遇到一个佛修苗子，"小友以为如何？"

筌篌："……"

凌忧界佛修的处境很艰难？怎么四处挖其他宗门的墙脚？

"多谢大师，只是晚辈已拜入云华门门下，此生不愿叛出宗门，还请大师见谅。"

筌篌是不可能做僧人的。想到要剃光头，她这辈子都不会考虑这种可能。

"那贫僧只好下次再来问。"法檀掀起青袍坐下，把法杖往空中一抛，整个天空都被映亮。

其他弟子纷纷盘腿坐下，开始护法。

筌篌不懂佛，但是在法檀大师开口念第一句佛语时，她便觉得整个天地安静下来。天那么大，地那么阔，有什么不能放下的？

她转头看桓宗，一下子清醒过来。

佛说红颜枯骨，她此生怕是参不透了。

可见，她与佛无缘。

"怎么回事？"阵法师发现阵法的力量越来越小，推开跪在面前倒酒的美艳女子，大步走到山崖边向外眺望，只见天空祥云与黑雾缠斗在一起，不相上下。

"凡尘界的那个前朝公主，是拜入云华门门下，还是佛修门下？"阵法师咬牙恨道，"那群秃驴从不管事，怎么这里会有佛光？"凡尘界出身的修士，在凌忧界不受人欺负凌辱已是幸事，又怎能在短短几年内，与佛修搭上关系？

坏事的佛修绝对不是普通人，看这漫天的佛光，恐怕这个佛修早已证得罗汉果位，修出了法相。

"尊者，这下我们要怎么办？"邪修见有秃驴来坏事，心中暗叫不妙。

"怎么办？"阵法师回头看身后众邪修，"这些出家人不是讲究慈悲为怀嘛，你们就去城里杀人，看这些和尚是继续念经，还是来阻拦你们？"

"尊者，这些和尚……"

"怎么，你们这些邪修界的高手，还怕几个秃驴不成？"阵法师冷笑，"还是说，你们只敢对邪修耍横？"

"小的们明白了。"问话的邪修知道这个尊者喜怒不定，怕耽搁下去，他们没死在秃驴手上，已经先死在这个尊者手上了。

"好。"阵法师脸上终于有了笑意，"我年纪大了，就喜欢乖巧一些的后辈。"他回过头，看到一个还站在原地不动的邪修，长长叹息一声，"孩子，你这是在害怕吗？"

"尊者恕罪。"这个邪修吓得连连摇头，"请尊者恕罪。"

"瞧把你吓的。我是个十分爱护后辈的人。"阵法师笑了笑，挥手用灵力把这个邪修抓到面前来，忽然五指用力，掐断了此人的脖子。

"这样，你永远都不用害怕了。"他掏出手帕擦干净五指，转头对其他邪修温柔笑道，"怎么，还不动身？"

话音一落，其他邪修便飞身离开悬崖，朝城内方向飞去。

阵法师脸上的笑意消失，他一脚把脚边的尸体踢下悬崖："废物。"

伺候他的女邪修早已吓得全身发抖，他瞥了眼缩成一团的女邪修，理了理鬓边的头发，化作一道白光消失在天际。

"死者生，六道轮回……"

法檀睁开眼，看着城门方向，皱了皱眉。

"大师请继续，其余的交给我。"桓宗手持龙吟剑跳下云头，看着城外朝这边飞来的邪修们，挥剑一扫，飞在最前面的几个邪修，被剑气划过喉咙，纷纷坠下云头。

"怎么会有剑修？"剩下的邪修见在眨眼的时间内，他们就损失了好几个同伴，忙停下脚步，互相围站在一起，惊恐地看着城门。

紧闭的城门大开，一个穿着白衣、青丝如黛的男人不疾不徐走了出来。

"剑修！"

"不对，是仲玺真人！"修为最高的邪修额头渗出冷汗，一百年前，他的师父就死在此人剑下。此人的剑无情，人比剑更无情，这个本应该在琉光宗修行的剑修，为什么会在凡尘界？

"快逃。"在仲玺真人面前，谁堪一战？！他往空中发了一个信号弹，希望阵法师能来救他们。

"既已来，又何必走？"城门处弥漫着难闻的尸臭，不远处的大坑里，还堆积着没有来得及焚化的尸体。桓宗手中的龙吟剑散发出夺目的金光，他的眼神很冷，飞身拦住了邪修们的去路。

"仲玺，我们这么多人，不一定怕你……"为首的邪修声音有些发抖，捏紧手中的法器，一边吆喝着让其他人去对付桓宗，一边找机会逃走。

这些平日里耀武扬威的邪修，在桓宗的剑下，就像是萝卜土豆，很快便被他杀得七零八落，他们脚下的土地已经被鲜血染红。

为首的邪修转身就逃，然而他刚飞出去没多远，只听耳边一道风吹过，他的左臂从身上掉落，跌进埋尸首的大坑。

"仲玺真人，身为凌忧界的剑修，你太多管闲事了。"邪修频频望向远处的山头，希冀阵法师能够早点赶过来，"这些凡人寿命短暂，你何必管这种事？难道不怕给自己惹上麻烦？"

桓宗一脚把他踹进坑里，居高临下地看着他："这个坑里的百姓，每一个都死得不甘又无辜，从今日起，你的灵魂就在此处守着，直到所有百姓都投胎转世，你的魂魄才能离开此地。"

"不不不……"邪修连连摇头，转身就想踩着尸首往坑外爬，一道剑气划过，他瞪大眼睛与这些被他们害死的百姓倒在一起，而他一直等待的阵法师，仍旧不见踪影。

桓宗虚空一抓，抓住一道青色的魂影，咬破手指在魂影上下了几道符咒，然后把魂影扔回了尸坑中："此地冤魂不散，你永世不得超生。"

挥袖把尸坑中所有尸首焚烧干净，桓宗收起龙吟剑，看着燃烧的火苗，转身朝邪修方才频频张望的方向飞去。

悬崖之上，有没来得及撤走的桌椅宫殿，一个容貌美艳的女修跪在玉桌旁，抬头见到桓宗忽然从天而降，看着他手中的龙吟剑，吓得往后缩了缩，随即把身上的衣服往下一拉，露出白皙的肩膀，流着泪站起身朝桓宗跑去："仙长救命。"

"退后。"龙吟剑出鞘，桓宗面无表情地指着女修，把她从头到脚看了一眼，"人呢？"

"仙长，您说的可是绑走我的那个坏蛋？"女修抿着红唇，样子格外魅惑，"或许他察觉到仙长的仙气儿，心中害怕，已经提前逃走了。"

她想，不知这位仙长是哪个宗门的人，竟长得如此好看，世间大概再也没有男人能把白衣穿得如此诱惑人了。

"幸而有仙长前来，不然奴家就要被邪修……"

她的话还没有说完，剑已经穿透了她的灵台，她弯腰捂住腹部，不敢置信地瞪大眼睛。她连魅惑术都用上了，竟然会有男人在这种情况下，如此轻易地对她动杀心？

"这不可能……"临死前，女修都不敢相信这个事实。

这一定不是个男人……

桓宗看也不看地上的女人一眼，转身往回赶。这些邪修浑身煞气冲天，手上不知沾染了多少人命。像这样的邪修，他从不多说废话，让他们在世上多活一刻，都是对那些死在他们手中的百姓的无情。

法檀带领弟子坐在云间，把往生咒念了三天三夜，第四天朝阳即将升起时，法檀睁开眼，看着已经失去大半效力的万骨枯阵，起身叹息道："冤魂虽已经得到超度，但是被锁在纳魂阵的魂魄，还需要有人去放出来。"

"我去。"林斛站了出来。

法檀摇头："不可，纳魂阵中全是此处百姓的魂魄，现在他们的魂体虚弱，灵智大失，禁不起半点变故。你对他们而言，只是不知来历的陌生人，你若是靠近那里，会受到他们的攻击。"

这个阵法实在太过阴损，纳魂阵里的魂魄，就像是油灯中的油，油灯上的火虽然熄灭，油却不能随随便便往外倒。

"林前辈,这件事还是交给我吧。"箜篌手持凤首,走到林斛面前,对他福了福身,转身看着已经有了一丝光亮的天际,"我从出生那一日,便享受着百姓赋予的一切。当年我帮不了他们,今日我不能让他们连死也不能安宁。"

"箜篌姑娘……"

"注意安全。"桓宗深深看了箜篌一眼,扶了扶她鬓边的发钗,"我们在这里等你回来。"

箜篌笑弯了眉眼:"好。"

"公子!"林斛皱眉,虽然怨气与煞气已经被压下去,可是危机并没有真正解除,公子怎么放心箜篌姑娘单独前去?

桓宗没有理他,收回放在箜篌鬓边的手,微微往上翘了翘嘴角,眼神温柔得像是一汪温泉:"去吧,我就在这里。"

箜篌点了点头,从云头跳下,朝阵眼飞去。

桓宗往前跟了两步,直到法檀念了一声佛号,才停了下来。

云上的风大,把桓宗的袍角吹得猎猎作响,他回头看了眼盘腿坐着的法檀,抛出飞剑,跳上去朝箜篌追去。在离阵眼不远处,他停了下来,把龙吟剑握在了手中。

来到阵眼旁,箜篌被眼前的景象惊呆了。无数哀号的灵魂,他们伸着手臂,试图朝外面爬,却一次又一次被拉了回去。头颅、手臂交缠挤压在一起,所有人都无法解脱。

箜篌走到阵边,一只乌青的手抓住了她的脚踝。这只手干瘪,但还是一个半大孩子的手。她弯下腰,轻轻在这只手臂上拍了拍,毫不犹豫跳了进去。

"先有天地,水泽万物,清气祛浊。天地生阴阳,阴阳汇两仪,两仪生四象……"

灵魂试图撕扯她,想要踩在她肩膀上,离开这片禁锢他们之地。箜篌闭上眼,抱着凤首盘腿坐下,手指搭在了凤首弦上。

这些百姓生于此处,葬于此地,却不该束缚于这里。

乐声悠扬,就像是一曲最祥和最温柔的安魂曲,一点点安抚着这些失去理智的魂魄。发髻已乱,衣衫已旧,耳边皆是痛苦与不甘的嘶吼。

她身上所有都是凌忧界的,但是她自己,还有她创造出的声音却不是。

城里的百姓看着箜篌跳进冤魂累累的阵中,有人在阵中看到了自己的亲人,有人在阵中看到了自己的友人,也看到了箜篌公主身上越来越多的伤口。

他们沉默了。

"下雨了……"

一滴滴细雨落下，不再是苦涩的雨，而是甘甜可口的甘霖。

随着细雨的冲刷，阵中愤怒嘶吼的冤魂渐渐安静下来，他们身上破烂不堪的衣服，渐渐变得完整鲜亮，身上的伤口也渐渐愈合。

乐声未歇，雨仍旧在下。

雨水淋湿了桓宗的发梢，顺着他的下巴掉落在地，他眼也不眨地看着阵中的少女，长长的睫毛被水汽浸染得润泽起来。

"阿弥陀佛。"法檀缓缓睁开眼，"好一曲安魂往生调，老衲已经多年未曾听过如此美好的曲调了。"

"师父，这是……安魂往生曲？"弟子玄悟道，"这位箜篌姑娘，不过是心动期修为，怎能弹奏如此强大的曲子？"

"仁爱不分老幼，自然也不分修为。"法檀双手合十，念了一声佛号，"此女若入我佛门，悟性远高于尔等，可惜……"

一曲停，箜篌拨弦的手指已经血迹斑斑，她睁开眼，看到阵中的冤魂们化作光点朝往生路上飞去。

冤魂们被超度，化作白光飞出纳魂阵，箜篌靠着凤首勉强维持着坐姿，耳朵几乎听不到什么声音，视力模糊得只能看到朦胧的虚影，全身上下无处不疼，只要合上眼睛，她就能睡过去。

恍惚间，一个温婉的女子从无数冤魂中走出，朝箜篌遥遥一拜，嘴里说了什么，但是箜篌听不清，她睁大眼睛想要看清对方的口型，这个女子对她笑了笑，转身化作一道流光消失。

这个女子过后，无数的冤魂向她行礼，有莽夫农妇，也有文雅书生、优雅秀丽的千金，箜篌揉了揉眼睛，只恨自己现在的视线太过模糊。

一个仅有三四岁大小的孩子跑到她面前，双眼懵懂，他还不懂生死是什么，就已经成了一缕亡魂。箜篌咳嗽几声，把口中腥甜的血咽下，她怕吓到这个孩子。

小孩朝她张开了双臂，箜篌弯腰抱起了对方，放在了自己膝盖上。她实在没有力气站起来，索性就这么坐在泥坑里，还能省些力气。

她听到了孩子的声音，这个孩子在笑，大大的眼睛里，没有恐惧，没有悲伤，只有单纯的开心。

筌篌看着他一点点在自己怀中消失，化作流光飞走，抬头看着细雨绵绵的天空："愿来世，不遇疾苦，安平一生。"

身上的法袍早已破烂不堪，染上了泥水，筌篌强撑着一口气从地上爬起来，脑子里嗡嗡作响，耳朵里、口鼻处，都痒得难受，她想伸手揉一揉痒得难受的鼻子，发现自己满手血污，只好放弃。

好像有人在呼唤她的名字，浑身都在疼痛的筌篌动作迟缓地回头，看到桓宗奔向自己，俊美无瑕的脸上满是惊恐，她疑惑地皱眉，桓宗这是怎么了，这个阵不是已经破解了吗？

她想说话，但是张开嘴，便吐出几口血来。她的胃里仿佛装满了血似的，怎么都吐不完，她捂住嘴，视线越来越模糊，整个世界仿佛安静下来。

"筌篌！"人在最惊恐的时候，会忘记自己很多能力，仅仅能维持与生俱来的本能。桓宗忘了自己是修士，忘了一切，他狼狈地跑到筌篌身边，伸手抱住晕倒的筌篌。

筌篌的鼻子、耳朵甚至眼角都在流血，桓宗抱着筌篌的手在剧烈颤抖，全身的灵气毫不保留地输入筌篌的身体。

雨水淋湿了他的头发，污浊的泥水浸透了他的锦鞋，总是不染纤尘的他，却再也无法顾及这些，他所有的注意力，只有怀中的人。

"醒醒，筌篌，醒醒。"桓宗从收纳戒里取出一瓶元气丹，抖着手喂到筌篌嘴边，一大半药还没到筌篌嘴里，就已经被他抖到了泥水中。

元气丹并不是入口即化的东西，桓宗把药含进嘴里，弯腰渡到了筌篌嘴里。

"阿弥陀佛。"从云头下来的法檀看到这一幕，不避也不再继续上前，转头对林斛道，"林施主，老衲懂些浅薄的医理。"

雨幕中怀抱少女的男人，没有哭泣，没有吵闹，却让人感受到了他的恐慌与悲伤。法檀是佛修，是不懂男女情爱的佛修，但是看过很多男女情爱，生死别离。

他想，或许近百年内，是不能说动这两人加入佛门了。

两粒元气丹进入筌篌腹中，并没有起任何反应，桓宗把手探到她的命脉上，准备继续往她体内输入灵气。

"公子，"林斛走到他身边，撑伞替他与筌篌遮住天上飘下来的雨，"你先不要急，我们先请法檀大师替箜篌姑娘看看。"

桓宗眨了眨眼，眼睫毛上的雨水落下，他拦腰打横抱起箜篌，不管她此刻身上有多脏污，他都毫不在乎。脚尖一点，桓宗飞身来到法檀面前："大师……"

法檀不用他多言，便伸手为箜篌把脉。他身后的弟子们看到箜篌此刻的模样，都有些动容。

五窍流血，十根指头血肉模糊，几可见骨。身上的细小伤口更是多不胜数，几乎没有一处好地儿。初见时娇俏可人的小姑娘，此刻几乎成了一个血人。

佛祖曾舍身喂鹰，这位箜篌姑娘舍身救百姓，这是大仁亦是大义，难怪师父说，她比他们更有佛性。

法檀叹口气，收回手道："箜篌姑娘灵气使用过度，又受到纳魂阵中煞气的攻击，内腹受到严重的损伤。若是其他人，怕是……"

以心动期的修为，超度这么多的冤魂，无疑是以命相搏。巧就巧在箜篌姑娘本就是此界之人，身上还有着此界百姓的信仰之力。这种信仰对于修士而言，几乎毫无用处，但是在此刻此地，信仰却成了箜篌的保命符。

佛家讲究因果，此界百姓与箜篌姑娘之间的因，结下了一份善果。

"不必担心，箜篌姑娘并无性命之忧。"法檀见桓宗怔怔地盯着箜篌出神，"只需要找个安静的地方，让箜篌姑娘休养几日。只是她现在经脉紊乱，暂时不能经历两界跨度……"

"诸位仙人、菩萨，"当地刺史鼓起勇气走过来，"小人的住处已经收拾干净，请仙人到鄙处歇息。"他担忧地看着桓宗怀中的箜篌，但是当着这么多仙人的面，他不敢多看。

刚才他们虽然看不懂箜篌公主做了什么，但是在她弹了那首曲子让天开始下雨，那些已经染病的百姓渐渐好转后，他们就知道，是箜篌公主救了他们。

然而在看到公主浑身浴血被仙人抱出来以后，他们开始明白，就算是仙人，拯救凡人也是要付出代价的。对于他们而言，箜篌公主才是真正的"自己人"，看到其他仙人都很担心箜篌公主身体以后，他们才放心下来。

"不必，"桓宗拒绝刺史的邀请，"我知道一个更安静的地方。"

刺史心里不放心，鼓起勇气问："不知是……"

桓宗没有理会他，腾空飞起，消失在空中。

刺史脸上忧色更重，那位仙人要把箜篌公主带去何处？

"此地疫情已解，尔等好好重建家园。"林斛看向人群中抱着襁褓的男童，"那两个孩子，与箜篌仙子有些旧缘，还请大人好好照顾他们长大。"

"请仙人放心，待此地事了，小的便收他们为义子义女，好好照料。"刺史的妻儿都在这场疫情中死去，日后的生活，有对孩子可以照顾，也能慰藉余生了。

"如此便好。"林斛见刺史是个忠良之辈，对他的话也不怀疑，从怀中取出一盒金丸、一盒药材，"有劳。"

"这怎么可以？"刺史看到整整一盒金子，推辞不受，"照顾这两个孩子，小的心甘情愿，又怎能收仙人的礼？"

"这是箜篌姑娘给两个晚辈的见面礼，请大人代为收下。"

刺史推辞不过，只好收下。

法檀静静站在一边，等林斛交代好杂事以后，才道："林施主，老衲先行告辞，明年宗门交流会时再见。"

"这次之事，多谢大师出手相助。"林斛行了一个大礼，"待到佩城时，在下与公子再好好向您道谢。"

"林施主客气，佛度世人，此处百姓，贫僧自然也度得。"法檀双手合十，念道，"此举虽是救他们，亦是在救我们自己。"

林斛回了一礼，再抬头时，清净寺的这些僧人，已经化作祥光飞远。

"陛下！陛下！"一个小黄门连滚带爬跑到殿内，跪到景洪帝面前，"方才空中有神光闪烁，仙人们回来了。"

"当真？"景洪帝放下手中的奏折，多日未曾休息的脸上带着喜意道，"我这便去拜访。"说完这话，他便匆匆往后宫跑去。

跑到宫门外，景洪帝远远就看到皇后、太子等人皆在，只是不知为何，所有人都站在外面。

"陛下。"皇后看到他，虚虚行了一礼，便道，"外面好像有一道看不见的墙，我们进不去。"

景洪帝上前伸手摸了摸，虚空中真有一道看不见的墙，把他们都拦住了。他又连摸了好几下，才收起惊叹的神情："这恐怕就是仙家手段。"

"父皇，仙人设下这道看不见的墙，想必是不想我们前去打扰，不如我们稍后再来？"太子虽然也担心东南边的疫情，但是不敢惹得仙人不悦。

"吾儿此言有理。"景洪帝退后两步,朝主殿方向行了一礼,"所有人都回去,安排宫奴守在此处,若仙人有什么需要,一定要尽力满足。"

等皇帝与太子离开,皇后担忧地看了眼紧闭的宫门,转身默默离去。

又过了四日,宫门仍旧未开,倒是东南边几城传来了加急件,说疫情已解,有人在天上看到了神光,这是神仙保佑云云。

景洪帝大笔一挥,写下了一封告万民书。

大意便是此事非他之功,而是箜篌仙子闻此界大难,便显了仙身救难。能够在诸多造反团体中脱颖而出,最终夺得帝位的景洪帝,想要吹捧一个人的时候,连前朝最擅长拍马屁的大臣,都要自愧不如。

这封告万民书里,写了箜篌仙子为了拯救百姓,如何打破仙凡有别的规则,付出了多大代价,才赶走了祸害百姓的瘟神,让天下得到安宁云云。

林斛看到告万民书的内容以后,表情十分微妙,把内容抄了一份带回了宫里。

"我觉得,这个人间帝王,倒是擅长写话本的人才……"

桓宗看着在床上昏睡的箜篌,面无表情道:"你退下吧。"

箜篌已经昏迷了五日,身上的污泥与衣服早已被桓宗用术法清理干净,脸颊苍白极了。他在床边坐了整整五日,脑子里乱哄哄地想了很多。

想着箜篌日后在修行上会有何等成就,他的身体若是不能恢复,又能陪箜篌多久。她说起过幼时对自由的渴望,他想带她去看尽几界风景。

他想了很多,唯独不敢想,她若是不愿……

给箜篌盖被子的时候,他就发现他给箜篌的那条缎带,在她进入纳魂阵前,被她收了起来。是担心弄坏缎带,还是她已经知道,缎带里有他一缕神识,不愿意连累他?

血肉模糊的十指,因他一日无数次涂药而痊愈,身上的伤也因为他喂入箜篌口中的灵药而愈合,可是昏迷的人还没有醒来。

伸手握住箜篌的手,桓宗再一次输入灵气,为她梳理经脉灵台。林斛站在门口,静静看着这一幕,退到了外面院子里。凡尘界的帝后与太子每日都会隔着门朝这边行礼,却从不打扰。

林斛想,这对凡尘界的帝后,比凌忧界的帝后,更像一国之主。

一只白鹤从天际划过,落到了院子里,它扬起长长的脖颈,朝屋子里鸣叫。

身后响起开门声，林斛回身望去，公子从屋子里走了出来。这是五日来，公子第一次离开箜篌姑娘身边。看到公子出现，白鹤仍旧没有停止鸣叫，跳到树枝上朝屋子里发出清脆的叫声。

"这是找箜篌姑娘的？"林斛想，或许是找箜篌姑娘的人，发现飞讯符不能用，猜到箜篌姑娘已经不在凌忧界，所以才派了仙鹤传讯。

桓宗从收纳戒里取出一包灵米，还有几条灵鱼干，用盘子装起来放在地上。仙鹤看了看，跳下树吃了起来。

"箜篌还在睡觉，你等她几日可好？"桓宗看到仙鹤戴的脚环上有云华门的标志，又取了几条灵鱼干放到盘子里。

仙鹤吃完灵米与灵鱼干，弯下脖子用嘴叼下挂在脖子上的收纳锦囊，把锦囊放在桓宗掌心，高鸣一声拍打着翅膀飞走。

锦囊流光闪烁，上有"栖月"两字。

"箜篌姑娘，是云华门栖月峰峰主的亲传关门弟子，难道是栖月峰有大事发生？"林斛皱眉，如若不然，何必让仙鹤来到凡尘界送信？

桓宗握紧手中的锦囊，没有说话。

院门外，皇后与其他的宫人看着仙鹤飞来又飞走，心里暗暗震惊。难道是姬箜篌在凡间待得太久，仙界要召她回去了？

迷迷糊糊间，箜篌听到一个女人的声音。她时而哭泣，时而哼着优美的曲调，只是这个曲调十分陌生，像是千百年前传来的声音。

她这是……被入魂了？

"魂断红烛泪未干，思君年年复年年，奈河桥头待君还……"

"你是何人？"箜篌看着坐在荷池旁的华服女子，这里的建筑规制像是皇宫，但又不是她曾经住过的皇宫。

女子的哼唱戛然而止，她回头朝箜篌看去，露出一张美丽的脸。

箜篌无法形容这张脸有多美，大约倾国倾城也莫过于此了。这个女子身上有浓浓的怨气，她往后退了一步："你是何人？为何入了我的梦？"

女子幽幽叹息一声："竟然只是一个什么风情都不懂的毛丫头。"

箜篌："……"

她觉得这个女人比昭晗宗的那个绫波还要可恨一些。

"好在眉目尚有几分姿色。"女子站起身,"深宫寂寥,我已经几百年不曾与人说过话了。这些后宫女人都太过愚钝,竟未意识到我的存在。"

"你已不是俗世之人,本就不该打扰世人的安宁。"箜篌在旁边坐下,"宫中有龙气庇佑,她们自然意识不到你。"

"你既然知道我非俗世之人,难道不怕我?"女鬼走路的姿势好看极了,像是初开的青莲,在风中轻轻摇曳,她靠近箜篌,声音飘忽,"难道……你不怕我吃了你?"

箜篌轻笑出声,她修行的日子虽然不长,但还不至于惧怕一个女鬼。她伸手推开对方靠得太近的脸:"抱歉,我虽然喜欢美人,但喜欢香香软软又有温度的美人。"

女鬼脸色沉了沉,咬牙冷哼:"好个伶牙俐齿的小姑娘,你刚才说我不该打扰世人的安宁,你当真以为,住在这个地方的人,能够得到安宁?"

她冷笑出声:"我在这个宫里待了很多年,眼看朝代变换,帝位交迭,活在这里的人,到底都不曾得到安宁。"

箜篌想说:你何尝又得到安宁?若是得到了安宁,又何必执着在这个地方,一直不愿意离去?

"小丫头,你这是什么眼神?"女鬼似乎猜到了箜篌眼神里传递的意思,柳眉倒竖,"我与这些后宫女人不一样,我的王从未收纳其他女人。当年的后宫,除了我便再无其他妃嫔。什么端庄贤惠、大气仁德,都与我无干。大臣们骂我是祸国妖妃,天下女人恨我恨得咬牙切齿,可那又能如何,我的王就是看不上其他女人。"

提起往日的荣光,女鬼语气里有些自得:"像你这种后宫女人,是不会明白的。"

"我不是后宫的女人。"箜篌摊开手掌,变出一壶茶、两只茶杯,给自己与女鬼倒了一杯茶,"我是从这个皇宫里走出去的人。

她愣住,推开箜篌递给她的茶杯:"你骗我!"

箜篌笑:"若我是这个宫里的人,你又怎能入得了我的梦?"

她沉默下来,良久以后,望着天上的皎月,安静下来。清风吹起她的发梢,也吹起了几分愁绪。

箜篌静静看着这一幕,这真的是一个十分美丽的女人,愤怒的时候美,哀伤的时候亦很美，即使就这么安静地坐着，也美得让女人都忍不住注目。

"我的王，答应与我生同衾，死同穴，我们约好黄泉路上一起走，我答应了他。"她眼眶中落下一行血泪，"我等了他很久很久，黄泉路上的花开了一年又一年，他没有出现。墓穴中没有他，王宫里没有他。我眼看着属于他的王朝覆灭，眼看着我们曾经住过的王宫被烧毁、被重建，他仍旧没有出现。"

"他骗了我！"女鬼身上的怨气大作，天空中的皎月变成了血红，"他骗了我！"

看着面目扭曲、丑陋不堪的女鬼，箜篌飞身在她头顶一点，定住她几欲发狂的身体。这是一个在等待中失去了理智的女鬼，或许再过不久，她会丢失最后一缕理智，成为无数恶鬼中的一员，最终被鬼差带走，成为厉鬼河中厮杀吞吃的怪物。

"他没有骗你。"箜篌用灵力帮助女鬼恢复原貌，等她一点点恢复理智以后，才道，"我曾经听过一个故事，一千八百年前，西凤朝帝王桑羽与他王后的故事。

"桑羽王与王后夫妻情深，他的王后病逝以后，桑羽王伤心不已，四处求神，取得一种起死回生的药方。从那以后，桑羽王日日以心头血灌溉药引，终于以帝王之血，培育出一株能够起死回生的苍玉耳。可是人的生死早有定数，桑羽王此举违背了天道，于是遭受了天谴。他的发妻并没有活过来，而他也落得身死魂销的下场。"

"你就是桑羽王的王后吧。"箜篌心里有些难受，她甚至不敢去看女鬼的表情，"他并不是想要骗你，只是不能再来赴约了。"

女鬼怔怔地看着她："你骗我……"

"不要再等他了，他不能来了。"有些故事的真相很残忍，可是箜篌觉得，宁可让这位王后知道残忍的真相，也不想让她以为，她与帝王的爱情是以欺骗为结尾。

这对桑羽王不公平，对王后也不公平，对这段流传了一千八百年的故事不公平。

"你骗我，你骗我，你骗我……"女鬼连连摇头，"我的王，英明神武，爱护百姓，他是世上最好的王，他不会身死魂销的，你在骗我。"

她身上的怨气开始消散，双目流血，刹那间青丝变白发："我的王说过，会为我种满山的红花，生生世世不相离，他说过的……"

说完这句，她不知想到了什么，朝宫外飞去。箜篌犹豫片刻，跟着她飞了出去。不知飞了多远，她看到对方在一座荒山上停了下来。这座山十分偏僻，无人居住，但是山脚开遍了红艳艳的花朵。

箜篌从未听过这样的哭声，似孤雁悲鸣，似杜鹃啼血，每一声都像是敲在她的心间，酸涩难言。

爱情，当真是如此神奇的东西？它能让帝王逆天而行，魂销魄散？能让举世皆知的美人，在寂寞的深宫中等了一年又一年，只为了她与帝王的一句承诺？

这么可怕的东西，为何还有人如此甘之如饴？

东方升起一道亮光，女鬼停止哭泣，她抬头看着天空，喃喃道："天快亮了。"摘了一朵红花，别在鬓边，她转头看箜篌，"好看吗？"

箜篌重重地点头。

"我的王也这么说，他说我比花还要美。"她站起身，带着箜篌来到一个隐蔽的石门前，"多谢你给我讲的故事。"

石门打开，里面是一座地底宫殿，装满了绫罗绸缎、珠玉珍宝，还有各种陶俑。她带着箜篌走了很久，最后在一个石门前停下，石门上雕刻着提灯开门的女子。女子雕刻得栩栩如生，站在门边迎接来人。

女鬼摸了摸石门上女子的脸，笑中带泪道："他想我每天都等他回家，我该回去了。"

"你……"箜篌伸手抓住她，她的手心冰凉，没有丝毫的温度。

"我的王会回来的，对吗？"她扭头笑看箜篌。

箜篌想起有关桑羽王的那段历史，史书上记载，桑羽王死后，由他的弟弟继承王位。新王登基以后，并没有让桑羽王与深爱的王后合葬，而是把桑羽王葬入了皇陵中。近千年来，西凤朝历任皇帝的皇陵多次遭到盗墓贼的骚扰，但他们并未找到真穴。

"会。"箜篌点头道，"一定会的。"

箜篌会帮她找到桑羽王的尸骨，让他们夫妻二人葬在一起。

"谢谢。"雕刻女子的石门打开，里面放着两具玉棺，一具空荡荡的什么都没有，一具里面躺着一个女子，尽管一千八百年过去，女子的尸骨仍旧完好无损，仿佛活着一般。

"我该睡了。"女鬼坐到玉棺上，从女尸枕头下拿出一个盒子，"这个，你带走吧。想到王为它付出了多大的代价，我就无法让它安睡在我枕边。"

盒子移走后，玉棺中的女尸瞬间化为灰土，只剩下一套华丽的金缕玉衣躺在棺中。

看着自己的尸首化为灰土，女鬼毫不在意地笑了笑，把玉盒塞入箜篌手中："我有名字，叫青箩。"

说完这句话，她仰头倒入棺木中，化作点点荧光，消失在天地间。

箜篌不知道自己怎么了，喉咙里哽得难受，把渗出眼角的泪擦干，帮青箩盖好了棺盖，擦干净了上面的尘土。

嗓子有些沙哑，她道："我去帮你找到你的王。"

合上石门，箜篌看着东边升起的朝阳，灿烂的红花，比天上的晨曦还要红，还要艳丽。

第十章

合葬

皇宫中，桓宗忽然伸手去探箜篌的命脉。

魂魄离体？

他猛地站起身："林斛！"

好好的，怎么会魂魄离体？

"公子？"林斛推门进来，见桓宗的脸上竟然露出了慌乱之色，心中大感不妙，他跟在公子身边几百年，很少见公子慌乱失措的模样。

"箜篌的魂魄离体了。"桓宗从收纳戒中取出一盏招魂灯，"你为我护法。"

林斛大步走到床边一探，果然出现了离魂的症状，可是箜篌姑娘好好的，怎么会突然出现这种状况，难道是有人施法作乱？他不由得想到摆出万骨枯阵的邪修界阵法师，但此时此刻，不是追究这件事的时候，转头见公子竟然用心头血点燃了招魂灯，他急道："公子，你……"

招魂灯亮起，整幢屋子里升起朦胧的雾气，桓宗掐出一个指诀："阴阳双极，听我召令，魂归！"

窗户忽然打开，狂风卷起院外的树叶，桓宗头也不抬，挥手挡住袭来的大风，招魂灯纹丝未动。

"今日我不管是谁在此作恶，待事了，我就算追到天涯海角，也不会放过。"抬掌关上窗户，桓宗伸手虚握，一只由灵力形成的铃铛汇于掌心，他轻轻一摇，便发出清脆的铃声。

"哪来的铃声？"正在帮景洪帝处理事务的太子抬起头，疑惑地看着四周，这个铃声格外怪异，不似人间应有的声音。

景洪帝站起身，刚推开窗户，外面就狂风大作，风刮过宫巷，发出刺耳的呼啸声，十分可怖。一片树叶打在景洪帝脸上，他退后两步，示意伺候的小黄门赶紧关窗。

"不要出去。"景洪帝沉思良久,"传令给禁卫军统领,护在箜篌仙子居住的宫殿前,若有可疑的生物靠近,一律不得入内。"

"记住,是任何生物,不仅仅是人。"身为帝王,景洪帝对一些不寻常的事情,有着敏锐的判断能力。

"父皇,这是发生了什么事?"太子有些担心。

"是我们插不上手的事。"景洪帝想得比较多,他最担心的事情是,箜篌仙子为了帮助天下百姓,违背了天条,现在惩罚要来了。

"被发现了?"隐蔽黑暗的山洞中,阵法师看着石桌上已经破裂的陶俑,沉着脸把陶俑扔到一旁,冷哼了一声,拔下一根头发,缠在了陶俑的脖颈上。

"奇怪……"箜篌看着围在四周的迷雾,减缓飞行的速度,这股突然出现的浓雾来得蹊跷,仿佛有意拦住她的去路般。

她现在是灵体状态,很多随身携带的法器不能用,唯有与她心神合一的本命法器凤首,能够随心召唤而出。她把凤首握在手中,一步步往前走。

长长的小道仿佛看不见尽头,箜篌只能听到自己的脚步声。

她眼前只有这一条路,但是这条路就是正确的吗?

箜篌停下脚步,干脆不再往前走,盘腿在原地坐了下来。有桓宗与林前辈守着她的身体,以他们的修为,肯定能发现她的不对劲。

与其四处乱闯,可能掉入更大的陷阱,不如老老实实就地等待。

闭上眼睛,仔细用神识感悟四周,她渐渐听到了水流声、鸟鸣声,还有树叶被风吹过的声音。远处,似乎还有嘈杂的说话声。

她离城门应该不会太远,附近还有一条河。

洞穴中,阵法师发现缠绕在陶俑脖颈上的头发不再动了,皱眉:"竟然不上钩?"

一个修行不到十年的小修士,竟然如此厉害?

清净寺那些秃驴已经离开了此界,还有谁在帮她?阵法师掐指窥算,然而什么都算不出来,一切仿佛都被天机隐藏着。

"坏我大事,就不要想活着回去。"阵法师发了狠,咬破手指,在陶俑上画了一道符,"招四方恶鬼!"

无数张牙舞爪的厉鬼靠近箜篌,她睁开眼,紧皱眉头。昨天晚上,青箩王后入了她的梦,然后引她的魂到了王后墓,她便觉得有些奇怪,凡尘界的女鬼,应该不可能做到的。

现在被这些厉鬼拦路,箜篌终于明白,不是青筝王后厉害,而是有人动了手脚。她十指搭于凤首弦上,拨弦击退最靠近她的厉鬼们,厉声道:"若不退下,便让尔等魂飞魄散。"

厉鬼哪里理会这些,密密麻麻朝箜篌扑来,箜篌不再犹豫,抬手消灭大片鬼魂,杀出了一条血路来。可是望着前路,她没有动。

四个方向,只有其中一个方向没有厉鬼拦路,这不是明着告诉她,这条路有问题?

想趁着她慌不择路时诱骗她上当?

箜篌冷哼,她可是聪明又机智的少女,怎么会上这种当?

厉鬼对于箜篌来说,并不难对付,麻烦的是,它们太多了,好像怎么都灭不完,消灭了一拨,又会爬出来一拨。

当当当。

铃铛声响起,箜篌回头,看到浓雾中飞出一道虚影,虚影手握宝剑,一剑扫平无数厉鬼,风姿卓然。尽管只是一道连面容都看不清的虚影,但是箜篌第一眼就认出,这是桓宗的一道神识。

虚影仅仅挥出两剑,大片的厉鬼便在他的剑下消失得干干净净。

虚影飞身来到她身边,抓住她的手,凌空飞去。很快他们穿过了浓雾,繁华的京城就在脚下。牵着箜篌手的虚影渐渐消失,清脆的铃声却还在回响。

箜篌加快速度,飞进了金碧辉煌的皇宫,在她即将靠近宫门时,一条漆黑如墨,足有成人腿粗的大蛇拦住她的去路,她刚抬起凤首准备动手,忽然数道箭羽飞过,全部插在了黑蛇身上。

几个穿着盔甲的禁卫军拖起黑蛇就走,几个小黄门提着水桶过来,把地板冲洗得干干净净。

箜篌:"……"

"都打起精神,连一只蟋蟀都不要放进去。"禁卫军统领高声道,"若是让这些畜生扰了箜篌仙子的清修,你们良心上过不过得去?你们能不能面对天下百姓?"

"不能!"禁卫军们齐齐应声。

"知道这点就好。"为表自己的决心，禁卫军统领低头看了看，见一只爬得很快的蚂蚁经过，抬脚狠狠踩了下去，还用脚底蹍了蹍，"看到没？本大人连蚂蚁都不会放过。"

"是！"

阵法师气得砸碎了桌上的陶俑，为什么就连他用蛊术养出来的蚂蚁，也无法靠近姬篓篌的身边？他深吸一口气，用神识给蚂蚁传递命令，却没有收到蚂蚁传回来的神识。

怎么回事，难道连蛊蚁都被发现了？

见势不妙，阵法师也不再耽搁，收起洞穴里的东西，头也不回地跑路。

能狠则狠，该逃则逃，这是做邪修的原则。

篓篌的灵体进入房间门，桓宗心有所感地抬头看向门口，但是他什么也没有看到。

"公子？"林斛见桓宗忽然看向门口，跟着抬头看去，只看到在风中微微摇晃的门。

林斛转身看床上的篓篌，双眼不敢移开半分。

篓篌吃力地睁开眼，她觉得自己眼皮重逾千斤，身上仿佛被压了一堆石头，手脚都不是自己的。勉强让眼睛睁开一道缝，她张开嘴艰难地说话："桓……"

桓宗。

"别说话。"桓宗抖着手握住篓篌的手腕，把一瓶灵液喂到她口中，"你魂魄离体，身体会暂时有些难受。"

除了修为在出窍期以上的修士，其他修士遇到元神出窍这种事，身体都会出现不舒服的症状。

篓篌把口中的灵液艰难咽下，朝桓宗眨了眨眼。

"疫情已经解决，此界帝王派了大臣去疫区帮助当地百姓处理灾后事务，你不用担心。"桓宗猜出她想要问什么，"一切都好，唯一不好的只有你。"

篓篌察觉到自己掌心有东西，想到这有可能是青箩王后送给她的盒子，她吃力地扬起手，把盒子递到桓宗掌心，放心地睡了过去。

"篓篌，篓篌……"见篓篌又晕了过去，桓宗急切地握住她的手，往她体内输送灵气。

眼见公子行事乱了章法，林斛看不下去，开口提醒道："公子，篓篌姑娘只是睡过去了。她刚经历了灵体出窍，能够安安稳稳睡一觉是好事。"

桓宗这才反应过来，想起自己方才的失态，怔怔地看着箜篌出神。

"不知这个盒子从何而来？"林斛觉得奇怪，箜篌姑娘灵魂出窍，怎么多了一个奇怪的盒子。而且更让他意外的是，这个盒子上，蕴含着浓烈的灵气。

这可是凡尘界，怎么会有灵气如此充足的东西？

桓宗把盒子递给他，起身用湿帕子擦了擦箜篌的手与脸颊："林斛，箜篌与此界尘缘已了，待她醒来，我们就回凌忧界。"

"可是……"林斛表情有些犹豫，"我们还有一味药，需要在此界寻找……"

"不用了。"桓宗道，"为了这几味虚无缥缈的药材，让箜篌跟着我东奔西走、卑躬屈膝，又有什么意义。"

林斛沉默片刻："公子，我知道你不忍箜篌姑娘受累，甚至……可你有没有想过，若是哪一日你没了，就会有别的人站在箜篌姑娘身边，陪着她一起走下去？"

"若真有那一日，有很好的人陪伴在她身边，我……"桓宗顿了顿，为箜篌压好被角，"我也能放心了。

"是啊，从此以后，其他的男人牵着她的手，日夜陪伴在她身边，与她一起游玩天下，最后再一起度劫飞升，成为人人称羡的神仙眷侣……"

桓宗扭头看林斛，林斛无奈摇头："既然在意，就不要故作大方了。自己在意的人，交给谁能够放心？万一那个人欺负她，欺骗她，背叛她，而你又不在她身边，不能保护她，她孤零零的一个人，又该怎么办？"

"你帮我……"

"公子，你应该知道的。"林斛缓缓摇头，"当年我承诺守护在你身边，是因为你对我有救命之恩。若是你不在了，我会回归山林，再不问红尘。"

"自己的女人自己看，交给谁都不合适。"林斛似认真似开玩笑说了这么一句，顺手打开了桓宗递给他的盒子。

不打开则已，打开后把他吓了一大跳，这里面似玉似耳的东西，不就是……不就是……苍玉耳？箜篌姑娘灵体出窍的时候，究竟干什么去了？总不能是去挖别人的墓了？

林斛愣神许久，才道："公子，你这辈子光做牛做马是不能够了，下辈子也跑不掉。"

桓宗把箜篌的手掌，甚至指缝每一处都擦得干干净净，没有理会林斛的话。

"箜篌姑娘，替你找到了苍玉耳。"

"你说什么？"桓宗回过头看林斛，以为自己听错了。

林斛把已经打开的盒子递到桓宗面前："你看。"

桓宗握住箜篌的手，许久后道："你说得对。"

"为箜篌姑娘做牛做马这事儿？"

"不，是下辈子还能为她做牛做马。"看着晶莹剔透的苍玉耳，桓宗把箜篌的手放回被子里，"这样很好。"

林斛："……"

一个陷入情劫的剑修，不管说什么话都不能让林斛感到奇怪。

箜篌睡得十分香甜，整个世界安宁极了，她甚至不愿意醒来。睁开眼时，她看到了纱帐上绣的祥云。勉强坐起身，箜篌看到几步开外打坐的桓宗。

她刚动了几下手，桓宗便从入定状态中醒来，睁开灿若星辰的双眼，与她的视线交会在一处。

全身上下还有些僵硬，甚至连脑子似乎也跟着一起不太灵活，箜篌呆呆地看着桓宗，片刻后才道："桓宗，我睡了多久？"

"不久。"桓宗大步走到箜篌身边，伸手抓住了箜篌的手腕。

"桓宗？"箜篌对他突然的动作有些茫然不解。

"我给你探探脉。"桓宗的手往上移动了些许，把灵力输入箜篌体内。经脉已经平和，只是灵台中的灵气不足。

"下次不要做这么危险的事。"桓宗收起手，"你伤得很重，还需要休养一段时间，才能彻底康复。"

箜篌从床上坐起身，伸了伸有些僵硬的四肢："桓宗，你陪我去一个地方吧。"

桓宗见她面色苍白的样子，有心想要阻拦，但是见箜篌态度坚决，说不出阻拦的话来，只好从收纳戒里取出一套裙衫，放到她手里："换好衣服，我陪你出去。"

箜篌这才发现，她身上还穿着一件破破烂烂的法衣，只是身上清清爽爽，没有半点脏污的痕迹。是桓宗替她收拾的？

"我在外面等你。"桓宗站起身，走到了门外。

箜篌很快换好了衣服,她手臂僵得厉害,所以给自己梳了一个简单的发髻,脸上没有上妆。桓宗进来的时候,箜篌还拿着黛石在眉峰处比画,却下不了手。

"怎么了?"桓宗见箜篌神情有些沮丧。

"手臂不太听使唤,我画不好眉。"箜篌把黛石放回盒子中,神情有些失落。

"我帮你,"桓宗半蹲在她面前,神情温柔,"好吗?"

箜篌十分怀疑,桓宗会在她脸上画出两条蚯蚓。但是面对桓宗如此温柔的表情,箜篌……箜篌没舍得拒绝。

别说只是有可能把她的眉毛画成蚯蚓,就算给她多画出两条眉毛,她也舍不得拒绝。

桓宗取了黛石,微微前倾靠近箜篌的脸。箜篌屏住呼吸,眨眼看着这张离自己很近的脸。皮肤光洁无瑕,唇色有些淡,五官全都长得恰到好处,完美得近乎找不到任何缺点。

淡淡的药香萦绕在鼻间,甚至能够感受到桓宗的呼吸。箜篌觉得自己有些不自在,便往后仰了仰。

"别动。"桓宗轻轻捧了一下她的脸颊,声音里带着笑,"你的眉毛很漂亮,我不想毁掉它们原有的美。"

箜篌眨了眨眼,这下连脸都跟着红了。

事实证明,剑修的手很稳,不仅习得一手好剑法,还能画一对漂亮的柳叶眉。箜篌接过桓宗递来的镜子,来来回回看了好几眼:"桓宗,你画眉的技术真好,以前给其他人画过?"

"没有,"桓宗把黛石收回盒子里,"你是第一个。"

箜篌捧着有些发烫的脸,幸好今天没有搽粉,就算用手捧来捧去,也不用担心掉粉。

原来她是第一个让桓宗画眉的女孩子,虽然这只是一件小事,但是箜篌低落的心情,却因为这件事渐渐好转起来。

放下铜镜,她站起身道:"我们走吧。"

"等等。"桓宗取出一件披风搭在箜篌身后,走到箜篌面前,半蹲了下去。

"桓宗?"箜篌看着桓宗弯下腰,迷惑不解地往后退了一步。这是一个完美的男人,完美得让人觉得他不会轻易地弯下脊梁。

"你现在四肢僵硬,灵气空虚,不宜用灵气。"桓宗笑,"我背你上飞行法宝。"

箜篌有些不好意思:"这会不会有些麻烦?"

桓宗失笑:"快上来。"

箜篌搓了搓手,扑到了桓宗背上。这个后背温暖、结实,充满了安全感。箜篌把手扒在桓宗肩膀上,小声道了谢。

桓宗背着她跳上飞剑,问:"我们现在去做什么?"

"去取一具尸骨。"箜篌无意识间,伸手环住了桓宗的脖颈,想在他身上寻求几分温暖,借以驱走桑羽王与青箩王后的爱情故事带来的悲伤,"我答应了一个人,让她与爱的人合葬。"

"好。"桓宗没有问箜篌去哪里找尸骨,也没有问她什么时候答应了其他人,只是陪着她一起,找到了那具尸骨。

抱着装着尸骨的盒子,再次进入青箩王后的墓穴,箜篌把桑羽王的尸骨放在了青箩王后旁边的玉棺中。

合上棺,箜篌给两人上了一炷香。

生虽不同时,但死能同穴。

她退出墓室,挥手在墓地四周立下结界,引来新的泥土与石头,把所有的道路都封死,即使有盗墓贼来,也不能再打扰他们的安宁。

他们相隔了一千八百年才重逢,以后的每日每夜,就让他们安静地躺在一起,无关之人,永生不能再打扰。

墓室与山渐渐融为一体,箜篌看着满地的红花,转身对桓宗道:"桓宗,我们走吧。"

桓宗拦腰抱她坐到飞剑上:"好。"

风起,吹起无数红花的花瓣,下了一场浪漫的花雨。

一千八百年前,桑羽王种下那丛红花时,肯定没有想到,那丛花会开得这么艳,占据好几个山头。

时光是最美的东西,也是最残忍的东西。

"桓宗,违背天道的人,会彻彻底底魂销魄散吗?"

桓宗看了眼脚下漫山遍野的红花:"不一定。若是此人生前做过善事,身带功德,或许上天会留他一缕魂魄,经过天地温养,终有再度结魄的一日。"

"那样……也挺好的。"箜篌笑了笑,"至少,还有希望在。"

"对了,前几日你的宗门传了信来。"桓宗把一封未拆的信交到箜篌手里,

"别误了要事。"

箜篌拆开信封,看完信上的内容后,忍不住露出了灿烂的笑容。

"桓宗,我大师兄前些日子结婴成功,已经是元婴修士了。"箜篌把信反复看了两遍,"半月后,宗门要给大师兄举办结婴大典,我要给大师兄准备礼物。"

桓宗怔住,栖月峰大弟子的结婴大典,箜篌要回宗门了吗?

"桓宗,我们一起回雍城吧。"箜篌双眼亮极了,"我带你尝遍雍城所有的美食。"

桓宗想说,身为琉光宗弟子,他没有接到邀请便擅自上门拜访,那不合适。

"好。"

箜篌现在的身体状况,他必须把她送回云华门,才能放心。

"宫门开了!"

守在宫门外好几日的禁卫军与宫仆见到宫门大开,纷纷退至两边,恭迎仙人出来。

走出殿门,箜篌见众人守在门外:"诸位近日辛苦了。"

众人没有想到箜篌仙子竟然会主动跟他们说话,情绪激动地摇头:"仙子您太客气了。"

记住今天这个好日子,他们一定要把这件事记进族谱中,这足够后人吹几百年了。

箜篌身着华丽流仙裙,发髻也特意梳过,今日要离开此界,她自然是风风光光地来,也要风风光光地离开。路过禁卫军时,箜篌停下脚步,对禁卫军统领道:"多谢大人与诸位禁卫军兄弟,帮我驱走虫蚊蚁兽。"

"仙子为天下百姓付出良多,小的们能为仙子做的事却是微末。"禁卫军统领受宠若惊,他没想到箜篌仙子一直待在屋子里,竟然也知道他们做了什么,"能为仙子效劳,是我等的荣幸。"

箜篌的目光在他们身上扫过:"我见你们里面有三人身带暗疾,可是往日受过伤?"

禁卫军统领暗惊,这次能为箜篌仙子效劳的兄弟,都是经历过大风大雨的。陛下登基十年,遇到过好几次暗杀,禁卫军里有人送命,有人受伤,已经是常事,没想到箜篌仙子竟然一眼就看了出来。

笸箖挥袖带起三道灵气，疏通了三位禁卫军堵塞的经脉，笑着道："我来凡尘界已经有些时日，今日该回去了。"

"仙子……"禁卫军统领没有料到笸箖会突然提出离开，他哑然许久，不知道自己该出言挽留，还是尊重仙人的意见，恭送她离开。他偷偷看了眼笸箖仙子身后两位仙人，一位像是出鞘的寒剑，让人不敢多看；一位像是山中猛虎，让人不敢有半分不敬的心思。

"请留步。"景洪帝大步走了进来，他身后还跟着皇后、太子以及六部大臣。姬家皇朝覆灭以后，笸箖虽然做了将近四年的傀儡公主，但是与景洪帝的交流并不多。

她与这位帝王，可以称得上是熟悉的陌生人。

"多谢仙子不计前嫌，救下天下百姓。"景洪帝整了整衣袍，朝笸箖深深一揖，然后掀起衣袍，朝笸箖跪了下去。他还记得，当年他夺得天下以后，曾让笸箖这样跪过。那时候他觉得姬家人罪孽深重，不仅应该跪他，更应该跪天下百姓。

但是如今笸箖救下了天下万万百姓，就算他身为帝王之尊，跪笸箖也是跪得的。

"陛下无须如此。"笸箖抬手让景洪帝站起身，并没有让他双膝碰触到地面，"我救天下百姓，是因为我们老姬家欠百姓的，而我也无法眼睁睁看着百姓陷入痛苦之中。待我离开此界后，陛下也不要因为我特意厚待姬家其他人。江山社稷民为重，万望陛下与太子不要忘记当日你们推翻姬家皇朝时的初心。"

景洪再次作揖："我记下了。"

"如今我尘缘已了，不能再轻易到凡尘界。"笸箖扭头看了看这座豪华的宫殿，记住了它的容貌，"愿天下百姓再不受战乱疫情之苦，风调雨顺，安居乐业。"

景洪帝看着眼前仙气袅袅的女子，忽然想，当年的姬废帝若是有这般心性与心胸，他定会做辅佐明君的贤臣，而不是引起天下大乱，夺得帝王尊位。

"今日一别，恐不会再有相见之时。诸位，保重。"笸箖笑着朝众人微微一福，笑弯的眉，灿若星辰的眼，让皇后有些恍惚，她好像又看到了当年那个偷偷坐在假山后啃点心的小女孩。

姬笸箖还是那个姬笸箖。

"恭送笸箖仙子。"皇后缓缓福身行礼，看着少女与好友腾空而起，慢慢升入空中，最后在云雾中消失不见，才站直身体。

她知道，这是她此生最后一次见到姬箜篌了。

自此仙凡有别，永生不复相见。

若是时光能够倒流，她不会冷眼看着小女孩躲在假山后啃食点心，然后沉默离开。她想牵起小女孩的手，给其丰盛的饭食，让其过上真正属于公主的生活。

然而一切都不会重来。

犹如那些错过的时光，还有……皇后侧首，看着身边不再年轻英俊的帝王，她不再爱慕的男人。

"下面看不见了吧？"箜篌偷偷往云层下看。

"放心吧，看不见了。"林斛吹了一声口哨，飞天马驮着马车从云层里飞出，他扭头看了眼仙气飘飘的箜篌，跳上了马车。

"看不见就好。"箜篌瞬间化为没有骨头的懒虫，扑到桓宗的飞剑上，就不想动了。她灵气损耗太过严重，加上灵魄回体时，又受到了邪修的算计，能够风风光光地从景洪帝面前飞走，已经把她体内的灵气用得差不多了。

"死要面子活受罪。"林斛小弧度摇头，实在看不明白这些年轻人，路都快走不动了，还有闲心去顾门面子。

刚嘀咕完这一句，他就看到公子朝他这边瞪了一眼，他默默闭上了嘴。

怎么就忘了，自家公子还患上了极其护短的毛病，惹不得。

"趴在剑上也不舒服。"桓宗弯腰抱起趴在剑上的箜篌，飞身跳到马车上，把她放进车厢的软垫上，"难受就睡一会儿，等到了凌忧界，修炼两日或许能够缓解些许。"

箜篌打个哈欠，把毯子往身上一裹："等我们回去，先双修一下，效果会比较好。"

"好。"见她把自己裹成了一条虫子，桓宗找了一条薄毯盖在她身上，"安心睡吧。"

凌忧界与外界相通的界口，并不会固定把人传到某个地方，而是选择性将他们降落在凌忧界五个地方。这几个出入口，分别在雍城外郊、佩城外郊、茶花山、冰雪湖、百花谷五个地方。所以一年四季，都会有修士在这五个地方摆摊卖东西，都是卖些修真界的稀奇玩意儿，价格奇贵无比。

一盒点心有可能卖出两灵石，一块手帕能卖出十灵石。

箜篌不知道出界口是不固定的，她刚从凡尘界来凌忧界时，就直接被传送到了雍城近郊。

等她被马车外的叫卖声吵醒，拉开窗帘往外看了看，发现外面贩卖东西的小贩口音有些不对时，还以为这个小贩是外地来的。

"仙子买朵珠花吧，我这个珠花上加持了符纹，到了晚上可以发出五颜六色的光。"

箜篌："……"

又不是灯笼，大晚上的干吗要戴这种珠花在头上？

探出头往外看了好几眼，箜篌有些犹豫道："这里……好像不是雍城外面？"

"这里是茶花山附近，不过离雍城并不远，赶过去只需要两三日的时间。"林斛道，"箜篌姑娘，你可有什么想买的？"

箜篌默默摇头，她把脑袋缩回马车里，转头对桓宗道："桓宗，我们双修吧。"

"不买些东西？"桓宗问。

"不了。"箜篌道，"还有两三天就到雍城了，若是被师父他们发现我受了内伤，恐怕要把我关在洞府里好几年都不让出门，还是早点双修好。"

"好。"

桓宗点燃了一支凝神香，在箜篌身边坐下，闭上了双眼。

不知过了多久，再次睁开眼时，外面已经黑了下来，箜篌正歪着头看他。

"怎么了？"桓宗有些不自在地避开箜篌的视线，他不敢让箜篌发现他的心思。想到自己三百多岁的年龄，却对十七岁的小姑娘生了那种心思，桓宗便觉得自己内心藏着一块移不开的丑陋之地。

"没事。"箜篌不好意思跟桓宗说，就是看他好看，她低下头，"林前辈说，今夜我们可以先在城内歇一晚上，明早再继续赶路。"

桓宗想到箜篌现在的身体状况："也好，到客栈以后，你还能好好泡个热水澡。"

"那倒是……"箜篌心有戚戚焉，她这几天全靠着清洁术度日，都快忘记泡热水澡是什么感觉了。她掀起帘子，对赶车的林斛道："林前辈，桓宗决定先去客栈歇一晚上。"

"好。"林斛用鞭子在马儿身上轻轻抽了一下，马儿鸣叫一声，在黑暗中飞翔得更快了。

"在吉祥阁见到大师兄时，他还是金丹期的修为，没想到这么快就突破了心境，一跃成为元婴老祖。"提到大师兄，箜篌眼神有些亮，"听青元师叔说，当年他看中了大师兄的资质，想收他为徒，哪知被我师父抢了先，让大师兄拜入了栖月峰门下。此事已经过去了二三百年，青元师叔仍旧不能释怀。"

常听到师门里的长辈说，大师兄很有修行的天赋，在她拜入师门前，大师兄与勿川师兄是整个宗门年轻一辈中最有潜力的弟子。

"金丹期与元婴期虽然只相隔一个境界，但是天与地的差别。碎丹成婴，需要的不仅仅是修为，更重要的是心境。成易道友勘破心中魔障，一跃进入元婴境，是件值得庆贺的大事。"

有资质又能吃苦的修士，修行至金丹期，是百里挑一的难事。可想从金丹期进入元婴期，那就是万分之一，甚至是十万分之一的概率。

除开那些靠着丹药堆砌而成的伪元婴，整个凌忧界，修为至元婴境界的修士，数量十分有限。成易能够在差一点才满三百岁的年龄里修至元婴，不仅是云华门的喜事，也是整个凌忧界的好事。

唯有高修为的年轻修士越来越多，整个修真界才能看到更多的希望。

进城以后，林斛找了一家最好的客栈停下。三人走进客栈，就听到一些修士正在高谈阔论。

"云华门近几年真不知交了什么好运，先是收了一个五灵根天才弟子，又出了一个三百岁不到的元婴弟子。其他门派这么多年屹立不倒，靠的是拼，只有他们云华门靠的是运。"

有人笑着附和，也有人觉得这话说得过了："云华门这些年来，何曾少过厉害的人物？不说已经仙逝的长辈，只说秋霜、谷雨、暑九三位长老，放眼整个凌忧界，谁敢不给他们颜面？就连他们的门主以及栖月峰的峰主都是出窍期的修为。一个人修为高，靠的是运，这么多人难道还是运气？"

"这话说得有道理，只有你们才会觉得云华门弟子懒散好欺负。你们好好回忆一下，十大宗门的弟子，有几个在外面说过云华门一句不是？咱们这些小宗门，遇到大事只会看热闹，那些大宗门弟子看事情可比我们看得明白，他们对云华门的态度，就足以证明一切。"

能够排入十大宗门的宗派，有哪个是简单的？不能因为云华门的弟子行事与其他大宗门弟子不同,平日也不在意别人说了什么,就当真以为人家实力最弱。行事偶尔掉链子,还能传承上千年的门派,才是最可怕的。

"云华门最厉害的地方在于他们上下齐心,不过这事儿过后,平静恐怕要被打破了。"一个青须修士摇头晃脑,露出高深莫测的表情。

"此话从何说起?"

"一听就是胡说八道。"

等大家七嘴八舌说得差不多了,青须修士才笑眯眯道:"据传当年云华门的门主之位,差一点就传给栖月峰的峰主忘通。但后来不知为何,门主的位置却被珩彦夺了去。这些年他们师兄弟虽然看似平静无波,但是现在忘通的大弟子已是元婴修为,珩彦的大弟子,也就是云华门掌派大弟子勿川的修为,却未修至元婴境界。二人日后相处,会不会尴尬?还有那个五灵根弟子,好像也是拜入了栖月峰。出尽风头的弟子,全都是忘通的弟子,又岂能不发生矛盾?"

众人听了这话,深以为然。宗门之间,宗主的弟子与峰主的弟子之间,多多少少会一争长短。更何况勿川还是掌派大师兄,修为还比不上分峰的弟子,就算他暂时没有别的心思,待下面的弟子闲言碎语说多了,也难免生出几分郁郁之意。

箜篌三人订好了房间,在楼下大厅的桌边坐下,点了几道热菜热汤。听着这些热心道友分析着云华门未来的局势,箜篌觉得有些新奇。

当年门主之位,是差点就要传给她师父,可是师父死活不愿意,其他师伯师叔也找出各种理由推辞,珩彦师伯因为年龄最长,实在推无可推,才不得不掌管整个宗门。

至于勿川大师兄会不会因为成昜大师兄结婴而心生妒忌……

箜篌回忆起她筑基成功后,勿川大师兄看她的眼神,就像是看到了一个宝藏。潜意识告诉她,勿川大师兄不仅不会嫉妒,恐怕还会克制不住威严稳重的模样,躲在屋子里偷偷笑。

"不用把他人的话放在心上。"桓宗见箜篌发呆,以为她介意其他人的话,"十大宗门的事,是很多修士茶余饭后的谈资,其他人即便听到了,也不会当真。"

"倒不是因为这个。"箜篌摇头,"我就是有些好奇,在这些人眼里,我们云华门究竟有多不靠谱。"

桓宗:"……"

林斛："……"

一言难尽，仅凭三言两语是说不完的。

"哈哈，我看你就是混小宗门的命，操大宗门的心。说这么多，收到成易老祖结婴大典的邀请函了吗？"

其他人闻言哄笑起来。

"活了近三百岁，才结婴有什么了不起？"被众人嘲笑的青须修士面上有些过不去，"琉光宗的仲玺真人不过比他大上些许，已是分神期修为。跟仲玺真人相比，这位成易老祖可差得远了。"

"可不是吗？"角落里一个眼角上挑、细眉红唇的女修道，"放眼整个修真界，谁能比得过仲玺真人？十几岁筑基，三十岁金丹，一百岁元婴，二百岁出窍，三百岁分神。这样厉害的男修，就算让奴家做他的妾侍也使得。只可惜这些剑修一个比一个无情，再漂亮的女人在他们眼里，都不如他们手中的剑。"

"快别痴心妄想了，你们欢乐门的人，别说给十大宗门弟子做妾做面首，就算能让人家睡上一晚，也是你们的福气。"

被人这么说，女修也不生气，他们宗门本就讲究你情我愿。男欢女爱之事，阴阳交合，乃是极为正常的事，她从不觉得这是可耻的事。她抬头笑骂道："便是睡不到他们，我们也看不上你。"

"仙子瞧瞧我，可配得上给你暖床？"

酒足饭饱后，人多时凑在一块儿，若是扯上荤话，就像是竹筒倒豆子，停不下来了。

"别听，"桓宗伸出手，捂住箜篌的两耳，"不是正经话。"

桓宗的手温暖宽大，把箜篌整个脸都快蒙住了，她茫然地睁大眼，只看到桓宗的嘴在动，却不知道他说什么，她的听感被桓宗封印住了？

"我们上去吃饭。"

桓宗用传音术对箜篌道："这里人太多，乌烟瘴气。"

箜篌点头，十分熟练地把手递给了桓宗，被桓宗握在了掌心。

有人注意到这一幕，笑哈哈道："你们快别说了，这位公子都被羞得带他的小美人躲屋子里去了。"

"我们讲得说得，他们还听不得了。"

"说不定人家是被我们讲得火气高涨，回房去……"

说这话的人,一句话还未说完,整个人就被一股灵气拍到了墙上。

桓宗站在楼梯上,居高临下地看着这些开玩笑开得失了分寸的修士,神情冷漠如寒潭。

其他人被他这个举动吓得噤若寒蝉,趴在墙上的人并没有受重伤,只是磕断了门牙,又摔破了嘴唇,满嘴流血。他用袖子抹了一把嘴边的血,才从开玩笑的兴奋中清醒过来。

人们聚在一块儿七嘴八舌时,很容易受到气氛的影响,变得比平时胆大,做出一些不计后果的事来。

这人磕断了一颗牙齿,才惊觉自己刚刚从鬼门关溜了一圈。

能在挥手间把他掀到墙上的人,也能在眨眼间杀了他。他该庆幸,这个神情冷漠的男修不是嗜杀之人,不然此刻他已经没机会从地上爬起来了。

"仙长息怒。"修士反应过来,嘴巴缺了一颗牙齿,让他说话有些漏风,"小的一时忘形,再不敢胡言乱语了。"

桓宗冷冷收回视线,转头见箜篌正看着自己,眼底多了几分暖意。

"桓宗,耳朵听不见有些难受。"箜篌揉了揉耳朵,眨巴着眼睛看他,希望他把术法解除。

桓宗转身看了眼众人,众人齐齐倒吸一口冷气,差点以为自己看到了利刃出鞘。

看到众人的反应,桓宗收回目光,伸手在箜篌柔软的耳尖点了点,箜篌听力瞬间恢复,回头看向摔断牙齿的修士:"桓宗,他刚才说什么?"

"他刚才出言辱骂我们。"桓宗语气平静道,"不过他现在已经认识到自己的错误,不敢再骂人了。"

"骂人不好,人多的场合,还是要注意一下影响。"箜篌想,这人骂的脏话一定很难听,不然以桓宗的性格,不会对这种炼气期的修士动手。

"是……"修士这是打落牙齿和血吞,"仙子所言甚是,我以后再也不敢了。"

箜篌点头,抓住桓宗的袖子摇了摇:"桓宗,我们回房间。"

修士捂着嘴暗骂,都手牵手一起回房间了,还不让人说,分明就是故作清高。

"我真是好多年没有见过如此好看的男人了。"欢乐门的女修抬头看清桓宗的脸,忍不住舔了舔唇角,"若是这样的男人愿意陪我一夜,我真是连心肝儿都舍得掏给他看。"

281

箜篌脚下一顿，转头看向说话的女修。

细眉，丹凤吊角眼，薄唇，虽不能美得让人失魂落魄，但别有一番风味。她皱了皱眉，又回头看了看桓宗，拉着他大步往楼上走。

"郎君，可愿意与奴家一起探讨天地阴阳？奴家愿以上品法器为赠。"欢乐门女修站起身，声音沙哑中带着几分魅惑，"以往都是男人捧着东西求我陪他，但是为了你，我愿意改变原则。"

男人喜欢好看的女人，女人也喜欢好看的男人。女修想，遇到如此极品的男人，能多看上几眼，也是好的。

其他男修闻言，对桓宗充满了嫉妒，却不敢开口。他们怕自己的牙齿，也因对方抬手摔断。

欢乐门的功法，讲究阴阳调和，不仅对他们自己有益，对与他们同乐的人，也有不少好处。他们还有个行事原则，那就是不能碰已经举办过结道大典的男女。若有违反此规的弟子，就废除功法，逐出师门。

所以尽管欢乐门在男女之事上十分不羁，也没有人觉得他们是邪魔外道。

"做人还是要讲原则。"箜篌想也不想，转头看向女修，绷着脸道，"没有规矩，不成方圆。"

女修笑："为了好看的男人，原则这种东西，不要也没有关系。"她向桓宗抛了一个媚眼："郎君，你可看出我对你的一片心意？"

箜篌深吸一口气，提醒自己，这是个美人，是个风韵十足的美人，不生气。

桓宗握住箜篌的手，神情淡淡，对女修的话毫无反应，仿佛女修从头到尾都没有存在过。

女修："……"

当着这么多人的面，她一个人唱独角戏，太尴尬了。

剑修果然如传言般寡淡无趣，白瞎了一张好脸。

她略一挑眉，看到桓宗与箜篌交握在一起的手，瞬间从美色中惊醒。刚才只想到这个男人有多美味，竟是忘了这一茬，她差点犯了宗门大忌。

女修赶紧朝箜篌行礼，恢复正经的语气："对不住，方才一时忘形，行事无状，犯下了错误。多有得罪，请姑娘见谅。"

方才她见这位姑娘年岁不大，以为对方是剑修的师妹，其他人起哄笑闹时，她便没有参与。现在再看，就发现了其中种种不对。

哪有师兄妹手牵手走路的？

还有那个剑修，他确实没有注意到她，因为他所有注意力，都放在那个小姑娘身上了。

箜篌没料到女修说改口就改口，心情十分复杂，她调戏了桓宗，却向自己道歉，这里面是不是有哪里存在问题？

"方才没有注意到二位是恋人，是在下不对。"

"啊？"箜篌茫然地瞪大眼睛。

恋人？

她与桓宗？！

箜篌第一次听到这种荒谬可笑的说法，她扭头看了看桓宗，又看了看欢乐门女修，脑子里嗡嗡作响，像是有人在她耳朵边不停地敲锣打鼓，乱哄哄吵作一团。

女修见箜篌不说话，以为她还在介意自己刚才的话，便道："这位道友与姑娘乃是天造地设的一对，是在下方才看走了眼。"

刚才她没有注意，现在才发现，这位小姑娘年岁虽小，但修为与她已经不相上下。有这等天分的修士，绝对不是小门小派的弟子。

再好看的男人，都不值得她为了他得罪大宗门弟子。

箜篌摆了摆手，对方这种没谱的话，她怕自己再听下去，就真的要当着众多人的面脸红了。

她转身看桓宗，再低头看了眼自己牵着他袖子的手，食指中指慢慢地、慢慢地松开……

注意到她这个举动，桓宗眼神微黯。

然而就在下一刻，箜篌又拽住了他的袖子。

"桓宗，我们走。"箜篌脸颊粉扑扑的，带着少女独有的天真与鲜活。

别人怎么看，那是别人的事。反正她跟桓宗在一起很开心，这样相处的方式也很舒服。若因为别人的几句话，就开始改变态度，那才是委屈自己。

师父说了，人生本是一场漫长的修行，若因为外人的目光，委屈自己，委屈身边的人，就算修得长生也没有意义。

女修听到"桓宗"二字，心头微动，据说琉光宗的桓宗真人与云华门的箜篌仙子携手在外游历，还帮助过不少的人。

283

桓宗真人虽是琉光宗的人，但是以往从未听说过他的大名，所以没有外人见过他的真容。但是眼前的这个男人，实在是太过完美，完美得她毫不犹豫地就认定他是琉光宗的桓宗真人。

原来桓宗真人与箜篌仙子，竟有这份情分在。想到方才那么多人当着他们的面说琉光宗与云华门的闲话，她就觉得面上有些尴尬。偷偷摸摸说几句坊间流传的事情，那叫凑热闹。可是面对当事人，肆无忌惮说人家宗门如何如何，就有些自找麻烦了。

幸好这二位心胸开阔，听到了这些也没有发作，只是有人说了一些下流言语后，才惹得桓宗真人沉下了脸。

"二位可是桓宗真人与箜篌仙子？"

"不是，你认错人了。"箜篌不想惹麻烦，直接摇头道，"我们只是路过。"

女修："……"

"哈哈。"楼下众人里，有人笑了一声，"看到姿色不错的人，就以为是大宗门弟子，难不成大宗门收弟子，全看一张脸？"

女修想，是谁胆子这么大，见过这位公子出手，还敢开口多话。

她回过头看去，见门外走进四名男女，他们身上穿着统一样式的袍子，袍子上皆绣着凤纹，她顿时不敢多言。放眼整个修真界，会在弟子袍上绣凤纹的宗门，除了九凤门便不再做他想。

九凤门势力极大，与昭晗宗齐名，门下的弟子个个心高气傲，非常看重宗门的名声。他们这些人敢偷偷拿云华门当茶余饭后的话题，却不太敢拿九凤门说事。

当年有人说九凤门不好，被一个九凤门弟子追在后面跑了几座城，最后追上狠揍了一顿才作罢。最可怕的是，这个宗门的人毛病还不止一点，平时说话做事十分讲究，对维护十大宗门荣耀这种事，义不容辞。

喜欢维护自家荣耀那叫人之常情，也不知道其他九个宗门跟他们有什么关系，也容不得其他人说闲话。

"桓宗真人乃琉光宗高徒，箜篌仙子是云华门的天才弟子，怎会黏黏糊糊儿女情长？"四位九凤门弟子走到空桌边坐下，开口说话的弟子，在四人中年龄最小。为首的女子腰细腿长，面色十分冷漠，仿佛对外界任何事情都不感兴趣。

她并不像修真界大多女修那般，穿漂亮裙子，梳精致的发髻，打扮得十分利落,一头青丝用玉冠束起,打眼看去,倒像是个男修。只是她面容极为秀丽,但凡有些眼力的人,都不会因为她做男人打扮,就错认她的性别。

听到师弟说到"黏黏糊糊儿女情长"几个字,她抬头朝箜篌与桓宗两人看了一眼,又淡漠地收回视线。琉光宗的剑修,怎么可能与云华门的女修以这么亲密的姿态出现在他人面前?

这两人,只怕是虚荣心过重的修士。只不过这两人也没有做什么伤天害理的事,她也没必要表态,让他们下不来台。

像这种美丽与帅气并存的女子,箜篌往日若能遇见,定会因她的容貌感到惊艳。可是今天被女修的话惊住,她心里记挂着桓宗这个大美男,其他小美人已经无暇多顾。

"各位仙长仙子,你们可要为我做主。"刚才被摔断牙的修士捂着嘴道,"这二人仗着比我修为高,一言不合便动手打人……"

"请离我远一点。"帅气与美丽并重的九凤门女修伸手盖在茶杯上,用平静无波的表情展示着自己的冷漠。

捂着嘴的男修被对方如此明显的嫌弃态度刺激得脸颊发红,半晌才道:"早闻九凤门最是见不得修真界不平事,还请仙子做主。"

九凤门女修瞥了男修一眼,扭头看向站在楼梯上的箜篌,虽然不喜欢这两人冒充大宗门弟子,但是两人眉清目秀,而且修为比这个男人高出不少,若真有心对付他,他现在哪还有机会开口说话。

"有口角之争,可以去当地城主府告状。"九凤门女修收回视线,"我九凤门虽见不得冤屈事,但你与冤屈有什么关系?"

有人忍不住笑出声来,九凤门女修瞥了眼偷笑的人,这人立马止住了笑意。

大厅一下子安静下来,安静中翻滚着看不见的尴尬。

"师姐,不知这次成易道友的结婴大典上,仲玺真人是否会现身?"师弟小声问凌月,"仲玺真人已经好多年不曾露面了,难道已经分神期大圆满,准备冲击化虚境修为?"

听到"仲玺"二字,凌月皱了皱眉,当年她刚拜入九凤门时,就听同门提起一个叫仲玺的人,刚拜入宗门几年便已达筑基修为。从那以后,她就经常听到有关仲玺真人的事情。

这个别人家的弟子，不是结丹就是斩邪妖，再不就是找到某个秘境，好像天底下最耀眼的事情，都让他一个人做全了。她还以为这两年又会传出仲玺晋入化虚境的消息，哪知道仲玺就像是消失了一般，再无新消息传出来，倒是昭晗宗的绫波与云华门的箜篌势头正劲。

九凤门与昭晗宗关系不太好，九凤门出了一个剑修女天才凌月，他们就出一个五灵根天才绫波，看似处处巧合，又让九凤门觉得他们处处在针对。

"不会。"凌月摇头，见楼梯上的那对男女已经相携离开，察觉自己对他们太过关注了，于是收回注意力，"仲玺此人十分冷漠，不重世事。他就像是一把无情的剑，剑又怎么会因为别人修得元婴而出现。"

"哦。"师弟有些失落，他还想看看传说中的仲玺真人究竟长什么样呢。

外面有人说仲玺真人貌丑，他对这种说法一直很怀疑，修为高，相貌好，才是天之骄子的标准啊。

箜篌与桓宗上了楼，桓宗见箜篌沉默不言，开口道："箜篌，刚才的那些话……"

"那些话你不要放在心上，"箜篌道，"也不要因为他们的话影响我们之间的情分，那不划算。"

桓宗："……"

他内心的担忧与忐忑，全部在此刻化作了无言以对。

见桓宗不说话，箜篌揪着他的袖子摇了摇："那什么，虽然我们被他们当作恋人，你可能吃亏了点，不过你不是在乎这些事的人吧？"

无所不能、修为高深、容貌出众、贴心又温柔的桓宗，与她在一起后，被人当成是她的恋人，怎么想都是她占了大便宜。

"不在乎。"桓宗愣了片刻，唇角扬了起来，"就算天下人都误会，只要箜篌你不嫌弃，我永远都不会介意。"

看着桓宗脸上的笑，箜篌觉得自己有些飘，像是捡到了天大的便宜。

回到自己的房间，箜篌伸手拍了拍有些发烫的脸颊，在屋子里转了几圈。

桓宗的脸好看吗？好看。

桓宗的修为高吗？深不可测。

桓宗的心性好吗？好得不得了。

桓宗腿长，气质优雅，法宝灵石无数，出身名门，是个风度翩翩的剑修真人，放眼整个修真界，恐怕也挑不出几个比桓宗更好的年轻男修了。

所以这么好的一个男修，被人误会成她的恋人，是不是太吃亏了？

双手捂脸，箜篌在椅子上坐下，砰砰跺脚。没想到她竟是这么庸俗的女人，竟然真的开始设想，桓宗与她成为道侣会是什么样的景况。

咦。

桓宗把她当朋友，她却偷偷窥视他的美色，这种想法好堕落，好不要脸。

"公子……"林斛跟着桓宗回到房间里，语重心长道，"你且把心思收一收，我怕你能上云华山，转头就下不来了。"

桓宗看着他不说话，只是紧紧绷住嘴角。

"箜篌姑娘不过十七岁，哪会懂得男女之情。"林斛劝道，"要不，咱们慢慢来？"

"咱们？"桓宗皱眉。

"我的意思是说，你慢慢来，我在旁边帮你。"林斛立刻改口。

敲门声响起，林斛转身去开门。

箜篌手捧一堆东西，站在门外笑眯眯地看他："林前辈，桓宗在吗？"

林斛回头看公子，就看到自家公子换了一个坐姿，随意拿起一本书靠窗坐着，衣角上的折痕也已经消失不见。他往后退了一步："箜篌姑娘，快请进。"

箜篌溜进屋，见桓宗在看书，小声问："我打扰到你了吗？"不过桓宗临窗看书的样子，真是看一百次都不腻。

"没有。"桓宗优雅地放下书，"来，过来坐。"

箜篌走到他身边坐下，用眼神偷偷打量桓宗，见他正似笑非笑地看着自己，干咳一声："我是来找你双修的。"

"好。"桓宗抬头看了眼林斛，林斛很识趣地离开，还帮他们掩好了门。

见林斛走了，箜篌小声道："桓宗，你们剑修里，有结道侣的吗？"

"二百年前，我们宗门有位长老与一位药修结成了道侣。"桓宗很认真地回想，终于在记忆中找到了一位愿与他人结为道侣的剑修，"两人感情极好，从未有过争吵。"

一个沉迷药道，一个沉迷剑道，想要吵起来也不容易。

整个琉光宗那么多剑修，就一个人找了道侣……

箜篌敛了敛眉："哦。"

"怎么了？"桓宗看箜篌。

箜篌沉默片刻，摇头："没什么。"

再抬头时，她仍旧笑容灿烂："我们来双修吧。"

"好。"

桓宗盘腿坐下，侧首看了眼坐在自己旁边的箜篌，露出温柔的笑，闭上了眼。

修行讲究的是感悟天地，感悟内心，气场相合的两人，在一起能够获得更大的修行裨益。箜篌生活的环境简单，与外人接触的时间并不多，这种懵懂纯洁的心态，反而更利于她感受天地五行。

一夜过去，箜篌觉得自己灵台不再枯竭，就像是原本干得快裂开的瓶子里，底部终于有了薄薄的一层水，虽然不算多，但聊胜于无。

桓宗比她醒得早，已经换了一身同样是白色，只是上面银暗纹有些许不同的衣服。见她醒来，桓宗把一瓶灵液递到她面前："我出去叫林斛准备马车。"

接过犹带体温的玉瓶，箜篌开始更衣洗漱，喝完灵液捏着瓶子出门时，刚好遇到九凤门四位修士。

"琉光宗与云华门近来常有来往，关系亲近了不少。真不知道他们这两个宗门，怎么就突然亲如一家了……"

说话的小师弟正在小声念叨，抬头见到一个穿着束腰飞仙裙的漂亮女修睁着大眼睛看他，顿时有些脸红。身为男修，在背后说其他宗门，还被年轻女修听到，总是会不好意思的。

见漂亮女修朝他微微颔首，小师弟连忙回了一礼，脸却是更红了。

凌月看了眼这个笑容灿烂的女修，这不是昨夜被误认为云华门弟子的女修？

"诸位请。"箜篌往后面退了一步，请他们先走。

"仙子请。"小师弟忙道，"你先走。"

箜篌要下楼去找桓宗与林前辈，也不跟他们继续客气，福了福身，便提起裙摆朝楼下走去。

小师弟看着她的背影，直到她身影消失在转角处，才恋恋不舍地收回视线，转头见师姐正盯着自己，顿时什么旖旎的心思都没有了，缩着脑袋不敢看凌月。

"敬元，身为剑修，心要静，气要和，看到漂亮小姑娘就走不动道，那不是修士，是登徒子。"凌月语气冷淡道，"回去以后，把心法背抄十遍，以便你平心静气，醉心于剑道。"

名为敬元的师弟白着脸道："是。"

"师姐，师弟刚拜入师门不到十年，心性还不够沉稳也很正常，你不要生气。"另外一位男弟子见小师弟白着脸不敢多说话，有心缓和一下气氛，"回去后，我会督促他好好练剑。"

"云华门的箜篌，才入门七年，已是心动期修为。"凌月对开口的师弟道，"你拜入师门近五十年，修为也不过是心动期。"

男弟子："……"

早知道他就不开口了。

"师姐……"同行的女弟子小声道，"天色不早了，我们启程吧。从这边到云华山，还有一天的路程呢。"

面对师妹，凌月的脸色好了些许。在师门里，她对师妹们总是要多两分耐心。她点了点头："好。"

两位师弟松了口气，老老实实跟在后面一言不发。

箜篌走到楼下，在大厅里没有看到桓宗与林前辈，往四周望了望，看到停在门外的马车，走出去一看，桓宗与林前辈站在马车旁，不知在说什么，桓宗的表情十分凝重。

"发生什么事了？"箜篌走近，"桓宗，你的脸色好难看。"

"没事。"桓宗转头看箜篌，"方才跟林斛商量给成易道友的贺仪，我们两人意见有些不统一。"

"大师兄是剑修，你也是剑修，送礼不必太讲究。"箜篌没有说不用备礼这种没有用处的建议，她跳上马车，"随便塞一件法器就行。"

"你说得是。"桓宗跟着上了马车，放下帘子前，九凤门的四名弟子走了出来，表情都同样的冷漠，十分符合九凤门平日的行事风格。

敬元想偷看一眼，但是想到师姐那张严肃的脸，又把脑袋垂了下去。

直到马儿嘶鸣一声，驮着马车冲天而去时，他才惊叹道："竟然是飞天马，还是两匹。"

飞天马十分难捉，捉到了也很难驯服，驯服以后还需要常常喂食灵草灵露，是一种从头到脚都要烧灵石的马，修真界舍得用这种马儿拉马车的修士，少之又少。

"这么奢侈浮夸,一定不是剑修。"敬元发现凌月师姐又在看自己,收起眼底的羡慕,板着脸道,"我辈修行,最重要的就是轻外物,重自身,万不可学着奢靡享受。"

凌月:"你身上的这块防御玉佩,价值五千灵石,换下来吧。"

敬元:"……"

怎么又说错了?

"修士是要重于己心,但没让你艰苦朴素。"凌月跳上飞剑,"不要非左即右、非黑即白。"

九凤门弟子往前赶了一段路,时不时就能看到在云层中奔跑的两匹飞天马,敬元有些疑惑:"师姐,这两人难道也是去云华门贺喜的?"

云华门年轻一辈的弟子里,最有名气的几位就是勿川、成易、灵慧等,现在又多了一个五灵根天才弟子筌篌,算得上是后继有人。成易的结婴大典,办得甚为隆重,各大宗门也都很赏脸,派出了宗门长老、峰主或是掌派大弟子参加。

他们九凤门与云华门来往并不算多,都让凌月师姐这个掌派大弟子携礼来了,听说外面还有些宗门,还在费尽脑汁得到云华门的邀请函,就为了在这些大宗门面前露个脸。

"这两人身份不明,不可轻易招惹。"凌月往云层中看了一眼,神情凝重,"尤其是那位看起来毫无修为的男修身边还有修为已达元婴的随从。"整个修真界,有几个元婴老祖愿意做他人的随从。

但尽管如此,凌月也不相信这两人是琉光宗跟云华门的人。她常与琉光宗的人打交道,琉光宗的那些剑修,个个无情如磐石,不可能像那个男人般,对女人露出温柔的模样。

想到临出门前,师父对她说的那些话,凌月微微皱眉。身为女弟子,她在剑道上从未懈怠过,自认并不比任何男修弱,偏偏师父……

"师姐,外面都在说,琉光宗准备与云华门结亲,这不会是真的吧?"敬元觉得这太不可思议了,鱼跟鸟还能在一起下崽儿?

"真假与我们何干?"凌月把手背在身后,"便是真要结亲,那也是门当户对、你情我愿的事,有什么可惊讶的。"

"说来也奇怪,琉光宗的那位桓宗真人,我们以往从未听过他的名讳,近来几个月倒是常有与他相关的消息传出。管他是谁,也比不上仲玺真人。"师妹偷偷看凌月脸色,"若是师姐要与人结为道侣,只有仲玺真人那样的男儿才配得上你。"

"哧。"凌月嗤笑出声,"我要那种只有修为、不懂情趣的男人有何用?男人嘛,若是长得好看又嘴甜,就留在身边逗个乐子倒还好,结道侣有什么意思。"

师妹:"……"

师姐果然还是比较喜欢香香软软的小白脸,师父的打算注定要落空了。

成易的结婴大典虽还没有开始,但是雍城已经人来人往,各地的修士蜂拥而来,各大食肆酒馆更是坐满了人。很多早已辟谷的修士,进入雍城后,都会情不自禁受到美食吸引,一次又一次打破自己的原则。

女修们一边大吃大喝,一边吃一粒价格昂贵的塑体丸,美食与身材皆不辜负。

开在雍城的御霄门分店更是日日摆上新货,短短十日内,便售出了以往几个月才能售出的东西。掌柜噼里啪啦打着算盘,看着几个年轻女修挑选飞仙裙,不知怎的,便想到云华门那位运气极好的筌篌仙子了。

可惜已经好长时间没有见到她,不知是在闭关,还是外出游历去了。

"掌柜,"一个清脆又熟悉的声音响起,"最近有新出的飞仙裙吗?"

"有有有。"看到来人,掌柜顿时来了精神,"好些日子不见,仙子可还好?"掌柜从收纳柜里取出几套飞仙裙供筌篌挑选,"楼上人多,仙子就在这里挑。"

"多谢。"筌篌挑了几件,让掌柜包起来。

掌柜想,看来筌篌仙子最近手上比较宽裕,竟然舍得一次买好几条飞仙裙。心里这么想,他手上的动作却很快,把裙子叠好包起来放到筌篌手里,抬头看到门外有两个男人在等她,但不是云华门那两位常陪她出来的师兄。

"您慢走。"掌柜把筌篌送到门口,看到了林斛挂在腰间的命牌。

这是主宗的人?

掌柜肃然起敬,朝林斛与桓宗抱拳行礼。

"回来得匆忙,都忘了给师姐她们准备礼物。"筌篌把飞仙裙放进收纳戒,"不过有了这些裙子,师姐们就不会介意了。"

林斛:"……"

他离领会女性的心思,隔着十万八千里的距离。

"仙子，你回来啦！"一个穿着青衫的妇人看到箜篌，笑眯眯道，"前些日子遇到灵慧仙子，她说你外出游历去了，好些日子不见，又俊了不少。"

"可不是？这罐蜂露你拿回去吃，对皮肤好。"旁边有人接话。

"上回忘通真人问的野菌子，近来我得了些，仙子也一并带回去。昨天有个外地人想买，我才不给他。"

"多谢多谢。"箜篌接过百姓递来的东西，为了让百姓收下她的灵石，费了不少时间，最后灵石是送出去了，她手里拎的东西也多了。

林斛帮她把手里的东西放进收纳袋里，神情有些呆滞："贵城的百姓，都是……如此热情？"

"吓到你们了？"箜篌笑了笑，"他们平日并不会这样，只是我出门了一段时间，他们久没见到我，就热情了些。"

林斛摇了摇头："没有，挺好的。"

佩城的百姓也都很敬畏琉光宗的剑修，但不敢像雍城百姓这样，把剑修团团围住塞野味瓜果。早听说过云华门与百姓相处十分随意，但他没想到竟随意到这个地步。

大多修士会刻意与百姓拉开距离，普通百姓性命只有短短百年，修士们不敢投入太多感情在这些普通人身上。

可是在喧闹人群中，看着普通百姓对箜篌发自内心的亲近，林斛内心有些动容。

因为时间短暂，所以就保持冰冷的距离，真的就百分之百正确吗？

"师姐，又是他们。"敬元远远就看到了在人群中笑容灿烂的箜篌，喃喃道，"他们真的是来给成易道友贺喜的啊。"

这位女道友，笑起来的样子，可真好看，像小太阳一样。

她好特别，与宗门里的师姐师妹们完全不同。

喧闹的人群中，总有那么一个人，把其他人都衬托得暗淡无色，唯有她是唯一的光。

不近女色，甚至从未对女人动过心的敬元觉得，他心头的火苗开始跳动了。

然而就在下一刻，他看到这位笑容鲜活的姑娘，拽了下另外一个男人的袖子。尽管这个动作很轻，被她拽过的袖子，也很快被松开，但他心头刚冒出的小火苗已经熄灭了一半。

292

然后他看见那个男人抬起了头，与他的视线对上，眼眸中没有情绪，冰冰凉凉的，瘆得吓人，这个眼神让他心头的火苗彻底熄灭，他甚至忍不住打了个寒战。

这个眼神……太可怕了，就像是没有化开的寒冰，随时都有可能化为冰刃，刺破别人的胸膛。

"不看了？"凌月早就注意到他的眼神，在他被男人的眼神吓住后，才似笑非笑道，"希望以后不会传出你跟别的男人争风吃醋，还打不过人家的流言。"

"师姐……"敬元面色微红，"你给我留点面子，这里人来人往的，被人听见多不好。"

"你也知道人来人往不好？瞪那么大的眼珠子盯着人家姑娘瞧，就有面子了？"凌月沉下脸，"知道要脸面，就要懂得做体面的事。"

敬元脸红，朝凌月抱拳道："师姐，我知错了。"

"师姐，那边好像是清风门的人？"小师妹小声提醒，"你看他们手中的剑。"

人群中，几个男女手握宝剑，宝剑上镶满了各种华丽的宝石，宝石在阳光下格外刺眼，远远地昭示了他们的存在感。

"还真是他们……"凌月语气很复杂，清风门在凌月看来，算不上正统的剑修，在这件事上，琉光宗的看法跟九凤门十分相似。

这几位清风门弟子正挤在一家宝石铺前，挑挑拣拣着各种繁复的宝石，凌月十分怀疑，他们买那么多宝石，剑上还有地儿可以镶嵌吗？

见他们兴致高昂，凌月没有上去打扰，迎向对面走来的箜篌，微笑道："姑娘，我们又见面了。"她不常笑，笑起来有些僵硬，这副模样很容易让人误会，她是在瞧不起人。

箜篌歪了歪头，笑着道："仙子好。"

"姑娘也是去云华门？"见到箜篌脸上的笑，凌月微微松了一口气，也不知为何，每当她与其他女修互相见礼时，对方看起来总是不太高兴。出门前师父跟她说，伸手不打笑脸人，看来还是师父说得对，她朝这位姑娘笑一笑，这位姑娘的态度就亲切多了。

"是的。"箜篌点了点头，"仙子可与我们同行？"

"不了，"凌月摇头道，"我们还有一些事需要做，姑娘请先行而去，我们稍后便来。"

"既然如此，我们就先走一步，待到云华山上，我们再叙。"箜篌对凌月报以微笑，又朝她三个师弟师妹福了福身，"告辞。"

"告辞。"其他三位弟子连忙回礼。

待箜篌走远，敬元喃喃道："如此美好的女子，怎么就看上这样……"

与那位仙子并肩前行的白衣男子回过头来，面无表情地看着他，敬元立即改口道："看上如此优秀的男子，真可谓天生一对。"

他转头看向师姐，她竟神情温柔地看向那位姑娘，顿时心中一凛，这个长得倒是好看，又白又软，笑起来也甜，可……那是个女人啊。

"师姐，"他讷讷道，"那姑娘，可是名花有主……"

"你知道这点就好。"凌月略有些欣慰，这位小师弟人虽傻了些，到底还没有到不可救药的地步。

挑完宝石的清风门弟子，转头看到人群中的九凤门四人，握紧手中华丽的宝剑，朝凌月等人走去，为首的叶绯："诸位道友好。"

"道友好。"凌月勾起嘴角，"诸位也是来向成易道友贺喜的？"

"正是。"叶绯抿了抿唇角，勉强挤出一个笑。

虽同为剑修，但彼此对剑道的理解不同，所以并没有什么可谈的。客气一番后，大家很有默契地提出告辞，免得被尴尬的情绪围绕。

"师姐，那位九凤门的女修，是在嘲笑我们吗？"冯奇回忆起那人似笑非笑的模样，心里有些不得劲儿，就算是数一数二的大宗门，也不用这么瞧不起人吧。

桓宗真人是第一宗门的亲传弟子，也不曾如此高傲啊。

"你可知她是谁？"叶绯心情已经好转，虽然刚才对方露出那种皮笑肉不笑的嘲讽笑容让她有些气闷，但有实力的人，有高傲的资本。

"谁？"冯奇问。

"她就是几乎与仲玺真人齐名的凌月仙子，九凤门的未来门主。"叶绯道，"整个修真界看不惯我们的剑修多了去了，你要习惯。"

这些舍不得打扮自己本命剑的剑修，竟然还好意思瞧不起他们打扮自己的本命剑，真是一点儿道理都不讲。

另一边的凌月也十分迷惑不解，她明明已经笑了，为什么又变得不管用了。

云华山上终年云雾缭绕，灵气充裕，所以整座山才取名为云华。云华门初建立时，是个名不见经传的小宗门。由于雍城一度被修士们认为是堕落之地，所以修士们都不太来这个地方，包括没事就爱折腾的邪修。

就这么过了几百年，直到邪修大举进攻正道修士，云华门突然挺身而出，整个修真界才知道，原来雍城出了这么一个厉害的宗门。

随着云华门帮助他人的次数越来越多，也就奠定了他们十大宗门的地位。修真界已经平静了几百年，云华门弟子行事又懒散，没人敢撼动他们的地位。

回家的激动心情，在走到云华山山脚下以后，渐渐平静下来。鸟鸣山幽，整座大山都被繁复的阵法环绕。

林斛赞道："好地方。"

背靠灵脉，活水缭绕，是生生不息之象。云华门祖上，是看风水的吗？

"箜篌，此处风景甚好，我们……慢慢走上去吧。"桓宗突然道，"可以吗？"

"啊？"箜篌愣住，随即点头道，"好呀。"

林斛闻言扭头看桓宗，神情中带着几分了然。

何必呢，人生自古谁无死，一片真心照沟渠。早晚的事，挣扎是没有用的。

云华门上下近来都很高兴，包括入门不到一年的新弟子，虽然他们没见过成易师兄几次，但是近几天膳食房的伙食越来越好，就足以让他们对成易师兄心怀感激了。

就在新弟子们想中午吃什么时，一个轮值守山的弟子跑过来道："发生大事了，有人在山下看到，箜篌师姐把琉光宗的剑修给骗过来了！"

去云华门的山道很少有人走，宗门里修为低的采买都配备了飞天坐骑，修为不达筑基的弟子下山，都必须有筑基期以上的同门陪伴。

青石小道上长满了荒草，自成一个无人打扰的世界，星星点点的阳光穿过树叶缝隙，在青石板上留下斑驳光影。

箜篌入门七年，还从未走过这条小路，这让她有种陌生的新鲜感："潭丰师兄跟我说过这条路，当年我们云华门初建时，门下的弟子大多修为低微，便修了这条山道供弟子们上下山。后来宗门里弟子越来越多，修为高的同门也越来越多，走这条道的人便越来越少。但是为了纪念当年的艰辛不易，宗门里每隔几十年便会修葺这条路。这是一条云华门从无到有的路。"箜篌回身看了眼身后陡峭的山路，千百年前的那些师叔祖，就是靠着这条路，打下了云华门的江山。

桓宗沉默地听着，与云华门的白手起家相比，琉光宗的出身便要高贵不少。琉光宗建立宗门之初，是几位修为高深的剑修觉得，自己如此精湛的剑法，不能在飞升后就开始没落，于是法器灵石不要钱地往外抛撒，建造出巍峨的宗门。

因宗门的建筑精致讲究，如琉璃般漂亮，所以便取名为琉光宗，普通百姓见了琉光宗的弟子，都会尊称一句琉光剑仙。

琉光宗与云华门从建派之初，便是不同的际遇。琉光宗这么多年屹立不倒，稳坐第一宗门的交椅，看似简单，实则是件十分不容易的事情。云华门从不知名末流宗门，成为十大宗门之一，亦是一路艰辛。

以前他不明白，后来渐渐长大方才明白，每个能在当年邪修冲击修真界时保全下来的宗门，都有可取之处。

"贵宗门，很了不起。"桓宗缓缓走在小道上，就像是在云雾中散步，他抬头看了眼上空，从方才到现在，恐怕已经有好几人在上面偷偷打量他们。

"那当然。"提到自己的宗门，箜篌满脸都是光彩，高兴之余，她还不忘吹捧一下琉光宗，"琉光宗也很了不起。"

打江山容易，守江山难。琉光宗在修真界传承这么多年，在修真界的地位一直都如此崇高，这需要每代的宗主都极有自制力与能力，对一个宗门而言，是多么大的考验。

箜篌很想知道，像琉光宗这么严肃的宗门，就没有出过一个不靠谱的剑修吗？

她正准备开口问，忽然从天上落下几块干果壳，她唰的一下拔出水霜剑，指着看似无人的上空道："再看我生气了啊，都散了。"

上空的云雾翻滚了几下，很快又恢复正常，仿佛什么事都没有发生过。

水霜剑再度化为发钗插回发间，箜篌对林斛与桓宗不好意思地笑笑："宗门里的后辈不太懂事，让你们见笑了。"

"无碍。"桓宗笑了笑，往空中望了一眼，在箜篌说过这句话以后，躲在云后的人当真散得干干净净，并没有仗着有外人在，厚着脸皮留下来，"贵宗门的弟子，都很……活泼。"

"叫你们不要去看，你们偏要去，得罪亲传弟子，有你们好受的。"归临从仙鹤背上跳下，见另外几个同门还在叽叽喳喳，满脸兴奋，就忍不住叹气。

这些人究竟长没长脑子？那是亲传弟子，是五灵根天才，她若是不高兴，说一句话,哪还有他们这些外门弟子好日子过。

"归临小师弟,你想得太多了。箜篌师姐那句话明明是在跟我们开玩笑,她人那么好,怎么可能做这种事。"李柔捂着脸,满脸崇拜道,"箜篌师姐长得真好看,声音也好听,连拐骗回来的剑修都那么好看。这个世界上,没有什么是箜篌师姐做不到的。"

归临:"……"

"那可不是?!还有收纳五味庄这件事,连门主亲自出手,都没有说服白案真人加入我们宗门。没想到箜篌师姐凭借她无敌的个人魅力,让五味庄依附到我们宗门,大大改善了我们的伙食水平,这简直就是功在千秋,名垂万史。"高健演摸了摸自己凸出来的小肚子,"能够加入云华门,是我此生最大的幸运。"

"高师兄,你在家的时候,不太爱读书吧?"归临面无表情地问。

高健演不太好意思地摸了摸脸:"这都被你看出来了,归临师弟可真厉害。"

归临:"……"

这个门派要完了,收的都是什么弟子!

云华门主殿上,珩彦身为门主,正在亲自接待几位前来贺喜的门主峰主。之前他没有料到成易的结婴大典会让一些门主都亲自来拜访,忍不住有些怀疑,难道是琉光宗近来时不时往他们这里送礼的原因。

琉光宗近来做的事让人十分想不通,幸好他们的宗主金岳是个老头子,不然他都要忍不住怀疑,金岳是不是看上他们宗门哪位女修了,不然如此殷勤是为何。

这次成易的结婴大典请柬一发出去,琉光宗的松河峰主便带着他大徒弟携礼上门了,比那些小宗门还要积极。更可怕的是,松河跟他讲道时,还时不时对他笑一笑,顺便吹捧一下云华门弟子有多好。

这真不是被人夺舍了?

"近来这些弟子越来越不争气,去年招收的新弟子里,就两个单灵根弟子,比不上以前那些弟子资质好了。"亲自前来贺喜的双清门主摇着头叹道,"我们这些做长辈的,只能多操心了。"

这话表面是在感慨,实则是在炫耀。如今修真界确实是一年不如一年,元吉门不在十大宗门之列,却能收到两个单灵根弟子,拿出来吹嘘五十年都不为过。

"话也不能这么说。"以往在人多场合，总是很少开口的松河却道，"我看云华门前几年招收的箜篌姑娘就很好，天资聪颖不说，还有侠女心肠，实在是难得的修炼苗子。"

"正是如此。"清风门长老立刻接话道，"我门中弟子被邪修追杀，多靠箜篌仙子与桓宗真人相助，才得以脱险。如此仁善之人，乃是我界未来之希望。"

"很是很是。"吉祥阁孙阁主连忙点头，"箜篌仙子之姿，实在不俗。"

双清真人扭过自己方方正正的大脑袋，装作低头喝茶，心里暗恨：这些马屁精。他咽下口中的茶，朝松河道："贵宗的桓宗真人，修为高深，剑法精湛，我等自愧不如。"

"哪里，他不过是靠着天分吃饭，不及箜篌仙子灵慧。"松河捧了一把箜篌，又觉得自己不能在云华门面前太过打压自己的师侄，又忙道，"这孩子最大的优点，就是踏实稳重脾气好，早年发现了几个秘境，进去闯了闯，攒下了一些家底儿。我们这些做长辈的，就盼着晚辈能把日子过好，也就别无他求了。"

琉光宗的这个松河峰主是不是有病？他夸琉光宗的弟子好，这峰主却转头说自家弟子不如云华门一个修行不到十年的小姑娘。

难道松河跟云华门之间，有什么见不得人的交易？

双清忍了忍，到底没舍得说箜篌一句不好。云华门早晚是要被他拉下马的，但那个小姑娘……算了，一码算一码，他是个有原则的人。

"终于到了。"箜篌看着云华门的大门，抹了抹额前的薄汗，转头对桓宗笑道，"走，我带你进去。"

林斛："……"

他的存在感已经薄弱得连个"们"字都配不上了。

三人刚走到门口，空中有五人从飞剑上跳下来，箜篌回头看向来人，是那四位九凤门弟子与一位穿着青袍的老者。

难道是九凤门的峰主？可是昨日在客栈里的时候，这个老者并没有出现。

箜篌所料没错，九凤门峰主是后面才赶过来的。之前箜篌与凌月等人在山下相遇，凌月不与他们同行，就是为了等峰主赶过来。原本九凤门是没打算安排峰主过来，后来听说琉光宗、昭晗宗都派了峰主过来，就连清净寺都派了弟子来贺喜，他们才赶忙派了名峰主去追上凌月等人。

在待人接物上面，他们输给谁，也不能输给昭晗宗。

世间最大的巧合就是关系不太和睦的宗门往往会不期而遇，比如说昭晗宗与九凤门。九凤门一行人刚落地，一艘飞宫也翩然而至，从飞宫中走出来的，正是昭晗宗一位峰主与他们的掌派大弟子长德。

两位峰主视线对上，九凤门峰主客气假笑："多日不见，诸位仍旧如此风度翩翩。"

昭晗宗峰主一听，这是在嘲讽他们修为没有太多长进？他轻笑一声："哪里哪里，不如贵宗风采依旧。"

"贵宗还是如此谦虚。"九凤门峰主看了眼长德，"贤侄已经是金丹大圆满，晋升元婴在望了吧？"

昭晗宗峰主冷笑："多谢关心，修为之事切忌急躁。前些日子听闻贵宗有意给门下弟子与琉光宗的仲玺真人做媒，也不知是真是假。"

九凤门峰主面色微变："后辈的事情，讲究缘分，我们这些长辈做什么媒！我们修真界，何时讲究凡尘界盲婚哑嫁这种事了？"

"是谣言就好。"昭晗宗峰主欣慰一笑，"凌月贤侄天资出众，仲玺真人亦是天之骄子，皆是宗门的可造之才，怎能被人传这种莫须有的谣言？"

"仲玺真人与凌月仙子有意结为道侣？"箜篌没料到还听到如此惊天八卦，用传音术对桓宗道，"若是仲玺真人容貌不错的话，两人都剑法非凡，倒是蛮配……"

"不配！"桓宗打断箜篌的传音术，直接道，"仲玺真人与凌月从未见过，何来配与不配之说。"

箜篌愣了愣，桓宗似乎对此事非常不高兴？

桓宗这话说得没有半点掩饰，引得两位宗门峰主齐齐看向他，尤其是九凤门峰主，面色沉了沉，但当着这么多人的面，还要保持微笑："不知这位道友是？"

凌月早就注意到箜篌、桓宗、林斛三人，听到桓宗忽然开口，她甚是意外，这个冷漠的男人，不像是多管闲事的人，怎么会在两位峰主交谈时，有这种贸然的举动？

迎接宗门来客的青元峰主匆匆赶到，远远看到九凤门与昭晗宗的人，心中暗暗一叹：这两个宗门的人，怎么就一起到了？

"致和道友、铭斋道友,多谢二位道友携弟子远道而来,在下有失远迎,请见谅、见谅。"青元笑容满面道,"怎么在此处站着?快请快请。"

他一击掌,一排仙鹤挥翅而下,温顺地立于众人面前:"请。"

"恭祝贵宗又多了一位元婴老祖,后生可畏,后生可畏。"昭晗宗的铭斋峰主率先开口道,"青元道友不必如此客气,请。"

"请。"青元对两人又是一礼。

余下的弟子互相向长辈见礼,青元转身看到角落里的三人,脸上多了几分喜意:"箜篌师侄?"

"师叔。"箜篌笑盈盈地上前,朝青元行了一个大礼,"师叔近来可好?"

"好好好。"青元连连打量箜篌,长高了些,也漂亮了些。他看向箜篌身后的两位男修,面色严肃了几分,这两人中,穿黑衣的已是元婴期修为,白衣俊秀公子初看像是普通人,但是再看觉得十分不凡。他是元婴大圆满修为,却看不透此人究竟是什么修为,可见对方修为比他要高:"这两位道友是?"

"师叔,这是我在外面结交的两位密友——琉光宗的林斛林前辈,以及琉光宗亲传弟子桓宗,我特意邀请他们来参加师兄结婴大典。"箜篌笑着对桓宗与林斛道,"桓宗、林前辈,这是我们云华门晨霞峰峰主青元师叔。"

"晚辈见过青元师叔,恭祝贵宗弟子修为大进。"桓宗拱手行礼,端的是仪态翩翩,挑不出半点错处。

"原来是琉光宗的高徒。"青元笑道,"有劳二位特意前来,请。"

"有劳师叔。"桓宗站直身体,走到了箜篌身边。

修真界对男女大防之事并不注重,修士们广交天下好友,何时分过男女。青元也没有多想,又招来三只仙鹤,还嘱咐箜篌好好招待她的这些同辈。

长德朝箜篌行了一礼,箜篌回了一礼,有长辈在前,他们也不好说太多客套话。

倒是九凤门几位弟子有些惊讶,这两人真是箜篌仙子与桓宗真人?桓宗真人可是琉光宗的剑修,他与箜篌仙子之间……

"原来鱼跟鸟还真能生出崽儿来。"敬元喃喃道,"这位箜篌仙子,厉害了。"

凌月忍不住多看了箜篌两眼,这小姑娘笑起来的样子,像是又香又甜的灵果,难怪桓宗真人这种剑修,也忍不住喜欢。若她是男人,也会忍不住喜欢这位小姑娘。

昭晗宗的铭斋峰主瞥了九凤门致和峰主一眼，桓宗真人明言仲玺真人与九凤门弟子不合适，九凤门的计划，恐怕是要落空了。

致和峰主狠狠回瞪他一眼，就昭晗宗这个烂德行，他们屁股撅一撅，他都能猜到他们在想什么。

在前方领路的青元回头看了桓宗好几眼，隐隐觉得他有些眼熟。沉思良久，他想起三百年前，因为金岳掌门的弟子成为修真界第一个仅花三四年时间便筑基的弟子，所以特意前去恭贺。对于修真界而言，任何一个有机会飞升的弟子，都是他们共同的希望。

那个叫仲玺的弟子，不过是个半大的孩子，一举一动却满是贵气与优雅，让人挑不出半点错误。那副模样，倒是与桓宗极为相似。

看来金岳掌门选弟子的标准就是这种长得好看、仪态好、天资高的。真没想到，看起来端方严肃的金岳掌门，也是个以貌取人的男人。

仙鹤驮着客人在正殿外降落，桓宗看着正殿屋顶上的法光，深吸一口气。

"桓宗，你怎么了？"筌篿发现桓宗脸颊变得有些白，偷偷捏了一下他的手，连指尖也在发凉，这是怎么了？

桓宗徐徐摇头，漂亮的桃花眼看着筌篿："筌篿，若我在一件小事上骗了你，你可会怨我？"

筌篿想了想，有些犹豫道："你偷偷藏了妙笔客的新书，没有给我？"

那确实挺过分的。

"不是，我……"桓宗接下来的话还没来得及说出来，被致和峰主的话打断。

"铭斋道友与其操心鄙宗门弟子的小事，不如多指导弟子修行。"致和皮笑肉不笑道，"结道侣之事，本是当事人说了算，仲玺真人又不在此处，愿与不愿，也要看他与鄙宗门弟子，你说是不是这个理？"

"师叔，"凌月开口道，"我们该进去了。"

再闹下去，大家都难看。

铭斋峰主也不敢真的把致和惹翻脸，这是云华门的地盘，又有其他宗门的人在，不是吵架的地方。

筌篿扭头见桓宗又准备替仲玺说话，忙拉住他袖子，伸出食指放到嘴边："嘘，咱们别说话。"九凤门与昭晗宗吵架，由着他们吵去，桓宗若是开口，琉光宗也要跟着牵扯进去，不划算。

桓宗看着箜篌欲言又止，忍了忍点头道："好。"

青元只当没看到致和与铭斋两人之间的小摩擦，领着众人进正殿。正殿里其他宗门的客人也在，大家互相一番见礼，整个殿内顿时热闹起来。

隔着众人客套的喧嚣，桓宗与松河的视线对上，松河差点从椅子上弹跳起来，这孩子胆子忒大了，竟然敢跟着箜篌仙子跑来云华门。

别说他现在只能发挥出六成功力，就算他是全盛期修为，也打不过云华门那堆护短的峰主与长老。

怪只怪他们整日让这孩子练剑修炼，忘了让他了解更多的人情往来，这是送死送上门啊。

珩彦看到箜篌回来，很是高兴，不过看到她身后的白衣公子后，拿茶盏的手抖了抖。他默默擦去手背上的茶水，眨了眨眼，确认这不是自己眼花。

这不是千年难得一见的修炼天才，越阶杀邪修，让整个邪修界都瑟瑟发抖，能止小儿夜啼的仲玺真人？箜篌这丫头出门干了什么，竟然把这种百年都难得现一次身的人物给带回来了。

"晚辈见过宗主。"桓宗迎着珩彦惊骇的目光，上前给他行了一个晚辈礼。

"贤侄不必客气，请上座。"珩彦勉强笑了笑，扭头看松河，松河抬头朝他挤出一个笑。

珩彦："……"

箜篌拉着桓宗在后面坐下，这里坐的皆是各宗门后辈。珩彦看不下去了，箜篌这孩子平时挺机灵的，今天怎么就犯傻了？仲玺在琉光宗，可是一峰之主，让峰主与这些弟子坐在一起，这是轻慢。

"贤侄远道而来，请上座吧。"珩彦做了一个请的姿势。

"多谢宗主，晚辈与箜篌是至交好友，与她同坐一处便好。"桓宗起身行了一个晚辈礼，才又坐回箜篌身边。

见他自己愿意，珩彦也不再勉强，与众人寒暄后，便让弟子带新来的客人去安排好的别院休息。

待客人全都离开后，珩彦神情凝重："勿川，琉光宗究竟是何意？难道是因为我们送出了鲛人鳞，让他们以为我们还有其他好东西？"

勿川思索片刻后摇头："以琉光宗的风骨，不像是会做出这种事的人。"

"那他们是想干什么？"珩彦忽然眼神一亮，"难道是……"

"是什么？"

"据传九凤门有意与琉光宗进一步加深关系，难道是想让仲玺与凌月见个面，探彼此口风？"

勿川恍然："原来如此。"

别院中，松河看着主动上门的致和峰主："致和道友方才说有要事相商，难道是有邪修的消息？"

致和摇头："在下并无邪修的消息，但是鄙宗却有一样贵宗需要的东西。"

松河眉梢微动："哦？"

"凤凰血。"致和峰主开门见山道，"松河道友可知，我九凤门的建宗祖师身上有着凤凰一族的遗脉？"

松河见致和如此直白讲出这个秘密："不知贵宗愿以何种要求与鄙派交换？"

"鄙派的想法很简单，只是想与贵宗强强联合……"

关上的房门被推开，桓宗一身白衣，面无表情地站在门外："师叔、致和峰主，请恕晚辈无状，前来打扰。"

风吹起他的袍角，袍角肆意飞舞着。

（第二卷·完）